徳間文庫

かされて、私情はひとまず引っ込めた。

幼児誘拐、それから人質籠城は、巻島たちが扱う中でも特別の意味を持つ事件だ。何が特別かというと、世間やマスコミの注目度である。もちろん誘拐事件の進行中は報道協定が敷かれるのが通例だが、事件が決着すれば大々的に報道される。結局のところ警察の存在意義とは世間の信用を勝ち取ってこそのもので、失敗は隠し、手柄はど世間の目を気にするようになり、解決の道筋に警察力が直自慢する。幼児誘拐のような、さしずめ一般の会社でたとえるなら社運を懸けたビッグプロジェクトである。その成否によって、現在の人事体制から捜査能力まで、警察のすべての評価が下される。威信が問われるわけだ。

〈ただですね、誘拐されたのが一昨日、金曜日の夕方頃でして、昨日までに犯人から都合七度ほどの電話がかかってきて、すでに今日の身代金受け渡しの段取りまで決まっているということなんです。二千万らしいですけど、もう用意してあるとか〉

巻島は今度こそ小さく舌打ちした。身代金交渉の段階で犯人グループのシルエットを摑み、あわよくば逆探知などで一気に間合いを詰めようとするのは誘拐捜査の定石だ。それを飛ばしての捜査となると、はなからハンディを背負うことになる。

〈町田にあるイッパツヤっていうディスカウントショップをご存じですか？　テレビの小売業最前線のようなドキュメント番組にもよく出てる店でしてね。家電でも食料品でも何でも全国各地から在庫品を現金商いで買いつけてきて安く売るところです。社長自ら、札束入れたアタッシェケース持ってね、まあテレビ向きの派手な商売屋ですね。そこの社長の家ですよ。ええと、桜川とかいったかな、ちょっと詳しくはまだあれなんですが、六十過ぎの元気なオヤジで、誘拐されたのは孫ですね〉

商売の勢いで身代金交渉も勝手に進めてしまったというわけか。現金商売だからまとまった金も手元にある。テレビにもてはやされるのも痛しかゆしだなと思いながら、一方では商売上のトラブルが絡んでいる可能性もあるかもしれないなどと考えてみる。

〈警察に頼らずに自分で解決しようと思ってたようなんですが、息子夫婦がそれに反対したらしくて、彼らが勝手に通報を〉

「なるほど。で、誰が持っていくんだ？」

〈嫁さんです。犯人がそう指定したみたいですね。それ

で、場所が新宿なんですよ。今日の十三時です〉

「新宿か」

巻島は顔をしかめた。もたもたしていると警視庁に主導権を握られる。

「課長にはまだだな？」

〈ええ〉

「よし分かった。あとの連絡は俺がやる。君は三、四人見繕ってその家に入ってくれ。そのほかの者は所定の機器をそろえて相模原南署に集合。九時までには俺もそこに入ることにする。そのときに詳しい報告を」

〈了解です。のちほど〉

電話を切ると、巻島はため息を添えて妻を見た。

「重要な仕事が入った」

元婦警の園子は、嫌味も言わない代わりに労りもしない。「じゃあタクシーね」と言って、早速ハローページを広げている。

「帰ってくる頃にはおじいちゃんね。若いおじいちゃん」

いずみにも失望の色はなかった。あくまで明るく振る舞っている。

「そうだな」

巻島も軽く応じておいた。

棟は違うが、捜査一課長の藤原も巻島と同じ敷地内の官舎に暮らしている。

巻島は県警本部に手配して、運転手つきの車を官舎に回してもらった。朝駆けの新聞記者を追い払った藤原と乗り込んだときには、夏の朝はすでに熱を持ち始めていた。

「曾根部長も早速向かってる。急いでくれ」

運転席後ろのシートに座った藤原が促した。

どうやら刑事部長自ら陣頭指揮をとることになりそうだ。刑事部長の曾根要介は巻島と同じ四十六歳。東大法学部卒という王道のキャリア組ながら、三十代の頃は兵庫県警で捜査四課長を務め、広域暴力団の抗争の沈静化に成功するなど、荒い現場にも精通している経歴を持っている。

見かけも、毛並みのよさなど微塵も感じさせない。睨めつけるような眼つきの悪さには、叩き上げの捜査一課長も手のひらに汗をかくことしばしばだそうだ。口調も荒っぽく、新聞社のデスクのようにぎらついた話し方をする。殺人事件などの被疑者が挙がったときには、藤原

の記者会見にも同席するパフォーマンス型でもある。彼が赴任して間もなく二年、幸か不幸か県警刑事部門を挙げて取り組むような大事件は起こっていないから、自分の首に下げる勲章を探している最中だったはずだ。

相模原は東京・町田の西に位置し、東京や横浜のベッドタウンとして発展している町である。

その南部を管轄する相模原南署に朝の渋滞を縫って巻島たちが到着してみると、署内の一室にはスチール机を合わせた正方形の指令台が出来上がっていた。一辺に二脚ずつ、八つの椅子が置かれている。部屋の片隅にも折り畳みテーブルが並べられ、先に到着していた特殊犯係の面々や刑事総務課員らが対策本部の設営に動いていた。

にわか作りの指令台にも上座や下座がある。奥の一席に一人着いていた男は、ワイシャツの腕をまくってネクタイを緩め、無線マイクに唾を飛ばしていた。刑事部長の曾根要介だ。

「……もし犯人から新たなコンタクトがあったら、受け渡し場所を変えるように交渉してもらえ。新宿は不案内だとか何とか理由をつければいい。人混みがいいなら横浜にすればいいんだ。分かったな。進展があったら連

絡してくれ。以上」

どうやら被害者宅に入った本田から直に報告を受けたらしい。曾根は指令台に着く巻島らを睨め回し、煙草に火をつけた。

「これはモノにできるぞ」

煙と一緒にそんな言葉を吐いた。

「イッパツヤの社長、桜川志津雄によるとだな、電話の相手はマスクをしているようなくぐもった声を作ってるらしいが、口調や言葉遣いから考えても、彼の交際範囲の中で思い当たる存在はないということだ。落ち着いた話し方をして、連絡の都度、誘拐した健児少年を電話に出してるそうだから、若い男なんだろう。少年は犯人のことを『お兄ちゃん』と言ってるそうだから、若い男なんだろう。断定はできんが、単独犯の可能性は強い。『これはビジネスだ』とか、『警察さえ介入しなければ、平和的に解決する』とか、そんなことを繰り返してる。二千万という現実的な身代金と考え合わせても、必ず犯人は受け渡し場所に姿を見せるはずだ」

交渉過程の実声を警察側がキャッチしていない以上、狂言の可能性も考えられるが、現場に入った本田の心証では、その可能性は薄いとのことだ。受け渡しの時間が

迫っているだけに、まずは考えてから外すほかない。

「問題は東京の出方だが……」

曾根が警視庁をそのまま「警視庁」とも、あるいは「桜田門」とも呼ばないのは意識的らしい。警視庁での勤務経験がないから、多少のひがみが入っているのかもしれない。必ず醒めたように「東京」と言う。

「桜川の店を町田署がマークしてたようだ。危なくもない問屋が潰れそうだとひそかに触れ回って、業者から手を引かせるような情報操作を打ってると。自転車操業のところはそれだけで致命傷になる。潰れたらそこの在庫を桜川の店がごっさらっていくわけだ。匿名の告発が重なって町田署が腰を上げたとたん、今度のこれだから、警視庁は食いついてくる」

曾根は一呼吸置き、身を乗り出して一同を見渡した。

「だが、こっちはその情報さえもらえば、東京に用はない。今日はもちろん、うちの主導でいく。いいな？」

刑事部長自らの並々ならぬ意気込みを見せつけられ、対策本部はにわかに緊張が高まった。「分かりました」と神妙に応えた藤原一課長は、念を押すような視線を巻島に向けた。

その後、県警本部の家森（いえもり）刑事総務課長が駆けつけ、身

代金の受け渡し現場に投入できる捜査員の編成が曾根や藤原らとの間で検討された。現場に潜入させる者に加え、犯人の逃走や受け渡し場所の変更など突発的事態に備える周辺待機組も含めると、特殊犯係の捜査員で足りるものではない。捜査一課や機動捜査隊、近隣各署の刑事課から臨時にかき集めてくるのだ。

幹部がその作業を進めている間、巻島は桜川宅の本田と無線連絡を取った。

本田は家族がいる部屋とは離れたところに無線機を置いたらしく、率直に話してきた。

〈今日になってからは、犯人側の連絡はありません。やっぱり、受け渡し方法までの話が終わってますからね。やりにくい計画変更でもない限り、もうないでしょう。

それについては巻島も相槌を打っただけだった。愚痴をこぼしながらも何だかんだやってみせるのが本田という刑事でもあった。

ですよ。じいさん……桜川社長ですね……彼が、「警察になんか用はない。健児さえ無事に帰ってきたら二千万ぐらいくれてやるんだ』なんて言ってましてね。まあ、根っからの警察嫌いか何か知りませんが、ちょっと持て余してますよ〉

〈まあ、何とかしますけど、ちょっと難しいと思うのが、運び役を婦警にする件ですね〉

誘拐犯と接触する身代金の受け渡し人を、被害者家族に扮した刑事たちが引き受けるのは、誘拐捜査の常套手段でもある。

〈犯人が桜川家について調べ上げてるのは疑いないところだと思います。運び役についても『母親』じゃなく、『麻美』と名前で指名してますし、顔も知ってるように匂わせてます。子供と一緒にいることが多い母親だけに、下調べの中で何度も顔を見てる可能性は十分あるんですよ。それに彼女、背丈が百五十センチないくらいの人で、小塚にしろ高島にしろ、うちの女史たちではちょっと背格好が違い過ぎるんですよね〉

「母親本人はどう言ってる?」

〈一応腹はくくったみたいですね。顔色は悪いですけど、勇気づければ何とかなると思います。ただ、身代金の運び方が変わってましてね……〉

本田の説明によると、犯人はまず、桜川家から歩いて十分ほどのところにある相模大野駅前の老舗和菓子屋・天狗堂で三千円の煎餅の詰め合わせを買い、一番大きな紙袋に入れてもらってくるように指示したのだという。

桜川家がよく利用する店だ。

その後の電話で、犯人の指示は続いた。買ってきた煎餅の詰め合わせを缶ケースから出し、その缶ケースに二千万円の札束を入れろ。買ってきたときと同じように天狗堂の大きな紙袋にそれを戻し、その紙袋を手に提げて持ち運べ。決して胸に抱えてはいけない。手に提げて運ぶこと。受け渡し場所では立ち止まらず、近辺をゆっくりと歩きながら折を見て接触する限り、この取り引きは成功するはずだ。受け取り後、中身を確認次第、三時間以内に子供を解放する。その後の警察への通報についてはそちらの自由だ……そんな内容だったという。

場所は新宿駅西口、小田急百貨店前地上。平日、休日問わず、人があふれ返っている場所だ。

〈だからですね、天狗堂の紙袋を目印にさせるところなんか、母親の容姿を記憶し切ってない節があるようにも思えて、そのへん掴みかねてるんですよ〉

確かに奇妙ではある。しかし、本当に目印ならば帽子でもスカーフな指示を出したのだろうか。目印なら帽子でもスカーフでも服の色でも何でもいいのではないか。天狗堂など

いう限定は腑に落ちない。犯人自身、少なくとも一度はその店を使ったことがない限り、そんな指示は出さないはずだ。取り引き後の警察への通報は自由だと言う以上、それが捜査への取っかかりになることくらいは承知の上だろうに。

とりあえず、その疑問は脇に置いた。運び役の件については、曾根が「本人でいい」と即答した。ただ、直前になって本人が怖じ気づくかもしれず、できるだけ容姿の近い婦警を待機させることになった。

「藤原課長、警察庁の捜一課長からです」

巻島が本田との無線交信を切り上げた向こうでは、電話番についていた署員が緊張した面持ちで藤原に告げていた。おそらく、用件は警視庁との協力態勢についての指導だろう。

「俺が出る」

藤原では役者不足とばかりに、曾根が手を挙げて割り込んだ。

「ああ、どうも曾根です。ご無沙汰です」

低い声で電話を受けた彼は、初め大人しく電話の声に耳を傾けていたが、突然、裏返った声を張り上げた。

「ちょっと待って下さいよ!」

砕けた言い方で、口元には引きつったような苦笑いを浮かべている。顔は紅潮していた。

「そんな時間はないでしょう。うちはもう捜査員が家に張りついて、態勢を整えてるんですよ。いやいや、それ、勝手に決められても困りますって……え……集めてるだけでしょう? それを言ったら、うちはもう二百人出してるんですから。ええ、もう現場に向かってますよ」

家森刑事総務課長が、何を言い出すのかと腰を浮かせるのを、曾根は目配せで制する。

「ですからね、後方に控えてもらえばいいんですよ。手が足りない事態になったら、そのときは向こうのお世話になります。いや、混成は駄目ですって。絶対混乱しますよ。だからね、いや、分かりました。そちらには迷惑かけませんから、東京と直接調整させて下さい。大丈夫です。うまくやりますから。またこちらから連絡します」

曾根は受話器を置くと同時に、「ややこしくしやがって!」と一転、不機嫌な声遣いになって独り言を吐いた。それからシステム手帳を広げ、それを見ながらどこかへ電話をつなげた。

「捜一の三船課長を」

警視庁らしい。曾根は名前を名乗って取り継ぎを頼んだ。

「え？ あ、そう……もしかして新宿署に行った？」

どうやら相手は不在だったようだ。

「まあ、いいや。じゃあ森下部長を」

曾根は受話器に手をかぶせ、「向こうも動いてんな」しかめ面でそう呟いた。少しして電話に出た向こうの刑事部長に対し、しばらく押し問答を繰り返していたが、さすがに簡単には懐柔できる相手ではなかったようで、話も半ばにして曾根のほうから電話を切ってしまった。

「くそっ、タヌキオヤジめ！」

曾根は歯嚙みして毒づくと、立ち上がって指令台の周りを歩き始めた。

「しかし、やけに出足がいいな。うちからの情報だけじゃないぞ。誰か桜川邸に来てんのか？」

「町田署の警部が先ほどから乗り込んでいるそうです」

指令台から離れたところで現場と無線連絡を重ねていた特殊犯係もう一人の係長、秋本が答える。

「何だ、全然有利じゃねえじゃねえか」言ってから、曾根は腰に手を当て、気持ちを落ち着けるように天井を見

た。「まあ、いい。向こうの特殊犯係の管理官がこっちに向かってるそうだ。そいつをここに縛りつけて東京との連絡係にすれば、こちらの主導で形になる」

調整役として来るということだろうか。警視庁の後藤管理官は現場指揮に慣れた遣り手幹部ではあるが、このこ密使のように一人乗り込んできたところで、曾根を簡単に籠絡できるとは思えない。向こうの真意が読めず、巻島は多少訝しく思ったが、来るというのだから来るのだろう。

警視庁との調整は後藤管理官の到着待ちとなり、神奈川県警主導の前提で捜査態勢の編成が着々と進められることになった。まず、特殊犯係の勤務経験がある者を含む五人の機動捜査隊刑事が受け渡し現場に先乗りし、捜査上、何か問題がないかどうかを調査する先遣隊の任を受けて出発した。

動員をかけた各部署の刑事二百人は十時までにこの警察署に集まってくる。巻島が短いオペレーション説明を行い、それを送り出す手筈になっている。

二百人のうち、桜川麻美の五十メートル半径内に五十人。その外側に百五十人が三班に分かれて散らばる。警視庁組はさらにその外と想定しておく。警

現場に現れた犯人が身代金を手にした場合、共犯者の存在を考えてそのまま監視に移行するか、あるいはその場で捕捉してしまうか、非常に重要な判断を対策本部は事前に方針として示しておかねばならない。曾根の命令は、一応、周囲に目を配る必要はあるが、網の内側で捕まえろということだった。彼自身、単独犯の心証を強くしている。その先入観は危険とも言えるが、雑踏の中というほかの場所を考えると、安易に泳がせるのも危険である。どちらの方針が取られようと、要はそれに向かって最善を尽くすのが一番肝心なことだ。

十時を過ぎ、招集されたほぼ全員の捜査員が署内の道場に集まったとの連絡が入った。指示の要点を藤原課長に確認し終えた巻島が席を立とうとしたところで、無線機の一つから流れる本田の声が耳に入ってきた。

「え——、こちらに今、警視庁の後藤管理官が到着しております。その対応について指示がありましたら、どうぞ〉

〈何ぃ？　何でそっちに行ってるんだ!?〉曾根が飛び上がらんばかりにして、無線のマイクを秋本から奪った。

「その管理官と代わってくれ！」

〈了解〉との声から沈黙が入り、そしてまた本田の冷静

な声が戻ってきた。〈え——、オペレーションまでの時間の関係上、ちょっと対応ができないとのことです〉

「何だと!?」

〈オペレーションの詳細については新宿署内に対策本部ができているので、そちらに問い合わせてほしいとのことです。現在、後藤管理官は家族と打ち合わせに入っています〉

「くそっ、やられた！」

曾根は真っ赤な顔をして指令台に戻ってきた。手元の電話に手をかけたが、受話器を取り上げることはなかった。何度も何度も舌打ちを繰り返し、策を巡らすような顔つきになった。そしてやおら顔を上げ、巻島を見た。

「おい、ヤングマン！」

どこで仕入れてきたのか、二、三十代の頃のニックネームで巻島を呼んだ。意表を衝かれた巻島は、ただ彼を見返しただけだった。

「お前、管理官同士で話をつけてこい。絶対引くな。もうここはいいから現場に張りつけ。最悪、東京が暴走しても、最後はお前の手で犯人にワッパをかけろ。いいな？」

感情的な命令ではあったが、警視庁の出し抜き方が露

骨だったこともあり、巻島も反射的に立ち上がっていた。

「分かりました」

秋本係長にオペレーション説明の代理を託し、巻島は対策本部を飛び出した。

いわゆる、刑事に見えない刑事というのが、若手時代からの周囲の巻島評だった。若干下がりめの目尻に、耳まで隠れるウェーブヘア。文字通り暴力団顔負けの顔立ちを持った同僚たちに囲まれ、〈ヤングマン〉とからかい気味のニックネームを頂戴した。その独特の風貌は、しかし、身代金の受け渡し現場などの街中には違和感なく溶け込んだ。無線のイヤフォンも髪に隠れ、挙動不審者のかたわらに立っていても、まったく警戒されることはなかった。巻島が彼らの肩を叩いて警察を名乗ると、相手は例外なくぎょっとして眼を見開いたものだった。

地位相応に見られたいわけでもないが、若い頃よりは髪の毛も短くなっている。今さら〈ヤングマン〉と言われるとは思わなかった。そう言われるに足る弾力のようなものも、四十代も半ばを過ぎた自分にはなくなってしまった気がする。もちろん、その代わりに得たものもあ

るのだが……駆け引きとか立ち回りとかだ。

相模原南署の署員が運転する車で桜川邸の近くまで行き、筋の違う道で降ろしてもらった。携帯電話で本田に連絡を取ると、狭い裏通りに通じる小さな門があるとのことだった。

桜川邸は高い塀が張り巡らされた、タイル張りの大きな家だった。表門は閉ざされ、車庫のシャッターも下りている。さながら要塞のような冷たい趣の邸宅である。裏通りは遠く見渡しても人影がない。ここまで来て後ろを振り返ったりするのは、かえって挙動不審ぶりを際立たせる。巻島は立ち止まることなく、勝手口の門を押した。

門のすぐ内側で特殊犯係の部下が一人待ち受けていた。巻島と目を合わせると忍び足で勝手口まで先導し、ドアを開けてくれた。

と、今度は勝手口の上がりかまちに本田が待機していた。

「参りましたよ」開口一番、彼が声をひそめて言う。

「ここの家族の手前、殴り合いをするわけにもいきませんし」

巻島は小さく頷き、無言で本田を促した。家族が待機

している部屋に向かう。十五畳ほどのリビングだった。

一瞥して桜川社長夫婦、息子夫婦四人の見当をつけ、彼らに会釈を送った。二、三人の見知らぬ顔は町田署の者か後藤管理官のお供か。

後藤は桜川社長の隣のソファに座っていた。新宿駅周辺のものと思われる地図を広げて思案顔を見せている。

巻島はまず、四人の家族に自己紹介した。

「何だ、おい、そんなにぞろぞろ入ってきて、犯人が見てたらどうするんだ。いったい何人来れば気が済むんだ？」

桜川社長が不機嫌な声を上げた。還暦を過ぎた男とは思えない精力的な空気を持った男だ。

「慎重に行動していますからご心配なく。これ以上は誰も来ません」

こういう立場に追い込まれた被害者家族は我を失って、一にも二にも警察の言うことに素直に従うものだが、なるほど本田が報告してきた通り、扱いにくいタイプのようだ。なおさら、警察間の主導権争いなど見せられない。

後藤はと見ると、巻島などには興味がないというように、無視を決め込んでいる。

「後藤さん、ちょっと」

「ああ」

巻島の呼びかけに、後藤は今初めて気づいたというような声を洩らして立ち上がった。

後藤とは特殊犯係同士の技術研修交流や合同訓練などで面識がある。巻島より歳は二つ三つ上だろうか。一言で表現するなら、食えない男である。

「ちょっと二人きりでお話ししたいんですけど」廊下に出て巻島が言う。

後藤は顔を巡らし、一つのドアを指差した。「じゃあ、そこでどう？」

言われるまま入ってみるとトイレだった。一瞬面食らって、後藤のペースに引き込まれそうになったが、望むところだと、巻島も息がかかる距離で後藤に向かい合った。

「問題は玉川学園前から柿生の間だと思うんだよ」後藤のほうが先に口を開いた。彼の手にあるのは西東京の地図だった。「町田に入るまではお宅でいいし、柿生から登戸までもお宅の管轄だからいいと。で、多摩川を越えたら、あとはうちにシフトするということで。ただ、玉川学園から柿生は県境線を入ったり出たりするから、

そこをどうしようかと思ってね」

「後藤さん」巻島は彼が持っている地図を手で伏せた。

「町田はもちろん、多摩川を越えてもシフトはしません。新宿までうちが張ります。受け渡しもうちで張ります。

無理を言いますが、そちらは一歩引いて頂きたい」

「それはちょっとできねえな」後藤は大きな耳を赤くして笑う。卵形のつるんとした顔はなかなか愛嬌があるが、その笑みにはとげが浮いている。「イッパツヤの関係でいくつか目星がついてるとこ、増員かけて探ってるしさ、もちろん新宿のほうも待機に入ってるし。警察庁から桜田門主導でって話が来てんだろ？」

「警察庁からは、まず現場間の調整でという猶予をもらってます。イッパツヤ関係は続けてもらって構いませんし、逆にそうしてもらいたい。新宿も協力はぜひお願いしたい。ただし、後方支援という形でお願いしたいんです」

「駄目駄目、何だよ後方支援って。意味分かんねえよ。俺たちゃいつも前線張ってんだよ。そんなのできっかよ」

「後藤さんでらちがあかないなら、お宅の課長さんに直談判しますよ」

「なめんなよ、こら」後藤は笑顔のまま眼差しを凍らせ、額に青筋を立てた。「だてに桜田門の警視張ってんじゃねえぞ俺。田舎警視が同格ヅラして偉そうな口叩くんじゃねえぞ、こら」

巻島はそれを聞き流し、彼の肩に手を回した。

「お願いしますよ。後藤さんのチームが優秀なのは、この世界みんな分かってることじゃないですか。今回はうちの連中に経験積ませてやって下さいよ。まだ人さらい扱ったことないやつ、何人もいるんですよ」

「お前よ、被害者の立場になってみろよ。警視庁に任せたほうが、ここの家族だって安心するんだよ」

「いやいや、そんなこと言わないで。名医だって最初から名医だったわけじゃないんだから。うちだってやれば、できますよ。うちの読みじゃ、今日のは単純なヤマです。だから部長もイケイケなんです。東の横綱が意地張って出る土俵じゃありませんよ」

馴れ馴れしく話しかけると、後藤の笑みから少しずつ強張りが取れてきた。

「そりゃあ、お前、これが町田あたりだったら、まあそっちに花を持たそうかって話があるかもしれねえよ。だけど、新宿だぜ。天下の副都心だぜ」後藤は理解を求

**15**

めるように巻島を見つめる。「それにさ、今の新宿署長は前の一課長の小坂井さんだよ。そのシマで神奈川のケツ持ちやってたんじゃ、俺らの立場ないって、分かるだろ?」

「なるほど、よく分かります」巻島は神妙に頷いておいた。「だけど後藤さん、もう時間がないんです。このまま収拾がつかないとお互いに傷が付くだけです。駆け引きは捨てて妥協点を探しましょう」

「都合のいい話なら聞けねえぞ」

「もう駆け引きはしません。こちらの譲れない線まで譲ります。後藤さんのチームにはオペレーションの中心に加わってもらいます。ただし犯人捕捉はイレギュラーな事態がない限り、うちの連中でやらせて下さい。それから統括指揮はうちの本部に一本化ということでお願いしたい。その代わり現場指揮はうちのバスで後藤さんにやってもらいます。後藤さんが無理だとしても、そちらの係長さんで。うちの係長がそのサブについて、私は現場に出ます」

「ほう、若いな」後藤が無表情で茶々を入れた。

「犯人を捕捉したら身柄は新宿署へ。そちらの人間で締め上げてもらって、子供の居場所を吐かせる。居場所が都内ならそちらで、神奈川ならうちで保護です。子供を保護次第、犯人はうちで引き取ります。記者会見もうちで。もちろん警視庁の協力によってという文言は付けます」

「おいおい、何か最後は都合よくなかったか?」

「そんなことありませんよ。捕まえたら、あとは送検までの雑務が残るだけですから、それはうちでやりますよということです。もちろんイッパツヤ関係の情報が浮かべば、即時そちらへお知らせしますから」

「そうじゃねえよ。記者会見をうちでとか、どさくさに紛れて言っただろ」

「そりゃ、形的にはこっちの本部で統括するんですから」

腕時計を見る。本当に時間がなくなってきた。

「何か気に食わねえな」後藤はまだ煮え切らないことを言っている。

「後藤さん、何とかこれで呑んで下さい」巻島は背中を丸めて、顔を歪めた。誰か聞き耳を立てていないか気にする素振りでドアを一瞥し、それから後藤を上目遣いに見た。「ぶっちゃけた話、私自身、手柄が欲しいんですよ。管理官になってから、まだいい事件に当たってなく

て、こういうのを待ってたんです。要は手柄なんです

よ。それだけなんです」

「ほう、こりゃまたずいぶん、ぶっちゃけてくれるね」

後藤は呆れ半分に言い、軽蔑したような視線を向けてき

た。

「本音ですよ。うちの部長だってそろそろ転任ですか

ら、自分の武勇伝がここらで一つ欲しいんです」

後藤は明らかに鼻白んでいた。

「しゃあねえな。そこまでプライド捨てられちゃあな。

分かったよ、その線でこっちもまとめてみるよ」

巻島は大げさなほどに頭を下げた。

「貸しだからな」そう言って、後藤はトイレから出てい

った。

豪邸とはいってもトイレにまでエアコンは利いていな

い。巻島はトイレットペーパーを巻き取って汗を拭っ

た。

警察幹部二人が汗だくになって肩を組み合い、恫喝や

媚を駆使して〝交渉〟している様はさぞ異様だろうが、

巻島当人としてはある種の割り切りで対処できるものだ

った。いつしか、プライドも道理も軽く捨てられるのを

覚えていた。昔、〔ヤングマン〕と言われた男は、手練

手管で組織に尽くす男になりつつあった。

「うちの参加は特殊犯係だけだ」上との協議を済ませた

後藤が、廊下で巻島に囁きかけてきた。「あと西東京の

各署中心に人質保護に動ける人員を待機させとく。部長

の新宿署入りも中止。課長も本庁に戻って成り行きを見

ることになった」

「イッパツヤの線も、目ぼしい相手は監視下に入れた

が、これというような動きはないらしい。とりあえずは

そっちのお手並み拝見だ」

「分かりました」

巻島は無線を対策本部につないで藤原課長に調整の結

果を報告した。〈了解〉との反応しかなかったが、藤原

にしろ曾根にしろ異存はあるまい。

そのあとリビングに戻って、健児君の写真を見

せてもらった。こんな幼い子をさらって写真を返した

が、これというような動きはないらしい……

そんな感情を自分の中に喚起させて写真を見

が作為の感情か本当の感情かの判断は自分でもつかな

い。段取りの一つとして機械的にやっているとの認識が

ないでもない。

主導権を譲った以上、警視庁の士気はすっかり下がっ

てしまったらしい。

家族とは、それぞれの役割について簡単に打ち合わせた。桜川社長夫妻は犯人から電話がかかってきた場合に応対するため、自宅に残る。息子の桜川夕起也は妻と一緒に新宿に行くことを主張してきた。夫がいればそれが心の支えになって、妻の麻美も何とか身代金の受け渡しに臨めそうだという。

桜川麻美は小柄で華奢な身体つきをした女だった。眼の下にはかすかに隈ができている。二十八歳らしいが、印象的にはよくも悪くも少女っぽい面影があり、誰かが支えてやらないと重責を果たせそうにないような弱さが確かに見受けられる。巻島は娘のいずみを思い出した。顔つきこそ似てはいないが、雰囲気には通じるものがある。

犯人が新宿までの移動途中に接触してくる可能性も捨て切れないため、夕起也は麻美とは別行動で、巻島らとともに新宿まで行ってもらうことにした。麻美には、夫が近くにいるということで我慢してもらう。代役候補の婦警がやってきたが、一見して髪型も体格も雰囲気も麻美とは隔たりがあったので、その手は巻島の判断であっさり捨てた。

新宿までの道中、麻美に付かず離れず警護する相模原

南署の刑事も待機場所でスタンバイし、新宿でのオペレーションスタッフもすでに出発してここに残る者以外を引き連れて、先に現場へ向かう頃合いになった。巻島も連絡係としてここに残る者以外を引き連れて、先に現場へ向かう頃合いになった。

「麻美さんの出発時間は本部からの無線で指示が来ることになっていますから。我々と夕起也さんは一足先に出ることにします」

「よ、よろしくお願いします」

麻美は青白い顔をして震える声を絞り出した。いかにも頼りないが、ここまで来たら開き直って、母は強しというところを見せてもらうしかない。

「どんと行きましょう」

巻島はそう声をかけておいた。

「とにかくな、健児の命を第一に考えてやってくれ。頼んますわ」

傲岸に見えていた桜川社長も、ソファから腰をずらして床に膝をつき、頭を下げてきた。

「お前もぼけっとしとらんと。夕起也も」

そう言って、ほかの家族にも頭を下げさせる。巻島はただ単に頭を下げ返すにとどめておいた。

「じゃあ、行きましょう」

18

目の前の空気を嫌って、夕起也に声をかける。

家族が頭を下げなくとも手を抜くことはあり得ない

し、逆に頭を下げられたからといって能力以上の結果が

出せるわけでもない。そんな醒めたプロ意識が二十年の

刑事生活の中で身に付いていた。そういう処し方が結局

のところ、アベレージとして安定した結果を出すことに

つながる……それは事実だった。

順次、時間をずらして外に出る。後藤は警視庁の車が

待機しているらしく、さっさと巻島らから離れていっ

た。巻島が乗ってきた車には、助手席に本田が乗り、後

部座席に巻島と夕起也が乗り込んだ。

国道十六号線を南下し、横浜町田インターから東名高

速道路に乗り入れる。新宿へと急ぐ。

無言の車内には、現場に臨む緊張感がじわりと漂い始

めていた。

予定のオペレーション通りで本当にうまくいくのだろ

うか……ふと、そんな素朴な疑問が巻島の頭に湧いた。

曾根ははなからこの事件を楽勝ムードで捉えている。犯

人は電話交渉でうまくやったと思っている。だから、金

を受け取りにのこのこ現れたところを捕まえればいい。

そう決めつけているようだ。

しかし、実際に犯人が油断しているかどうかは分から

ない。警察はまだ、犯人の声も聞いてはおらず、それが

逆に根拠のない自信につながっているように思える。巻

島も含めて、まだ誰も現実感を伴ってこの事件に当たっ

てはいない。一抹の不安を感じるならそこだ。

ただ、曾根が打ち出したオペレーション方針は、考え

られる選択の中では最善であり、堅実であるのも確かな

のだ。共犯の有無にかかわらず、とりあえず現場に現れ

た犯人を捕捉するのは、誘拐捜査の成功例の典型でもあ

る。いくら犯人が金に困って見境のつかない人間であろ

うと、幼児誘拐が卑劣な犯罪であることくらいは分かっ

ている。逮捕された時点で彼のすべては終わり、観念す

るものなのだ。もし共犯が人質を監視していて、計画が

失敗したときにはその命を奪おうと考えていたとして

も、逮捕された人間にとってはもはや自分の罪を重くする

だけのことで、もはや迷惑以外の何物でもない。厳しく追及

すれば、必ずあっという間に落ちる。

交渉の過程から考えても、今現在、子供が生存してい

ることはまず疑いがない。身代金を受け取りに来た犯人

を取り逃がすようなことさえなければ、結果は堅いはず

だ。

納得してみて、何ということはないという不安だと気づく。万全の腹構えを求めるいつもの癖で、無意識のうちに何か気になることはないか探してしまっている。事前点検に異状はない。

「親父の仕事関係の人間はマークしてますか?」

不意に、横に座っていた夕起也が硬い声を出した。

「親父はあの通り、ワンマンタイプだから敵も多いはずなんです。商売敵には憎まれてるだろうし、取り引き先を泣かせるようなこともやってるはずです。売り出しのときは朝から晩まで狭い路地に客が行列を作って、近隣から苦情が出たことも一度や二度じゃない。結局、ああいうやり方で金儲けに走ったツケが出て、こんなことになってるんですよ」

父親の手前、家の中では話せなかったのだろう。夕起也の口振りは本心からのものに聞こえた。

「考えられる可能性はすべて視野に入れてます」巻島は冷静に受けた。「ただ、今は身代金の受け渡しに集中する態勢を敷いてますから。まあ、お父さんもテレビに出られる有名人ですし、必ずしも交際範囲の中に犯人がいると決めつけられるケースでもないと思います。予断は禁物です」

「そもそも、テレビなんかに恥ずかしげもなく出るのが間違ってるんだ」夕起也は外の景色に視線を外して言う。「あんなのにもてはやされて、いい気になって、冗談じゃないよ。金のために、悪魔に魂を売った結果がこれだ」

抑えた声ではあるが、口調は感情的だった。

夕起也は本郷の会社に通う普通のサラリーマンだという。事情聴取をした本田から簡単に聞いたところによれば、かつては父親の店舗で働いていたこともあったらしい。跡継ぎが辞めるのだから、よほど肌に合わなかったのだろう。三十三歳という若さながら、商魂逞しい父親とは正反対の保守的な男のようだ。

とかく有事には家族間に亀裂が入りやすいものだが、それに口を挿む立場にはないと心得ている巻島は、夕起也の言葉も聞き流すにとどめておいた。

新宿駅の西口に着いたのは、十二時を少し回った頃だった。すでに指揮車が西口広場地下の吹き抜けとなっているロータリーの一角で、業務用車両に混じって何気なく停められていた。中にある無線機で現場の捕捉班や対策本部と交信する。つまり捜査の拠点となる場所だ。今

20

回のオペレーションでは、警視庁の後藤や神奈川県警の本田らがそこに入ることになる。変装用の衣装や小道具も車内にそろっているし、ビデオ撮影係が撮った映像をリアルタイムでモニターに映すこともできる。夕起也が一時期とはいえイッパツヤに勤務した経験を持っているので、カリオン橋から望遠で撮った映像を車中でチェックしてもらい、見知った顔が見つかれば教えてもらう算段になっている。

警視庁の特殊犯係を含む捕捉班の捜査員は、すでに現場周辺のそこかしこに散らばっている。離れたところで桜川麻美の到着を待っている者もいれば、早くもホームレスの変装をして現場に馴染んでいる者もいる。車道にも敏腕ライダーたちがバイクとともに控えていて、水をも洩らさぬ網が仕掛けられている。

警視庁の後藤が引き締まった顔で臨場したところで、現場スタッフから警部補クラスの責任者を集め、最終的な打ち合わせを済ませた。

それぞれがまた散っていく。

巻島はワイシャツを白から青に着替えた。携帯無線機を腰に付け、それを隠すようにして上着を手に引っかけて、空いた手で黒革のかばんを持つ。高層ビル街あたり

のサラリーマンを気取ってみる。休日ではあるが、日本有数のビジネス街に面しているだけにネクタイ姿は少なくない。

後藤や本田らに声をかけて、外に出た。

十二時三十五分。

小田急百貨店の前は、太陽の照り返しで路上のタイルが白く映えていた。天気予報では最高気温三十三度の予想と言っていたが、体感温度は軽く三十五度を超えている。

日陰を選び、ぶらぶらと歩く。暑さに負けたような脱力感を身体の線で表現しながら、一方で集中力だけは徐々に高めていく。

時折デパートの中や駅構内に足を踏み入れ、不審な若い男の気配を視界の片隅で探る。目深に帽子をかぶり、ちらちらと外を気にしている男がいる。巻島は近くにいる警部補にアイコンタクトを送り、物影に呼び寄せる。

「あれは川崎署の刑事です」との返事。

「ああいうタイプは地べたにでも座らせとけ」

そう返して、その場を離れる。ほかにも何人かの不審人物を見つけたが、いずれも経験の浅い刑事への演技指導に終わった。

21

十二時五十二分。

〈母親、到着です〉

無線連絡が入り、巻島は受け渡し現場にゆっくりと近づいた。

桜川麻美が小田急の駅ビルから街頭に出てきた。犯人の指示通り、右手に紙袋を提げている。小柄なのでほとんど袋の下を引きずりそうな感じだ。白日の下では、その肌の青白さがさらに際立つ。

彼女は署名活動の一団やティッシュ配りの若者から少し距離を置いたところに立った。しばらく突っ立っていたが、犯人の指示を思い出したように、ゆっくりと歩き始めた。十メートル半径ぐらいのスペースを行ったり来たりしながら、犯人の接触を待っている。

彼女を前にして、二組のカップルがガードレールに腰を乗せるようにして会話を楽しんでいる。もちろん男も女も刑事だ。特殊犯係の連中なので、演技にも堂に入っている。絶え間なく人が行き交い、あるいは待ち人を探して何人もが佇んでいるこの通りでは、景色に同化している限りでは違和感がない。彼らがいると言ってもいいほど違和感がない。

そんなことをあえて意識したのは、桜川麻美が遠目か

らは意外とその姿が消えてしまうからだった。遠目といっても巻島と彼女の距離は二、三十メートル程度なのだが、人の流れが間に入って、彼女自身の小柄な身体はたびたびそこに隠れてしまう。彼女自身動いている上、巻島も視界の隅で捉えるような見方をしているので、一瞬見失いかけることもある。

神経を遣う時間が過ぎていく。巻島は待ち合わせをする人垣に紛れて、それをやり過ごす。二十分、三十分という時間がじりじりと流れていった。

犯人は、折を見て接触するので辛抱強く待てと言っている。それがどのくらいの時間かは分からないが、巻島は何となく三十分から一時間あたりのところを想定していたので、一番気持ちを集中すべき時間帯に突入したつもりになっていた。

しかし、何もないまま一時間が過ぎた。

桜川麻美は見るからに足が重そうだ。一昨日からほとんど睡眠を取っていないだろう。疲労がにじみ出ていて痛々しい。せめて帽子の一つでもかぶらせてやりたいところだが、今は我慢してもらうしかない。

一時間半も過ぎていった。

〈異常なし〉のオンパレードとなった無線のやり取りも

途切れがちとなった。

犯人に気配を感じられてしまったのだろうか。まさかとは思いつつも、不安が頭をもたげてくる。二百人からの刑事がこの新宿西口一帯にいる。誰かしらどこかで尻尾を見せてしまった可能性はゼロとは言えない。

時間的に次の手を考える段階に来ている。麻美も炎天にさらされ、今にもぶっ倒れそうだ。ここでの接触はあきらめ、犯人からの新たな連絡を待つのが妥当ではないか。

三時に近づいたところで、巻島は無線マイクに小さな声を吹き込み、後藤に接触断念の判断を進言してみた。

しかし冷房の利いた車中と街頭では時間感覚がずれているのか、後藤は取り合わなかった。対策本部からの指示も、〈現状の態勢を維持し、犯人の接触に備えよ〉とのことらしかった。

確かにここでの接触を断念してしまえば、今後の展開がどう転ぶか分からなくなってしまうという危惧はある。もう、イージーな事案と高を括ることもできない。曾根が指揮官だけに、なおさら簡単には引かないだろう。

しかし最低限、桜川麻美に休憩を取らせるべきではないか。むやみに歩き回らせるのも意味があるとは思えない。それに、センターに張り込んでいる捕捉一班も外周に控えている班と替えたほうがいい。こまめに立ち位置を移したりはしているが、犯人がどこかからじっとこの場所を観察しているとするなら、この場に漂う淀んだ空気を察知するかもしれない。

ふと、桜川麻美が消えた……ように見えた。

巻島は茹だった頭で鈍重に思考を回す。

はっとして目を凝らす。

通行人が途切れると、麻美はうずくまっていた。その背中が巻島には見えた。

紙袋は……。

麻美が抱えていた。

気分が悪くなったのか？

しかし、麻美はすぐに身体を起こした。胸元で何かをしているように手を動かしている。巻島には何をしているのか分からない。

彼女の動きが止まる。

そして周りを見渡している。

〈捕捉一班、小塚より拠点へ〉

見ている女性刑事の声が無線に乗る。〈えー、今、麻美

さんが一枚の紙を拾った模様です。広げて読んでいます。中身はここからでは分かりません。えー、あ、トイレに行きますので、追ってみます〉

麻美が赤いハンカチを出すと、トイレに行くという合図になっている。現場の女性刑事が落ち合って、打ち合わせをする。

麻美に続き、女性刑事の小塚も距離を置いて駅ビルに入っていった。

〈紙を拾ったっていうのはどういうことだ？　接触があったのか？　現金はどうなってる？〉

後藤の苛立った声がイヤフォンを通じて聞こえてくる。

〈紙袋は本人が持ったままです〉近くにいた一人が答える。〈カチャンというような小さな音が鳴りましてですね、それで麻美さんが紙袋の底のほうから何かを取っていました。それが一枚の紙だったようです〉

話を聞いても、どういうことなのかよく分からない。現場にいる巻島がそうなのだから、後藤も同様だろう。

〈近くに誰か不審者はいないのか？　各員注視しろ〉

そう言われても、そこには人の流れがあるだけだ。二時間、ずっと同じである。

しばらくして、小塚刑事の声が届いた。

〈麻美さんが手にした紙には犯人からの指示が書かれていました。内容は今から読み上げる通りです。『桜川麻美へ。三時半までに原宿の竹下通り、マクドナルド前に行き、同様にして接触を待て』〉

受け渡し場所の移動だ。営利誘拐には付きものの手法だが、今回の件ではその可能性は薄いと踏んでいた。場所の移動は待ち合わせ場所を喫茶店などにして、犯人がその喫茶店に電話を入れたり、最近では携帯電話を持たせてそれでやり取りしたりするというパターンが通常だからだ。今日の受け渡しは街頭であり、連絡ツールを持てとの指示もなかった。実家を通して犯人が指示を送る可能性もなくはなかったが、必ず誰か実家にいろとの指示が事前にあったわけでもない。犯人は受け渡し場所に来るか来ないか、そのどちらかだろう……セオリーとして、その読みは間違っていなかったはずだ。

〈その紙はですね、強力なマグネットを包んだ状態で道に転がっていたようです。紙袋の中に缶ケースが入っているものですから、麻美さんが歩いているうちにそれがくっついたということです〉

小塚の説明を耳にしながら、巻島は指揮車に戻った。

対策本部と周波数を合わせている無線機の前では、本田が混乱した様子で幹部と連絡を取り合っていた。その横で腕組みをしている後藤が巻島を睨みつけた。

「何なんだ、これは？」

巻島は首を振るしかない。予想していませんでした……そう言いかけ、口にするまでもないと思ってやめた。

強力磁石を包んだ紙……。

いったい、いつ路上にそれを置いたのだ？

麻美に現場周辺を歩き回れと指示したのは、路上に置かれた紙を麻美の紙袋にくっつかせるためだ。それは分かった。

しかし、犯人はそれをいつ置いたのだ？

麻美が来る前というのは、可能性としても小さいのではないか。

歩き回れとの指示だけでは、麻美がどのあたりを動いているのか視認しまい。実際に麻美がどのあたりを動いているゾーンまでは摑めまい。実際に麻美がどのあたりを動いているのか視認しないと。

前か、あるいは数秒前か……犯人はあの現場に、まるで透明人間の違いない。彼は捜査員環視の現場に、まるで透明人間の

ように入っていき、まんまと桜川麻美とコンタクトを取ったのだ。

「夕起也さん、モニターに見知った顔は映りませんでしたか？」

夕起也はただ、かぶりを振った。事態が思わぬ方向へ流れているのを敏感に感じ取っているような、不安げな顔だった。

各方面への連絡を終えて、巻島たちは竹下通りに張り込む捕捉一班を編成し直すことにした。通常の現場移動なら外周に控えていた捕捉二班や三班をセンターに投入すればいいのだが、今度は原宿という特異な街である。新しい捕捉一班は小田急や京王の百貨店に駆け込み、カジュアルな服やスニーカーを買いに回った。

二十代の男女を優先的にピックアップし、三十代前半を混ぜて、三十三歳の警部補を現場主任とする若いチームを急遽編成した。原宿署からも数人の若手刑事や婦警を派遣してもらうことにもなった。

これらの作業が長々と時間を食った。桜川麻美には休憩も兼ねて喫茶店に入っていてもらったが、そばにいる小塚刑事から〈まだですか？〉と頻繁に催促がかかる。

新宿と原宿は二キロほどしか離れていないとはいえ、三

時半を過ぎても指揮車からしてまだ移動を始めていない状態に、桜川夕起也も「早くして下さいよ。何をやってるんですか」と苛立ちを露わにし始めた。だが、そんな非難の声も相手にしている暇はなかった。

先遣隊が竹下通りに到着し、現場の状況報告を対策本部に済ませ、指揮車の駐車場所を確保したところで、対策本部から移動のゴーサインが下った。

四時五分。

竹下通りのマクドナルド前に、何とか犯人の捕捉態勢が整った。ストリートファッションをまとって若作りをした捜査員たちがティーンエージャー向きの店先に散らばり、マクドナルドの店内や向かいのカフェテリアにも何人かが入って窓際の席から通りに目を光らせる。狭い通りだけにビデオ撮影の場所がなく、マクドナルド前から坂上に当たる原宿駅のプラットフォームに撮影係が立った。先ほど現場に顔をさらした巻島は、指揮車にとどまることにした。

原宿駅で連絡待ちとなっていた麻美が間もなく姿を現した。先導した小塚は後方班に合流したようだ。モニターから見えるマクドナルド前は、新宿駅前以上の人波があった。色とりどりの無数の頭は、その動きを

見ているだけで悪酔いするような気分にさせられる。

桜川麻美は新宿駅前と同じように、紙袋を手に提げて竹下通りの坂を下っていく。そこまではビデオ係も追っていたが、すぐに見失ってしまったようだ。三十メートルほど先にあるマクドナルド前にフレームを移した。

やはり麻美に帽子をかぶらせておくべきだった。陽射しが傾いたとはいえ、疲労のたまった小さな身体にこの暑さはこたえるだろうと思い、待機中、小塚への無線連絡を通して日除けの帽子を買うように勧めたが、犯人に分かりづらくなっては困るとの理由で本人が固辞した。

しかし、かぶっていてくれたら、少なくともモニター上では目印になっていたはずだ。マクドナルド前の麻美は、人波が引いたときには姿が見えることがあるものの、すぐに新たな波にさらわれて、どこにいるかも判然としなくなる。時折、駅に滑り込んでくる電車に視界をさえぎられることもあり、モニターを見ていてもストレスがたまるだけだった。

「不審な物が落ちていないか注視しろ」

後藤が何度も無線で呼びかける。

麻美が到着するまでに、配置に着いた捕捉一班が現場周辺に不審な紙包みが落ちていないかをさりげなく見て

26

回っている。同様にして接触を待てと言う以上、また磁石入りの紙包みを使って指示を送る可能性は十分に考えられたからだ。しかし、どう考えてもゴミとしか思えないものを除いて、そのような紙包みは見当たらなかった。

じりじりと時間が過ぎていく。

三十分が経ち、またもや一時間が経った。

路上に落ちている物はない。

「遅れてきたのがまずかったんだ」

桜川夕起也が独り言のように言う。誰もそれに応えようとはしなかった。

麻美が新宿駅西口で三時半前にあのメッセージを手にするとは限らない。それは犯人も分かるだろう。麻美が紙袋に磁石をくっつけるまでの時間の計算など立たないはずだ。

麻美の目の前で落とさない限り……。

そういうことなのだろうか。

〈何か、落ちてます〉

現場の誰かが無線に声を入れた。それから数秒を置かず、違う声が入った。

〈今、紙袋の底に何かくっついたようで、麻美さんが取

っています〉

「誰が落とした!?　特定しろ!」

後藤が頬を引きつらせて命じる。

誰も答えない間が入り、それから戸惑った返答があった。〈とにかくこの人通りで……一人に特定することは……〉

「不審者はいないのか!?」

〈変ななりをした若者ならいくらでもいるんですが……〉

応答が途切れた数秒のうちに、この場で犯人を捕捉する可能性は急速に消えていった。何人かの捜査員はとりあえずという感じで付近にいた男を追い、〈職務質問かけましょうか?〉と訊いてきたが、その自信なげな声には後藤も許可を出さなかった。

「ガキか……?」後藤が自問するように呟く。

同じことを巻島も考えていた。意表を衝いた手法といい、若者の街に溶け込んだ姿といい、中高生の仕業という、さらに意表を衝いた裏もあり得る気がした。

ただ、本音には、これだけの人数をかけた捜査陣がいいように振り回されている現状への納得しがたい思いがあった。そこに犯人がいるはずなのに、姿が見えないの

だ。幻の手に肌を撫でられているような薄気味悪さが生じていた。

〈犯人からの指示を読み上げます〉麻美とともにマクドナルドの手洗いに入った女性刑事が報告する。〈『桜川麻美へ。七時までに横浜、山下公園のせかいの広場へ行け。受け渡しはそこで。子供の解放は約束通り。今度は遅れるな』以上です〉

「何なんだ！」後藤は「了解」の代わりにそんな言葉を吐き捨てた。「一日中、引き回しやがって！」

「山下公園っていったら、今夜は花火大会じゃないか」本田が呆れたように言った。その事実を受けて、巻島もうんざりした気分になった。港の花火大会は山下公園の真ん前で行われる。その人出は竹下通りの比ではない。

「しかし、今度は向こうも仕上げにかかるつもりだ」巻島は気を持ち直して呟く。

本田が対策本部の秋元係長に報告を済ませている間、巻島の携帯電話が震えて着信を知らせた。園子からかもしれないと、巻島は反射的に指揮車から出て電話を取ったが、相手は違っていた。

〈曾根だ〉ぶっきらぼうな声が聞こえた。

「ご苦労様です」

〈東京を降ろしてこい〉

有無を言わせない口調ではあったが、従順な反応はできなかった。

「しかし、このあとまだどうなるか……」

〈犯人は山下公園で受け渡しすと言ってる。願ったりの展開だ。もう東京に用はない〉

「現場は大変な雑踏が予想されます。手は一人でも多いほうが……」

〈おい、これはもともとうちのヤマだろう。人手ならいくらでもかき集められるんだ。うちの目の前で捕り物するのに、東京の手を借りてたら笑いもんだぞ〉

「……分かりました」

携帯電話を切り、一つ吐息をついた。車に戻る。後藤は無線のマイクを握って、先遣隊に山下公園へ急行する旨の指令を出していた。それを終えてから、彼は巻島に目を向けた。

「相当用心深いやつだが、今のとこ、こちらの気配は感じてないと見た。今度こそ仕留めるぞ」

巻島は小さく頷き、車内の片隅で所在なげに座っている桜川夕起也へ声をかけた。

「態勢が整うまで、まだすぐには動けませんから、今のうちに奥さんと食事をとってきて下さい」

「しかし、急がないと。今度は遅れるなと犯人も言ってるんでしょう？」

「その程度の警戒は我々の予想範囲内です。慌てるよりも万全を期すことのほうが大切ですから」

「でも、何とか時間には間に合わせてもらえませんか。犯人が苛々しているように思えてならないんです」

「我々はそうは思っていません。任せて下さい。こちらものんびり構えているわけじゃない。網を張るのには、どうしても時間がかかるんです。そんな心配より、奥さんのそばに行って、少し休ませてあげて下さい」

焦りを隠さない夕起也を半ば強引に車から追い出し、巻島は後藤に向き直った。

「後藤さん、ちょっと相談が」

後藤は訝しげに片眉を動かした。

「新宿とここで前線に張って、そちらの人たちも面が割れてしまった可能性がある……」

「ここで引けってか？」後藤が立ち上がり、巻島に顔を寄せた。

「横浜まで行ってもらっても、後方支援に回ってもらわなきゃいけない」

「なるほど、そりゃそうだな。花火大会なんて人混みの中なら違う格好させときゃ済む話だろうけど、無茶苦茶記憶力のいい犯人かもしれねえもんな」

「ご協力ありがとうございました」

「いえいえ、こちらこそ大したこともできずに」

言いながら、後藤は右腕を鋭く振って、こぶしで巻島のみぞおちを突いた。巻島はある程度そんな気配を感じ取っていて、腹筋を固めていた。ただ、それでは後藤の腹が治まらないだろうと、少しばかり痛みに顔をしかめてみせた。

後藤は何もなかったように無線機に向き直り、警視庁組に撤収の旨を伝えた。それが終わると、一瞬だけ巻島に軽蔑し切ったような視線を送り、さっさと車を出ていった。

「部長を」

巻島は対策本部に無線をつなげて曾根を呼んだ。

〈曾根だ〉

「巻島です。次の現場、神奈川単独になりました」

〈了解〉

別に何かを期待していたわけではないが、あまりにも

あっさりした反応に自嘲的な空しさが込み上げてきた。

「あとは頼む」

本田に言い置いて、巻島も車を出た。とはいえ、そのまま対策本部に戻るつもりはなかった。むしろ逆で、山下公園では車に立つつもりだった。警視庁との合同捜査態勢にはずいぶん神経を遣わされたが、それとは別に、巻島はこの事件に引きつけられるものを感じていた。

犯人は確実に、捜査陣の網の中に入っていたのだ。それどころか、新宿では巻島の目の前にいたはずなのだ。

しかし、その姿は見えなかった。

そこにいるのに見えない。

その事実が妙に巻島の刑事魂を刺激していた。いや、もっと単純な、ここまで捜査陣を翻弄する犯人の顔をこの目で見てみたいという野次馬根性に近い心理なのかもしれない。いずれにしろ、久しぶりに現場に立ったこともあって、昔の血が騒ぎ出したのは確かなようだった。

巻島は捜査チーム本体から離れて、一人先に横浜へと戻った。東横線の特急車両には、港の花火大会へ見物に出かける風情の浴衣や短パン姿の若者が目につく。こんなふうに平和に生きている連中の真横で深刻な事件が進

行しているという不思議な実感は、巻島が昔からよく感じてきたものだった。自分たちは市井の人間と同じ世界に住んでいるようで、実は違う世界に住んでいる。今も改めてそれを感じた。今日は人酔いするほど多くの平和な人間たちに囲まれている。

終点の桜木町で降り、タクシーに乗った。しかし、花火大会の交通規制による渋滞が激しく、巻島は途中でタクシーを降りて、県警本部庁舎までを急ぎ足で歩いた。山下公園は本部庁舎から海岸沿いに五百メートルほど離れた先にある。交通規制は本部庁舎の手前まで及んでいて、動きの取れない車が海岸通りの途中まで長々と連なっている。

本部庁舎に着いたのは、六時半を回った頃だった。確かに桜川麻美が速やかに移動すれば、山下公園周辺が混雑しているといっても七時前には着ける算段である。そのあたりは、犯人の緻密な計算の跡が窺える。しかし、時間を区切った結果、予定した通りにならずに焦りから失敗を犯すのは、いつでも犯人側なのだ。警察は態勢が整うまで決して動かない。よくも悪くもそういう組織なのである。

特に今回の犯人は、新宿、原宿と指示通りに身代金が

30

運ばれているのをその場で確かめている。かなりの確率で身代金が獲得できると踏んでいるだろう。いくら警戒心が強くても、必ず最後には罠に嵌まるはずだ。そう考えれば、犯人に振り回されているという感覚は消える。ただ一つ残るのは、相手の姿が見えないという物珍しさだけである。

庁舎に入ると、ロビーのソファ付近でたむろしていた新聞記者たちが目ざとくすり寄ってきた。

大日新聞の中年記者が巻島の隣に並んで歩く。

「どうですかベイスターズは？」

一課長の留守を預かっている若宮理事官あたりから事件の大筋は伝えられているらしい。野球の話にかこつけてそれとなく進展具合を探ってくるのは、報道協定が敷かれて捜査員への取材や現場への潜入がご法度とされ、マスコミは当局の発表をひたすら待つしかないからだ。

「まだ試合は終わってないよ」巻島は早足でエレベーターホールに向かいながら答える。

「何回ぐらいで？」

「八回だな」

今日中にけりがつくことを匂わせるように、そう答え

出た。

「苦戦ですか？」

「リードはしてるさ。相手はランナーを出して代打攻勢に来てるが、こちらはこの回さえ抑えれば九回のリリーフは盤石だ。併殺シフトであとは低めに投げるだけ。そ

る。

「なるほど……ジャイアンツも加勢してるとか？」

「それはベンチに引っ込んだ」

大勢は決しつつあると取ったのか、記者たちの間から浮き足立った空気が消えた。

「まあ、上の展望台で花火見物でもしてればいいんじゃないか」

そう言い残して、巻島はエレベーターに乗り込んだ。

十一階で降り、刑事部屋にある自分のロッカーからリーバイスのジーンズとTシャツ、上に羽織るコットンシャツを取り出し、空きの取調室で着替えた。整髪剤で髪型を雑な感じにし、手鏡で簡単にチェックした。靴下を脱ぎ、革靴から足首をベルクロで留めるタイプのサンダルに履き替えてロッカーを施錠した。ほかの班の誰とも分からない机に置いてあった団扇を拝借し、刑事部屋を

一階に降りると、記者連中はなおもロビーのソファで暇を潰していた。彼らはラフな格好をしてロビーに降りてきた男がさきほどの巻島だとは気づかなかったようで、巻島は誰に声をかけられることもなく本部庁舎を出ることができた。

外は夕闇が深くなっていた。昼間のじりじりとした陽射しは跡形もなく、緩い浜風がビル街に滞留する熱を徐々に冷ましていこうとしている。

巻島は海岸通りの歩道を南東へ向かう。交差する日本大通りには左右に出店が連なり、昔の縁日のような光景が広がっている。あと三十分もすれば花火が始まる。それを待ちわびる人々の昂揚感が、深まる闇を華やかなものに変えている。

山下公園に陣取った観客の多さは尋常ではなかった。ところどころ見物区域が制限されていることもあるが、それにしても立錐の余地がない。隣と肩が触れ合うような密度だから、いったん座れば動くこともままならないに違いない。狭い通路ではそこかしこで立ち往生している様子が見受けられる。

公園内がそうならば、山下公園通りの向かいも似たようなものだ。県民ホールの階段状エントランスゾーンは

座り客でびっしりと埋まり、それがあふれて、今や通りの上にシートを敷いて座るグループも出始めている。創価学会文化センター前、マリンタワー前と進んでも、その光景は同様だった。

人波をかき分けて山下公園の海に向かって右端、せかいの広場近くにたどり着くと、特殊犯係の中堅捜査員、村瀬次文が歩道脇に人を待つようにして立っていた。

「おっと、どこのトレンディ俳優かと思いましたよ」

作り笑顔で軽口を叩いてくる。笑い切れていないところが任務中の刑事の限界でもある。

「本当に花火見物に来たんじゃないですか。そんな感じですよ」

「馬鹿」の一言で応じて、公園を離れながら状況を尋ねた。

「一課と機捜、周辺署の連中を集めて、五十人ばかりもう中に入ってます。こんなことなら朝からシート広げてそのへんの場所取りしとくんでしたわ」

村瀬はそう言って肩をすくめる。

「しかし、犯人もここまで人出が多いとは思わなかったんじゃないか？ 人混みに紛れたかったにしても、ここでの受け渡しはいくら何でも現実的じゃないかな」

「ところがですね、そこのせかいの広場はそうでもない
んですよ。木が多い洋式庭園風の造りになってて、花火
の見える場所が限られてるってこともあるんでしょうけ
ど、表通りからは一見して目立たないような高台の広場
ですから、意外と穴場的で、動くのに困るほどじゃない
んです」

「そうか……」

それを見越しての指定なら、やはり犯人の綿密な計画
性が窺えるということだ。

「指揮車はどうした?」

「もう近くに来てるみたいですけどね。この交通規制で
ひどい渋滞でしょう。あとちょっとかかるらしいです」

「この近くまでは寄せられないだろう」

「ええ、仕方ないから加賀町署に停めるようですけ
ど」

「ふむ……それしかないだろうな」

巻島が呟くのに村瀬は小さく頷いて応じ、それからわ
すかに眉を寄せた。

「それはともかく、相模原南からこっちの刑事対策室に
対策本部を移すらしくて、部長も課長も移動中なんです
わ」

「何でまた……?」巻島は軽く舌打ちした。

「さあ……一時間半じっとしてるのが嫌だったんじゃな
いんですか」村瀬も少々呆れ気味に言った。

確かに県警本部とは目と鼻の先の山下公園が受け渡し
現場となるなら、相模原などにいるより本部に戻りたく
なる気は分かるが、オペレーションの進行中に対策本部
を移すのは軽率過ぎる。本部で記者会見を開きたいとい
うような浮ついた理由が見えないでもない。

「で、案の定、それも渋滞に嵌まってるらしいですけ
ど」

「僕の無線使いますか? バスとならつながりますけ
ど」

「いや、いい」

どうやら最低限、指揮車が到着しないことには何も始
まらないらしい。まずは現場の態勢を整えるのが先決だ
と意識を切り替えた。

間もなく、桜川麻美が石川町駅に着いたという連絡が
入った。ただ、指揮系統が完成していないうちに来ても

どの程度の遅れになるのか、いざとなれば対策本部抜
きのオペレーションもやむを得ないのか、とにかく藤原
に連絡を取ろうと携帯電話を出してはみたが、この人出
で回線が麻痺しているらしく、まったく使い物にはなら
なかった。

らっても困るので、山下町付近の喫茶店で待機してもらうことにした。

巻島はその喫茶店を横目に見ながら、中華街を抜けて加賀町署に向かった。巻島が同署に着いたのと時間を置かず、指揮車も到着した。

「また頼むよ」

署の入口付近に停められた車に乗って、本田に声をかけた。後藤がいなくなった今、本田が拠点に入って、巻島が現場に立つというのは明らかに変則的なフォーメーションとなるが、本田は巻島の格好を見て何か反論するのも無駄だと思ったのか生返事をしただけだった。

「刑事さん、もう約束の時間を過ぎてる。まずいですよ」

見ると、桜川夕起也が悲壮感を漂わせて立っていた。

無理もないが、現場移動を重ねるにつれ、どんどんナーバスになってきている。

「大丈夫ですよ。竹下通りでも三十分以上遅れたたけれど、犯人は結局接触してきた。そういう人間なんです。おそらく七時に間に合ったとしても、そういう人間なのに、すぐには犯人も姿を見せないと思います。我慢比べですよ」

巻島は自分の携帯無線機を装着しながら、そんな言い方で応えておいた。

「それより夕起也さん、ビデオは見直してもらいましたか？　誰か見知った顔は映ってませんでしたか？」

夕起也は浮かない顔でかぶりを振った。

竹下通りの映像は巻島もリアルタイムで見ていたが、麻美自身がどこにいるか分からないような状態で、まったく使えない。

巻島はモニターの前に座り、新宿駅西口で撮ったビデオを再生してみた。犯人が現場に現れたのは、麻美の手に提げた紙袋に磁石がくっついたほんの数秒前のことではないか……ほとんど麻美とすれ違うようにして紙包みを道に落としていったのではないか……その読みはまんざら的外れでもないと巻島は思っている。

麻美が屈み込んで紙袋の底に手をやるところからテープを巻き戻す。十数秒のうちに麻美とすれ違った男は七人ほど。麻美はカメラ側に背を向け、すれ違った男たちは画面に顔を見せている。しかし、目鼻立ちがはっきりと分かるほど鮮明なものではない。

この中に犯人がいるのか？　何かを落とすような仕草をあからさまに取っているわけではないので断言できな

いが、可能性は低くないはずだ。

このうち、五十代以上と思しき男が二人、四十代以上と思しき男が一人。竹下通りにも溶け込んだ若さからして、この三人はとりあえずのところ除外してみてもいいだろう。あとの三人の容姿を頭に叩き込む。一人目は二十代半ばで中肉中背に短髪、背広姿。二人目は身長百八十センチほどで二十歳前後、金髪に顎ひげ、大きなバッグを肩に引っ提げている。三人目は十代後半から二十歳くらいで中背、推定体重百キロほど、短パンにオレンジ色のスニーカー。

この三人は現場で会えば、もう見逃すことはない。そう思い至った。

麻美の反対側から来てすれ違うばかりでなく、麻美を追い抜くようにしてすれ違う人間も怪しいのだ。

改めて見てみると、そんな男が二人いた。一人は小柄で痩せた男。顔の造作が見えないものの、服装で判断する限りは二、三十代である。ただ、この男はかなりの早足で通り過ぎていった。

もう一人はまさに麻美が屈み込んだ寸前に後ろから追い抜いた男だった。身長は麻美から頭一つ抜けているか

ら、やはり百七十センチほどの中背、そして中肉である。黒髪に白のTシャツ、すらっとしたジーンズ、スニーカーは黒に光り物のラインが入っているようだ。そして手ぶら。

この男に注視して、巻島ははっとした。麻美を追い抜いて画面の外に出ようとする瞬間、スニーカーのかかとがほんの少し、変則的に動いたように見えたからだ。

しかし、膝から上はすでに画面の外へ出てしまっている。

その後ろではちょうど麻美が屈み込んで紙袋の底に手を伸ばしている。

もう一度、巻き戻してみる。麻美を追い抜く寸前、男の手が麻美の紙袋と接するあたりで、かすかに止まっているようにも見える。紙包みが落とされたかどうか、そこまでは分からないが……。

この男か……。

「この後ろ姿に見憶えはありませんか？」

夕起也に尋ねてみたが、首を傾げる以上の反応は得られなかった。たとえ知った顔でも、この絵だけでは無理だろう。巻島は自分の頭の中へ第一容疑者の容姿をイン

プットするにとどめておいた。

外では、一発目の花火が上がった音とともに道行く人の歓声が広がった。時計を見ると、ちょうど七時半だった。

「何をやってるんですか？　どうして動かないんです？」

夕起也が不安げに眉を下げて訊いてくる。

「今、包囲網の最終点検をしてるところです」

対策本部が立っていないとは言えず、巻島はそうごまかしておいた。

それから五分の間に、夕起也は三度、同じ台詞を繰り返した。約束の時間から三十分を優に超え、彼には一分一秒の経過が我慢できなくなっているようだった。

時間の遅れは指摘されるまでもなく分かっていることで、さすがに巻島自身も対策本部に向けるべき苛立ちを抱え始めていたので、そうそう夕起也をあやしてばかりもいられなくなった。

「我々は着々と準備を進めてますからご心配なく。今回はもう外が暗くなって、夕起也さんにモニターで確認してもらうような映像は入ってきませんから、外の空気でも吸ってて下さい。何かあったら呼びますよ」

すぐには夕起也も動かなかった。巻島は言葉を足した。

「正直申し上げて捜査に差し障りますから、花火でも見てて下さい」

突き放したように言うと、夕起也は大きく嘆息して外に出ていった。

七時四十五分、ようやく刑事対策室に対策本部が立った旨の無線連絡が入った。

〈現場態勢について報告を願います〉

本田と秋本、係長同士で現状を確認し合い、幹部らの指示が〈母親を現場に派遣せよ〉までたどり着いたのが、それから十分後だった。その指示を桜川麻美の近くに控えている小塚刑事に伝えたのを確認して、巻島は車を出た。

夕起也は指揮車の前で、神経質そうに煙草をふかしていた。巻島は黙って彼の後ろを通り過ぎ、山下公園へとつながる人の流れに身を預けた。

山下公園通りは、もはや車道のほとんどが座り客で埋め尽くされていた。花火が打ち上がるとともに歓声が湧き起こる。巻島は左右と肩をぶつけながら、かろうじて確保されている通行帯を進んだ。

36

「ちょっとすいません」

巻島の前方に、泣きそうな声を出しながら人をかき分けていく小柄な女性がいた。桜川麻美だ。大幅な遅刻で彼女も焦っているようだった。

せかいの広場は山下公園の地下駐車場の上に位置していて、ちょっとした高台になっている。少し距離を置いて、巻島もそれに続く。階段を上がるとライトに照らされたブリッジがあり、そこも左右に立ち見客の帯ができていた。ただ、村瀬の言う通り、下のような混雑ぶりではない。

麻美はすでにそこを抜け、緑葉の絡んだアーチをくぐって奥へと歩を進めている。石畳が広がり、モニュメントが点在している広場の中央に出たところで彼女は立ち止まった。

《麻美さんが現場に到着しました》

さりげなく先導役を務めた小塚の声が無線に乗った。麻美は木々が死角となって、まるっきり花火が見えない位置に立っている。先遣隊の報告を受けて、曾根がそう指示しているのだ。そのため、ほかの見物客たちとは距離があり、遠目にも目につく格好となっている。麻美も見えない花火などそっちのけで周りを見渡し、まるで

相手が手を振って駆けつけてくるのを待っているような様子だった。

巻島は広場の外を巡っている植え込みの脇に立った。麻美からは十五メートルほど離れているだろうか。海上に浮かぶ花火を見ながら、視線の右端に麻美の頭を捉えている。そんな位置だった。

大輪を咲かせる花火や柳のように枝垂れ落ちていく花火がカラフルに夜空を彩り、歓声も絶え間がない。

ふと周囲を何気なく見やり、巻島は慌てて手のひらに収めた無線マイクに押し殺した声を吹き込んだ。

「みんな花火を見ろ」

張り込みの刑事たちは見物客と変わらないラフな格好でその場に立っているが、仏頂面で視線を落として何かに気を奪われているような連中が目立ち、広場には一種異様な空間が出来上がっていた。中には明らかに花火が見えないような場所に平気で突っ立っている者もいる。もし犯人がいれば、その空気を敏感に察知して、警戒心を一気に高めたかもしれない。あるいは、犯人はそこまで計算ずくで花火のある山下公園を最終的な受け渡し現場に指定してきたとも考えられる。

巻島は麻美の近くにいるカップル役の若手刑事たちに

努めて紙袋に注意を払うように言い、あとの者はなるべく花火に目を向けるよう指示した。ある程度の危険は伴うが、張り込みを見抜かれては何もならない。立ち入り禁止区域がそこここで設けられているおかげで、広場から出るには狭い出入り口を必ず通らなければならない。そこには確実に人員を割いているから、天狗堂の紙袋を持った男を外に出すことはあり得ない。とはいっても、巻島自身は視界の隅で麻美の紙袋を捉えておくことをやめなかった。

花火は惜しみなく夜空に打ち上がっていく。何十発と連続して漆黒の天に咲き誇る様は百花繚乱という形容に相応しく、地に響く打ち上げ音につられるようにして、どよめきや嬌声があたりに広がる。

麻美が到着してから十分が過ぎた。しかし、何も起こらない。

どこまでいっても焦らしたがる男らしい。よほどの慎重派か、臆病か。それとも一時間の遅刻が影響しているのか……しかし、それは考えないでおこうと思い直す。

ふと携帯電話のバイブレーションが作動した。携帯電話は使えないという頭があったので、一瞬ぎょっとした。

〈あ、もしもし……私だけど〉

吐息の混じった妻の声が耳に届いた。つながるまで何度となくかけていたのかもしれない。巻島は心の半分を日常に引き戻されたような妙な感覚を味わいながら、いずみの身が急に気になり、「どうした?」と低い声で尋ねた。

〈ううん、まだなの〉園子は自分の電話が夫の不安を呼んだらしいと思ったのか、結論から話してきた。〈やっぱり明日になるみたい。さっき先生が様子を見に来られたけど、お母さんも今日は帰っていいですよって〉

「そうか……」

かすかな安堵があったが、それはまだ何も起こっていないことに対するものであり、つまり、心からのものではなかった。

「分かった。しばらく俺は動けないから、何かあったら連絡してくれ」

通話を終え、携帯電話をポケットに仕舞う。

そう言えば、いずみが小学生の頃、郡山の田舎にいる父と母もそろって家族五人で花火を見たことがあったな

注意が途切れないように、紙袋を意識しながら通話に応じる。

……巻島はそんなことを思い出した。

花火を見ながら父が話していた。どうして花火がきれいかというと、ぱっと咲いてぱっと消えるからだ……桜もぱっと咲いてぱっと散るからきれいなんだ……昔のお侍の生き方がそうだったんだ……だから日本人は花火や桜がきれいだと思うんだ……そんな話だった。

かたわらで聞きながら、巻島は閉口していた。その頃はいずみの体調も思わしくないときが多く、束の間の小康状態を待っては思い出作りのように、いずみの行きたいところへ連れていっていたのだ。そんなときに、ぱっと消えるのがいいなどと言われるのにはかなわなかった。

それについては聞き流したか、あるいは理解できなかったように見えたいずみは、短大の卒業旅行でアメリカから帰ってきたとき、どこで見てきたのか花火の話を始めた。

「お父さん、花火って日本にしかないと思ってなかった？　私、そう思ってたら、アメリカにもあるんだよね。思い込みもいいとこだよ」

明らかに父の話が彼女の潜在意識にこびりついているらしかったのだが、それを笑い話のようにまとめてしまったいずみに、巻島は隔世の感慨を抱いたものだった……。

桜川麻美のシルエットを見ながらそんなことを思い返す一方で、現場の状況を把握し直す注意力も働き始めている。

電話中ずっと視界の隅に入れていた紙袋は問題ない。気になる無線連絡も入っていない。時折、落ち着かない動きを見せる人影もちらほらと見えるが、そのほとんどは花火がよく見える場所を探している者だと思われる。目で追っていても、何も起こりはしない。

軽く周囲に視線を走らせる。

巻島を見ている眼があった。

それほど離れてはいない。石壁の陰から半身を覗かせていた男のものだったが、巻島は視線を流していたので、どんな人間かは特定できなかった。

改めて考えてみれば、こういう場所で携帯電話を耳に当てたときには、はっきりした声で朗らかに話したほうが自然なのだ。声をひそめていると、何か訳ありの人間だと疑われても仕方ない。

もちろん、犯人がこの近くにいるという仮定での話ではあるが……。

あの眼……気になる。

巻島は連続花火が途切れたときに、もう一度さりげなく見てみた。

あの男だったか……石壁にもたれるようにして立っている上、周りにも数人の人影があるので、巻島には身体の一部分、それも斜め後ろの姿しか見えない。

凝視していると、その頭が振り返るようにして、巻島のほうをちらりと向いた。花火の光がほのかに周辺を照らし、その男と視線がかち合っていることも分かった。

巻島は自然を装って視線を外し、団扇で顔を軽く扇いだ。

若いなというのが最初に浮かんだ感想だった。顔の造作すべてを把握できる明るさではない。ただ、若い男だということは分かった。中高生とまではいかないが、二十歳前後、せいぜい二十四、五歳の印象だった。

もちろん一回や二回、自分と目が合ったからといって、その人物が疑わしいとは言い切れないのだ。

しかし、犯人は依然、姿を現さないのだ。

そして時間だけがいたずらに過ぎていく。

巻島が目をつけた男は暗い色をしたシャツを着ていた。ビデオの不審者は白のTシャツだった。ただそれ

も、着替えれば済むだけの話だろうが……。

しばらくその男を視界の隅に捉えていたが、それ以後はあたりをキョロキョロ見回すような素振りは見られなかった。そして、もっと花火の見やすい場所を探すようなさりげなさで石壁の奥へと引っ込み、巻島の視界からも消えてしまった。やはり思い過ごしか……そんな気もしてきた。

花火の数が一気に増し、次から次へと盛大に打ち上がる。畳みかけるようなスターマインの勢いに見物客から喝采が上がる。

そして、氷川丸の電飾が灯り、夜空には暗闇が戻った。

アナウンスはせかいの広場まで届かなかったが、終了の空気が暗黙の了解のように広がり、納涼を堪能した観衆から拍手と歓声が沸いた。そして、余韻をかき消すようにして立ち見の客から早速、帰途の流れができていく。シートに座っていた者たちも一斉に立ち上がり、満足げな笑顔を絶やさぬままに帰り支度を始める。

とうとう現れなかった。

広場のあちこちにあった観衆の固まりも、帰途に動いてばらけていく。

桜川麻美がぽつんと流れに取り残され

る。

その周囲にも麻美と同じように動こうとしない人影がいくつかあるのに気づき、巻島はこの事態を自分が想定していなかったことを知った。自分の周りにいた見物客らもすでに出口に足を向け始めている。つまり、いつまでもこの帰り客の流れに乗らない者がいるとすれば、それは犯人からしてみれば刑事以外の何者にも見えないだろうということだ。

〈えー、これ、このままですと我々だけ残ってしまいますが、どうしますか？〉

巻島と同じことに気づいた現場の一員が対策本部の判断を本田に要請した。

撤収するのは簡単だ。麻美に退がってもらうこともできる。しかし、犯人はまさに今この瞬間を待っていた可能性が十分にある。帰途に着く群衆に紛れることができる今だ。その機会をこちらから放棄する手はない。うまく立ち回れば、犯人は接触してくる。

だが、そうこうしている間にも、帰り客の流れは厚みを増していく。その流れに逆らうのは明らかに不自然だ。

〈拠点より対策本部からの指示を伝える。公園内の混雑

が落ち着くまで、持ち場を離れず任務を続行せよ〉

対策本部の幹部も指揮車の本田も、現場に立たないといけない指示のおかしさは分からないだろう。巻島はすかさず無線に声を吹き込んだ。

「駄目だ。少なくとも受け渡し人より出口側にいる連中は流れに沿って出口まで退がらないとバレバレになる」

〈ほとんど……〉

現場にいる主任の声だが、周囲の雑音で聞き取りにくい。

「もう一度言ってくれ」

〈ほとんどの連中が出口側に集まってしまっているんですよ〉

桜川麻美は広場の中央にいるのだから、距離を取ってその周りで張っている刑事たちのほうがそれぞれの出口に近いのは当たり前の話だった。例外は広場の奥、海岸側にいる者たちくらいだろう。

「広場の奥には何人いる？」

〈ざっと七、八人です〉

「しょうがない。その連中は帰途を遅らせるふりをして残れ。あとの者は近くの階段を下りるか前の橋を渡るかして出口を固めろ」

〈しかし、対策本部の指示から外れますが……〉

「俺が責任を取るから心配するな」

押し殺した声で尻を叩き、ようやく流れを滞らせていた刑事たちが出口への列に入った。

巻島も列に連なった。ゆっくりゆっくりと後ろに追い抜かれながら、現場に残った数名から急展開の報告が入ることを願った。

振り返って麻美の姿を確かめたくなるのを我慢し、出口近くまで進む。山下公園通りに架かっているポーリン橋を渡ろうかと思いながら……次の瞬間、巻島はその考えを忘れてしまっていた。

誰かの視線が自分のうなじを撫でた……そんな気配を感じたのは、自分の横を、すっと首をそむけるようにしながら追い抜いていった男がいたからだった。紺色のTシャツが目に留まった。

若い男だ。

この男……さっき視線が合ったあの男じゃないか？

確信はできないが、どうもそんな気がしてならない。同伴者はいないようだ。一人で来ている。

怪しい。

しかし、何もなかったように帰ろうとしている。

捜査の網に気づいたか。

それともやはり無関係なのだろうか。

巻島は反射的に、男の後ろに続いた。

男が選んだ出口は巻島が来たときに使った螺旋階段だった。そこを淡々と下りていく。見下ろせば顔を盗み見ることができたが、それをするには距離が近過ぎた。一瞬、男の視線が上に向けられたような気がした。巻島は目が合うのを嫌って視線を外していた。尾行をするとき、相手の視線を上に向けさせる……そうして自らもゆっくりと螺旋階段を下りた。

山下公園通りに出た男は、歩行者天国の通りを中央口方向へ歩き始めた。

こいつ……。

目を落としたところに、軽快に動く男の足が見えた。ジーンズ。

そして靴は……。

黒地に太いシルバーのラインが入っている。

巻島はいったん立ち止まって、男との距離を取った。男の頭を見失わないように気をつけながら、その場で目についた村瀬ら三、四人の捜査員に目配せした。

「現場、巻島から拠点へ。現在、山下公園通りの公園駐

車場前。今から不審者を一人行動確認する。人着は二十代前半、紺のTシャツにジーンズ。黒髪。黒にシルバーラインのスニーカー。この人物、以後マルAで。適当なところで職務質問かける予定。以上」

巻島は歩を進めて男との距離を詰めた。七メートルほど先に男の頭が見える。

山下公園通りは公園内の賑わいをそのまま移した状態だ。人波は山下公園側から向かい側へ、通りを渡るように流れている。男はそれを巧みにすり抜け、通りの右側を公園に沿って歩いていく。無理に急いで公園から離れようとしている足取りでもない。

さらに男との距離を詰める。男に振り返られると厄介だ。通りを公園に沿って歩いている人間はそれほど多くはない。尾行もばれやすい。男が振り返れば、一気に間合いを詰められるようにしておきたい。

捕捉は問題ないだろう……三メートル先の男を見ながら、巻島は自信を深める。あとはあの男が犯人かどうかだが、それは天に祈るしかない。

ただ、どこまで追って職務質問をかけるかは考えどころである。今はまだ共犯者がいる可能性を捨て切れる段階ではない。もしあの男が犯人で、共犯が子供のところ

にいるのなら、山下公園から離れたあたりで携帯電話を使うはずだ。警察が張っているのに気づいて身代金の受け取りを断念したと考えると、共犯者に連絡させる前に捕捉したほうがいいに決まっている。

これほどの雑踏の中での捕捉は避けたいところだが、躊躇してばかりもいられない。中央口に近づいているので、通りの混雑度は増すばかりだ。

巻島は応援の人員が後ろにそろっていることを確かめて、腹を決めた。男の前方に回って行く手をさえぎり、その眼を捉えながら声をかける。警察だ。分かるね？　君、新宿にもいたね？　それに対する相手の反応、表情、眼の動きですべての心証を取る。少しでも外灯の光が差し込んでいる場所がいい。

よし……。

巻島は徐々に歩調を速めて、男のすぐ斜め後ろについた。

それから一呼吸置いて、いよいよ男の前方に出ようとしたそのとき……イヤフォンから思わぬ声が飛び込んできた。

〈受け渡し人に男が接触！〉

思い描いていた一瞬に向けての集中力が霧散し、巻島

はぎょっとして動きを止めた。その拍子に横から来たカップルと肩がぶつかってしまった。女が軽く声を上げた。スニーカーの男がちらりと振り向いた気がしたが、目は合わせなかった。

巻島はせかいの広場のほうを振り返りながら、今度はイヤフォンに意識を集中させた。

〈二十歳前後、学生風、えーと〉報告する捜査員の声も興奮で震えている。〈身長百七十センチ弱で長髪、パーマ、黒のTシャツ、短パン、サンダル、受け渡し人に話しかけてます〉

「紙袋に触れたか？　触れたら捕捉しろ」

そう指示すると、方々から声が入ってきた。

〈これ、ナンパじゃないのか？〉

〈ナンパだ、ナンパ。男は笑ってる〉

巻島は思わず奥歯をぎりりと嚙んだ。

「その人物、マルBで。とりあえず、公園を出たところで職務質問かけろ」

そうとだけ吹き込み、巻島は追っていた男のほうへ視線を戻した。先ほどのカップルとの衝突が、あの男の警戒心をいたずらに刺激していないことを祈った。目は合わせていない。そこに一縷の望みを託し、仕切り直しを

願った。

しかし、あのあたりと見当をつけたところに男の姿はなかった。

「逃げた！」巻島の後ろで刑事の誰かが声を上げた。

巻島はほとんど衝動的に走り出していた。二十メートルほど前に、人の頭が激しく揺れているのが見える。

人をかき分けて、それを追う。

「マルA、逃走！　公園通りをマリンタワー前から中央口方向に！　男性、二十代前半、身長百七十から七十五、紺のTシャツ、ジーンズ、黒とシルバーのスニーカー。速やかに捕捉しろ！」

無線マイクに声をぶつけている間に、前方の頭の揺れが消えたように見えた。直後、そこから大通りを猫科動物のように俊敏な動きで横切っていく人影を見つけた。

「マルA、方向転換！　スターホテル角、T字を中華街方向へ！」

巻島もあとを追った。しかし、最短距離で追いつこうとした結果、大通りを斜めに横切る形となり、周囲の歩行者と何度も交錯してしまった。

山下公園通りに交差する路地は道幅が狭い分、混雑ぶ

りにも拍車がかかっている。　男は瞬く間に雑踏へ吸い込まれた。

外周の待機班があのあたりにもいるはずだ。　取り逃がすなどということはあり得ない……。

巻島もようやく大通りを渡り切り、中華街へと伸びている人の海に飛び込んだ。

そのときにはもう、男の姿を見失っていた。

人波の乱れを探してもない。

馬鹿なという思いだった。

巻島は立ち止まることができず、ただ雑踏の中をさまよった。　自分の意思で動いている感じがしなかった。言うなれば、人の海に溺れてしまっていた。

何だ、この人の多さは……呆然とした頭の中で、今さらのようにそんなことを思っていた。

取り逃がしてしまえば、あの男が犯人でないことを祈るしかないが、それでは逃走の説明がつかない。人影が引けるまでせかいの広場で待っていた桜川麻美に接触を試みた不審人物はあれ以降いなかった。唯一の接触者も、やはりただのナンパであることが確認された。

加賀町署に停められた指揮車に戻ると、その前で待ち

かねていた桜川夕起也に肩を摑まれた。

「どうでした？　どうだったんですか？」

長時間の待機で不安が最高点に達していたと思われる彼は、切迫した声で訊いてきた。巻島は返事どころか目を合わせることもできず、ただ、小さくかぶりを振って、車に乗り込んだ。

関内や石川町の駅を中心に緊急配備を敷いてはみたが、急ごしらえの網に引っかかってくれることを願うのは、都合が良過ぎた。四十万人の花火見物客の中から一人の男を探し出すこと自体、無理な話だった。

本部庁舎に戻った巻島を待っていたのは、捜査会議という名の吊るし上げだった。新人に毛が生えたような若手刑事もいる中、巻島は刑事部長の曾根に、「おめえ」「てめぇ」呼ばわりで罵倒された。巻島自身、本部指示より自分の勘を優先させて現場を統括した上、不審者を取り逃がした張本人でもあり、叱責のすべてを甘んじて受けるしかなかった。

今後の捜査方針としては、犯人からの次なる連絡を待つ以外にない。改めて桜川邸に特殊犯係の人員を派遣し、逆探知に備えてNTT各局にも捜査員が張りつくシフトが強化された。

45

夜が更けて、巻島は刑事対策室に一人残った。犯人からの電話が桜川邸にかかれば、そのまま無線で音声が入ってくる手配が整っている。そのときを待ちながら、机の上に足を投げ出して放心した。

結局巻島は、あの不審者の風貌を記憶に刻み込むまでは見ていないのだった。姿を消したと気づいたとき前方に見えた頭の揺れや、あるいは通りを横切った豹のような人影まで、本当にあの不審者だったのか冷静に考えてみるとよく分からなくなる。思い返せば思い返すほど、あの男が幻のような存在になっていくのだった。

夜が明けても犯人からの連絡はなかった。

通信司令室から、相模原南署管内で子供の死体が発見されたとの通報が回ってきたのは、八時を過ぎた頃だった。巻島は胃に鈍い差し込みを覚えながら、本部の道場に泊まっていた部下の村瀬を現場に派遣した。

間もなく登庁してきた曾根や藤原も一報を聞いて誘拐事件とのつながりが頭をかすめたらしく、巻島のいる刑事対策室に飛び込んできた。

「最悪だな」

曾根は腰が落ち着かない様子で、室内を苛々と歩き回った。巻島はもはや無視されていた。何も報告がないのに、可能性だけが高まっていく。そんな重い時間が過ぎていく。

やがて、現場に急行した相模原南署の係長から藤原宛てに最初の報告が入ってきた。

死体発見の場所は相模原市南部、相模川の河川敷。遺体の死因は絞殺で、推定五、六歳の男児。ジョギング中の男性が発見したとのこと。服装の特徴が桜川健児少年の失踪時とほぼ一致しているのが分かり、対策室内にはこれ以上ない淀んだ空気が立ち込めた。

追って、巻島が派遣した村瀬からの連絡が届いた。視認する限り、写真で見た健児少年に間違いないだろうということだった。そうなると、相模原南署に遺体を搬送次第、両親を呼んで確認を取ってもらうという手続きが当然のごとく取られることとなった。

「それからですね、どうやら犯人のメッセージと思われる紙を鑑識が採取したようです。マル害のズボンのポケットに入っていたみたいです」

文面を写して相模原南署からファックスで送るとのことで、彼の報告は終わった。

「速攻で犯人を挙げろ！」　捜一から三個班でも四個班でも

ぶち込め！」

感情的とも思える曾根の煽り立てを受け、藤原が強行

犯係四個班の現場急行を捜査一課の待機組に指示した。

一時間後、村瀬から、両親に遺体の確認を取ったとの

連絡が入った。

対策室内の面々からはため息がこぼれた。確認の場に

居合わせずに済んだだけましだっただが、最悪としか言い

ようのない結末には、何の言葉も出てこなかった。

それから、犯人のメッセージだという文面が対策室の

ファックスに送られてきた。誰かが書き取ったものでは

なく、現場の写真をコピーしたらしい。受け渡し現場の

メモがそうだったように、不自然に角張った作為的な文

字だった。

そのファックス用紙がテーブルの一台に置かれた。幹

部たちはそれを取り囲む形となった。

かわいそうな罪なき子供よ。信じていた家族に見捨て

られ、短き人生を終える無念さはいかほどか。

愚かな家族に加え、愚かな一団が無垢な子を死に追い

やった。図体だけでかく、鈍牛のごとき集団。白々しい

大根役者を並べて罠にかけようとする厚かましさ。いく

ら若作りしようと、しょせんはくたびれたドブネズミ。

腐った目と鈍い頭と動かぬ足ではワシを捕まえられるわ

けもない。

嘘まみれの濁世に失望したが、ワシだけは真摯、約束

を守り通すとする。

巻島は、脳を手摑みで引っくり返されたような、愕然

たる気分になった。

くたびれたドブネズミとは自分のことだった。

やはりあの不審者が犯人だった。そう確信した。

しかし、そのこと以上に強烈な衝撃を感じたのは、あ

の二十代前半と思しき面影と、この文面から漂う人間の

手触りとの間に、つなげようのない大きな乖離があった

からだった。

一見して普通の若者だった。あの男が自らを「ワシ」

と名乗り、こんな犯行声明を書き上げる人間だとは、ま

ったく考えてもいなかった。もしこの声明文を犯行の前

に読んでいたとしたら、あの男への対処の仕方も違って

いただろう。

昨日見た、あの男の若者然とした姿が一層幻のように

感じられてきた。

ワシ……。

まるで怪人だ。

そう思い、身体の芯から寒々とした何かが込み上げてきた。

「くそったれ！」

曾根がファックス用紙をはたいた。

「ああ……とにかく記者会見をどうするか……」

藤原が弱り切った声で独り言を呟く。昨晩不審者を取り逃がしたあとも、藤原は報道協定下での記者会見を開いている。その後の進展具合は朝十時の定例会見上でと言うことになっているらしい。そのときに健児少年殺害の発表もしなければならない。昼のテレビや夕刊紙にはトップニュースで入るだろう。

「これはまだ伏せとけ」曾根がファックス用紙を指で叩いて言う。

「声明文の存在そのものをですか？」

「こっちから言わなきゃ、それで済む話だ」

「でも、存在自体はほのめかしておいたほうがいいのでは」巻島は思わず口を挿んでいた。

これを隠すとなると、あたかも警察の失態にふたをするような行為に取られかねない。犯行声明文は重要証拠になる部分を除いてマスコミに公表するのが一般的であるし、隠し通したとして、犯人がマスコミに対して同様の声明文を送ってしまえば、当局の対処が後手に回っていると見なされる。過去の例から見ても、事態が悪化する可能性は低くない。

しかし、曾根には取り合わなかった。

「それよりお前、首を洗って待ってろよ。そのうち血の気が引くようなとこへ飛ばしてやるからな」

その露骨なまでの怒りようには、巻島も対する術がなかった。

藤原は上司の癇癪から逃げるように、「ああ、もう時間だ」と言いながら部屋を出ていった。

誘拐捜査は殺人捜査へと形を変え、捜査班も強行犯係を主力とした新たな編成になった。特殊犯係は一部を除いて外され、巻島らも報告書の作成などデスクワークに移るべく、刑事部屋に引っ込むこととなった。

「何か、うちのせいばかりにされて納得できないですよね」

48

刑事部屋に戻る途中、本田が憤慨した口調で話しかけてきた。

「だいたい大事なところで安易に対策本部を移そうっていうのもどうかと思いましたよ。あれで母親の到着が遅れて、かなり犯人に警戒されたはずですよ。まあ三十分くらいですよ、常識的な線で許されるのは。一時間遅れると、さすがに犯人もおかしいと思いますよ。

それに、管理官が不審者を追ったのだって、管理官だからあそこまで追えたんじゃないですか。ほかの連中なら影も見えてませんよ。それをあたかも大チョンボのように言われたってねえ」

そう本田は肩を持ってくれたが、巻島はあえて聞き流した。結果的に県警の刑事捜査史に残るような失態を犯したのは事実であり、そこに自分が重要な役を任されていたのも事実だったのだ。

刑事部屋に集った特殊犯係の面々もすでに健児少年殺害の情報を得ているようで、一様に覇気を失っていた。御役御免になったとはいえ、すぐさま休暇が取れる雰囲気であるはずもなく、巻島は不審者の風貌を絵にする婦警に協力などしながら、外で進められている初動捜査の成り行きを窺っていた。

あまり気は進まなかったが、昼近くになって別室にこもり、各テレビ局のニュースをはしごして見てみた。もちろんトップニュースは相模原の誘拐殺害事件だった。

誘拐発生から今朝、遺体となって発見されるまでの経緯が伝えられている。昨日の顛末については、新宿、原宿、横浜と受け渡し場所が転々とした流れや、マグネットを使った奇抜な指示方法が触れられていた。

正午を回ってからは、NHKだけでなく、各民放の情報番組でも、この事件がトップに扱われた。そこでは昨夜の山下公園での一幕として、警察が一時不審人物をマークしたものの、受け渡し人であった母親との接触がなかったため犯人と断定するには至らなかったとの情報が伝えられた。極めて曖昧なこの言い回しは、藤原一課長の発表のニュアンスに近いのかもしれない。

あるチャンネルで、リモコンを持った巻島の手が止まった。

〈警察が健児を殺したんだ！〉

桜川社長が自宅のガレージ前で報道陣に囲まれている光景が映し出されていた。

〈あいつら子供の命なんてどうでもいいんだろう！　犯人を捕まえることしか頭にないんだろう。約束の時間から何

十分遅れても、平気な顔してまったく動こうとしなかったっていうんだから……。もう、健児が可哀想だよ……あああ〉

大変な剣幕でまくし立てていたかと思うと、顔を押さえて号泣し始めた。

〈あいつら三度も取り逃がしてんだ……冗談じゃないよ。人の子の命を何だと思ってんだよ〉

〈あの、警察から謝罪か何かの言葉は？〉レポーターの一人が問いかける。

〈ない！　一言もないよ！〉

巻島は無意識のうちに嘆息していた。罪悪感もあるにはあったが、この会見の主が桜川夕起也や麻美であれば湧かなかったであろうへそ曲がりな感情も芽生えていた。テレビ慣れした桜川社長ならではのパフォーマンス……言葉にすれば醒め過ぎかもしれないが、それに近い感覚は確かにあり、参ったなという感想が一番先に来ていた。

ほかの局でもそのやり取りが挿入され始め、ご丁寧に字幕スーパーつきで流しているところも出てきた。

このニュースがようやく昼の各番組から姿を消した頃になって、巻島の部下が、内線電話が回ってきたことを告げに来た。藤原一課長からだった。

〈至急、部長室に来てくれ〉

言われるままに刑事部長室に顔を出すと、そこには曾根を始め、刑事部参事官、刑事総務課長、捜査一課長、捜査一課理事官など、刑事部門の幹部が雁首をそろえている。デスクに着いている曾根を囲むようにして、あとの者は突っ立っている。

巻島は冷ややかな視線を浴びながら、鬱然としたその輪に加わった。

「記者クラブが午前中の記者会見では不十分だとして再度の会見を要求してきてる。テレビ各局もカメラを入れての会見を要望してきた」曾根が仏頂面を崩さずに言う。「桜川志津雄がテレビカメラの前で警察の失態だと騒ぎ立ててるもんだから、マスコミ連中もその気になってる。誰が漏らしやがったのか、声明文の存在を嗅ぎつけた社も出てきたらしい」

「あれは早めに出したほうがいいと思います」

だから言っただろうとのニュアンスは消して、控えめに再度の進言をすると、今度は曾根も「そうだな」と素直に応じた。後手を踏んだ苦々しさが口元をかすかに歪

50

「真ん中の文章は捜査上の秘匿事項ということで塗り潰して、最初と最後を公開するということでどうでしょうかね」

声明文の写しを見ながら藤原が言う。巻島は信じられない気持ちで彼の顔を見た。

「しかし、それではあの家族を責めている文だけ残って、あまりに意図的になってしまいますよ」

巻島に返された藤原は、そんなこと分かっていると言いたげに、への字に曲げた口をつぐんでしまった。

「でもな、巻島」この中では最年長で、先々代の捜査一課長だった長谷川参事官が渋い声を出した。「このままだと、うちは日本中から糾弾されるのが目に見えているんだ。事実は事実として受け止めて反省材料にするのは当然だが、こうやって我々が集まって相談しているのは何とか少しでも神奈川県警の格好がつく道を模索しなきゃならんのだよ」

「こうしよう」曾根が背もたれに預けていた身体を重そうに起こした。「声明文は全部公開だ。仕方がない。都合よく隠したとして、犯人がマスコミに暴露の手紙でも出してきたら火に油だ。その代わりだな、うちは捜査上のミスは一切認めない。もちろん、マル害の家族に謝罪することなどもあり得ない」

「それでマスコミが納得しますかね」

藤原が不安そうな口振りで言う。普段は敵なしの立場にいる男だが、こういう事態でのマスコミというのは、ある意味、彼にとっては一番厄介な敵ということだろう。見るからに弱気になっている。

「だいたいだな」と曾根。「マル害の家族にもはっきりと責任があるんだぞ。身代金の交渉に犯人は七回も連絡を入れてきてるんだろう。そのときからうちがタッチしてれば、少なくともこんな結果にはならなかったんだ」

「そのことは、それとなく会見で言ってもいいんじゃないですかね」

若宮理事官が藤原の顔を窺うようにして意見を口にした。

「いや、藤原課長は午前中のあれで、もういいたいだろ」曾根はそんな言い方で、巻島に視線を移した。「結局、この事案の責任者は誰なんだ?」

意図した答えを引きずり出そうと執拗な目で曾根が自分を見ていることに気づき、巻島はその責任者が曾根でも藤原でもないことを知った。

「私です」

別に逃げるつもりはなかったが、言質を取られるように言わされて、いい気分はしなかった。

曾根は聞いたぞというように指を差した。

「じゃあ、お前が会見に出ろ」

「分かりました」

それしか言えず、巻島は藤原の安堵の吐息を横に聞きながら応えていた。

「うまくやったら、捜査の失態はチャラにしてやる。そのつもりでやれ。俺も、まだ先のあるやつに何のチャンスも与えないほど意地悪じゃないぞ」

都合のいい言い方だなと思いつつも、それを顔に出すほどの余裕は巻島になかった。何も期待されず、悶々と状況を見守るよりはましだろうという気もあった。

「あんまりバタバタしているようにも見せたくない。動きがあるかも分からんし、本部長にも報告しないと。ゆっくり構えて、そうだな、五時頃に会見といくか。それまでもう少し、こっちで方針を詰めておく。お前もその間、こざっぱりした格好に替えて準備しておけ」

言われて、巻島は部長室を辞した。

刑事部屋に戻ると、本田をデスクに呼び寄せた。

「夕方、記者会見に出ることになった。ちょっと着替え

に戻るから、何かあったときはよろしく頼む」

本田は浮かない顔で巻島を見た。

「課長に責任を押しつけられたんですか？」

「自分のケツは自分で拭けということだ」

「気をつけて下さいよ。部長みたいな別世界組はもちろん、課長のような順風満帆組も、決して自分から汚れようとはしないんですから」

「俺もその順風わんぱん組だ」

「言えてませんよ」

本田と苦笑を交わし合って、巻島は刑事部屋を出た。

　　　　＊

自宅に戻ったのは二時近くだった。

園子は家を空けていた。「病院に行ってきます。十時半」とだけ書かれたメモがダイニングテーブルに残っている。生まれたのなら携帯電話に連絡が入るはずだから、まだそうではないということだろう。

巻島はとりあえず熱いシャワーを浴びて、全身に浮いていた汗を洗い流した。トニックシャンプーで髪の毛をかきむしるようにして洗い、無精ひげも剃った。

浴室から出ると、冷房の利いた寝室のベッドでしばらくの間、身体を横たえた。眠気はまったくなかった。た

だ、疲労感だけが、起きていることを不快にしていた。

キッチンに行き、冷蔵庫を漁る。スライスチーズが目について、それを口に入れた。食パンもあったが、そこまでの食欲はなかった。ただスライスチーズだけを五、六枚、包装を引っぺがしては口に放り込んだ。

それを食べながら、巻島はテーブルに置いておいた携帯電話に目を移した。シャワーを浴びている間に着信が一件あったとの表示が出ていた。病院に行っている園子がかけてきたのでは……そんなふうに思えた。

クローゼットからクリーニングのカバーをつけたままにしてあるワイシャツと地味めのスーツを引っ張り出して着る。着替えの最中、ずっと着信の電話のことが気にかかっていた。ネクタイを締めたところで、巻島は携帯電話を取り、いずみの夫である川野丈弘の携帯電話につなげてみた。二十五歳で一児の父になるというのは、考えてみれば巻島と同じである。

丈弘は東京の虎ノ門にある石油会社に勤めている。

何か園子からの連絡があれば、彼のところにも入っているはずだ。

「もしもし、巻島ですけどね」

〈あ、お義父さん……〉慌てたような声が聞こえてきた。

「昼間から電話して申し訳ないね」いつまで経っても消えない、義理の親子関係の違和感を意識しながら巻島は続ける。「仕事で身体が空かなかったものだから、どうなってるか何も聞いてないんだけど、まだそちらにも特に連絡は入ってないのかな」

〈いや、それが、お義父さん〉丈弘はなおも慌てているような声だった。〈ついさっき、お義母さんから電話がありまして……〉

「……それで?」

〈それが……赤ちゃんは無事に生まれたらしいんですけど……〉

「けど」という逆接の言葉に、巻島は強烈な胸騒ぎを感じた。

丈弘が続ける。〈いずみが……いずみの状態が思わしくないらしくて……来てくれないかって言われて、今、会社を出たところなんです〉

「思わしくないとは?」巻島は荒い息とともに、その質問を絞り出した。

〈詳しいことは分からないんですけど、やっぱり心臓に

負担がかかったらしくて、集中治療室に移されたって。あと輸血をしてるとか……とにかく、僕、行ってきますんで、また連絡します〉

「そう……じゃあ頼む」

電話を切った巻島は、時計に視線をやった。じゃあ頼むとは言ったが、人任せではとても気分が落ち着かない。いずみはもしものことを考えて、町の産婦人科ではなく総合病院の産科で出産に臨んでいる。そして、そのもしものことが起こってしまったらしいのだ。

記者会見の三十分前には本部に戻らなければならないとして、まだ一時間半はある。巻島は上着を摑んで自宅を飛び出し、駐車場で炎天にさらされていた自分の車に乗り込んだ。

不思議に暑いという感覚はなかった。汗も出ない。妙に背筋が寒々としている。アクセルを踏む足もふわふわとしていて頼りない。

十年ぶりくらいだろうか。昔は、いずみが入院するたびに、こんな不安を味わっていた。おそらく大丈夫だろうという気持ちも心のどこかにある。しかし、それは強がりでもなく、冷静な見通しでもなく、ただ、最悪の結果に対して現実感が持てないだけのことだ。

自分の命など大して惜しくはないが、いずみの命はかけがえのないものなのだ。弱く小さな灯火だからこそ、いとおしくて仕方がない。小さな頃からほかの子供のように遊び回ることも許されず、ベッドの上で過ごすことも長かったのに、反抗らしい反抗もせず、病室に顔を出すと、決まって待ちわびていたように笑顔で迎えてくれた。怖い手術のときも、手を振って手術室に入っていった。そんな健気な姿ばかりが思い出に残っている。そうやって彼女自身のひた向きさで大事に育んできた彼女の命なのだ。こんなに短くていいわけがない。

病院に着くと、巻島は駐車場に車を乗り入れ、空いているスペースに頭から突っ込んだ。昔、そうやって車を停めて見舞いに行ったときに、いずみの病状が回復したことがあり、それ以来のゲン担ぎだった。同じように、病院の建物には左足から入った。

集中治療室が三階にあるのを案内板で確認し、エレベーターに乗り込む。

巻島は階数表示を見ながら神に祈っていた。何の宗教にも関係のない、いずみが生死をさまよっているときにだけ巻島が意識する神だった。都合のいい信者にへそを曲げることなく、今までは巻島の祈りに応えてくれてい

た。

しかし巻島は、見えない天の意思に呼びかけること

で、ここに来る途中、ずっと拭えなかった不吉な予感の

根源に思い至った。

これは報いなのではないか……。

桜川健児少年の命を失わせてしまったことの代償に、

今、いずみの命が取られようとしているのではないか。

馬鹿なと思いつつも、心のどこかでその因果に恐怖し

ている自分がいた。足元が沈んでいくような気分の悪さ

に、胸が締めつけられそうになった。

三階で開いたエレベーターから降りる。エレベーター

ホールを出て、集中治療室はどこかと左右に顔を巡らす

と、右手の突き当たり近くのソファに園子が座っている

のが見えた。彼女は近づいていく巻島に気づいて、腰を

浮かすような素振りを見せたが、足に力が入らないかの

ように、もう一度座り直してしまった。放心したような

眼を巻島に向ける。

「さっき電話したんだけど……」

「ああ、川野君から聞いて、やってきたんだ」

「そう……」園子はため息のような相槌を打った。「や

っぱり、相当な難産で心臓に負担がかかったみたい」

「説明は聞いたのか？」

「弛緩出血があったから輸血していますって。それか

ら、帝王切開で赤ちゃんを取り出したらしいんだけど、

そのときにいずみが一時的なショック症状に陥ったっ

て」

「ショック症状にもいろいろあるだろうが、過去にも一

度、いずみはそれを起こしている。そのときは心房細動

から急性心不全を引き起こし、心停止寸前まで行った。

それを思い出して、巻島は自分の顔から血の気が引いて

いくのをはっきり感じた。

「今はどうなんだ？」

「分からないの。集中治療室に入ってからはまだ先生の

説明もないし、あとで呼びますからとは看護婦さんに言

われてるんだけど」

婦警上がりで、強心臓ぶりでは巻島の上を行く園子

も、充血した眼に動揺の跡が窺える。しばらくそのまま、

巻島は園子の隣に腰を下ろした。

二人とも無言で座っていた。

「男の子ですって。二千百グラムの」

園子が思い出したように、ぽつりと言った。

「そうか……」

気にならなかったわけではないが、それを聞いても心から喜ばしい気分になれるわけでもなかった。

「見てきたか？」

園子は首を振る。

「見に行ってきてやれ。俺がここにいるから」

躊躇する園子を目で促すと、彼女は小さく頷いて、エレベーターホールのほうに消えていった。何分かして戻ってきたときには、充血した彼女の眼に、潤みが増していた。

「お父さんも見てきてあげて」

言われて、巻島は腰を上げた。何気なく集中治療室に視線をやるが、厚い扉は閉ざされたままだ。新生児室が五階にあることを園子に教えてもらい、巻島はその場から離れた。

エレベーターで五階に上がる。産科病棟ではロビーのソファに、妊婦たちが穏やかな顔をして絵本などを広げている姿があった。もうすぐお兄ちゃん、お姉ちゃんとなる子供たちがそれを取り囲んでいる。病院という施設の中では、一番幸福そうな空気に満ちた光景に思える。巻島はそれを脇に見ながらナースステーションの前を通り、奥まったところにある小さな通路を曲がった。

赤ん坊の泣き声が聞こえる。新生児室の表札を探すより先に、透明なアクリル板から光が漏れている部屋が目に入った。近づいてみると、五人の赤ん坊がそれぞれ白い産着に包まれ、小さな寝台に寝かしつけられているのが見えた。

「川野いずみ様ベビー」という札が付けられた寝台には、真っ赤な顔をした赤ん坊が寝ていた。数時間前に生を受けたばかりの赤ん坊は、今はすやすやと眠っていて、時折、首や手足がもぞもぞと動く。誰に似ているのかまだ判然としないほど、くしゃくしゃの顔をしている。巻島はその小さな寝顔を見ているだけで、胸が一杯になってきた。

あんな弱い身体で、こんな立派な命を作りやがって。

おそらく園子も浸ったに違いない感慨を抱いて、巻島も自分の眼が潤んでくるのを止められなかった。

我が子ながら大したもんだ。

本当、大したもんだ。

でもいずみ……。

お前はそれだけのために生まれてきたんじゃないだろう。次の命を作ればそれで終わりじゃ、あまりに寂しいじゃないか。まだ、お前にはこの子を育てる仕事が残っ

てるじゃないか。

巻島はアクリル板に手を付けて、初孫の姿を眺めた。

そうしながら、昂ぶった気持ちをどうにか落ち着けた。

三階に戻ると、集中治療室の前では園子が一人ベンチに腰かけている変わらぬ姿があった。依然、中に呼ばれる気配はないらしい。

それからしばらくして、川野丈弘が息せき切って現れた。まだにきびが似合いそうな顔は、すでに泣きそうに歪んでいた。巻島や園子に輪をかけて動揺している様子で、園子が巻島に聞かせたような話を繰り返すと、青白い顔からさらに色味が消えていった。

「本当に申し訳ありませんでした」

何について謝っているのか分からないが、とにかくという感じで、彼は謝った。初めて巻島家にやってきたとき以来、何かあるとすぐに謝るのが彼の癖のようなものだった。

いずみ本人が味わっているのとは別次元であることは言うまでもないが、丈弘も二十五という若さでこんな深刻な現実に向き合わねばならないのは苦しいだろうなと、彼の身を慮る思いは巻島の中にもあった。いずみという病弱の赤ん坊に一喜一憂していた自分の二十五歳

のときを思い返すと、それはよく分かる。

「川野君、赤ちゃん見てきたら」

園子に気を遣われ、丈弘は恐縮するように頭を下げた。言われるままに新生児室へと飛んでいき、戻ってきたときには、涙をぽたぽたとこぼしながら、しゃくり上げていた。

「いずみに似てますね」

彼は湿った声でそんなふうに言った。まったく頼りにならないタイプの男だが、憎めないところがある。

そのまま三人、ベンチに間に合わせるように腰を下ろして、重苦しい時間を過ごした。記者会見に間に合わせるとなると、四時過ぎには、いったんここを離れなければならない。それは承知していたが、本当にここを離れるべきなのかどうかという判断は、意識的に考えないでいた。時間だけが刻々と迫ってくる中、このままじっとしていれば、現実というものが自分とは関係なく動いていってくれるような、妙な遊離感の中に自己が埋没していきそうだった。

いずみについての話も、このまま何もないのであれば、それはそれでいいような気もした。ここでじっとしていることは、すなわち、まだ扉の向こうでいずみが生きているということであり、そうならこの時間は永遠でも構

わないと思った。

しかし、四時間（まぢか）近になって、そんな時間は終わりを告げた。集中治療室から出てきたマスク姿の看護師が巻島たちの前に立った。

「川野いずみさんのご家族の方ですか？」

園子が返事をすると、看護師は続けた。

「中にお入り下さい。先生のお話がありますから」

「あの、いずみの様子は？」

園子が訊いたが、看護師は、「先生からお話ししますので」と繰り返した。

看護師の背中を追って、巻島たちは集中治療室の扉をくぐった。手前に手洗い場と入室者の名を記すノートが置かれたテーブルがあり、その向こうにもう一つ自動扉がある。治療室はその扉の向こうだ。

巻島が手を洗っていると、胸ポケットに入れてあった携帯電話が震えて、着信を知らせた。電源を切り忘れていた。

「携帯電話は切って下さい」

看護師の冷たい声を受けながら、巻島は電源を切った。おそらく本部から、早く戻ってこいとの連絡だろう。自分が置かれている立場を、巻島は現実味なく思

出した。

備え付けの使い捨てマスクをかけ、中扉をくぐって集中治療室に入った。

目の前に、カウンターに区切られたスペースがあり、何人もの医師や看護師たちがそれぞれの仕事をこなしている光景があった。そのセンターを囲むように、重病患者らのベッドが並んでいる。点滴がスタンドに吊り下がり、モニターが波形を示し、電子音が鳴り響いている。

看護師は巻島らをカウンターの中に招き入れ、一人の男性医師のもとへと案内した。伊藤と名札をつけたその医師は、立ったままテーブルに置かれたカルテのようなものに目を通していたが、巻島らが近づくと顔を上げ、マスクからはみ出したひげを撫でながら軽く目礼をしてきた。

「えー、まあ……予断を許さない状態ですね」

軽い吐息混じりに、伊藤（いとう）医師は言う。その視線が向いた先に、巻島は顔を巡らせた。小さな女性らしき身体が横たわっているベッドが確かにある。あれがいずみか……十メートルも離れてはいないが、やけに遠くにいるように見えた。顔には酸素マスクがかぶさっていて、表情もはっきりとは分からない。

58

伊藤医師は出産から急変にかけての状況を説明してくれた。

「昨日から陣痛があって、産科で分娩の準備をしていたようですが、通常は徐々に強くなっていく陣痛がそれほど強くならずに、母体の疲労だけが蓄積されていく状態だったものですから、いったん夜に抑制剤を使って、陣痛を休止させたということです。で、今日改めて、帝王切開を前提に分娩を再開させるということになりまして、一晩、いずみさんにも休んでもらいました」

伊藤医師はベテランらしく感情を消した口調で、ゆっくりと言葉を継いでいく。

「まあ、いずみさんですが、子供の頃にファロー四徴症を数度の手術で治療されているということで、必ずしも健康な心臓とは言えない、現在でもやや心肥大気味なわけですね。その上、貧血も顕著で、妊娠中に改善のための鉄分摂取などされたようですが、それでも楽観できるような身体ではなかったと。そういうことでしたので、今日は我々循環器科のスタッフも加わりまして、十一時頃からですか、酸素マスクと心電図をつけた上で手術を始めました。

手術自体はそれほどの問題はなくて、赤ちゃんも無事に生まれてきました。ただ、子宮の収縮具合が弱かったようで、術後二時間ほど弛緩出血が続きました。量的には八百ccほどで念のため二パックの輸血で対処しましたが、今は出血も止まりましたし、それ自体は危険なレベルではなかったと思います」

そこで彼はほんのわずか沈黙を挿み、鼻から息を抜いた。

「一番困ったのは、分娩直後にいずみさんが全身の痙攣を起こしましてね。妊産婦にはまれに見られる症状ですが、原因もいろいろありまして、これだと特定できるものではないんです。出血のショックだとも考えられますし、あるいは心臓の働きが一時的に衰弱して、脳のほうに血液がうまく流れなくなったりすると、やはりそういうショック症状が見られることがあるわけですね」

巻島は以前に一度、傷害事件で重体となった被害者が痙攣を起こしてそのまま事切れてしまったのを目の当たりにしたことがある。その印象が強烈なだけに、痙攣という言葉は死の匂いがきつ過ぎて冷静には聞けない。た

「実際、胸のレントゲンを撮ってみると、以前より心臓が大きくなっています。いわゆる心不全の状態で、大き

くなった分、収縮の張りを失っています。心臓がへたっているわけです。だから、お産の負担が心臓にかかってしまったという言い方はできると思いますね。

いずみさんのような心疾患を抱えていた方は、本来なら出産には慎重になるべきところだとは思うんですが、まあ、それを言っても始まらないところでして……」

子供の頃に手術を受けた小児循環器科の医師からは大丈夫だとの太鼓判をもらったらしいが、やはりそれも、妊娠を既成事実にしてしまってからの話で、医師としてもたぶんに希望的観測が混じっていたということだろうか。先天性心疾患を根治した人たちが出産した例はいくらでもある……いずみ自身が口にしていた言葉は、裏を返せば不安の証でもあり、それが無用のストレスとなって彼女の身体に負担を与えていた気もする。しかし、確かにそれを今さら言っても仕方なく、こうなっては不安が的中した不運にただ呆然とするよりない。

「今、強心剤を投与して、心臓にムチを打っているところです。それによって、かろうじて心臓が動いているとこ言ってもいいでしょう。この衰弱が一時的なもので潜在的な反発力が出てくればいいんですが、このままの状態が続くと、ちょっと困ったことになるなと思います」

「それは……どれくらいが山になるんですか？」巻島は渇いた喉から声を絞り出した。

「分かりません。今日明日か、一週間か一カ月か、それは何とも。心臓というのは、急に悪化するか、なだらかに悪化するか分からないものなんです。ただ、長引くにつれて、強心剤の効果が薄れてくるということはあるでしょうね」

どうも、伊藤医師自身、いい見通しを持っていないように思え、巻島は目の前が暗くなる気分だった。

「何かほかの治療法は残っていないんですか？」

そう訊くと、伊藤医師は、すべてやり尽くしたというふうに首を振った。

「利尿剤や血管拡張剤で、心臓の負担を軽くすることも並行してやってますから。まあ、強心剤の種類を変えるくらいでしょうか。あとはもう、ご本人の生命力に懸けるしかないですね」

「そうですか……」

「それから、痙攣があのあとからも二度ほど起こりましたんで、それを抑える薬を打って様子を見ています。これがまた、心臓に余計な負担をかけてしまうんですが、ほっておくと実に危ないものですから。これで何とか治

まってくれればいいですけど」

巻島は暗澹たる気持ちになり、力なく伊藤医師に頭を下げた。伊藤医師も軽い一礼で応じ、説明は終わった。

いずみのベッドに近づいてみる。眼を閉じて眠っているが、酸素マスクの中の口は酸素をむさぼるように開いていて、すうはあと荒い息を立てている。

胸のあたりがせわしなく上下している。全身を使って一生懸命呼吸しているような姿に、巻島は胸が詰まる思いだった。

かたわらのモニターには心電図の波形が映し出されている。心拍が異常な速さで、電子音とともにハートマークとして点滅表示されている。刻々変化する心拍数は、百二十台から百三十台を行き来している。ベッドに休む姿とは裏腹に、彼女は激しい闘いに挑んでいる真っ最中なのだと思い知らされる。

頑張れ。

そんな言葉を心の中から投げかけるしかできない自分の無力さを実感しながら、それでも繰り返しそれを念じた。

しばらくいずみのかたわらに佇み、園子が看護師から

借りてきたタオルでいずみの顔を拭いたりするのを見ていたが、そもそも家族の面会時間も限定されるのが集中治療室であり、いずみも目を覚ます気配がないことから、三人とも無言の了解で部屋を出てきた。

「私、近くで必要品の買い物をして、もう一回覗いてみるわ」

園子が、身体にまとわりついた重い空気を無理に振り払うような口調で言った。

「じゃあ僕、ここで待ってます」丈弘が言う。

「お父さん、さっきの電話、大丈夫？」

園子に水を向けられ、巻島の頭にもう一つの懸案が再来した。いずみのことが心配ではあるが、このままここにいたとしても、何ができるわけでもない。それに、頭を冷やして考えれば、本部に残してきたものは安易に放棄できる問題ではないのだった。

「一つ残してきた仕事があるから、それを片づけて、また来るよ。何かあったら遠慮なく電話してくれ」

園子からも丈弘からも特に反感めいた反応はなく、それに少し救われながら、巻島は病院をあとにした。

本部に戻ってきたのは、もう五時に近い時間だった。

病院の駐車場から携帯電話で連絡を入れた本田を通じて、幹部には話が行っているはずだったが、小会議室に詰めていた藤原一課長は、巻島を見るなり、泣きそうな顔をして立ち上がった。

「おい、勘弁してくれよ。バックレたのかと思ったぞ」

冗談とも思えるようなその悲壮な表情に対しては、巻島は乾いた作り笑いで受けておいた。

「［ヤングマン］が逃げるなんて格好悪い真似するわけねえよな」円卓の奥に座っている曾根が挑発するような視線を向けてきた。「土壇場で現れるところが憎いよ。やり方が違うね」

巻島は曾根を一瞥しただけで返事はせず、藤原から突き出された数枚のメモに目を走らせた。

いわゆる想定問答集の形で、言うべき言葉と言ってはならない言葉が列記されている。例えば、健児少年の死亡に至った事件の結末についてのコメントとしては、

「残念な結果となり、深刻に受け止めている」というようにさらりと述べるのが相当であり、「申し訳ない」「責任を感じている」との言葉はおろか、「悔やみ切れない」「遺憾に思う」「痛恨の極みである」なども禁句となっている。

一事が万事その調子で、ある程度予想していたとはいえ、見事なほどに、警察の責任はないとする見地に立ったコメントの羅列だった。

「これだけ強気に出ると、かえって反感を買いかねませんよ」巻島は誰に言うともなく口にした。

「じゃあ何だ。私どもが悪うございましたとでも言えば、世間に評価されるとでもいうのか？」曾根がそう言って鼻で笑い、首を振る。「甘い考えは捨てろ。毅然と否定すれば、世間はそうかと思うんだ。卑屈な警察なんぞ誰も期待してないんだぞ」

頭ごなしに撥ねつけられ、巻島はそれ以上の異議を呑み込んだ。これが数時間前であれば、一言の文句もなく、淡々とこなしていたかもしれない。しかし、いずみの容態を見てきた今は、心境が微妙に変わってきている。保身や取り繕いに汲々としている自分に妙な罪悪感がある。

その報いをいずみが受けているのではないか。

それは自虐的な思い込みに過ぎないとしても、いずみが大事なときに、自分は何とちんけな仕事をしているのだろうという呆れ加減の気持ちはあった。

ただ、それでもやるしかないのだと分かっている。

を頭に叩き込んだ。

巻島は投げやりに心を決めて、想定問答集のコメント

五時十五分を過ぎて、巻島は記者会見場に入った。

記者会見に臨むのは初めての経験だった。入って

早々、巻島はまず、部屋に漂う殺気立った空気を感じ取った。

何本ものマイクが置かれた折り畳みテーブルの会見席に着くと、向かい合って並べられた椅子に陣取っている総勢二十名ほどの記者たちから冷たい視線を浴びた。

藤原一課長ではないのかというような反応以上に、何か攻撃的な色の強い意思がこもっているような気がした。

彼らの後ろには在京キー局のテレビカメラがスタンバイしている。それが全国何千万の目と意識するにはいかにも無機質的で、それゆえ不気味だった。今さらながら、藤原が尻込みするのも分かる気になった。

「えー、それではこのたびの、相模原男児誘拐事件及び殺害事件につきまして、会見を行います。私、誘拐捜査の現場指揮を担当いたしました捜査一課管理官の巻島と申します」

巻島は淡々とした口調で切り出した。

「本日午前中に行いました捜査一課長、藤原の会見以後、明らかになった事実関係と捜査の進展状況を説明させて頂くとともに、不足していた事項について皆さんからの質問をお受けし、身代金の受け渡し現場に立ち会った捜査担当として、あるいは県警の公式見解として、できる限りお答えしていきたいと思います」

うそ寒い静寂の中、巻島は言葉を継いでいく。

「えー、まず、現在の捜査状況ですが、相模原南署に特別捜査本部を設置し、百五十人態勢で現場付近の聞き込み、目撃情報の洗い出し、犯人の遺留品の発見に努めております。今のところ、直接犯人の特定に結びつく有力な手がかりは得られていませんが、県警を挙げて、一刻も早く犯人の逮捕につながるよう、全力を傾けているところであります」

巻島は、極めて反応の乏しい目の前の記者たちがにわかに騒然とするだろう次の瞬間を予想しながら、脇に伏せていたコピー用紙を手に取った。

「それから、次に、犯人が殺害現場に残した声明文がありますので、その現物コピーをお見せいたします」

巻島が記者らにコピー用紙の束を差し出すと、彼らは餌に殺到する何かの動物のように飛びかかってきて、物

も言わず、巻島の手からそれを引ったくっていった。

「声明文の内容につきましては、犯人が自らの犯罪行為の責任を被害者家族や警察に転嫁し、あたかもやむを得ない選択であったかのように都合よく言い逃れるものであり、社会への卑劣極まりない挑戦と受け止めています。前例を見ない凶悪極まりない凶悪犯罪であるとの認識を持って、全捜査員が犯人逮捕に向けての気持ちを引き締めているところであります。なお、紙や筆記具の種類は身代金受け渡し時のメモと同一であると確認されています。その他の詳細については、現在、鑑識で鑑定を続けている最中です」

「ちょっと待って下さい！」

記者席の真ん中に座っていた一人が、堪らずという感じで声を張り上げた。昨日、巻島に声をかけてきた大手の新聞社、大日新聞の記者だ。

「この文面だと、犯人は実際に受け渡し現場まで来ていたにもかかわらず、警察の動きが丸分かりであったために接触をやめ、さらにはそれが健児君殺害の引き金となったように読み取れるんですが、そこはどうお考えなんですか？」

「ですから、それは、犯人が自分を正当化する狙いの、都合のいい言い回しであり、激しく憤りを感じていま す。

「そんなことを訊いてるんじゃないんですよ。昨日の受け渡し現場、警察側に不手際があったんじゃないのかということですよ。あったのかなかったのか、どっちですか？」

日頃はこちらの機嫌を窺うような物腰しか見せない男だが、そんな一面はすっかり消え、今は妙に殺気立った眼を巻島に向けてきている。

「明確にこれが不手際だった、あるいは、このことで犯人に警察の存在を察知させてしまったというような事実は認識しておりません」

「しかし、犯人はこう書いてきてるじゃないですか。現実には気づかれてしまったわけでしょう？」

「受け渡し現場に現れる犯人は用心深くなっていることが常でありまして、犯人が実際人混みの中で警察の気配を感じ取ったのだとしても、それが本当に現場へ潜入していた捜査員の気配であったのかどうかは、どちらにしても断定できるものではないと考えております。少なくとも昨日の捜査に関しましては、適正に行われ、捜査員各員が最善を尽くしたものと受け止めています」

訝るような低いざわめきが部屋の中に舞った。

「それこそ都合のいい解釈じゃないんですか？」

「現時点で明らかになっている事実から、憶測抜きの見解を申し上げているだけです。捜査ミスの認識がないのに、あったかもしれないと申し上げることはできません」

「被害者の家族からも警察の不誠実な捜査を指摘する声が上がっているんですが、それについてはどう考えていらっしゃるんですか？」

ほかの記者からも次々に質問が飛び始めた。

「具体的に何を指してのことか分かりかねますが」

「昨日の身代金受け渡しでは新宿から原宿、そして山下公園と二度にわたって受け渡し現場の変更を犯人に指示されていますね。その移動が警察の都合によって原宿で三十分以上、山下公園にいたっては一時間以上、犯人の指定する時間から遅れて、健児君のお母さんが長々と足止めを食らってしまったという話です。これは捜査一課長の会見では詳しく触れられていませんでしたが、事実ですか？」

「事実関係としてはおおむね、その通りです。記者団からは声こ悪びれる素振りは見せずに答えた。記者団からは声こ

そ上がらなかったが、カメラのフラッシュなどがそれに代わり、いちいち不快なプレッシャーが巻島に浴びせられた。

「受け渡し現場での捜査態勢を確実なものとするために、それだけの時間が必要であったということで、やむを得ない最少限の時間、遅れが出てしまいました」

「原宿から山下公園までの移動に、二時間近くかかったらしいじゃないですか。しかも、着いた先でもしばらくはストップがかかっていたという。いったい、何人規模のどんな捜査態勢だったんですか？」

「特殊犯罪捜査の人員編成につきましては、今後、同種の犯罪が起こった場合に差し障りがございますので、公表は差し控えさせて頂きます。ただ言えることは、犯人の指示に従って捜査態勢が整わないままに母親を次の現場に移動させ、犯人に身代金を奪われた上に捕捉することともできないというケースがもっとも最悪の事態であって、我々はそうならないようにすべき慎重な対応が必要とされていたということです」

「なぜ、そのように大幅な遅れが出たんですか？」

「それは警察の論理でしょう。大事なのは人命尊重であって、犯人捕捉は二の次じゃないんですか？」

「取り逃がした場合の人質の生命の保証はどこにもありませんでした」

「犯人は身代金さえ受け取れば、健児君を解放すると言ってたんでしょう？」

結果論としか思えない論理で堂々と非難をぶつけてくるのは、新都新聞の記者だった。三十そこそこの青くさい男がいかにも正義を気取って口を尖らせている様は、妙に神経を逆撫でさせられるものだが、巻島はもちろん顔には出さなかった。

「誘拐犯は必ずそう言います。たとえ殺すつもりでも、そう言うのが常なんです。犯人捕捉が結果的に人命尊重につながるのは疑いのないところです」

「しかし、現実には犯人を捕らえることはできずに、健児君は殺されてしまった。受け渡し現場への遅刻が犯人を警戒させてしまい、警察の気配を知らせるきっかけになったとは思いませんか？　『鈍牛のごとき集団』とはつまり、そのことを指しているんじゃないんですか？」

「犯人の真意は分かりませんが、遅刻したから警察が関わっているのだろうという判断はしないと思います。昨

日の現場周辺は時間内に滞りなく移動できる保証はない状況でしたし、遅刻したから接触をやめたということはあり得ないはずです」かなり苦しい弁明になってきたなと自覚しつつ、巻島は言い足した。「現場にいた者の実感としてそう思います」

「現場にいた者の実感ということならお訊きしますが」冷静にやり取りを聞いていたように見えた第一テレビの報道記者が手を挙げた。「山下公園で不審者としてマークしていた男がいたけれども、確証が得られなかったため職務質問しないまま見逃したケースなどもあったのか。それを教えて下さい」

……一課長の会見でそんな話がありましたが、これについてどういうことだったのか、詳しく説明して頂きたいと思います。なぜその男を不審者と睨んだのか。それにもかかわらず、なぜ職務質問をしなかったのか。現場にいた管理官の実感として、その男はどの程度、怪しかったのか。

とりあえず、時間の遅れという幹部らにとっては一番突かれたくないに違いないポイントは何とかやり過ごした形となって、巻島は内心で一息ついた。最低限の仕事はした。あとは現場の問題となるわけだが、それは自分自身が関わっているだけに何とでも答えようがある。

「その男性については私自身が注意を払っていました。なぜ目をつけたかというと、一人で花火見物に来ているようであったのと、花火が打ち上がっている最中によそ見をする素振りが見えたことなどが、その理由です。それから……新宿の受け渡し現場のビデオ映像を確認したときに、母親のそばを通った一人の男性の靴のデザインを私が記憶しており、山下公園の不審者の靴のデザインがそれに似ていたということもありました」

「それなのに、なぜ職務質問さえしなかったのですか?」

「その男は花火が終わっても受け渡し人の母親に近づくことのないまま、帰途の流れに入っていきました。途中まで数人で尾行を行いましたが、受け渡し現場で母親に接触した男が別に現れたとの連絡が入ったために、尾行を打ち切りました。ただ、その接触は、午前中に発生したと思いますが、事件とは無関係の人間でした」

「尾行に回っていた捜査員も応援に戻らなきゃいけなかったんですか? 花火見物の会場という雑踏の中で、そんなに少ない捜査員しかいなかったんですか?」

冷静な第一テレビの記者の口調が粘り気を帯びてきた。

「そうではなく、現場で接触があったということの重要性をより重く見たわけです」

「それでも最低限の人数をその人物の尾行に残すことは、当然やるべきだったんじゃないですか?」

「確証のないまま、受け渡し人と接触もしていない人間に職務質問をしたところで、事件に関わっているかどうかを判別できる保証はありません。むしろ、中途半端に追い詰めて警察の存在を教えるだけに終わることは避けるべきだという判断をしました」

「本当にそうなんでしょうか?」記者は芝居口調で巻島を見た。「母親が次の指示を犯人からもらっているのなら、まだ分かりますが、そうでない限り、もう犯人が接触を試みてくるかどうかも分からないんですよ。そんなに簡単に不審人物を尾行対象から外してしまってよかったんですか?」

「別に職務質問をかけなくとも、どこから来たどういう人間なのかを突き止めてみるだけでもできたはずじゃないですか?」

あまりにしつこい追及に、巻島も束の間、返答に窮した。

「本当に、おっしゃるような事情だったんですか?」

記者は攻めどころとばかりに畳みかけてくる。

「申し述べた通りです」

記者は眼を見開いて訊く。「本当は逃げられたんじゃないんですか?」

「…………」

「正直に答えて下さい、管理官!」記者はにわかに声のトーンを上げて迫った。

「目を離した隙にその人物を見失い、結果として尾行の継続を断念したということはありました」

ざわめきが舞い上がる。

「しかし、見失った以上、故意の逃走があったかどうかまでは言及できないわけです」

「何やら物々しい追跡劇を山下公園通りで目撃したという市民からの情報が入ってきていますよ」

「もちろん、あっさり断念したわけではなく、見失った人物の発見に努めたいきさつはございます」

言い方はごまかしてみても、意味するところは逃げられたということ以外の何物でもなくなってしまった。

記者はさらに質問を進める。

「管理官自身の心証として、その不審人物が犯人だった可能性はどの程度あったとお考えですか?」

想定問答集の範囲から逸脱している質問だが、極めて

個人的な見解を訊いているだけに、かわいそうと思えばかわいそうと思えるものだった。しかしそれは同時に、刑事の習性に訴えかけるような質問でもあった。巻島の心証として、あの男が犯人であることははっきりしている。それに対してシラを切る割り的な人間を演じ通す覚悟までできていなかった。

「どの程度とは言えませんが、犯人だった可能性はあると考えています」

曾根らがこの会見をモニターしているならば、さぞ悪態をついていることだろう。そう思いつつも、ここまでの騒ぎになっては、失態を糊塗し切れるわけもないだろうとの、ある種、踏み越えた気持ちがあった。

「これは重大な捜査ミスではないんですか!?」新都新聞の若い記者が甲高い声を飛ばした。

「そうは捉えていません。その時点で何が何でもその人物を捕捉しなければならない根拠があったわけではなく、それより重要度の高い情報が入ったためにそちらを優先させたのは極めて適正だったと考えています」

こちらがどう言おうと、マスコミはもはや、警察の失態であると結論づけていることだろう。それでも違うと巻島が言い張るのは、警察の体面を保ちたいからという……

より、一気呵成に攻め出てくるマスコミに対する戦闘本能のようなものだった。向こうは明らかにこちらを敵と見なして攻撃を仕掛けている。

いったい何の資格があって、彼らは他人を親の仇のように追い詰めようとしているのか。みんながやっているからという理由で行われる場末の少年犯罪のように、彼らの質問の語調は彼らの間で刺激し合い、ヒステリックにエスカレートしている。それへの反感は当然ある。

「先ほどは捜査態勢を確実なものとするために時間がかかったと言われましたが、この結果を見ると、現場に投入された捜査員は本当に必要十分だったのかという疑問も出てきます。花火見物という雑踏の中では貧弱であったということはないんですか？」

大日新聞の記者が眼を吊り上げ、詰問口調で訊いてくる。ベイスターズの謎かけをしてきたあのフレンドリーさは面影もない。

「捜査態勢は必要十分だったと認識しています」

「山下公園の現場では警視庁の協力が打ち切られていたということですが、そのことが捜査網に穴を開けてしまった原因になったとは考えられませんか？」

「それはまったく影響していません」

「なぜそう言い切れるんですか？　警視庁の協力がなかった山下公園では、それだけ捜査力が弱っていたと、当然のごとく想像できるじゃないですか。なぜ一連の継続した事件にもかかわらず、途中で無理に警視庁を撤退させたんですか？　そこに甘い見通しや油断はなかったんですか？」

「これは本来、うちの管轄地域で発生した事件でありまして、最終的には受け渡し現場も東京から離れましたので、警視庁さんが手を引かれたのも無理にではなく、必然的な流れの上でのものです。もちろん、山下公園ではその分以上の増員を図っていましたから、そのことの影響はまったくありません」

「本当にそうなんですか？　無理に手を引かせたんじゃないんですか？」

大日新聞の記者は首を傾げ、覗き込むように巻島を見る。

巻島は半ばうんざりした気分を込め、「ええ」と短く答えた。すると、記者は罠に落ちた愚か者を蔑むように、かすかに口元を歪めて質問を継いだ。

「うちの手柄にしたいから警視庁は身を引いてほしい……管理官、当のあなたが向こうにそう申し入れたとい

う話があるんですが、そういう内幕が実際にはあったんじゃないんですか?」

巻島は思わず絶句した。

後藤のやつ……との筋違いな恨みが湧いたが、当然、やり場はなかった。

その情報を得ていなかったと見られるほかの記者たちも、驚いたように大日新聞の記者を見ている。あのときの言葉自体はそれほど罪のある意味合いを持っていたはずはないのだが、このやり取りの流れの中で出されては、実弾にも匹敵する威力があり、もろに巻島の腸(はらわた)をえぐっていた。

「どうなんですか? まだ何の見通しも立たない捜査途中、手柄が欲しいというだけの理由で強引に単独捜査に踏み切った。これは事実ですか?」

「神奈川県警の単独捜査に切り替わった経緯は、先ほどお話しした通りです」巻島はほとんど消え入るような声で答えた。

「交渉の中で、手柄云々の話があったのは本当なんですか?」

「警視庁との調整作業の詳細については機密事項であり、公表することは差し控えさせて頂きます」

「難しいことじゃないんですよ!」記者はペンを振って、声を荒らげた。「手柄が欲しい! そう言ったんですか? 言ってないんですか?」

「詳しい文言の一語一語までは、残念ながら記憶しておりません」

これでは認めたも同然だなと思いながら、巻島は国会の参考人答弁のような台詞を口にした。

「そんなの、おかしいでしょう! 言ったなら『言った』と答えるべきですよ。言ったんですか? 言ってないんですか?」

巻島は顔をしかめたくなるのをぐっと堪えた。何度訊くんだ、そんなことくらい答えの言葉尻からとっくに察しているだろうにと思った。

少しでも弱味を見せれば、寄ってたかって猛攻に転じ、非情なまでに爪を突き立ててくるのが彼らのやり方だ。一般常識として、そのえげつなさは分かっているつもりであったが、いざその標的になってみると、あまりに容赦ない攻勢ぶりに、素直な感情がどこかへ消えてしまう。

「記憶が定かでございませんので、はっきりとした答えはできかねます」

巻島が睨めつけ気味に答えると、大日新聞の記者も鼻梁に筋を立てた。

「よくある話じゃないでしょう。特別な話のはずですよ。それを記憶がないなんて、それで世間が納得すると思っているんですか」

「言ってないなら『言ってない』と言えるはずですよ」新都新聞の若い記者も好戦的な口調で加勢に出る。「それが言えないのなら、言ったということでしょう」

「そう取りたければ、そう取って下さい」巻島は引きつる頬をそのままにして、ぞんざいに応じた。

「何ですか、その言い方は？」記者団の何人かから、憤然とした声が上がった。

巻島も自制を失っていた。「あなた方が揚げ足取りばかりやるからでしょう。そんなことは捜査の結果と何の関係もないことじゃないですか。我々は捜査の上でやるべきことはやった。しかし、残念ながら、結果はついてこなかったということです」

「残念ながらで済ませられるんですか!?　小さな子供が殺されてるんですよ！」新都新聞の記者が耳に障る甲高い声を張り上げる。

「そんなことは分かっています！」

「そんなことって……！」

「警察だって万能じゃないんですよ。事件が発覚してすぐに通報してもらえば、まだ何かほかの方法が取れたかもしれない。けれど、今回は手がかりがないに等しい状態で、捜査員を身代金の受け渡し現場に送り込んでいるんです。そんな中で、我々は精一杯やっている。炎天下や雑踏の中、辛抱強く張り込んで、犯人が接触すれば捕捉できるように万全の態勢を取った。しかし、犯人は接触に踏み切らなかった。そういうことなんです」

被害者側の通報の遅れをそれとなく総括の中に含めるようにとの書き込みが、藤原から渡された想定問答集に入っていた。とりあえずはそのポイントをクリアした形となったが、一番不本意な使い方をしてしまったという自覚もあった。冷静さを欠いていて、口のほうが止まらなかった。

案の定、記者たちは口を半開きにして、呆れたような表情を見せた。

「今の話の真意はどういうことですか？　被害者の家族側に落ち度があったと言いたいわけですか？」

「そうは言ってません」

「そういうことじゃないんですか？　被害者の家族がす

ぐに通報しなかったから、結果的に捜査が失敗したんだという意味じゃないですか?」

「だから、そうは言っていない。曲解しないで下さい。私が言いたいのは、警察は捜査に最善を尽くしたのであり、しかし、結果はそれとは別であったということです。そして、そのことについて、残念だったと言っているんです」

「管理官!」新都新聞の記者が立ち上がって巻島を呼ぶ。「あなたの話し方はね、まるっきり他人事(ひとごと)のように聞こえるんですよ。今回の結果に対して、まったく反省が感じられないし、被害者側への配慮が微塵も窺えない。はっきり言って、あなたは今、全国に神奈川県警の醜い姿を、身をもって見せているわけですよ」

「あなた方、客観報道のお立場から外れてやしませんか?」巻島も受けて立った。「若僧が生意気な口利きやがって、ふざけるなと思った。「いいですか、我々が今回の事態を軽く見ているなんてことは一言も言ってませんし、被害者家族の心情を察しない捜査活動など、そもそもあり得ない。いたずらに攻撃相手をでっち上げるような取材姿勢は改めるべきだと申し上げておきます」

「何を言ってるんですか!?」大日新聞の記者が興奮気味

に声を上げた。「いたずらに追及してるんじゃない。被害者側への配慮が感じられないと言ってるのは、そういう根拠があって言ってるんです!」また管理官、あなたの話をしましょうか。私たちはねえ、あなたが昨晩の山下公園で、息子の安否を心配している健児君のお父さんに向かって『花火でも見て下さい』と言い放ったっていう情報を得てるんですよ。お父さんはその言葉に大変な憤りを覚えたと我々に話してるんです! 管理官、あなたは昨日、ここのロビーで我々にも同じようなことを言ったでしょう! あまりに無神経だし、あまりに緊張感が足りない! そう考えるからこそ、こうやって責任の所在を追及してるんです!」

巻島はまたもや絶句させられた。

確かにそう言ったことは憶えているが、それが揚げ足取りの格好の的にされるとは考えてもいなかった。もちろん、桜川夕起也の神経を逆撫でするつもりで言ったわけでもないし、油断が言葉に出たわけでもない。

しかし、結果論で言えば、あれは少々不謹慎に過ぎたということになるのか……。

「どうですか!? 管理官、実際にあなたはお父さんにそう言ったんでしょう!?」

「……言いました」巻島は早口で素っ気なく答えた。

「それが桜川夕起也さんの心情を害したのであれば、申し訳ないと思いますが、実際には配慮のなさや緊張感のなさから発言したものではありません。夕起也さんの焦燥的な言動が捜査活動の妨げになると判断してのことで、我々と距離を置きたいた旨を理解して頂きたいと思います」

気が利かない言葉ではあったかもしれませんが、円滑な捜査を優先させた旨を理解して頂きたいと思います」

恐ろしいもので、この短時間のうちに、何を言っても自然と自己防衛的な落としどころへたどり着くような返答をする癖がついてしまった。言質を取るために虎視眈々と自分を見つめている無数の目を意識することで、率直な気持ちは自分でも容易に開けられない堅固な箱に入ってしまっていた。

答え切って、苦いものが口に残った。それを見透かすようにして、記者陣が応酬する。

「それは管理官、また、被害者のお父さんに責任を負わせるかのように聞こえますよ!」

「そうは言ってません!」

容赦なく急所を刺されて、巻島は勢い語調を強めた。

しかし、記者たちも攻め手を緩めない。

「少しは被害者家族の身を気遣ったらどうなんですか!? 最悪の結果が出た以上、捜査の不手際に関しては素直に謝罪するのが筋じゃないんですか!?」

巻島独自の判断で謝罪などできるわけはないし、また、それが可能だったとしても、その気はさらさらなかった。頭を下げたところで、この記者たちに謝っている気分にしかならない。

「桜川健児君が殺害されたことについては、捜査に関わった一人として非常に残念に思いますし、深刻に受け止めています。我々警察は犯人逮捕をもって供養にあてるほかない立場を認識して、捜査に全力を傾ける所存です」

想定問答集の、これだけは忘れずに言っておくようにとの文言を口にしてはみたものの、出すタイミングとしては最悪だった。まだ言っていなかったかとの我ながら呆れるような思いがあり、また、ぎすぎすした空気に触れてささくれ立った気分のままでもあったので、ほとんど投げやりな調子でその台詞を棒読みしていた。

日頃、大企業のトップや官庁の幹部らが不祥事の釈明会見に臨むのを目にするたび、それぞれポスト相応の切

れ者であろうに、どうしてまたそんな醜態としか思えない姿をさらすのかと思っていたが、今の自分がまさしくそれだった。おそらくこの会見を見て、神奈川県警を支持する者は皆無だろう。自らの不誠実さ加減を十分意識しながら、しかし、これでは駄目だという気持ちはもはや起こらず、どうにでもなれという開き直りにも似た胸くその悪さしか感じられなかった。

「では、このへんで会見を終了させて頂きたいと思います」

巻島は一方的に言って、席を立った。

「ちょっと！　ちょっと！」

記者たちも騒然として立ち上がった。

「管理官！　管理官！　ちょっと待って下さいよ！　管理官！」

「こんなでたらめな会見は許されませんよ、管理官！」

「これ以上、今の時点で報告できることはありませんので！」

巻島は彼らの声の圧力を手でさえぎりながら言った。

そのまま出口へと歩きかけるところに、新都新聞の記者の甲高い声が飛んできた。

「管理官！　あなた、逃げるんですか!?　逃げるんです

か!?」

巻島は振り返って、その記者を睨みつけた。武士の情けをかけろとは言わないが、人に直接投げかける言葉としては、あまりに無礼であり、相手を侮辱していると思った。

「ちょっと君！　頭おかしいんじゃないか!?」

青二才がマスコミの看板背負っただけで思い上がりやがってとの、理屈ではない情動に任せて詰め寄った。

「逃げてるじゃないですか！」記者のほうも、勝ち色を顔ににじませて反撃に出てきた。「あなた、保身しか考えてないじゃないですか！」

「ジャーナリストなら、もっと言葉に責任を持ちなさいと言ってるんだ！」

「あなたこそ責任を持つべきでしょう！　子供の命が奪われてるんですよ！」

「そんなこと君に言われなくても分かってる！」

「そんなことってねえ！」

そのとき……。

不意に、巻島の上着の内ポケットに入れてあった携帯電話が震え始めた。

巻島はぎょっとして、一瞬のうちに身を凍らせた。記

74

者たちの抗議の声が耳に入らなくなった。

この時間に携帯電話を鳴らすのが、同僚たちでないことは明らかだった。

園子からだ。

まず間違いないという確信があった。

何の電話か……。

それも一つの答えが見えているような気がした。

病院をあとにしてから、まだ二時間も経っていない。

それなのにあえて電話をしてくるということとは……。

急変……？

そこまで、自分の意思とは関係なく勝手に思考が回り、たどり着いた可能性に巻島は寒気立った。

「待ってくれ……電話が鳴ってる」

巻島は一転、弱った声になって、内ポケットに手を突っ込んだ。

報いなのだ。

こんな馬鹿な父親のために、いずみが犠牲になるというのか。

「ちょっと！」巻島が携帯電話を取り出したところを、新都新聞の記者が見咎めた。「こんなときに携帯電話なんて、いったいあなた、何を考えてるんですか!?　不謹

慎にもほどがある！」

「何が不謹慎なんだっ！」

巻島は一気に針が逆に振れて、記者に怒鳴り返した。

怒りをぶつけたというよりは、不安感と焦燥感と罪悪感がない交ぜとなって、それをどんな形であれ吐き出してしまいたくなったのだった。

「不謹慎じゃないですか！　一仕事終わったみたいな態度で！」

「そんなんじゃない。ちょっと娘が病院に入ってて心配なんだ」

そう話しても記者は取り合わず、きんきんとした声を巻島に浴びせ続ける。

「我が子のことは心配で、殺された健児君のことはどうでもいいんですか!?」

「当たり前だろう！」巻島は婉曲な言い回しを捨てて、自分の本心以上の極論を吐いた。「他人の子なんてどうやったって感情移入に限界があるんだ！」

偽善ぶった記者の鼻っ柱を一発でへし折ってやりたい気持ちがあり、また、ほとんど我を忘れてもいた。

「あなたねぇ……！」

「君だって記事を書き終えれば何もかも忘れて、どこか

75

でご機嫌に一杯飲んでるんじゃ

「何を言ってるんですかっ!?」記者は眼を剝いて声を張り上げた。

「とにかく、ちょっと電話を取らせてくれ!」

「うちだってねえ、四歳の息子が熱を出して家で寝てるんですよ!」記者は顔を真っ赤にして巻島に詰め寄る。

「子供のことを心配しながら仕事してるんですよ!」

巻島は嘆息して、正義の記者を見た。

「だったら早く帰って看病すればいいじゃないか」

「な……」

巻島は一方的に彼との水かけ論を打ち切って、携帯電話の通話ボタンを押した。それを耳に当てると、カメラのフラッシュの集中砲火を浴びた。

「撮るなっ!」

巻島は手でさえぎりながら声を荒らげ、彼らに背中を向けた。

「管理官! ちょっと、管理官!」

片耳をふさいで会見場の喧騒を遠ざける。もう一方の耳に携帯電話を押しつけ、「もしもし? もしもし?」と大きな声で相手を呼んだ。

〈もしもし……?〉

やはり園子の声が返ってきた。この場と大きく乖離した鬱然たる声を聞き、巻島は思わず息を呑んだ。

〈今……大丈夫?〉

周りのざわめきが不思議なほどに遠ざかり、代わって、心臓の鼓動が耳の奥で響いた。

報いなのか……。

「ああ……大丈夫だ……どうした?」

かすれ気味の自分の声もまた、頭の中にこもって聞こえる。

〈あのね、今夜、向こうのご両親が見舞いに来るらしいの。それで、あなたの時間が合ったら、食事とか一緒にしたほうがいいかと思って……〉

「ああ……」

丈弘の両親が実家の高崎から出てくるということなのだ。

「いずみは……?」

〈今のところ、変わりはないみたいだけど〉

「そうか……」巻島はひとまずの安堵を嚙み締め、知らず知らずのうちに張り詰めていた背中のあたりの強張りが霧散していくのを感じた。「分かった。なるべく都合

をつけるから、もう少し待ってくれ」

電話を切る。

再び現実が色をなして巻島の周りを取り囲んでいく。

安堵と思っていたものが、似て非なるものであることに気づかされる。事態は何も好転していないのだ。

そして自分は、自身が引き起こした渦中からも抜け出してはいない。

少なからぬ気まずさを抱えながら、記者たちに向き直る。

喧騒はとうの昔に去っていた。

いくつもの冷め切った視線が巻島に突き刺さっていた。

# 2

ニュースナイトアイズ　早津名奈へ

おい貴様、俺様のことを許せないだと？　それだけならまだしも、最低の人間とまでぬかしやがったな。公共の電波で俺様を侮辱しやがるとは、いい度胸してるぜ。俺様を攻撃する前に、こんな事件が引き起こされる理由について考えろっていうんだ。この社会が腐ってて、未来に夢も希望も持てないからだろう。それを指摘してやったのよ。見込みのあるやつを子供のうちから俺様の舎弟にして、どでかい軍団を作り上げるのさ。そして、将来はこの腐った日本を引っくり返して、理想社会の創造主になってやるんだ。だがな、残念ながら、そうそうそのへん

のガキに骨のあるやつは見つかりゃしねえ。使えないと分かりゃあ用なしだ。計画を知った以上、生かしてもおけねえのさ。そういうことだ。分かったか？　今までお前のことは気に入ってたが、それも今日までだ。後悔しても無駄だぜ。お前を敵に回したら恐いってことを思い知らせてやる。お前の実家は確か横浜だったな。東戸塚の高層マンションらしいな。幼い息子を実家のおふくろさんに預けて、お前は週末だけ戻るらしいな。俺様のテリトリーが川崎だけだと思ったら大間違いだぜ。そのうち、お前の息子が俺様の舎弟にふさわしいかどうか面接してやる。ふさわしくなかったら？　そのときは覚悟しな。フハハハハ。

ちなみに一つスクープを教えてやろう。新たに俺の面接に落ちたやつが一人いる。宮前区の神木本町にある竹ヤブの中だ。どうだ、おいしいニュースだろう。その調子で、次は自分の息子のニュースを読みな。フハハハ八。

じゃあな。阿婆世。

バッドマン

78

「今、停まった瞬間にメーターが変わりましたよね」

神奈川県警の平刑事、小川かつお巡査長は財布を広げたところで手を止めた。

「そうですか？」

タクシーの運転手はとぼけた顔で首を捻る。

「今の何とかならないですかねえ。こういうのも何だかんだ自腹になっちゃったりするんですよねえ」

「いやあ、ちょっとそれは……」

「ならないっすよねえ」

「ええ、ははは……」

小川がタクシーの支払いを済ませているのを置き去りにして、同乗していた同僚はさっさと現場に入っていく。

「運転手さんのツキ、ちょっとは分けて下さいよ」

「ははは、毎度」

「どうも」

小川は財布と領収書をポケットに仕舞いながら、タクシーを降りた。

*

目の前には関係者以外の立ち入りを規制するテープが張られ、制服警官が五十人は下らないと見られる野次馬の整理に追われている光景があった。

腕章を持ち合わせていなかった小川は、身分証を提示してテープをくぐった。

そこは丘陵地の住宅街に残った小山状の竹藪だった。

交通量の多い県道から少し奥に入ったこのあたり、町並みは取り立てて新しくもなく、印象的にはどことなしに昭和の面影が感じられる。竹藪の手前にある木造の平屋建てなどは何の門構えもない上、人が住んでいるかどうかもよく分からないような怪しさがある。日が暮れたらあまり立ち寄りたくないような雰囲気が漂っている。

竹藪はそれほど密な感じではない。人が入ろうと思えば苦もなく入っていけるだろう。しかし、そうは言っても、藪の中は鬱蒼とした竹の葉に陽射しを閉ざされて薄暗く、どんな奥行きを持っているのか判然としない。藪の中に勾配があるので、小川の目線より浮いて見える。

捜査員たちは藪の中にも大勢入っているが見える。

藪を二、三十メートル入ったあたりに青いシートがちらついている。どうやらそこが現場らしい。藪の中に勾配があるので、小川の目線より浮いて見える。

捜査員たちは藪の中にも大勢入っているが見える。手前の空き地……というか廃屋のような民家の庭先……にも何人

かがたむろしている。携帯無線機や携帯電話を手にして各方面への連絡に当たっている姿も目立つ。

「よお、チョンボじゃねえか」

民家の庭先に足を踏み入れた小川の顔を見て声をかけてきたのは、捜査一課に所属する巡査部長の戸部だった。手持ち無沙汰なのか、ポケットに片手を突っ込んで、辛気くさそうな顔をしている。三十一歳の小川より二つ違いという歳の差がそうさせるのか、一番遠慮のない先輩風を吹かせてくる。そんな男である。

「戸部さんの班もお呼びがかかったんですか?」

「お前、相変わらずだな、その力が抜けるような感じ」

「癒し系と呼んで下さいよ」

「いらねえよ、刑事に癒し系なんか」

察するところ、戸部は被害者の顔を拝み終えて、初動の方針が決まるのを待ちながら、野次馬に不審な人間でもいないかどうか、さりげなく眺めているというあたりのようだ。

「四人目だよ」戸部が不機嫌そのものの口調で言う。

「まったく反吐が出る事件だぜ」

「ああ、やっぱり。この騒ぎだからそんな予感がしましたよ」

川崎市の宮前区や多摩区、麻生区で、七月から八月の間に五歳から七歳の男児を狙った殺害事件が三件発生している。小川自身、その関係の聞き込みを先ほどまでこなしていたところだった。

「しかし、まあ、おあつらえ向きにこういうところがあるんですねえ」

小川は竹藪を仰ぎ見て言う。前の三件も場所こそだいぶ離れているが、いずれも雑木林などが殺害現場となっている。人気のない林に誘い込んで犯行に及んでいるらしいのだが、宅地開発をし尽くした感のある川崎では、そうそうそんな場所は見当たらないものだ。

「近くに子供がいなきゃいけないわけだしな……まあ、今は夏休みだから、そっちは見つかりやすいのかもしれねえけど、相当獲物を探し回ってのことだよな。とにかく、いかれてるよ」

川崎近辺では子供に不審者への警戒を呼びかけ、それぞれ町ぐるみでのパトロール活動を強化していたはずだったのだが、またしても凶行は繰り返されたということだ。

「三件と同じじゃなら、今度も無理に連れ込まれたってことではないんでしょうねえ。よっぽど子供の扱いがうまい

80

「さあな……アニメヒーローの格好でもしてんじゃねえか」戸部は吐き捨てるように言った。

「では、ちょっと」

「邪魔すんなよ」との戸部の声を背中に聞きながら、小川は湿った涼気に満ちた藪の中に分け入った。笹の落ち葉を踏み締める。捜査員たちが往来した道筋ができていたので、手袋を嵌めながらそこを進んだ。何本かの竹にかけ渡すような形でシートが張り巡らされている。くぐったところに数人の捜査員が立っていたが、少し頭をずらせば中の光景を見ることができた。

落ち葉をかき分ければ虫がぞわぞわといそうな陰々とした地面に、小さな人間が確かに横たわっている。遺体の足の肌や服の色などが垣間見える程度だったが、小川はもうそれ以上見る気をなくしてしまった。横たわるものの小ささが、ただ印象的だった。

藪を引き返す。藪蚊を払いながら歩いていると、途中で落ち葉に足を滑らせ、危うく転びそうになった。そばの竹に摑まって何とか堪えた。

「おい、そんなとこ触んなって。紋があったらどうすん

だ」

戸部の声が飛んできて、小川は慌てて竹から手を離した。

「まったく、素人だな」

戻ってきたところで、戸部に頭をはたかれた。

小川は髪に手ぐしを入れながら、遠目に野次馬が群がっているあたりを見た。

「何だかすごいことになってきましたねえ」

先ほどは野次馬に気を取られていて意識が及ばなかったが、その最前線にはハンディカメラを持ったテレビカメラマンらしき姿がいくつも見える。

「いや、本当は今日、町の自治会がこのあたりを捜す予定にしてたらしいんだけど、何でもテレビ局に犯人からの声明文が届いたとかでな」

「へえ……」

「場荒れするとまずいからって警察だけで捜したら、あそこで見つかったんだと」

「それでこの騒ぎですか」

これまでも百人を超える規模の捜査態勢だったが、それに輪をかけて膨れ上がることになりそうだ。こうしている間にも、刑事然とした人影があとからあとから臨場

してくる。

「戸部」捜査一課の主任らしき男が、竹藪から出てきた。「宮前署で三時から捜査会議やるから。地どりは夕方以降だな」

「まあ、この騒ぎの中、周辺を聞き込むのも無理がありますしね」戸部はそんなふうに受けた。

「もうすぐ遺体を搬送するけど、俺たちはとりあえずのところ、手分けして遺留品探しだよ。林けん中しらみ潰しでね」そう言いつつ、主任は小川に目を向けた。「所轄の人?」

「いえ、特捜です」小川は答える。

「特捜?」

「刑特ですよ」戸部が口を挿む。「特捜なんて格好よく略したって分かんねえよ」

「ああ、特別隊ね」

主任は感情のない声で言い、一人で納得している。略し方さえ統一されていない小川の所属先は刑事特別捜査隊と言って、県警の中でもマイナーな存在の部署である。刑事部屋は機動捜査隊と同じく、本部庁舎からは離れたところにある。他部署の婦人警官と合コンを開いて自己紹介すると、「そんな部署あったっけ?」とすげ

ない反応をもらうこともしばしばだ。

刑事特別捜査隊は刑事総務課長の持ち駒である。捜査人員の足りない事態が発生すると、刑事総務課長の判断により、助っ人として派遣される。刑事捜査全般が対象なので、一課が扱う殺人事件の捜査に投入される場合もあれば、四課が扱う暴力団事務所へのガサ入れに加わることもある。

「デカ捜って何かすごそうだね。いや、分かんないけど」

主任はまたもや略し方のバリエーションを増やし、本気とも冗談ともつかぬ口調で言った。

「はあ、いやあ」小川は曖昧に応じた。

名前からして選りすぐりの精鋭部隊に取られる向きもあるものの、実態は都合のいい捜査員派遣センターだと自虐的に言う隊員たちも少なくない。そういう部署の性格から、潰しの利く刑事が多いことは確かだが、必ずしも精鋭部隊とは言えない。それは小川自身が身をもって示してしまっている。やはり、刑事の精鋭部隊は本部の捜査課であり、隠れたところには存在しないのである。

「それがね、主任」戸部は片頬を歪めた。「こいつは〔チョンボ小川〕って言って、使えない野郎なんですよ」

82

「何だそれ？　リングネームか？」主任は興味なさそうに茶々を入れる。

「伝説のチョンボですよ。ええと、何だっけ」

「名前が一人歩きしてるんですよねえ」小川はへらへらと言う。

「そんな偉いもんじゃねえよ。そうそう、〔ワシ〕の事件だよ。五、六年前の。こいつですよ、あの〔ワシ〕を取り逃がした男は」

「別に僕が取り逃がしたわけじゃないんですけどねえ。誰かって言うなら、やっぱ巻島さんなわけで」

「ああ、分かった」主任は勝手に頷いた。「ナンパを犯人の接触と間違えたあれだろ」

「そうそうそう。前代未聞のチョンボ」

「すごいね。〔ワシ〕を取り逃がした男か。ケネディ大統領を救えなかった男みたいで格好いいじゃん」主任は無表情で言った。

「それはやっぱり、厳密に言うと巻島さんなんですけどねえ」小川は困り加減に繰り返す。

この数年、数々の不祥事が発覚して没落の一途をたどっている神奈川県警だが、そもそものけちのつけ始めがあの事件だった。

当時、小川は港北署の刑事課に配属されてから二年のキャリアを積み、ようやく刑事として独り立ちできたかなという頃であった。まれにみるマイペース型と言われながらも、小川には生まれ持ったツキのようなものがあった。街中で足を捻挫してうずくまっている男に声をかけてみると、まさに逃走中の強盗犯だったというような手柄で二、三の署長表彰を摑むことができ、小川なりにやる気もみなぎっていた。

あの事件では、当初、小川は人質の保護要員として港北署に待機する身であった。しかし、身代金の受け渡し現場が東京から横浜へと飛び、迅速な犯人の捕捉態勢の構築が要求される中で、東京からの移動組が到着する前に、何人かの捜査員が現場に潜入し終えておく手が打たれた。その一員に選ばれたのが小川だった。

とはいえ、捕捉態勢が敷かれた中で、小川はほとんど花火を見ていただけだった。身代金の受け渡し人であった人質の母親よりも花火側に立ってしまったために、その役割を担わせざるを得なくなったのだ。途中からは任務も忘れて花火に見とれ、紛れもない観客となっていた。

だが、花火が終わり、観客が出口に向かって帰りの列を作り始めたことで、現場の様相は一変した。捜査員た

ちは人の流れに逆らってまで現場に居残る不自然さを避け、おおかたは出口まで退いていった。そこでようやく、一見物人と化していた小川に任務が戻ってきたのだった。

そして、

母親に接触する男が現れた。

いくら刑事課の癒し系を自任するのんびり屋の小川でも、浮き足立たずにはいられなかった。小川は母親から十五メートルほど離れていた。ほかにも近くに捜査員がいるはずなのに、無線には誰の声も乗らない。間近にいる捜査員は犯人に気取られるのを恐れて、無線を使わないのだ……そう判断した小川は、普段は滅多に出さないような緊迫した声を無線に吹き込んだ。

直後、あちこちから反応があった。

〈これ、ナンパじゃないのか？〉

〈ナンパだ、ナンパ〉

至近の捜査員たちはそれを見極めていたところだったのだ。

いつもの小川なら、「ですよねえ」とへらへら受けてごまかすのだが、さすがにそんなことが許される空気ではなかった。それから瞬く間に、不審者が逃げただの追えだのというやり取りが無線を飛び交い、のちに刑事た

ちの間で〔ワシ〕との通称で呼ばれることになった男は、あっさりと人の波に消えていったのだった。

〔ワシ〕は幼児誘拐及び殺害と死体遺棄という重罪を犯しながら、非難の矛先を神奈川県警に向けさせるという芸当までやってのけた。捜査本部は〔ワシ〕が履いていたというスニーカーを特定して流通経路を洗ったが、大量生産時代の中では時間の浪費にしかならなかった。広島や岡山あたりの出身者ならば、若者でも「ワシ」という言い方をするなどといった言語学者の指摘についても、真面目に論じるだけ無駄だという意見が大半だった。あの「ワシ」はごく自然の一人称ではなく、犯人が文章上で演じた一人称に違いなかったからだ。また、〔ワシ〕らしき人物を背後から捉えた新宿の現場映像がメディアに提供されたものの、きれいな画像ではないだけに、視聴者からの情報にもぱっとしたものはなかったようだった。

〔ワシ〕の事件に関しては、今もなお二十八人規模の捜査本部が相模原南署に残っているが、多くの捜査員はほかの事件との兼務で対応しており、迷宮入りも同然の状態となっている。

小川は周囲から〔チョンボ〕の汚名を頂戴し、以来、

とことんツキから見放されて、表彰の類はまったく受け
る機会に恵まれなくなってしまった。いつ刑事から外さ
れてもおかしくないなと、小川自身、感じている。あのチ
ョンボをした時点で、どこかへ飛ばされることも覚悟し
たが、不思議に上からは嫌味以上の言葉は出てこなかっ
た。巻島管理官がマスコミ相手にプッツン騒動を起こし
てしまい、小川のチョンボどころではなくなったのだ。

「そういや、巻島さんって今は何やってんのかねぇ」主
任が独り言のように言った。

「刑事畑に戻ったらしいですよ。　山のほうの所轄で」と
戸部。

「へぇ。　野菜泥棒とか一生懸命、捕まえてんのかねぇ」

「いい人だったんですけどねぇ」

そう言う小川の頭を、戸部がはたく。

「追い込んだお前がしみじみ言うなよ」

「そうですよねぇ」

巻島は港北署の次長を務めていた時期があり、そのと
きは刑事課に何かと目をかけてくれ、小川に刑事として
の自信を植えつけてくれるようなアドバイスを送ってく
れることもあった。その人がああいった形で世間を呆れ
させ、自らの墓穴を掘るように失脚していったのは何と

も残念だったし、そのきっかけを自分が作ってしまった
のかと思うと申し訳ない気もするのだが、いくら何でも
あそこまでブチ切れることもないだろうにとの思いもあ
り、そうすると、まあ、良心の呵責もほどほどでいいの
かなという中途半端な気分だけが残るのであった。

「今度の犯人はな、〔バッドマン〕らしいぞ」主任が言
う。

「何ですかそれ?」戸部が呆れるように訊き返す。

「あれが〔ワシ〕だったら、今度は〔俺様〕なんだけど
な。ご丁寧に〔バッドマン〕と名乗ってるらしい」

主任のよく分からない話は、遺体がシートに包まれた
担架で搬送されてきたのを受けて打ち切られた。

小川は姿勢を正して、担架が空き地に乗り入れられた
ワゴンに収まるのを見届けた。シートの膨らみはやはり
小さく見えた。

「さあ、捜すぞ」

主任の声に背中を押されるまでもなく、この手で何か
を捜し出してやるという気になっていた。

待機していた捜査員たちが、白手袋を嵌めながらぞろ
ぞろと藪に入っていく。小川も藪の中に入って這いつく
ばった。　現場近辺は鑑識の邪魔になるので、まずは手前

からだ。

「俺のガキもよ、ちょうど五歳になったばっかでな」小川の横で落ち葉をかき分け始めた戸部が呟く。「まあ、最初の反抗期も脱して、素直で可愛い盛りだよ」

「……でしょうねえ」

思わぬ真剣な口調に、小川は控えめに相槌を打った。

「許せねえよな。絶対、許せねえ」

「ですよねえ」

昨今では子供が犠牲になる事件も少なくないが、現場に足を運んでみると、それがいかに理不尽なことであるかをつくづく思い知らされる。殺人事件が人の世に付き物だとしても、死体はもっと大きくなくてはいけない。戸部だけでなく、現場捜査員たちはみな、犯人を許せないと思って捜査に当たっている。

しかし、現実には、四件目の発生を迎えてなお、犯人の見当はまったくついていない。犯罪検挙率が落ちているとはいっても、凶悪事件になればきっちり片をつけるのが警察である。それにもかかわらずこの捜査を続けているのは、事件の連続発生で明らかになりつつあるように、これが無差別殺人であり、手がかりが連鎖して犯人に結びついていかないからだ。

「おいお前ら！ 早く犯人捕まえろよ！」

不意に、立ち入り規制をしたテープの向こうにいる野次馬の中からまさしく野次が飛んできた。見ると、隠居した風情の元気な年寄りが口元に手を立てている。

「このままじゃお前ら、税金泥棒だぞ！ ちゃんとせいよ、こら！」

警察官にとって泥棒呼ばわりされるほど屈辱的なこともない。しかし、捜査員たちはぐっと堪えて聞き流している。

このところ、聞き込みの最中でも、こうした野次に近いニュアンスの嫌味を耳にすることがたびたびある。不祥事続きで市民への信頼を失った上に、肝心の凶悪事件もまともに解決できないということで、世間の対応もお寒い限りだ。そういう声に接するたび、小川は「一生懸命やってるんですけどねえ」とへらへら訴えてはみるものの、相手の視線はなかなか冷ややかなのである。

その後もご隠居からの野次がぽつぽつ浴びせられる中で、小川たちは黙々と物証探しを続けた。落ち葉は幾重にも重なっていて、地面に近いものはじとじとと湿っている。それに手をかけると、クモや甲虫の類がわらわらと這い出してきた。

86

「ひっ」

小川はどちらかというと昆虫が苦手である。幼い頃、家の中を巨大なゴキブリが飛び回り、逃げ惑う小川の頭に留まったことがあった。それがトラウマとなっていて、今でもいきなり動き出したり飛び出したりする虫を見ると、パニックに陥ることがある。

しかし、そうは言ってはいられないので、首をすくませながら落ち葉をかき分け、じめついた地面まで探っていく。

と、藪の際に近い大きな竹の根元あたりで、何か硬いものが小川の手に触れた。

同時にそれはモゾモゾと無気味に動き出した。

「ひいいいっ！」

小川はびっくりして悲鳴を上げ、後ろに引っくり返った。

「変な声を出すな！」

捜索範囲を広げて少し離れたところにいた戸部が、顔を上げて小川を叱りつけた。

小川は何とか気を取り直し、何が動いたのかと改めて見てみた。

十センチほどの黒光りしたそれは、初め、昆虫以外の

何物でもないように見えた。しかし、なおも注意深く凝視するうちに、何のことはない、おもちゃであることが分かった。

カブト虫のおもちゃなのだ。

持ち上げてみると、そのカブト虫は六本の足をシャカシャカと動かし、角を振り回し始めた。

コンピュータ制御のペットロボットは犬や猫などいくつか出ているが、どうやらこれも、新手のペットロボットらしい。ロボット同士、対戦させたりするのかもしれない。

もしかしたら、犯人か被害者が上のほうで落とし、それが転がってきて落ち葉の中に紛れ込んでしまったのではないか。

「戸部さん、こんなの見つけちゃいました」

小川はカブト虫を戸部のほうに向けた。角を触ると眼が光り、足をシャカシャカと動かす。

「何だ、それ？」

戸部が怪訝な顔をして近づいてくる。

「おもちゃですよ。カブト虫の」

これは大きな収穫ではないかという気がしていたので、小川は勢い自慢げに見せつけた。

「馬鹿、お前」小川の手にしたものを認めた戸部は、少し慌てたように野次馬が固まっている遠くを見た。「そんなもん、むやみに持ち上げんなって」

「ここですよ、ここに落ちてました」

「分かったから、そこに置いて鑑識呼んでこい」

「へいへい」

「まったく、素人だな」という戸部の声を背に受けながらも、小川はちょっと得意な気分でその場を離れた。有能とはほど遠い刑事であることを自覚するその小川ではあるが、やはりこういう宝探し的な作業になると不思議な運を発揮するのである。

これで犯人の指紋でも採取できて、一気に解決につながらないかなと期待しつつ、小川は鑑識係を呼びに行った。

          *

　見回しながら口を開いた。

「六年近く前まで、私はこの刑事部長を務めていたから、今、この場にいる何人かの顔も憶えている。顔を知らない者にしても、そちら側は私のことを何らかの形で目にしたり耳にしたりしているだろうと思う。諸君には、その前提で、最初から遠慮なく接するつもりだから、そのつもりでいてもらいたい。私の性格を知らない者は、誰かに当たれば教えてくれるだろう。若宮一課長、俺の性格は分かってるよな?」

　曾根は、自分の刑事部長時代に捜査一課理事官を務めていた若宮に水を向けた。

「もちろんです」

　若宮は引きつり気味の笑顔とともに答えた。曾根は若宮の反応を見越していて、その追従混じりの笑みには応えることなく、話を先に進めた。

「諸君の中に本部長などただのお飾りだとか、我々には関係ない、ましてや現場の捜査員あたりなら顔も名前も知らなくて結構だなどと考えている者がいるとするなら、即刻、認識を改めることだ。私は奥に引っ込んでいるつもりはない」

　曾根は自分の右隣にいる、いかにもキャリア然とした

　曾根要介警視監は会議室の奥の一席に腰を下ろすなり、刑事部長以下、刑事部門の課長クラスの幹部たちを

「改めて自己紹介するまでもないと思うが、このたび本部長として着任した曾根だ」

88

細面の男に目をやった。

「早速だが岩本部長、刑事部の現状について、問題点等を簡単に話してもらおうか」

「はっ」岩本は顎を引き気味にして頭を下げた。「我が県警の刑事捜査におきまして、昨今の課題に言及すると、やはり犯罪検挙率の低下に触れないわけにはいきません。ただこれは、全国的に見ても同様の傾向がございまして、時代性が無視できなくなってきているわけです。外国人犯罪の増加、希薄な人間関係の中での防犯意識の欠如、大量消費社会での物証の洗い出しの困難……加えて慢性的な人員不足もあり、いわゆる都市型犯罪の急増に伴って、残念ながら従来の捜査体制や手法では追いつかないのが現状だという言い方ができるかと」

「よろしければ資料がございます」

言いながら、曾根の左隣から一枚の表を滑り込ませてきたのは、刑事総務課長の植草壮一郎だった。彼が寄越した紙には、犯罪検挙率の全国平均と神奈川県警の数値が過去十年の折れ線グラフとなって刻み込まれていた。

「でしゃばるな。検挙率の数字ぐらい把握している」曾根は人差し指を植草に向けた。「上の者がいつも優秀な人材を探してると思ったら大間違いだ。むしろ汚れ役を探してるときのほうが多いと思え」

曾根がニヤリとしてみせると、植草も同様に笑みを返してきた。

植草は市ヶ谷大学法学部出のキャリア組である。東大出ではないだけに純粋な意味でのエリートコースには乗っていないものの、三十二歳の若さながら県警刑事部の業務を総合的に企画調整する部署のトップである刑事総務課長を務めている。曾根が、同じ組織に属するのは初めての植草を、ある意味、若宮らよりよく知っているのは、彼が曾根の甥であるからにほかならない。曾根の頭の中にある植草は、ラガーシャツの襟を立ててユーノスロードスターのステアリングを片手で回しているような、学生時分のちゃらちゃらした姿のままだが、元警察官僚で今は一大ホテルチェーンの相談役に天下っている父親を持つ血筋は侮れない。十年見ないうちに、その記憶が笑い話にできるほど地に足のついた物腰を見せているる。多少の青くささはまだ残っているが、それも野心家にありがちな独特の気負いであって、単なる秀才と断ずることのできる岩本部長と比べても、勝負を任せてみたくなるような実戦向きの威勢を持ち合わせているように

感じられる。

曾根は数字の羅列を目で追いながら、話を戻した。

「なるほど、俺が刑事部長を務めていた年度までは、犯罪検挙率はハーフラインを何とか保ってた。それが今では、十人が犯罪を働いたところで、八人はのうのうと逃げおおせる異常な事態になってるわけだな。しかし、人員不足を嘆いても始まらん。それを承知でどうするかだが……で、この対策は？」

岩本は硬い表情をして、すっと息を吸い込んだ。

「はい……各捜査員への教育を充実させて、地道ながら徹底した捜査活動を行っていくとともにですね、各警察署間の連携を密にし、管轄の地域社会とのつながりも重視していくことが肝要だと考えています」

「会議ごっこやってんじゃねえぞっ！」曾根はテーブルにこぶしを叩きつけた。「人はそれを無策と言うんだ！」曾根は眉を寄せて、列席者を睨み渡した。植草壮一郎を除く全員が顔から色をなくしていた。

「低迷する野球チームの監督が、ただ選手に頑張れとか根性見せろとか言うしか手立てがないとすれば、その監督はどう考えても無能だということだろう」

「まったく、その通りでございます」

岩本が慇懃な口調で同意する。

「いいか、ここ数年、我が神奈川県警は不祥事の見本市を開いて、その信用を地に落とした。神奈川県警とは完璧なまでに一敗地にまみれた組織であり、我々はまだまだその信用を取り戻す努力を続けていかなきゃならない。君らには今そこにある事件を解決して、警察の本業中の本業たる刑事捜査で目覚しい成果を上げることそが要求されてるんだ。

君ら幹部がやるべきことは、何も難しい話じゃない。野球の監督と同じことだ。采配を振るうということだ。采配とは何だ。まず、現状を把握すること。それから、必要とされる人材を適正な場所に適当数投入すること。そしてその効果を見定めること。それだけだ。言ってみれば、官民問わず、世の管理職に任される仕事というのはこれだけなんだ。これだけのことをやって数字という結果を残すのが、君らの任務であるわけだ」

すっかり大人しくなった列席者の頭をさらに押さえつけるようにして、曾根は攻撃的に言葉を継いでいく。

「とりわけ、人材の投入については大いに改善の余地があるんじゃないのか。岩本部長は何より先に、それに言及すべきだったんだ。結果が出てないのにスタメンを固

定し続ける監督は、すなわち無策なのであり愚かでしかない。我々は右腕に対しては左打者を、左腕に対しては右打者を代打に送るような、臨機応変、適材適所の采配を振るうべきだ。それでこそ管理者の仕事をしたと言えるんだ。人員には限りがあっても、人材はまだまだ掘り出しようがある。そうじゃないか？

定期の人事異動など、小学校のクラス替えと一緒で、空気の入れ替え以上の意味を持たない。臨機応変、適材適所の人事を適宜、私は行うつもりでいる。もしかしたら君らもその対象に含まれるかもしれないぞ」

曾根は低い声で言ってから、軽い笑みを添えた。それに応じて表情を緩めたのは植草だけだった。ほかの者の顔は、ぎゅっと強張った。

「例えばだ」

曾根は犯罪検挙率の数値が入った表にもう一度目を落とした。下段には、神奈川県警下の警察署ごとの検挙率も並んでいる。その中、先ほどから目についていた数字があった。

「所轄署ごとに、検挙率にも大きな格差が出ている。総じて田舎の所轄署ほど高い傾向にはあるが、それだけが理由だと高を括ってると、大事なことを見落としてしま

うかもしれん。若宮課長、足柄署の検挙率がどれだけか知ってるか？」

「いえ……」若宮は目を泳がせて、消え入るような声を出した。

「何なら足柄署の署長と交代するか？　田舎暮らしもいいぞ」曾根は若宮の表情を凍らせておいて続ける。「八十一・二パーセントだ。犯罪件数自体が少ないとはいえ、この数字の高さは特筆に価するぞ。これだけ検挙率が高いのはなぜだ？　俺ならそれを調べて、有能な人材が隠れているなら引っ張ってくる。それこそが組織を動かす者の嗅覚なんだ。足柄署の刑事課長は誰だ？」

「ええと、確か……」

「本部長」若宮が思案顔で記憶をたどっている横から、植草が口を出した。「実は私もこの成績が気になりまして、少しばかり調べたことがありました。その結果、分かったんですが、ここには刑事課長の上に特別捜査官がいまして、どうやらその者の貢献度が高いようです」

「特別捜査官？」

「いや、実際は無役の警視らしいんですが、便宜上、そういう肩書きを付けているのだと思います」

「何だ、閑職か？」

「ええ、そうとも言うかもしれません」植草は苦笑を浮かべて答える。

足柄署のような所轄署において警視階級に相当するポストは署長と副署長、次長だ。左遷された者にそのポストが与えられないとするなら、階級がそのまま肩書きとなる平警視ということになる。しかし、そこは所轄署長あたりが配慮して、県警本部の警視ポストである管理官や刑事官、特別捜査官などの肩書きを便宜上名乗らせているということなのだろう。それが、足柄署という田舎の所轄において、特別捜査官なる仰々しい役職を生んだ理由であるわけだ。

「それで、その特別捜査官とやらは誰なんだ？」

「ええと」植草はファイルを繰った。「巻島史彦という者です」

曾根は一呼吸の間、植草を無言で見た。それから、「ほう」と感嘆の声を洩らした。ほとんど忘れかけていたその名前は、何かの冗談のような響きを持っていた。

「しぶとい男だな」

曾根が言うと、若宮ら、巻島の過去の行状をよく知っている面々から失笑がこぼれた。神奈川県警の幹部の多数にとっては、今もなお、巻島史彦は〝プッツン警視〟

のレッテルを貼られたままだということだ。

思い起こしてみれば、神奈川県警のていたらくは、あの事件が端緒だった。そう言えば、あの男が県警史に残るような汚名を馳せたあと、ほかならぬ曾根自身が彼を足柄署の平警視に飛ばしたのだった。そして間もなく、曾根も北海道警に転任した。

曾根の転任後、神奈川県警では組織内リンチや収賄事件などの不祥事がこれでもかというほどに噴出した。それ以前から土壌として腐敗の根が存在していたと言ってしまえば身もふたもないが、表面上は、巻島のプッツン事件を境にして神奈川県警自体もたがが外れ、冬の時代に突入していったのだ。

あの男……また刑事畑に舞い戻っていたのか……しぶといやつだ……曾根は呆れ気味の笑いを口の中で噛み殺した。

一昔前のやわいアイドル歌手のような面構えをして、どこかいたぶってやりたくなるような雰囲気を持った優男だった。ただ、仕事の上ではさばけた一面も覗かせ、遣り手の部類に入っていた。何とも捉えようのない不思議な印象があの男に対して残っているのは、結局あの顛末があったからだろう。あれさえなければ、今頃は若宮に代わって、彼が捜査一課長の座に就いていたかもしれ

ない。

曾根はとっくに退場したと思い込んでいた男の復活劇に浅い感慨を抱いたが、すぐに現実へと思考を戻した。

「付け加えるなら、本部に引き抜く男の経歴はよく調べることだ」

そう言うと、列席者たちから遠慮のない笑い声が上がった。

声が収まったところで、曾根は声に張りを戻して続けた。

「とにかくだ。君らには即時的な結果が求められている。目に見える結果こそがこの県警の信頼回復につながるんだ。検挙率は大事だが、物事の一面でしかない。世間の神奈川県警に対する評価を決定づける要素はむしろほかにある。つまり、世の中の大きな注目を集める重大事件への対応だ。岩本部長、若宮課長、俺が何の話をしたいか分かるな?」

二人は頭をそろえて、「はい」と頷いた。

「最近のこの手の事件は本当にたちが悪い。世間から風化しないようにできてるからな。模倣犯か同一犯か知らないが、似たような後追い事件を起こして、騒ぎをさらに大きくする。マスコミが被害者家族を追いかける上

に、被害者家族もマスコミを使うことを覚えてしまった。巷の茶の間では、繰り返しその事件を語る機会が与えられている。

もちろん、一般市民からの目撃情報が決め手になるような場合、ある意味それは歓迎すべきことかもしれない。しかし、そのような僥倖がなく、いったん捜査が停滞してしまうと、茶の間の話題の矛先は当然のごとく捜査当局に向けられる。目撃情報を募るはずの捜査本部の電話回線は、いつしか酒に酔った偽善者による警察バッシングの声であふれ返るようになるんだ」

若宮が神妙に頷く様子は、今まさに、その事態に遭遇しているのだと言っているも同然だった。

「川崎男児連続殺害事件。このニュースを茶の間の話題にしてきた人々の結論はおそらくこうだろう。『神奈川県警は無能だな』『川崎ってのは子供を一人にさせられない危ない町なんだな』そんなとこだ」

曾根は背もたれに身体を預け、少しばかり肩の力を抜いた。

「そうじゃないって言えるか?　実は世間をあっと言わせる進展があるとか」

煙草に火をつけ、ゆっくりと紫煙を吐く。

「岩本部長……若宮課長でもいい……今後の見通しを含めて、この連続事件の捜査の経緯について説明してくれ」

煙草を挟んだ指で若宮を指す。

「はい」若宮は手元の資料を慌しげに繰りながら返事をした。「では、申し上げるまでもないこととは思いますが、事件概要から簡単に」

「その前置きこそ、いらないんだ」

曾根の切り返しに、若宮は「すいません」と首を引いた。

「えー、まず第一の事件ですが、昨年、七月二十六日に三日前より捜索願の出ていた被害者の遺体が発見されたことによって、発生が明るみになりました。被害者は斉藤剛君。五歳の男児。住所は川崎市宮前区犬蔵。現場は同じく犬蔵にある宅地造成地内、雑木林の中に遺棄されていました。死因は窒息死。首に荷造り用のテープが巻かれ、手首には圧迫痕が認められています。付近には二十六センチ程度のスニーカーの足跡が採れています。二件目は六歳の男児、桐生翔太君。八月二日に行方不明となり、翌日遺体が発見されました。

三件目は七歳の男児、黒崎道彦君。現場は麻生区王禅寺の雑木林。八月十七日に行方不明、翌朝遺体で発見されました。

四件目は六歳の男児、小向音樹君。現場は川崎市宮前区神木本町の竹薮。八月二十八日に行方不明、二日後に遺体で発見されました」

曾根は聞いているだけで胸くそが悪くなってきた。これだけの事件が続きながら、いまだこの県警が犯人を挙げられないという事実に対してである。今年も五月に入って、最初の事件からもうすぐ一年が経とうとしている。

「遺留品や目撃情報はどうなってる?」

「遺留品としては先ほど申しました荷造り用のテープが一件目の現場で見つかっております。あと、それぞれの現場でジュースのこぼれた跡やスナック菓子の食べかすが残っています。空き缶や菓子袋などはありません。それから、四件目の現場ではカブト虫のおもちゃが回収されています。犯人が落としたものである可能性は高いようですが、指掌紋は拭き取られており、残念ながら採取できませんでした。また、一件目と三件目の現場に残さ

以降、後発事件も死因は共通しています。二件目は六歳の男児、桐生翔太君。八月二日に行方不明となり、翌日遺体が発見されました。現場は川崎市多摩区南生田にある雑木林。

94

れた足跡からスニーカーを特定して流通経路を追いましたが、犯人に結びつく糸口は摑めておりません」

冴えない報告に汗が出るのか、若宮はハンカチで首筋を拭いながら話を続ける。

「目撃情報は種々雑多でございます。それぞれの現場周辺にいた人物として、中高生風から老人風まで。黒いワゴンが近くに停まっていた、バイクに乗ったヘルメット姿の男が現場付近の公園で遊ぶ男児たちを眺めていた、ポリ袋を手に提げた男が歩き回っていた、白い手袋を嵌めた男が小学生たちに声をかけてきたなど、これまで二千件を超える市民の情報提供を受けております」

しかしと続く言葉を、若宮は省略した。一つ一つ潰してはいるが、明確な収穫は得られていない。それは聞くまでもないと思い、曾根も要求はしなかった。

「テレビ局に声明が届いた件は?」曾根は次を促した。

「はい。四件目の事件で被害者となった子供が行方不明であると判明した当初、ミヤコテレビの〈ニュースナイトアイズ〉が過去三件の事件とのつながりを危惧する報道をしたのですが、その際、女子アナウンサーの早津名奈が一連の事件の犯人を『最低の人間』と感情的に言い捨てて、そういう人間がいまだ野放しにされていること

が今の日本を限りなく暗くしているなどとコメントする一幕がございました。それに対して、〈バッドマン〉と名乗る犯人が四件目の被害者の死体遺棄現場を知らせるとともに、早津名奈の子供を狙うような声明文を彼女宛に送りつけてきました」

その声明文は曾根も報道で目にしている。神奈川県警は彼女の実家の前に警備を常駐させているとも聞いている。

「早津名奈はそのショックから昨年末まで番組を休養し、結果として犯人からのメッセージはその一通だけに終わっております。消印は新宿で、便箋等からの物証とするに足る指紋採取はできておりません」

早津のコメントに対する敏感な反応や声明文の文面から察すると、感情的な一種の妄想主義者のようにも思われるが、作為的な筆跡を使っていたり現場にそれほどの物証を残していなかったりするあたり、ただの異常者とは片づけられない。一筋縄ではいかない犯人であるのは確かなのだろう。

「で、捜査の見通しは?」

「えー、現在のところ捜査一課を中心とする捜査員、百五十人態勢を維持しての捜査を続けております。各種情

報から現場三区内に住む不審者約千五百名をリストアップし、アリバイ確認等のふるい落としを行いましたが、十数名の行動確認必要者をリストに残すくらいがせいいでして、別件で何人かを引っ張ってはみたものの、空振りに終わっています」

「今は何をやってるんだ？」

「リストの対象範囲を広げて、作り直しているところです。ただ、昨年九月以降は新たな事件が発生していないだけに、今の状況では正直なところ長期戦の様相を……」

「また事件を起こせってか？」

「いや、そういうわけでは……」

曾根はもういいというように頭を振って、低くため息をついた。

「こういうのはもう、従来通りの捜査じゃ駄目なんだ」

独り言として口にする。

「スリルや快楽、気まぐれ、ゲーム感覚、そういうものが持ち込まれてる事件は定石を当てにしても通用しない」

若宮や岩本がしみじみと頷く。その彼らを曾根はきっと睨んだ。

「今、この捜査に必要なのは、停滞した空気を打開する新たな一手だ。世間に向けても神奈川県警は動いているということを印象づける何かが必要なんだ。分かるな？」

表情を硬くして頷く二人に、「分かるんなら案を出せ」と言い渡す。「鋭意努力とかそんな答えはやめろよ。あっと驚くような打開策を出してみろ」

「捜査員の数を倍にします」岩本がいかにも苦し紛れに答えた。

曾根は煙草を揉み消し、岩本を指差す。

「それも確かに一つの案だろう。いくら人員不足であっても、勝負にかける手をけちってては駄目だ。だが、これまで捜査が難航しているのは、捜査員の数が足りないからなのか？　その分析はどうなんだ？」

「いや、それは……」

「適当にかわそうとするな！　脳味噌を絞って考えろ！」

「はっ……」岩本は悄然として首をすくめた。

「重要情報に懸賞金をかけるのはどうでしょうか？」臆する様子もなく提案してきたのは、植草だった。

「そう。そういう一手だ」曾根は厳しい口調を崩さずに

答えた。「なりふりなど構わなくていい。新しいアクシ
ョンを分かりやすく示す。それによって道が開けてくる
ということだ」

植草の表情が緩む前に付け加えておく。

「ただ、懸賞金などは、画期的とまでは言えない。世間
の注目を浴びるという方向性はいいが、もっと知恵を絞
ってみろ」

弱り果てたような思案顔を見せる面々を見渡し、曾根
は、「まあいい。明日までに持ってこい」と懸案事項を
ひとまず棚上げした。

「次、二課長……」

一通り各課の捜査活動についての報告を聞き、それぞ
れに叱咤を飛ばして、辛気くさいほどに場が静まり返っ
た中で会議は終了した。

「あと、何か、私に伝え洩らしている事項はないか？
なければこれで……」

どこからともなく緊張が緩むような空気が生ずる中
で、植草が手を挙げた。

「何だ？」

「いや、大した話ではないんですが、お耳に挿んでおい

て頂けるなら」

「言え」

「はい。実はテレビ各局でよくやっている特別番組なん
ですが、いわゆる警察官の現場を追うドキュメンタリー
でして、それの取材協力の要請がうちにも来ているんで
す」

「ふむ」

「ふむ。それで？」

「まあ正直なところ、業務に差し障りがあるということ
で、現場の連中にはあまり評判がよくないんですが、県
警のイメージ戦略の上でも有効だと思いますし、本部長
のご理解があれば、むしろ積極的に取材協力するべきだ
と私は考えているんですが」

「何だ、お前自身が出たそうだな」

そう言うと、植草は笑ってかぶりを振った。

「いえ、内勤の者は絵になりませんよ」

学生の頃の浮ついた植草を知る曾根には、まん
ざらでもない口振りに聞こえた。

「もちろん、ドキュメンタリー程度の話なら適当に協力
すればいいが……ただ、テレビをあまりなめないほうが
いいぞ。あれは猛獣だ。好奇心だけで手を出すもんじゃ
ない。手なずけたつもりでいても、いきなりガブリとく

る」

言いながら、曾根は六年前に猛獣の餌食となった男の
ことを思い出していた。あれはまさに無残な食われよう
だった。

しかし、あの男はなかなかしぶとく立ち直り、復活を
果たしているらしい。

どんな猛獣使いになったか。

ふとそのとき、曾根の頭にちょっとした奇策が閃い
た。

一度食われるのも二度食われるのも同じだろう。
また猛獣の前に出してみるのも面白い。

「植草は残れ。あとは解散」

曾根は無感情な声を作って一同に言い渡した。

二日後。

曾根が警察庁での所用を済ませ、昼過ぎに本部に戻っ
てくると、本部長室の机にメモが置かれていた。

曾根はそれを一瞥して、脱ぎかけた上着にもう一度袖
を通した。電話を取って刑事総務課につなげた。

「植草はいるか?」

〈ええと、今、打ち合わせ中かと……〉

「終わったら二十階に来いと伝えてくれ」

電話を切り、二十階にいると書かれたメモを丸めてダ
ストボックスに落とす。束の間浮かんだ独り笑いを消し
て、本部長室を出た。

エレベーターに乗る。

曾根一人を乗せたエレベーターは二十階で静かに扉を
開いた。

降りて、薄暗いエレベーターホールを抜ける。カーブ
状の通路をゆっくりと歩いていく。

ここは本部庁舎の表側、裏側、双方がぐるりとガラス
張りになっている。いわゆる展望台だ。海岸通りに面し
た表側からは横浜の街が、裏側からは港と海が、さえぎ
るものなく遠くまで一望できる。天気さえよければ、海
岸通り側からは富士山が見えるし、海側からは三浦半島
や房総半島が見える。しかし、毎日ここで働く者にそれ
を楽しむほどの遊び心はない。真っ昼間からここに来る
のは、初めて本部に来た者か、久し振りに来て横浜の街
を懐かしむ者か、どちらかだ。曾根は着任した二日前に
一人でここに来た。

なだらかに弧を描く長細いフロアには、しんとした静

98

けさが立ち込めていた。曾根の足音だけが響く。

海岸通り側のパノラマウインドウの中央に一人の人影を認めたところで、曾根は立ち止まった。

ほう……。

六年ぶりに見る巻島史彦は、曾根が無意識のうちに想像していた容貌とは違っていた。その意外性は妙に曾根の心を愉快にさせた。

別に彼の身なりがおかしいわけではない。普通のダークグレーのスーツを着ていて、体型も以前と変わらない。軽く振り向いたその顔つきも歳月の刻みは薄く、彼と最後に顔を合わせたのが昨日だとしても不思議ではないほど、記憶との合致に問題はなかった。

にもかかわらず、虚を衝かれたと言ってもいいほどのインパクトをこの再会に覚えたのは、どうやら彼の髪型によるものであるらしい。昔も不惑の男にしては鬱陶しげに髪を伸ばしていたが、今はそのふさふさとした髪が緩やかに波を打ち、肩甲骨にかかるほどまでになっている。仕事の上で顔を合わせているほかの面々を脳裏に呼び起こすまでもなく、この男の風貌は警察という組織の中で明らかに異彩を放っている。

曾根は巻島から視線を離し、ビル街のはるか彼方にう

っすらと浮かび上がる富士山に目を向けた。自分の振る舞いにそんな余裕をさりげなく挿むのは半ば無意識のことだった。

再び巻島に目を戻す。巻島のほうはと言えば、首だけを回した姿勢で、曾根の胸のあたりを無表情に見ている。そして一つの会釈もないまま、今度は彼のほうが外の景色に顔を戻した。

「また戻ってきた」

曾根は巻島の横顔に話しかけた。

巻島は何も応えない。

「現場が好きな性分でな」

そう付け加えると、巻島の口からシッと空気がこすれるような失笑が洩れた。表情も皮肉めいていて、笑みにほど遠い。

呼応するように、曾根もフッと失笑を返す。

「てっきりお前、捜一の課長にでもなってるかと思ってたがな」

曾根の言葉に、巻島がもう一度、感情のない失笑を発した。すかさず曾根も失笑で応えた。

「お前、本当に、あの〔ヤングマン〕巻島か?」

「どの、ですか?」

不敵とも言える反応に、曾根は彼の間近まで顔を寄せて、とっくりとその横顔を覗き込んでやった。巻島はクールにその視線を受けている。

六年前の事件がこの男の何かを変えた……それはおそらく間違いないようだった。曾根の知っている巻島は、少なくとも上司を前にして、こんなふうにニヒルを装う余裕はなかったはずだ。それが冷や飯食らいで希望の持てない境遇がなせる業だとしても……この突き抜け方はなかなかできるものではない。

曾根は巻島に向けた眼を細めた。

「喜べ。俺は着任早々、お前に白羽の矢を立ててやった」

巻島の後ろを回り、反対側の横顔を覗く。

「前回はお前を戻す間もなくここを離れたのがちょっとした心残りだった。お前も知ってるように、俺は失敗を犯した部下に挽回のチャンスを与えないほど非情な人間じゃないからな」

曾根はニヤリと一笑し、すぐに真顔に戻った。

「第一線に引き戻してやる。思う存分、腕を振るわせてやる」

巻島の顔に指を突き立てて言い、彼に背を向ける。

「結局だな、俺はこの六年間、お前に牙を研ぐ時間を与えてやったということだ」

一歩、二歩と彼から離れて振り返る。

「時間というのは大したもんだ。こうやってまた俺たちが何もなかったように会ってるんだからな。いや、実際、何もなかった。世の中の出来事は、得てしてこんなふうに過ぎ去っていくもんだ。本当に有能な人材は何かの責任を取らされたりはしない。社会がその能力を必要とし続けるからだ。お前は有能か？無能か？あの事件の責任を取ったか？」

曾根は横目で巻島を見据え、答えを待たずに続ける。

「取っちゃいないさ。だからこそ、こうしてここに立ってるんだ。何の報いも受けちゃいない。お前の娘が犠牲にでもなったか？」

ちらりと視線を返した巻島に、曾根はわざとらしい失笑を見せてやった。

「なるわけがない。俺の家族もぴんぴんしてる。当たり前のことだ。失政した政治家が責任を取るか？取らないさ。本当に有能なら相変わらず陰日なたで影響力を発揮する。会社を傾かせた経営者はどうだ？有能ならその会社を去った次の日には、新しい会社の重役に招かれ

100

てる。それをお前、責任取ったと言えるか？　この世の中はそうやってできてるんだ。だからな、もしお前が有能なら、過去をいつまでも引きずる必要はない。我々の前には新たな問題が積み上がってる。過ぎ去ったものはそれとして、我々の能力は前に向けるべきだということだ」

曾根は自分と同い年の長髪の部下と肩を並べ、県庁あたりの古色蒼然とした風景を見下ろした。

「川崎の男児連続殺人は知ってるな？　あの捜査をお前に預ける」

曾根は、涼しげに佇んでいた隣の男から発する空気の揺れを感じた。それはそのまま、巻島の心が動いた証だろうと受け止めた。

「これほどの県警の名を上げるチャンスを、若宮たちはむざむざと潰してやがる。お手上げの状態だ。この捜査を別のやり方で一から組み直す必要がある」

曾根は上目遣いに巻島を睨め上げ、半ば挑発するように訊いた。

「もちろんやってくれるな？」

彼が刑事である以上、大きなヤマを前にしてそれを黙って見送るはずはない。ただ曾根は、彼がどんなポーズ

で承諾するのかに少しばかり興味を覚えたのだった。巻島は顔色を変えぬまま、曾根を見返した。

「断るとでも？」

「いや、お前はやる」

曾根は改めて、自分の口に笑みを含ませた。実際、かつての優男が思いのほか骨のありそうな雰囲気をまとって再登場してきたことに、愉快な感覚を抱いていた。

「お前の上司だ」

曾根はフロアに伝う歩の響きを認めて言った。巻島が振り向いたところに、植草が現れた。

「よろしくお願いします」

植草は若者らしい謙虚さとふてぶてしさを同居させた物腰で、巻島に右手を差し出してきた。

巻島は束の間、植草をじっと見つめ、それから何も言わず握手に応じた。

「刑事総務課長の植草だ。俺の甥でもある。まだ未熟なところがあるかもしれないが、引き立ててやってくれ」

「勉強させてもらいますよ」と植草。

「刑事総務課が管掌する捜査部隊に刑事特別捜査隊というのがある。今も川崎の事件にその隊のほとんどが投入されている。お前はその隊を束ねるという形で、実質的

に川崎事件の捜査を取り仕切ってもらう。プライドばかり高い一課の刑事どもを振り回すには、少し距離を置いたところにいたほうが、お前も気兼ねなくできるだろうということだ。刑事総務課付の特別捜査官。それが明日からのお前のポストだ。ふふ、特別捜査官……なかなか格好いい響きだな」

「私も気に入ってますよ」巻島も食えない澄まし顔で同じる。

その余裕ぶりはいささか余計とも思え、曾根は無視しておいた。

「足柄あたりで特別捜査官を名乗ったところで冗談にもならん。だが、今度は違う。世間の注目を浴びる場だ。そう、忘れないうちに言っておくが、髪はそのままでいけ。勝手に切るなよ」

「どうもよく分かりませんね。単に私に任せようという話ではないらしい」そう呟く巻島の顔に不安は窺えず、むしろ好奇的な色が覗いていた。「私を使って何をしようと？」

「今までにないような捜査ですよ」植草がもったいぶるようなことを言って、含み笑いをする。

「この事件に見合った捜査ということだ」曾根は巻島を見据えた。「この事件の特徴は何だ？」

「被害者と加害者の間に接点の見えない無差別連続殺人です」植草が間髪を容れず答えた。

「そう。この事件は捜査する側にとっては実に厄介だ」曾根は巻島を見ながら、植草への質問を重ねる。

「それから？」

「劇場型犯罪です」

「そう。第四の事件では、犯人はテレビ局に声明文を送りつけ、新たな現場を明かすとともに一人の女子アナを脅迫した。犯人が自己主張のためにメディアを使って自らを主役に仕立て上げ、その事件を茶の間の見世物に変えてしまう。これを俗に劇場型犯罪と言う。お前にも苦い記憶があるだろう」

巻島は何も応えず、顎をかすかに動かして先を促しただけだった。

「これに対抗するにはどうしたらいいか。俺は考えた。そしてたどり着いた答えは……」

「劇場型捜査だ」

曾根は人差し指を立ててみせた。

その言葉で事の概観は掴んだのか、巻島は口を「ほ

う」という形に丸めたあと、小さく頷いて遠くに目を流した。

「アメリカの連続射殺事件なんかで、捜査官が記者会見のカメラの前で犯人に呼びかけるのを見たことがあるだろう。イメージとしてはあれに近い。闇に隠れた犯人を劇場におびき寄せるわけだ。捜査側が全面的に舞台に出てくることで、巷から新たな情報提供が寄せられる可能性も高くなる」

「『ニュースナイトアイズ』で?」と巻島。

「そうだ。劇場は決まってる。あとは舞台に立つ主役。それは決して犯人ではない。警察だ」

「私に主役をやれと? 彼ではなく?」

巻島は視線で植草を指す。

「信頼性という意味において、カメラは若さに厳しい。お前しかいない。その風貌もカメラ映えするだろうな」

「それに、メディアの怖さを知ってます」

実際のところは出演に色気を見せていた植草が言葉を継いだ。

「なるほど」巻島は一言だけ発した。

「もう一度聞くが……」

「やりますよ。断る理由は何もない」

「ふむ」曾根は冷笑を作り、その決断もこの手のひらの上でのことだという意味をそこに込めた。

しかし巻島は、素っ気なく曾根から視線を外し、窓外に向けた眼に鋭角的な意思を灯らせた。

「やはり私も現場が好きな性分ですから」

呟きながら、彼は曾根に冷笑を返した。

**3**

民放キー局の一角を占めるミヤコテレビは東京の港区南青山にある。元は西麻布にあり、大学時代を東京で過ごした巻島にもそのイメージが強かったが、放送の世界もデジタル地上放送などの新時代に対応する構えが必要とされているのだろう、新世紀に入ってから、南青山の新社屋に移転したらしい。局に同行した植草刑事総務課長はもともとテレビの世界にも興味を持っていたらしく、彼によれば、ほかの各局も足並みをそろえるように新社屋へ引き移っているのだという。

青山通り沿いに建つミヤコテレビの新社屋は、通り沿いとは言いながらもずいぶん奥まったところにその威容を屹立させていた。エントランスの懐の深さは、ほかの高層ビルにもないある種の別世界ぶりを際立たせている。二十数階の高さを誇る建物は周囲の箱型ビルを時代遅れと一蹴するような多面構造になっていて、その外観は精巧なガラス細工を思わせる。しかしながら、ガラス張りの壁には何本もの番組宣伝の垂れ幕がかかっていて、妙に見る者の脱力を誘い、ともすればビルの佇まいそのものを壮大な悪ふざけのようにも見せている。

巻島はその姿を仰ぎ見てから、植草とともに守衛のパスを受けて門をくぐり、公園の遊歩道のように曲がりくねったアプローチを抜けた。正面玄関へ入り、受付でニュースナイトアイズ〔魚間〕の座間プロデューサーの呼び出しを頼んだ。

「ただ今こちらに参りますので、しばらくお待ち下さい」

受付嬢に言われて、巻島たちが高視聴率を祝う張り紙などを何気なく眺めながら立っていると、間もなく、ロビー脇の階段からひょろりとした四十代半ばと見られる男が下りてきた。Tシャツの上に羽織ったジャケットの裾をひらつかせ、大股でロビーに入ってくる。巻島たちを認めた彼は、やや訝しげな視線を留め置きながら近づいてきた。

「ええと、神奈川県警の?」

心持ち身体を屈めるようにして彼は訊く。

「ええ。お電話した巻島です。こちらは私の上司の刑事総務課長、植草です」

「はあ……ああ、私が座間です」

座間プロデューサーは目の前の二人がイメージしていた刑事像とかけ離れていたからか、やや戸惑ったような反応を語調に浮かべた。そして、名刺交換をすると表情にもそれが及んだ。

「足柄署の特別捜査官……ですか？」

「いや、今は本部の刑事総務課付の特別捜査官です。ちょっと名刺が間に合わなかったものですから」

「はあ……あ、ここじゃ何ですから、上にどうぞ」

座間の背中を追って、巻島たちは二階に上がった。

「ここが報道局のフロアです。ニュース番組のスタジオもここにあります」

座間は右手を大雑把に振って説明しながら通路を進んだ。右側には編集機器と思しき大きな器械が並んだ部屋があり、左側のパーティション越しには、書類が積まれたデスクの集まりと、その間を人々が慌しく行き交う雑然としたデスクの集まりがある。広いフロアではあるが、印象的には猥雑さのほうが勝る。

「どうぞこちらへ」

座間に通されたのは、大きな長方形のテーブルが入った会議室だった。どこでもいいから座ってほしいように、彼は適当に十数脚の椅子を指し、身を翻してその部屋を出ていった。

巻島たちが入口付近の一角に座って待っていると、間もなく座間はコーヒーの入った紙コップを二つにして戻ってきた。その後ろから、四十絡みの男が、同じように紙コップを二つ持って入ってきた。丸眼鏡をかけ、綿シャツの上にデニムのベストを着けている。座間に比べると、いくぶんフットワークの軽そうな現場向きの雰囲気を持っている。

「彼が一連の川崎事件のニュースを担当していたデスクです」座間は巻島たちの前にコーヒー入りの紙コップを置きながら紹介した。「ここのところはうちの番組もその事件から離れてましたけど、もうすぐ最初の事件から一年になりますし、ちょうど特集の企画を立てようとしてたところなんですよ」

「それはたぶん、我々には耳の痛い内容のものなんでしょうね」

植草が冗談混じりに言い、座間は、「いえいえ」と笑って首を振った。

丸眼鏡の児玉デスクとも名刺交換をし、巻島らは椅子に座り直した。

植草が場を和らげるような軽い口調で続ける。「十年ほど前になりますけど、実は私、就職活動の折にミヤコテレビさんを受けてましてね、内定ももらってたんですよ。公務員試験が通ったんでそこまでの縁になってしまいましたけど、もしかしたら今頃ここで働いていたかもしれない。そう思うと、何とも不思議な気がしますね」

座間は、愛想笑いにしては冴えない微苦笑を浮かべた。

「それは、まあ、道を誤らなかったということで羨ましい限りですね。私もそれほどの頭があれば、今のような汲々とした仕事に身を削られることもなかったでしょうけど」

「汲々ですか？」植草はいたずらっぽく笑い、首を傾げた。「この経済が停滞してる最中、放送局だけはどこもかしこも新社屋への宿替えラッシュじゃないですか。まさにメディアの力が眼に見える形になって、ここのビルなんかも周囲を圧倒するように建ってる。マルチメディアだ何だと言ったって、テレビ王国はこれからも揺るぐことなく、ますます繁栄を極めていくんでしょう。違い

ますか？」

「さあ、そう言われましてもね」座間は軽く肩をすくめてみせる。「中にいるとそんな実感はありませんよ」

「いえ、別に取って食おうというわけじゃありません」植草は愛想のない相手の反応に閉口したような引きつり気味の笑みを見せた。「ただ、ミーハーな羨望を口にしてみただけです」

座間はそれをも無表情で受けた。

「まあ、そんなに羨ましがられるような稼業じゃないですよ。実際、汲々としてます。数字にね。ニュース番組もそれを避けて通れない時代になって久しいですからね。かといってあまりにワイドショー化してしまうと、信頼性がどうこうという話になる。二兎を追う仕事ですよ」

座間はそう言い終えると、話に区切りをつけるようにコーヒーを一口すすった。

「で、電話で伺った件ですが……」

わずかに身を乗り出し、探るような眼つきで巻島たちを見る。

「一つ、もう一度確認しておきたいんですが、そちらの捜査責任者の方が出演されるということは間違いないん

106

ですね？」

「そうです。私の出演をご提案したいと思っています」

巻島は短く答えた。

「ええと……巻島さんが」座間は名刺と巻島を交互に見る。

「川崎事件の捜査責任者ですか？」

「そういうことです」巻島の代わりに、植草が説明する。

「今回、捜査本部の指揮系統が若干、変わりましてね。まあ、言いにくい話ですけど、捜査が行き詰まっているのも確かなことでして、一つのてこ入れというところです。それで、捜査方針を立てて人員を動かす指揮の一切を実質的に巻島が受け持つことになったわけです。それ自体、うちの本部長の方針に基づくものですから、何ら不安に思って頂くことはありませんよ」

「いや、それならもちろん、何の問題もありませんが」言いつつも、座間は眉を寄せた怪訝そうな表情を崩さない。「何せ、あまり聞いたことのないご提案なもので。特に、その事件を担当している捜査責任者がスタジオに生出演するということ。これが実際にその通りになるかどうかで、話が全然変わってきてしまいますからね」

「我々もそれが一番重要なことだと思ってます」巻島は軽い相槌とともにそう応えた。

「連続出演というお申し出もその通りで？」

「ええ。何らかの効果が得られるまではお願いしたいと思ってます。ただ、視聴者からの情報提供を受けても、すぐ次の日に我々が何らかの反応を返すことは難しいですから、月水金、あるいは月木というような週二、三回の形で出演させて頂ければありがたいという考えでいます」

「あの……」座間は言葉を選ぶように、ゆっくりと話す。「手前味噌な言い方ですけど、〈ニュースナイトアイズ〉は視聴率十パーセントをコンスタントに超える番組です。もしかしたら、巻島さんの出演でその数字が上乗せされるかもしれない。それはどういうことかというと、それだけ多くの人に顔を憶えられてしまうということです。VTR撮りではなく、スタジオ出演ですと、そのインパクトは顕著ですよ。事件捜査に携わる人として、必ずしもメリットばかりとは言えないと思いますが、それでも構わないということですね？」

「構いません。もうほとんど現場に出るようなこともありませんから」

あっさりとした返答が逆に心もとなく感じさせるのか、座間はあくまで慎重な口振りを続ける。

「視聴者というのは、ときに作り手の思いもよらない目でテレビというものを見てましてね、報道番組なんかニュースの内容ばかりに目を奪われてるかというと、そうではない。キャスターや女子アナのファッションなども細かくチェックしてるわけです。特に各界の評論家の方々なんかが出られますと、新鮮なだけにウォッチングの目も冴えてきますよ。髪型とかね。中には独特の風貌の方がいらっしゃいますからね。そういうのはもう、煮るのも焼くのも視聴者の勝手ということになるんですよね」

巻島が訊くと、座間は苦笑いを浮かべてかぶりを振った。

「髪は切ったほうがいいと?」

「いえ、私はそのままでいいと思いますが……巻島さん自身がどう思われるのかということでして」

「本部長から髪を切るなと言われておりますので」

植草が冗談めかして口を挿んだ。巻島はそれに付け加えることもなく、座間が投げかけてくる視線をやんわりと受けるだけにした。

「なるほど」座間は何をどう納得したのか、そんなふうに呟いた。

髪の毛を若い頃以上に伸ばし続けていることについての理由やこだわりは巻島自身でもはっきりと自覚しているものではなかった。

六年前の桜川健児少年の誘拐殺害事件をきっかけに、自分の心のどこかが荒廃したのは、否定するつもりもない事実である。少年が殺害されたこと、〔ワシ〕を捕まえられなかったこと、記者会見で醜態をさらしたこと、左遷されたこと……具体的にそれらのどれが自分にダメージを与えたかという問題ではなく、自分を取り巻く事象が否応なく悪いほうへぐるりと回っていくことへの純粋な恐怖感と、感情がかき乱される中でほとんど直感的に様々な判断を下していかなくてはならない局面の非情さが、ただただ自分の心に強い影を落とし、そしてそれを乗り切れなかった自分の無力感がその陰影を深くしていた。

事件以降の身の処し方も、妥当だったかどうかの判断はついていない。左遷された時点で職から離れる選択肢もあったが、そうはしなかった。潔く離れるのもある種の逃げであり、恋々としがみつくのもそれはそれで覚悟がいる。どうせ自分の心にあの事件を抱えて生きていくのは変わらないのであり、結局のところ、自分はそういう

う生き方しかできないのだという思いだった。

だから、あの事件以来、伸ばし続けているこの髪も、どこの組織に身を置いてもアウトサイダーとして過されるようになった立場が作り上げた体裁ではあるのだが、少なくとも退廃的な気分によるものではない。自分が引きずり続けているものが、いまだそのまま引きずられていることの証なのだろうと、巻島は詮なき自己分析をしてみる。別にそれは的外れではないはずだ。

それだけに、テレビの映りを考えて切るとか切らないとかいう問題は、もともと巻島の中には存在し得ない。ましてや曾根の命令だからどうこうという話ではない。

「まあ、願ってもないそちらからのお申し出のわけですし、ある意味、報道の可能性を広げる試みでもあると思いますんで、前向きに検討させて頂きますよ」

座間は表情から少し硬さを消して言った。

それから巻島たちは具体的にどういう番組作りが可能なのかという意見交換に入った。

座間が重視しているのは、捜査担当者の口から直接もたらされる精度の高い情報もさることながら、視聴者の目に訴える「絵」であった。すべてのテレビ番組の基本はそれに尽きるようで、彼は繰り返し、絵になるかなら

ないかを話し合いの俎上に載せた。

スタジオのやり取りだけで番組を進行させるのは難しく、模型やフリップを使って分かりやすくしたところで、とかく飽きやすい視聴者相手には限界がある。五分でやるにしろ十分やるにしろ、その半分はVTRを挿んで事件現場を巻島が歩いて話をする提案などが出され、巻島は了承した。

巻島のほうからは、捜査本部が摑んでいる情報を必ずしもすべて開示できるわけではないことを前もって伝えておいた。特に現場の物証や鑑識の結果に含まれている事実には、犯人と捜査本部しか知り得ない余地を残しておかなければならない。犯人を逮捕して自白させるときに、報道では知ることのできない事実をその口から引き出し、秘密の暴露をさせる必要があるからだ。

理由としてはそれだけではない。今回の捜査の場合はそれだけではない。巻島の番組出演は視聴者への情報提供要請を表向きにしながら、裏の狙いは〔バッドマン〕からのアプローチを待つものだ。もし、〔バッドマン〕からの反応が寄せられたとするなら、まずはその真贋を見極める必要が出てくる。そこにもやはり、秘密の暴露が重要な鍵になるのだ。

「それからもう一つ。視聴者から寄せられる情報等について、封書の場合は、宛先を見て明らかにこの事件に関するものであることが分かれば、開封せずにこちらへお渡し頂きたいんです」

巻島の要望に対して、座間はかすかに眉を動かした。

「それはしかし、ああそうですかと簡単にお返事できる話ではありませんね。そうなると単純な出演協力の範囲を超えてしまう。我々はいやしくも報道機関のはしくれですから、ニュース素材の範疇にあるものを右から左へ吟味もしないでお渡しするわけにはいかないですよ」

一転して、その場に沈滞した空気が流れ込んだ。

「そこを何とかお願いしたいんです。これは重要情報をこちらでいち早く囲い込んでしまいたいとかそういう次元の話ではなくて、迅速かつ正確を期す捜査をするために必要なんです。それが通らなければ番組に出演する意味がなくなると言ってもいい問題です」

「ふむ……困ったな」

座間は巻島から視線を外して小さく息をついた。苦味を口元に浮かべて、しばらく思案に暮れた顔つきをしていたが、ふと思い出したように児玉デスクを見やった。

「おじさん、もう来てる?」

「ああ、控室に入ってますよ」と児玉。

「ちょっと呼んできて」

返事もなく児玉が出ていくと、座間は冷めたコーヒーを飲み干して、煙草に火をつけた。

「うちの主（あるじ）の意見を聞いてみますよ」彼は空いた紙コップを灰皿にして紫煙をくゆらせた。「韮沢五郎（にらさわごろう）……まあ、何たって《ニュースナイトアイズ》は彼の番組ですからね」

韮沢五郎は《ニュースナイトアイズ》を十年以上の長寿番組に育ててきたキャスターであり、今の日本で普通に暮らしている者ならば誰でも名前くらいは知っているはずの存在である。歳は五十四、五というあたりか。ミヤコテレビと系列関係にある新都新聞の政治記者上がりの男だ。ミヤコテレビに出向後、ニュース番組の解説などを務めていたが、弁舌の爽やかさと信頼感を呼ぶ気さくな物腰が視聴者の人気を得て、半ば自然の帰結としてニュース番組のキャスターの座に納まるようになった。

ニュース番組はスタジオの絵だけでは持たないとはいえ、韮沢五郎を始めとするレギュラー出演者のコメントや即興のやり取りによって単なる情報としてのニュースに人間味を盛り込み、うまくお茶の間向けに味つけをし

ているところが、〔ニュースナイトアイズ〕の魅力であることは疑いがない。視聴率を取る夜のニュースは他局にも一、二あり、それぞれに趣向を凝らしているが、巻島が普段からよく見ていたのも〔ニュースナイトアイズ〕だった。

「巻島さんはおいくつになられるんで？」

座間は場つなぎにそんなことを尋ねてきた。

「五十二です」

「へえ、私より四つ上ですか」彼は緊張感を解いた笑顔を見せる。「私も歳よりは若く見られるタイプですけど、何とそうですか……いや、こう言っちゃ失礼ですけど、何とも年齢不詳的なもので」

「昔は彼、同僚から〔ヤングマン〕と呼ばれてたそうですから」植草が口を挿む。

「へえ。じゃあ、今回は〔ヤングマン〕対〔バッドマン〕の対決なんですな」座間は自分の言い方が気に入ったのか、しばらく独り笑いを繰り返した。

やがて、部屋のドアがノックもなく開いた。

「やあやあ、ああ、どうも」

張りのある声を発しながら入ってきた韮沢五郎は、テレビで見るよりその巨体ぶりが印象的だった。どこか欧

米人を思わせる長い脚と太鼓腹。トレードマークのサスペンダーはつけておらず、今はまだ、ジーンズに黒のポロシャツという格好だった。

彼は巻島らと型通りの名刺交換をして、児玉デスクが座っていた椅子に腰かけた。

間近で見ると、ぎょっとするほど肌に艶のある男だった。別段、整った顔立ちではないのだが、鼻筋が通っていて、舞台役者のように見映えがする。もとはテレビの人間ではないといっても、十四、五年もその世界で飯を食えば、相応の顔立ちができていくのだろうか。いや、やはり元来そういう素地があったからこそ転身に成功したということだろう。画面で見る彼は、年齢と足跡に培われた落ち着きや老成ぶりが顔つきに出ている感があったが、実際に見る彼は、ある種のぎらつきさえその肌に浮かべている。

足を組んで背もたれに身体を預けた韮沢は、隣の座間から話の概略説明を受けた。話を聞いている間、彼はひたすら無言でふむふむと頷き、滑らかな頬を大きな手でさすりながら、時折細めた眼を巻島らに向けてきた。おおかた話を聞き終えると、韮沢は腕を上げて軽く伸びをし、それから不意に愉快そうな笑い皺を目尻に刻ん

だ。

「珍しいねえ。こんな話を持ってくるなんて、国家警察も変わったもんだ」

「靴をすり減らして歩き回るだけでは結果の出ない犯罪が増えてきまして」巻島は軽く応えておいた。

「ふむ」韮沢は巻島を値踏みするように見る。「まあ、何かそちらなりの目論見があるんだろうねえ」

視聴者から情報提供を募るという表向きの大義に隠された目論見……〈バッドマン〉を舞台に誘い出すという真の狙いは、とりあえずのところ彼らには伏せてある。取りようによっては、巻島がやろうとしていることは、彼らの庭に入って罠をかけさせてもらうことであり、そこを勝手に捕り物の舞台にしてしまうことである。その過程で、彼らが拠りどころにしているジャーナリズムであるとか報道の自由というようなものをある種利用し、あるいはなし崩し的に無視して捜査の都合を優先させるというケースが起こり得ることは、確信的ではないとしても想定はしておかねばならない。

それゆえ、はなから物議をかもすのを避けるために、韮沢はこちらの真意はヴェールに隠しておいたわけだが、韮沢はその気配を察したかのような抜け目のない反応を返

し、それでいて楽しげな微笑を切らそうとはしなかった。

「いいんじゃない。やってみる価値はあるよ。何か問題でもあるの?」

そう言って、彼は人を食ったような視線を座間に移した。

「うん、まあ、ちょっとどうかと思うのが……」座間は、局に届いた情報提供の封書をそのまま警察側に渡してほしいという巻島の要望を韮沢に話した。

「いいんじゃない。そうすれば、うちのスタッフの手間だってはぶけるし。それじゃあ都合悪いの?」

韮沢は浅慮過ぎると思えるくらい、あっさりと言い放った。

「でも、そんな簡単な問題じゃないでしょ」

座間は渋い顔を作り、「おじさん」こと韮沢にくだけた言葉を投げた。

「固いこと言うなよ。視聴者だって捜査担当者が出演するのを見て送ってくるんだから、警察の手に渡るくらいは承知の上だろうよ」

「いや、報道機関の姿勢としてどうかってことですよ」

児玉デスクもこれに関しては疑問が強いらしく、そんな

**112**

ふうに口を挿んだ。

「そんなの別にいいじゃん」韮沢は顔をしかめて笑い飛ばした。

「そんなのって言っても……」

「そんなことより俺は、早いとこ犯人をとっ捕まえてほしいんだよ。あんな卑劣な事件起こしたやつが逃げ延びようとしてるわけだろ。名奈ちゃんもいつまで経ったって、枕高くして眠れないだろうしさ。何よりもまずそいつを捕まえなきゃ駄目だって話だよ」

ストレートな韮沢の意見に、プロデューサーとデスクの二人もあえなく反論を封じられてしまった。ジャーナリズムの世界を長く生きてきて、その道の顔的存在でもある彼が、虎の子の権利や道義といったものをうっちゃって、率直な市民的意見を臆面もなく口にしてきたことは、巻島にしても少なからず意外であった。しかし、名をなしたジャーナリストといえども、オフレコで明かす本音とはそういうものであろうかとも思えた。

「もしあれなら、捜査本部の住所と連絡先をフリップで出せばいいじゃない。みんなそっちに送ってもらうようにすればいいんだよ」

「ああ、そうか。それでいいか」

韮沢の一言で、その問題はあっけなくクリアできる形となった。

局側としても警察と全面的にタッグを組んでの報道など経験がないだけに、その距離感を摑みかねているのだろう。それでも何とか、実現化に向けての一歩は踏み出せたようだった。

「まあ、出せる情報、出せない情報、いろいろあるだろうけど、うちらを騙すようなことだけは勘弁してほしいね。ひいては番組の信頼性にも関わることだしね」少し声を落として言う韮沢の視線を受け、巻島は首を縦に振った。

「承知してます」

「俺は騙せても視聴者は騙せないよ」韮沢は眼を細めて不敵に笑う。「そこに関しては無批判に通すつもりはないからね。ほら、あの人、大阪府警出身の……」

彼は児玉デスクの肩を叩き、何かを思い出すように頭に手を当てた。

「迫田さんですか?」

「そうそう、迫田さん。あの人ぶつけよう」

迫田和範は大阪府警の捜査一課長を務め上げた男で、十年ほど前に引退し、現在はニュースやワイドショーな

どのコメンテーターや講演活動などを行っている。ガラガラ声の関西弁でズバズバ核心を突く物言いと、経歴に裏打ちされた妙な説得力で、信頼に堪える評論家としての地位を築いている。テレビで人気を得ているのは独特のキャラクターがなせる業とも言えるが、やはり、キャリアが偽物でないということが大きいだろう。『浪速の（なにわ）コロンボ』と呼ばれた捜査一課長時代の逸話の類は、巻島ら首都圏で働く同業者の耳にまで届いていた。

退職後だろうと別組織だろうと縦の呪縛からは逃れられないのが警察の世界であり、そういう意味ではあまり同席者としては歓迎したくない相手ではある。警察OBだからといって、こちらの意を汲んでくれるとは限らない。各県警で不祥事が次々と明るみになったときには、毅然として警察批判を繰り返していた。古きよき時代の名物刑事がこの奇策にどんな反応を示すかは分からない。

「構わないね？」韋沢はしたたかさを澄まし顔で覆い隠し、巻島に問いかける。

「もちろん」巻島も表情を変えずに答えておいた。

これなら視聴率も十分見込めるとばかりに、座間が満足げに頷いた。

「あとはまあ、名奈ちゃんの意見も聞いてみて」

「そうね。言ってみれば彼女も事件の当事者だから」

そんな会話が韋沢と座間との間で交わされた。

「じゃ、そういうことで」

韋沢はおもむろに立ち上がり、巻島たちに軽く手を上げながら背を向けた。ドアに手をかけたところでちらりと振り向き、愛想なのか、それとも今後の成り行きが楽しみだとでもいうのか、とにかくそんな意味のいたずらっぽい含み笑いを見せて、部屋を出ていった。

座間は巻島たちと目を合わせると、口元をかすかに緩めた。

「まあ、普段はあんな感じですよ。ただのおじさんで す」

「いやいや、やはり番組一本背負ってるオーラが出ていらっしゃる」植草が本音かどうか分からない言い方で感心してみせた。

それから巻島たちも、座間とスケジュールの目安を確認し、ほどなくして局を辞した。

「あれ、顔パックやってますよね」

外に出たところで、植草が後ろの巨大なビルを仰ぎ見ながら言った。

「家でベタベタ塗りまくって、その顔で新聞でも読んでいるんですかね。何か想像つかないな」

彼は自分の言葉に失笑しておいて、「俺もやろうかな」と、まんざらでもなさそうに頬をさすった。

「巻島さんもやったらどうですか。テレビに出るんなら」

巻島はかぶりを振り、一笑に付しておいた。

「でも、スーツぐらいはちょっと奮発して新調したほうがいいですよ。そういうとこ、みんな見てますからね。あんまり安っぽいと、巻島さん、風貌が独特なだけに胡散くさくなっちゃいますよ」

その言い方はともかく、確かに植草は仕立てのよさそうな三つボタンのスーツに着こなしている。

「画面を通してスーツの良し悪しなんて分かるんですかね?」

「分かりますよ。生地の光沢とかよれとか。言っちゃあ何ですけど、巻島さんのそれは量販の既製物でしょ。画竜点睛を欠いてますよ」

言われる通り、巻島のスーツは高価なブランド物ではない。スーツなど作業服に近い感覚で身に着けているので、あまり頓着はしていなかった。一着だけイージーオ

ーダーで仕立てた七、八万円ほどの上下を持っていたが、六年前の記者会見で味噌をつけてしまい、以来、一度も袖を通していない。

「僕のは全部アルマーニですけどね。なかなかいいですよ。この際、二、三着、そろえたらどうですか」

「まあ……娘に相談してみますよ」

巻島は思わぬ出費を苦々しく思いながら、そんなふうに答えた。

「とりあえず、ミヤコテレビのほうは問題なく進みそうですね」植草は独り言のように言ってから、不意に浮かぬ顔に変わった。「ただ、僕の勘だと早晩、問題が出てくると思いますよ」

「というと?」

「ミヤコテレビ以外の各局、あるいは新聞社の反応ですよ。連中は記者クラブの横並びに慣れてますから、平等な情報公開を求めてきます。一社のメディアにだけ捜査担当者が積極的に関与して重要情報がもたらされるとなれば、ほかは黙ってませんよ」

「でも、[ニュースナイトアイズ]はただのメディアではない。[バッドマン]が脅迫状を送った、川崎事件の舞台の一つです。視聴者はそれを知っている。だからこ

そ、我々はそこにアプローチする。他社が騒いでも、その理由で封殺できるでしょう」

「ことは視聴率に関わる問題ですからね。それで収まるように見えても、〔ニュースナイトアイズ〕の視聴率が跳ね上がりでもすれば、別の話になっちゃいます。特に第一テレビの〔ニュースライブ〕は視聴率でも〔ニュースナイトアイズ〕に肉薄してるライバル番組ですからね。あっちに出て、こっちにはどうして出ないんだって話になりますよ」

「そういう声が上がるとすれば、それを抑えるのは課長の仕事です。私がとやかく言うことじゃない」

「だからね、僕が今、話してることが仕事なわけですよ」植草は薄く笑ってから真顔になった。「どうでしょう、例えば、月水金は〔ニュースライブ〕に出て、火木は〔ニュースナイトアイズ〕に出るとかね。そのほうが効果も確実に上がりますよ。こんなことはわざわざ本部長にお伺いを立てることじゃない。方針には沿ってるんだから、僕らの判断で決められることです。ちょうど恵比寿に第一テレビがある。タクシーを拾えばすぐです。東京に出てきたついでに、ちょっとあちらにも寄ってみませんか?」

巻島はかぶりを振った。「際限ないことです。夜のニュース番組はほかにもある。〔ニュースナイトアイズ〕に出演することは視聴率競争に加担することじゃない。無意味にほかの番組にも出演することこそ、視聴率競争に加担することですよ。情報が不平等になるという声が出るなら、同じ時間に記者クラブへ報道資料を配ればいいでしょう。まあ、それも〔ニュースナイトアイズ〕を見れば済む話ですが」

「納得しないと思うな」植草は唇を歪めた。「やっかみが出てきますよ。連中の大勢を敵に回したら大変です。あなたはそれを十分知ってるはずだ」

青山通りの歩道に出たところで、巻島は足を止めた。「何も甘く見てるわけじゃありませんよ。けれど、さっきも言ったように、私はそれをうまく収めてくれることを課長に期待している。私は本分をまっとうするだけです。それとも、どうしても私をそう動かしたい理由でもおありなんですか?」

植草は何かの言葉を呑み込むような間、巻島を見据え、それから作り笑顔を満面に浮かべた。

「別にあなたを煩わせようとして言ったわけじゃありませんよ。僕もこういうポストについてますけど、まだま

116

だ若輩者です。なにぶん初めて経験することだから、いらぬ心配をしてしまう。失敗が怖いものでね。一つの提案だと思って、聞き流して下さい」

「私も失敗するつもりはありません。だけど、迎合するつもりもない。相手はマスコミではなく、その向こうにいる市民、そして犯人です。それが飛んでしまうと、どうやっても失敗する。六年前に私が学習したことです」

植草は神妙に頷いた。そして我に返ったように顔を巡らし、「さて、そういうことなら、僕はちょっと別件を片づけていきたいんで」さばさばした口調でそう言うと、一人勝手に駅とは反対方向に歩いていった。

巻島はその背中を一瞥し、腕時計へと目を移した。夕方前であるのを確認してから、ふと、いずみに電話してみようかと思い立った。

＊

植草壮一郎警視は恵比寿の第一テレビ前でタクシーから降り立った。タクシーのドアが閉まり、走り去る音を背中で聞きながら、ミヤコテレビと同じく真新しい高層ビルを見上げた。

そのまま歩を進めようとして、エントランスに向かう歩道の中ほどに立つ守衛の姿が目に留まった。通行証か何かがいるのだろう。提示していない一人を呼び止めているところだった。

植草はその光景を見て妙に気勢を削がれ、歩みの先を外へと変えた。ぶらぶらと当てもなく歩き、適当なところで高い石塀にもたれた。

こちらの身分証を提示すれば門前払いにはならないだろうし、受付でもそれなりには扱ってくれるだろう。だが、その先はどう転ぶか分からない。いやしくも神奈川県警本部の課長を務めている男が身分を明かした上に、受付の前で待ちぼうけを食ったり、忙しいの一言で追い払われたりするのは、みっともいいものではない。そういう体裁の良し悪しの問題がある。

植草は道行く人を漫然と眺めながら、煙草を一本吸った。

冷静に考えれば、何かの必要性があって自分はここに来ているわけではない。このまま何もせずに帰ったほうがいいとさえ思うし、そのほうが自然だろう。しかし、頭ではそう分かっていても、足は動かない。学歴にしても警察キャリアとしての職歴にしても、ほ

ぽ自分の思い通りの結果を残してきて、その点では自らの才能に不自由を感じたことはない植草だが、そうであっても、この世の中にはどうにも思うに任せないことがあるのを身に染みて分かっている。

恋……表現する言葉を探した末、真面目に認めるには気恥ずかしい一言に当たってしまい、さすがにそうではないだろうと苦笑を嚙み殺した。まんざらではない思いもあるが、その言葉の持つ透明感は、やはり自分が持て余している感情を的確に言い表してはいない。

十年前は確実に恋だった。それは確かだ。どこにでもある普通の恋だったと思う。ただ、付き合っていた半年の間に直感として何となく感じていて、彼女が離れてからだんだんと確信に変わっていったのは、杉村未央子という女が自分にとって普通の女ではなく、特別な女だったということだ。

大学の同級生であり、語学授業のクラスメートだった彼女を意識し始めたのは、確か三年生になってからだった。

未央子は普段、男と談笑している姿もほとんど見せず、それどころか決まって行動をともにするような女友達もいない、どこかつんとして近寄りがたい女だった。

そんな彼女を植草は、顔立ちが多少整っているだけの、暗くて色気のない女だとしか意識していなかった。というより、かろうじて名前と顔が一致する同級生の一人であって、それ以上の興味などなかった。キャンパスにはほかの女子大から遊びに来たワンレン・ボディコンの女たちが珍しくなかったし、植草が入っていたテニスサークルのメンバーにも、すらりとした生足と物欲しげな眼と過剰な明るさと場所を選ばない嬌声を武器にした女たちが手頃に集まってきていた。快楽志向の本音をある種、健康的とも言える無邪気さで覆い隠してしまう彼らを相手にするのは楽しかったし、それなりの満足感に浸ることができた。

しかし、彼女らの何人かと深い仲になるのを経験したあと、植草は苛立ちに近い空しさを抱えるようになっていた。自分の貴重な時間を割くだけの価値が彼女らにあるのかという身もふたもない疑問を覚えるようになっていた。女子大の名前で女の評価を決めることなど下らないとは思いつつも、実際、バルト三国とバルカン諸国の違いも分からなければ、パレスチナとイスラエルの違いさえ分からない彼女らを相手にすると、偏差値も女の魅力には重要なのだなと、妙な得心に行き着

**118**

いてしまう。

ドレスで着飾り、髪のほつれもなければ口紅の落ちもない、一分の隙もないような女であっても、馬鹿だと分かった瞬間、すべてはたちの悪い冗談としか思えなくなってくる。性欲を吐き出せば、あとはただひたすらしけるしかなく、急き立てられるように帰り支度を始めるこちらを、彼女たちはいずれなじり出すのだ。

そんな調子だから付き合いが長く続く女もいなかったのだが、植草自身、自分のことを冷血漢だとは思っていないし、その自己分析は別に間違っていないだろうと思う。相手の底が見えてしまうまでは、抑えられない情動に任せて滑稽なまでの行為に走ることも少なくない。

杉村未央子とのこともそうだった。

サークルの集まりから距離を置いて、授業が終わってから市ヶ谷の街をぶらつくような日々を送ってみると、駅前の書店で未央子の姿を見かける機会が一回、二回と続いた。目を合わせても愛想笑いさえ寄越さない彼女が妙に気になり始めた理由については、逆説的な説明しかつけようがない。つんとしているからこそ、ということだ。気になってしまえば、自分の心がどんな過程を経てそうなったかなど、どうでもいいことだった。

植草はある日、書店で見かけた彼女のあとを尾けていくことを思い立った。吉祥寺のマンションに入っていくのを確認してその日は満足したが、その一歩を踏み出してしまったことで、次の日からも同様の行為がほとんど習慣のようになっていった。

もともと、思い詰めると、手段には構っていられなくなる。世の中に運命的な偶然などというものはないが、女は偶然が重なったときに気を許すものだ。そして、作為の手であっても偶然を装えば、相手にとってはそれもまた偶然なのである。相手のバイト先などを突き止めて、偶然の客のように押しかけてみることなどは、それまでにもよく使っていた手だった。もちろん、相手に気取られないようにうまく立ち回ることが何より大事だと分かっていたし、その自信が十分あってのことだった。

未央子についても、大学の授業のない火曜日と木曜日は赤坂にある市場調査会社で事務のアルバイトをしていることや、金曜の夜はアナウンサーの養成学校に通っていること、土曜の夜には英会話の勉強のつもりなのか、面白くもなさそうな外国人の知り合いと六本木に出かけるのを習慣にしていることなどが分かった。六本木に出かけ

るときには、モノトーンのシックな装いにグッチのバッグを手にして、といったキャンパスではなかなか見せない艶やかな一面を覗かせることも発見した。

一通り彼女の生活ぶりを把握したところで、さて、どうするかと植草は考えた。アルバイト情報誌を見ても、彼女が通っている市場調査会社の募集は出ていない。彼女はアナウンサー志望らしいが、いくら何でも自分はその柄ではない。六本木のバーで働くにしても、彼女が行く店はいつも同じではない。

毎年、市ヶ谷大学では夏休みを利用して、希望者を対象にした外国の姉妹提携校への短期語学研修を催していた。アメリカのイリノイ州にある学校への研修に未央子が参加すると知ったのは、もう夏休みまでに幾日もなくなってからだった。慌てて学生課にかけ合ってみたが、定員オーバーのために足切りの書類審査さえ行われ、もう参加決定者のオリエンテーションも済んでしまったというその催しに今さら潜り込むのには無理があった。まったく痛恨の極みだった。

長い夏休みが始まり、植草には一年生のときから断続的に続けてきた公務員試験の勉強に本腰を入れる日々がやってきた。と同時に、英会話の勉強にも同じように力

を入れた。毎日英会話学校に通い、終わってからも講師に酒を飲ませて、自分の耳を英語漬けにした。

強みは大学の受験勉強の頃から、英語は比較的得意な科目であったということだった。文法もほぼ問題なく把握できていて、高校時代に詰め込んだ英単語を呼び起こして組み立てれば、日常会話レベルのスピーキングは無難にこなせた。

問題はリスニングで、ネイティブスピーカーが話す会話は、何度聞いても自分の耳では追いつけない単語やフレーズが挿み込まれてくる。講師の話をテープに録って何十回と聞き直しては英文に直し、翌日それを提出してチェックしてもらう。そんなことを繰り返すうちに、聞こえない空白部分を文脈上の判断でかなり補えるように なり、そして、文脈的にはこの言葉のはずであるというつもりで聞けば、そう聞こえるのだとも思うようになってきた。英会話の集中レッスンは二十万円を下らない額になったが、執念によって、その元は取った形になった。

植草の業深いエネルギーはそれだけに止まらなかった。未央子の短期留学の日程が近づくにつれ、いても立ってもいられなくなったのだ。

短期留学は男女二十人からの参加者が三週間、田舎の学校で授業をともにし、宿泊施設で生活をともにする。最後の一週間は一人一人離れてホームステイ先での生活となるらしいが、それでも新しい出会いが訪れるには十分過ぎる環境が整っている。今のところ、未央子に特定の男はいないとの確信を抱いていただけに、そのあたりの予感が必要以上の胸騒ぎを起こさせるのだった。

何日かの逡巡を経て、植草はパスポートを取り、アメリカのイリノイへ飛んだ。今から思えばあり得ない選択を、当時は平気で下していた。広い大陸の中、あまりに茫漠とした片田舎の風景を前にして、ようやく、未央子がいるはずの学校へ行くのは現実的でないと悟った。たとえ、学校に忍び込むのでなく、その周辺で偶然出会うのを待つのだとしても、それはもうどう考えても偶然ではあり得ない。かろうじて、それだけの理性は働いた。

無意味な一人旅で数日を費やし、話題作りにアリバイの写真をいくつか撮って、さっさと帰ってきた。馬鹿馬鹿しくも青過ぎる自分の行動に多少の自己嫌悪はあったが、結果はどうあれ行動を起こしたことは一つのガス抜きになっていて、日本にいたまま悶々と過ごすよりは前向きな気持ちになることができたのも一方の事実であっ

た。

結局、そうやって悪あがきをしているうちに、糸口が出てくるものなのだ。夏休み明けの土曜、英会話学校の講師と六本木のバーをはしごしてみると、ある一軒で未央子とその連れのアメリカ人女性が飲んでいるところにたどり着いた。もちろん、かつて未央子がその店に出入りしていたのを見ていたから選んだのだが、そんな恋意性を未央子に感じ取られることはなかった。夏休みという二人にとっての空白期間がその遭遇を完璧な偶然に装わせていた。

必死に身につけた植草の英会話能力が未央子のそれより上回っていたことも優位に働いた。未央子は発音こそきれいにまとまっていたが、相手にゆっくり話してもらわないとリスニングはおぼつかない。三週間程度の語学研修など、周りの参加者と仲よくなるのがせいぜいであって、深夜黙々と取りつかれたようにテープを聴いていたほうに分があるのは当然だった。ほどなくして、未央子は植草と同じ英会話学校に通い始めた。

それからの半年間……半年と区切る根拠は実はどこにもなく、いつから付き合い始めていつ別れたのかも曖昧な話なのだが……あの秋、確かに自分と未央子は付き合

121

っていた。少なくとも植草はそう信じている。

男女の仲にもならなかった相手を付き合っている一人にカウントするのは、植草の中では未央子以外にない。男女の関係どころか、彼女からは、好きとか愛してるとかの言質も取れなかった。植草をどう思っていたのか、それ以前に彼女自身どんな女だったのか……何も明らかにしないまま、未央子は植草から離れていった。

それでも、未央子との関係が本物であったというのは、そう思いたいとの自分の幻想ではない。その確信が植草にはある。

十月のドライブ。ユーノスロードスターをオープンにし、ひんやりとした夜風を切って走った首都高速。路側帯にハザードをつけて停まっている列へ並んだ横浜ベイブリッジ。気恥ずかしいほどにすべてがそろったあの星空の下で、植草は助手席の未央子の肩を抱き寄せ、唇を重ねた。

あのとき……植草が撫でた未央子の顎はくいと上がり、彼女の薄い唇は意思を持って植草の求めに応えてきた。確かに能動的な唇だった。植草は彼女が落ちたことを実感した。硬いつぼみのような心を解き、惹かれる思いを素直に唇へ乗せた。そうとしか取りようがない彼女

の反応だった。直後、未央子は何事もなかったかのような無表情に戻ったが、闇に隠れている顔は上気しているに違いなく、心臓は高鳴っているに違いなかった。

強い確信にあぐらをかいた結果、詰めの甘さを招いてしまったということはあるかもしれない。今まで付き合った女たちとは違うタイプではあったものの、女の性などつまるところは一緒だろうとの経験則に頼った油断もあった。いずれにしろ、その当時はまだ、自分にとって彼女が特別な女であるという意識は強くなく、落ちたも同然と高を括って、新鮮さもいくぶん色あせるのを感じたほどだった。

ほかの女へよそ見する余裕を持ちながら、植草は未央子との距離をぐっと詰めにかかった。しかし、どういうわけか、未央子との距離があの夜以上に縮まることはなかった。国際問題や経済問題でもそつなく論じられる彼女との会話は植草の知的欲求を満たしてくれたが、一方で、それ以上の関係にならないことには新たな空しさと焦りを感じていた。押したり引いたりの駆け引きにも、彼女はあくまでクールだった。何とか彼女の心を動かそうとあがくうちに、自分の底の浅さを見透かされているような思いも味わうこととなり、何かに怯えるように気

持ちが萎えていった。

今、思い返しても、なぜうまくいかなかったのかが分からない。彼女は自分を避けるでもなく、嫌うでもなく、ただ侵しがたい透明なバリアをまとって、静かに離れていった。そのバリアがなぜ打ち破れなかったのかも分からなければ、一時にしろそれが打ち破れたように思えたのはなぜだったのかも分からない。

消化不良の恋はそうやってなし崩し的に自然消滅していった。植草は、あまり経験のない後味の悪さからしばらくはそれを引きずり、未央子を追うようにして放送局の就職試験を受けたりもした。裏では親しくなる前のようにかなり見苦しい真似もしたが、それが露見して軽蔑されるような事態にはならないように、最低限の自制は働いた。自分も傍目には女から憧れの眼差しを受けるような血筋のいい男であるはずだとの自負はあったし、それを演じ切るだけのプライドはかろうじて保っていた。

ただ最後は、未央子が植草の受かったミヤコテレビではなく、第一テレビに内定したことで、起死回生の策も望みを絶たれた。大学を卒業して、彼女との距離は決定的に離れてしまった。

本当なら、そこでいい加減あきらめもつくというものだ。一方通行の不毛な思いになぜそこまでこだわらなければならない？　実際、そんな自問自答をするまでもなく、吹っ切れていたはずだった。どこで何をしているかも分からなくなった遠い世界の人間に心を奪われ続けるほどのロマンティストではないつもりだった。

しかし、吹っ切れたはずの思いが再びもやもやと形を結び始めたのは、やはり、未央子がブラウン管の中にその姿を見せるようになったからだ。はっとするほど華やかな色使いをしたスーツに身を包み、やや濃い目の化粧を施して、学生時代にはつけていなかったピアスを耳に光らせている。

凛とした立ち姿と理知的な話し方は、学生時代の面影そのままだった。だが、安売りするように振りまかれる笑顔は、学生時代になかったものだった。それには妙に心をかき乱された。何を媚びてるんだ、そんな簡単に笑う女じゃなかっただろう……抑えの利かない嫉妬が渦巻いて、植草は胸を激しく焦がした。

以来、植草は彼女の出演する番組を欠かさずビデオ録りした。そして、もはや恋などというきれいな呼び方は適さなくなった感情とともに、それらをチェックするようになった。その感情は言葉にすれば……未練という名

が近いだろうか。未央子がバーチャルな世界ながらリア

ルな姿として植草の前に現れていることによって、植草

はその感情をひたすら引きずり続けているのだった。

未央子は五年ほど前から、夜の十一時に始まるニュース番組【ニュースライブ】に抜擢され、その気になれば毎晩、彼女の姿が見られるようになった。【ニュースライブ】は第一テレビの顔とも言える番組であって、スポーツコーナーを含めると、三人の女子アナウンサーが投入されている。今では未央子がその中の筆頭格になっている。

【ニュースライブ】は十時半に始まる【ニュースナイトアイズ】のライバル番組であるが、メインキャスターの井筒孝典（いづつたかのり）を始め、主な出演者を自前の人材で固めているために、韮沢五郎が中央にでんと構えている【ニュースナイトアイズ】と比べると、ジャーナリスティックなカラーが薄い感は否めない。しかしその分、伝統的に強い自局の報道部門が土台となり、スクープもたびたび飛ばす実力が世間にも認められている。そうやって【ニュースナイトアイズ】に迫る視聴率を稼ぎ出しているというのが、一般に言われている評判だ。

未央子はその番組に、落ち着きと知性を与えている。

そういう存在であると評価されている。同い年であり、その関係上、比較されるのを免れない【ニュースナイトアイズ】の早津名奈は、飾らない性格や陽的な顔立ち、あるいは結婚、出産、離婚といった目まぐるしい私生活や【バッドマン】に対する言動などの賑やかなエピソードで知られる当代人気随一のアナウンサーであるが、未央子のキャラクターはその対極に位置すると言っていい。

早津名奈に比べれば、未央子は地味で色気に欠けるというのが、こういう世界に興味を持っているウォッチャーたちの多くの意見である。いや、未央子のような女こそそそられるという声もある。すらりとした脚がセクシーだとか、クールな瞳が女王様系でたまらないとか、時折、胸元の開いたブラウスを着たり、ノースリーブの服を着たりするのは早津名奈への対抗でいじらしいとか、そういった出歯亀的な意見もかまびすしく交わされている。植草はそんなやり取りをインターネットの非公式ファンサイトなどで毎日のように閲覧し、下世話な論争の的にされている未央子に対して、また新たな悶々たる感情を抱く。日々の仕事を如才なくこなす一方で、プライベートの時間はそんなふうにとりとめもなく潰してい

る。

しかし……。

無駄を覚悟であがいていれば、作為も偶然となり、あるいは必然となる。学生時代に確信を持って実践していた恋愛の裏法則が、今も十分成立することを植草は実感している。

第一テレビから捜査ドキュメンタリー番組への協力要請が持ち込まれたとき、それをダシにして未央子と再会できる道はないかと考えた。もしスタッフに未央子の知り合いがいるとしたなら、それとなく学生時代の話を持ち出すことによって未央子の耳にまで届かせることができるのでは……そんなことを考えながら本部長に上申しているうちに、話は妙な方向へ転がっていった。〔ニュースナイトアイズ〕での実験的とも言える公開捜査……だが、考えようによっては、そちらからでも未央子へのアプローチは可能なのだ。あがいていれば、何とか道は開けるものだ。

〔ニュースナイトアイズ〕と同様の協力を〔ニュースライブ〕についても提案する……情報提供の平等性を建て前にすることで、理屈にかなう話になるはずだった。しかし、目論見とは逆に、巻島はまったく乗ってこなかっ

た。少々出し抜けに過ぎたのは確かだったし、頑なに押せば、私情しかない裏を見透かされそうで、しぶしぶでも矛を収めざるを得なかった。巻島とは一応の上下関係にあるものの、まるで世を捨てたような、どこか超然とした空気をまとったあの男をたやすく操縦できるほど、植草の管理能力は熟達していない。

それよりは……。

〔ニュースライブ〕からアクションを起こさせたっていいのだ。

もうすでに、未央子の前に顔を出せるだけの因縁は出来上がっているのだ。

多少の唐突感はあろうと、未央子はじきに自分を必要としてくる。彼女自身も、心の裏では早津名奈にライバル心を燃やしているに違いないのだから。

問題は、それが捜査行為の範疇から逸脱していることなのだが……。

しかし、その程度の障害が躊躇の対象にならないことは今も昔も変わらない。

植草は上着の胸ポケットから携帯電話を取り出した。調べておいた番号につなげる。

女性の声が愛想よく第一テレビを名乗った。

「アナウンス部の杉村未央子さんをお願いします。植草と申します」

〈かしこまりました〉との声が入り、保留のメロディが流れ出した。

植草はそれを聞きながら、ブライトリングのクロノグラフに目を落とした。夕方のこの時間、もう出社していてもおかしくない。オンエア中などという仕事もないはず。

彼女が電話に出ると思ったとたん、にわかに緊張感が込み上げてきた。

メロディが途切れる。

〈はい、アナウンス部です〉と男の声。

「杉村未央子さんをお願いします。同級生の植草と申します」

人気の女子アナだから、この手の電話も警戒しているのか……植草は苛つきかけた気持ちを抑えて、取り次ぎを頼んだ。

〈杉村です〉

しばらくして聞こえてきた声は、紛れもなく未央子のものだった。

「未央子か？　植草だけど。へへ、久し振り」

自分から距離を作るのは嫌だったので、あえて学生時代の口調そのままに言ってみた。自然に照れ笑いが混ざった。

〈ああ……どうしたの？〉

未央子の声には困惑の色もなければ、特別の感慨もにじんではいなかった。さらりと現実に対応しているだけに聞こえた。

もともとそういう女なのだと植草は自らを納得させ、その程度のことで感情を浮き沈みさせることはしなかった。忌避されているわけではないと分かったことのほうが大きかった。

「仕事で東京に出てきてさ、今、第一テレビの近くにいるんだよ」

〈へえ……仕事って植草君は……〉

「今は神奈川県警」ニュースを扱っている立場なら、その響きだけで興味を持ってくれないかと思いつつ口にする。「どう？　今からちょっと会わないか？」

〈そうねえ……でもあんまり時間取れないけど〉未央子はあくまで淡々と応じる。

何度デートに誘おうと、手帳でスケジュールを確認してからしか返事をしないのが未央子だった。何か入って

126

いればあっさりと断られる。植草にはいつまで経っても
それだけの優先順位しか与えられなかった。そんなこと
の一つ一つが侵しがたい壁になっていったのが、あの頃
の付き合いだった。

「いいよ、いいよ。俺もそんなに時間があるわけじゃな
いし。場所はどこがいい？」

植草は少し強引に話を進めて、気乗りするのかしない
のか分からない未央子と、局の前にある喫茶店で待ち合
わせる約束を取りつけた。

第一テレビとは道路を隔てて向かいに建つオフィスビ
ルの地下に、割合広めの喫茶店があった。未央子に指定
されたそこで待っていると、十分ほどして彼女が姿を見
せた。

薄手のコットンセーターに黒のタイトスカートという
姿で、私服らしかった。ライトブラウンの小さなサング
ラスをかけている。

彼女はきびきびとした足取りで植草の席までやってく
ると、後ろを追ってきたウエイトレスにアイスティーを
頼んだ。

「植草君って警察官になってたんだ」

向かいに座るなり、無駄な間を挟まずにそう口を開い

た。

「たまたま試験が通っちゃったからね」

「知らなかったのかと思いつつも、さりげなさを装って
みる。

「ああ、そうか、キャリア組ってやつね。へえ」

「今度、例の川崎の事件も担当することになってね」

「例の？　ああ、〈バッドマン〉ね。そう言えば、あれ、
まだ捕まってないのね」

彼女の口調は、さして興味をそそられているものでも
なかった。神奈川県警にとっては筆頭の懸案事項であっ
ても、日々全国、全世界のニュースに向き合っている身
にしてみれば、風化しつつある事件の一つでしかないと
いうことかもしれない。

「捜査のやり方を大幅に見直してるとこでね。これから
警察の巻き返しが始まるんだよ」

「へえ」未央子は相槌を打ちながら、何かの連絡が入っ
たのか、携帯電話を手にして液晶画面に見入っている。

「未央子のほうはどうなんだよ？　いつも見てるけど
さ」

彼女は軽い苦笑を浮かべて、「まあまあね」と答えた。

「〈ニュースナイトアイズ〉と比べられたりして、いろ

「いろ大変なんじゃないか？」

植草は何気ない口振りで、布石を打っておいた。

「まあ、韮沢さんの存在感には勝てないわよね」

早津名奈が意識的に無視されている。植草はそこに脈があるのを感じた。

「でも、充実してるみたいだな。顔が輝いてるっていうか」

そう言うと、今度は苦笑だけで彼女は応えた。

「結婚の予定も当分はないのか……？」

「ないわね」未央子はことさら淡白に言った。「植草君は結婚したの？」

「いや」

植草の視線を一瞬だけ受け止め、彼女は左手のブルガリへ目を移した。

「さて」言いながら伝票をめくる。「本当、ごめんなさい。こんな時間しか取れなくて」

来たばかりのアイスティーをろくに飲もうともせず、彼女は財布を出す。

「いいよ。俺が払っとくから」

彼女はかぶりを振って、硬貨を伝票の上に重ねた。

「またゆっくりね」

社交辞令のような台詞とともに、彼女は立ち上がった。

距離を詰めようとすると、すっと身を引く。昔と変わらないなと思いながら、植草は落ち着き払った手振りで彼女に携帯電話の番号をメモ書きした名刺を差し出した。

「暇ができたら、携帯にでも電話くれよ」

「あ、私、名刺持ってこなかった」

未央子はどこまで本当なのか申し訳なさそうな顔をして、植草の名刺を受け取った。

「へえ。課長さんなの？」

彼女はそんな反応をさらりと返し、それから植草にかすかな笑みを向けた。

「本当、ごめんね。お仕事、頑張って」

「未央子も」

植草は軽く肩をすくめて応えた。

未央子は小さく頷くと、植草にあっさりと背を向け、一度も振り返ることなく店を出ていった。

相変わらずの距離、もしかしたら、昔よりも広がったかもしれないその距離は、今は素直に認めるしかない。

しかし、お前はもうすぐ、俺にアプローチせざるを得

なくなるんだ。

自分が打った布石に一応の満足感を覚えながら、植草は未央子の背中を見送った。

＊

巻島は雑踏を足早にかいくぐっていた。

行き交う人々はそれぞれの話に夢中で、巻島には目をくれようともしない。だいたいがどこにでもいるような学生風の身なりをした男たちだが、その表情は決まってよそよそしく、視線を外した瞬間、今見た者の容貌は記憶から消え去っていく。

何ということはない通りでありながら、巻島はそこがどこであるかを知らない。ただ、異国の街を歩いているような疎外感を覚えながら、一人雑踏をかき分ける。

実際にはすれ違う人々と肩が触れるわけでもなければ、行く手をさえぎられるわけでもない。人々は巻島を無視して、自由気ままにのんびりと歩いているだけだ。しかし、その中を通り抜けようとする巻島の身体は重い。向かい風に抗っているようでもあり、水の中をもがいているようでもある。周りを行く者たちにまとわりつ

いている空気の揺らぎが巻島の足にも絡み、その動きを鈍らせるのだ。

「〔ワシ〕を捜してるみたいだな」

無数の声が舞う中、そんな言葉が巻島の耳をかすめていく。

そう。自分は〔ワシ〕を捜していたのだ。

「〔ワシ〕ならさっきいたよな」

巻島は振り返って、声の主を捜す。しかし、声がしたあたりには若者たちの漫然と歩く姿があるだけで、誰が話した言葉だったのかは分からない。

若者たちがなぜそれを知っているのかという疑問が弱々しく浮かぶものの、それを彼らに軽々しく尋ねる気分にはならない。彼らは巻島にとってあくまで他人であり、侵しがたいよそよそしさを保ち続けている。そのうち、彼らが事情を知っている理由などどうでもよくなり、この近くに〔ワシ〕がいるのだという得心だけが重要に思えてくる。

巻島は歩を早める。

雑踏の密度が増していく。

風に乗る人々の話し声が、ざわざわと巻島を包む。

「ワシはね……」

一人の男の声が耳に引っかかる。ワシと自称し、屈託なく話し込んでいる声。まさにその男こそ〔ワシ〕だと巻島は確信する。

どこだ？

どこから聞こえた？

巻島は立ち止まって視線を巡らす。

しかし、いつの間にか視界をさえぎるほどに群集が増えてきている。

人々の肩越しに、〔ワシ〕の影がちらちらと見え隠れする。ワシはさ、ワシはねと、得意になって何かの自慢話を続けている。

巻島は目の前の人々の肩をかき分けて、〔ワシ〕に迫る。

「こっちに来てるぞ。大丈夫か？」

〔ワシ〕と一緒にいる男が、笑いを含んだ声で〔ワシ〕を気遣っている。

「大丈夫、大丈夫。来たら逃げるから」

〔ワシ〕が余裕たっぷりにそう答えている。

〔ワシ〕はこちらを見ていないのに、すべて分かっているのだ。それでいて、まだ逃げようともしない。

人垣が邪魔で、なかなか近づけない。

「まだまだ」

巻島に聞かせるように、〔ワシ〕は挑戦的な台詞を吐く。

巻島はやっとのことで群集をかき分け、〔ワシ〕の隣に出た。

不意に、〔ワシ〕の横顔がそれを察したような反応を示し、次の瞬間、微笑を残像に変えて身を翻した。逃げられることは案の定、空を切った。

巻島は軽い頭の揺れと同時に目を覚まし、はっと息を呑んだ。自分のいる場所がタクシーの後部座席であり、車窓から新宿西口の風景が見えることを確かめたときには、夢の中で見た〔ワシ〕の横顔は記憶に定着しないまま、蒸発するように消え去っていた。

「どこで停めましょうか？」

ルームミラー越しに問いかけてくる運転手に、巻島はかすれた声で「ここでいいです」と答えた。

支払いを済ませて、京王百貨店の向かい側に降り立った。左手の遠くに小田急百貨店前のカリオン橋がちらりと視界に入る。胸がふさがるような息苦しさを覚えなが

らも、巻島は努めてその感覚を振り払い、青信号の横断歩道を京王百貨店側に渡った。

植草と別れた巻島は、帰途に着く足をいったん止めて、携帯電話でいずみに連絡を入れていた。思い立ったが吉日ではないが、せっかく東京に出てきていることだし、新宿のデパートでスーツを見ておこうと思ったのだった。いずみとは足柄と稲田堤という距離がネックとなり、今では一カ月に一度会えるかどうかというお互いの生活になっている。園子がまめに様子を見に行っているようなので、巻島はときどき電話で近況を聞くだけにとどめている。

「おじいちゃーん！」

巻島が京王百貨店の一階エスカレーター脇で待っていると、間もなく、人目をはばからない元気な声が飛んできた。目を向けると、いずみの息子、一平が、呼んだよというふうに横のいずみを見ている。一つ頷いて巻島に手を振ってみせるいずみの隣には園子もいた。丈弘が出張中だということだから、どうやら巻島が電話したときには、いずみのところに来ていたらしい。

「悪いわね、デートのお邪魔して」

園子は巻島の前に来るなり、冗談めかして言った。

「お父さん、また髪の毛伸びたねえ」

いずみは呆れ加減にそう言った。

「仕事の関係で、お父さんの一存じゃ切れなくなった」

巻島が応えると、いずみは「変なの」と笑いながら一平を見た。「おかしいよねえ。全然おじいちゃんらしくないもんねえ」

一平は不思議そうに巻島を見ている。生まれたときは周りの赤ん坊と比べても一回り小さかった一平だが、今では同年代の子供と変わらない体格に成長している。隔世遺伝ということなのか顔立ちも園子に似たところがあり、丈夫さも同時に受け継いでいると見える。

本当なら久し振りに会った孫を前にして、彼を抱き上げてやったり、あるいはその頭を撫でてやったりするところなのだろうが、巻島は長くそんなことをしていない。赤ん坊の頃の一平をみんなから押しつけられて抱いたときも、祖父ならそうしなければおかしいだろうなどの思いがあってのことで、心からそうしたかったわけでもなく、実際に抱いていても、そうしている自分に対する違和感を覚えるほどに強かった。

「調子はどうだ？」

巻島は一平から目を移して、いずみに訊いた。

「いいんじゃないかな」いずみは他人事のように答えてから、いたずらっぽく愛想を添えた。

もちろん、どんなに調子がよくても無理のできる身体ではないが、特に変わりはないらしい。

六年前、いずみが一平の出産で倒れたときには、まさかここまで回復してくれるとは思わなかった。一週間いた集中治療室を出されたのも、いずみの口からうわ言が出ることが多くなり、二十四時間煌々と明かりの灯る集中治療室では神経によくないかもしれないとの理由からであって、病状が好転したからということではなかった。痙攣の発作こそ治まったようだったが、見舞いに行くたびに目にするのは、死線をさまよっているとしか思えない寝姿であって、それが物を食べられるようになり、ちゃんとした話ができるようになり、上体を起こせて、さらには歩けるようになり、そして強心剤の点滴と酸素吸入が外れるようになるとは想像もできなかった。医者の説明も慎重なトーンを崩さなかった。しかし、いずみは二ヵ月近くかけてそれらのハードルを一つ一つクリアしていき、退院と日常生活への復帰を勝ち取った。医者の言ういずみの潜在的な生命力が勝ったということであろうし、彼女の隣に眠る一平がそれを引き出したというこ

とであろうが、特に変わりはないらしい。

ということだろう。ほとんど付きっ切りとなっていた園子の看病も立派だった。

対して、巻島はただ祈っているだけだった。都合がいいなと自嘲気味に思いながら祈っていた。結局はその程度の祈りなど関係なく、いずみは自身の力で生還を果たしたのだと巻島は感じている。

いずみはもう、短い時間であれば外出することさえ何でもなくなった。幼稚園へ一平を迎えに行くことも大丈夫だし、新宿や渋谷の駅周辺へ買い物に出かけることも珍しくないという。彼女たちのマンションは京王線の京王稲田堤駅の近くにあるから、新宿に出ても歩く距離してはそれほどでもない。

曾根の言う通り、報いなどは何もなかった。ほかには何もいらないと言ってもいい幸せの形が今もこうしてここにある。

私は親よりは長生きするからといずみは屈託なく笑い、丈弘は仕事柄出張が多いものの、相変わらず生真面目な青年で、一平は元気でありながらもいずみを困らせるほどではない聞き分けのいい子供である。園子もそんな彼らを前に悠然としているし、郡山の父母さえ病気の話を聞かない。

**132**

満ち足りている。

しかし……。

その幸せの中に身を置きながら、巻島自身は幸せを感じられない。

違和感ばかりが湧き、その幸せにそぐわない自分の存在を自覚する。

「お父さん、何だか話しかけにくくなったね」

以前、いずみが園子にそんなことを洩らしたらしい。

それを気にしてか、園子も時折、「一平の前でそんな怖い顔しないで」とささやいてくることがある。

六年前のあの事件を境に自分は変わってしまった。それだけの大きな業を抱え込んでしまった。家族が幸せであればあるほど罪悪感がじわじわと湧く。それでもその幸せの輪から離れることができないのは、自分がそういう生き方しかできないのと同時に、それが自虐的でもあるからだった。

仕事もある意味で同様だ。左遷を甘んじて受け入れ、与えられた仕事に没頭してきたのも、そこにある種の自虐性を感じ、それがかろうじて心の均衡を保つのに役立っていたからだと思う。今度の任務にしても同じ。テレビに乗り込むなど、自虐行為以上の何物でもない。だからこそ受諾したとも言える。

ただ一抹の救いがあるなら、自虐性がすべて後ろ向きであるわけではないというところか。いくつもの重い現実を経てきて、誰のためにもならない仕事をするほど鈍感ではなくなった。

「お父さん、どんなスーツ買うつもり？」

エスカレーターで紳士服売り場に昇りながら、いずみが訊く。

「うん、ちょっと思い切って一、二着いいのを買おうと思ってな」

「まあ、そんなお金、どこにあったのかしら」

園子がいずみと目を合わせて笑う。

「お前の知らないところだ」

そう返すと、彼女らの笑い声が高くなった。

「やっぱり有名人になる人はやることが違うわね」園子がからかい口調で言う。

「何、何、有名人って？」と、いずみ。

「またテレビに出るらしいわよ。ああ、いずみは前のやつは知らなかったわね」

「六年前の一件も、過ぎれば笑い話にしてしまうのは、園子らしいと言えば園子らしい。

「余計なことは言わなくていいよ」巻島はことさら決まりの悪さを顔に出してみせた。

「へえ」いずみはどこまで理解したのか、感嘆の声を出し、それから無邪気に続けた。「でも、テレビに出るんなら、いいスーツを買わなきゃね。やっぱりアルマーニだよね」

「そんな簡単に言っちゃって」

園子はまさかそんなブランド物を買うとは思っていないらしい。しかし巻島は、曾根や植草に言われるまでもなく、今回の仕事の成否は、どれだけ自分が世間の注目を惹くかということに懸かっていると承知している。世間が目ざといなら、スーツの良し悪しに気を配っておくことも大切なことだと割り切っている。

「それはいくらぐらいするんだ？」

巻島がまんざらでもない口調で尋ねてみると、いずみはニヤリと笑った。

「そんなびっくりするような値段じゃないわよ。アルマーニでもジョルジオ・アルマーニだけじゃなくて、エンポリオ・アルマーニとかアルマーニ・コレツィオーニとかあるんだから」

「何だそれ。兄弟でやってんのか？」

「やだもう。お父さんたら」いずみはおかしそうに笑い、園子の肩を叩いた。「レーベルよ。そういうレーベルを作って、カジュアルな感じのやつとか、手頃な値段のやつとかを出してるの」

「そうか」巻島は甘んじて道化を引き受け、苦笑を浮かべておいた。

「ああ、アルマーニは入ってないんだ。やっぱりタカシマヤとかに行かないと」

「そんな、スーツなんて、外見はどこのやつだって変わんないんだから」

園子が主婦根性丸出しの言い方で止めようとする。巻島もわざわざデパートを移動するつもりはなかった。いずみを疲れさせるだけだし、アルマーニでなければならないとの思いははなからない。

「バーバリーはどうだ？」

昔、若手刑事としてある所轄署に勤めていたとき、先輩刑事の間でトレンチコートが流行していた。中でも刑事課長はバーバリーのトレンチコートを愛用していて、裏地のバーバリーチェックが巻島には格好よく見えた。

134

若い身に似合うコートではなく、また手に入れるだけの懐もなかったので、そのときは垂涎の目で見るしかなかったのだが、そんなどうでもいい憧れを今になってまた、ふと思い出したのだった。

「いいんじゃない。定番のブランドだし、バーバリーのスーツはいいって聞くよ」

いずみに太鼓判を押され、テナントを覗いてみることにした。

「ここだ、ここだ」

言いながら、いずみは一平の手を引いて、店員しかいないバーバリーショップの中にずかずかと入っていく。

「あ、思ったより安い」

陳列されている上着に付けられた値札をめくり、笑顔を巻島に向ける。

見てみると十二万円と記されていた。隣のスーツも似たようなものだ。

「冗談でしょう」園子が笑い混じりに言うが、その眼は笑っていない。「どれもお父さんの持ってるスーツと変わんないじゃない」

「お父さんは二つボタンのスーツしか持ってないでしょう。これ、三つボタンだよ。それにほら、片っ方に二つ

もポケットが付いてて変わってるし」

「それがどうしたのよ」

「着てる人の気持ちが違うのよ。いいスーツ着てれば、自然と背筋が伸びるんだって」

二人とも店員を寄せつけない勢いで侃々諤々とやっている。

「ここで決めるよ」

巻島が宣言すると、ようやく園子も本気で買うのだと気づいたらしく、口をへの字に曲げてみせたのを最後に、足を引っ張るのはあきらめたようだった。

「よろしかったらサイズをお出ししますので」

頃合いを見計らうようにして店員が近づいてきた。

「あんまり黒っぽくないほうがいいと思うよ。この細かいチェックおしゃれだけど、画面で潰れないかなあ。でも、アップになったときに、こういう柄だったって分かるのもいいと思うんだ。あ、ほら、こういうあっさりしたストライプとかどう？」

いずみの意見を聞きながら、ミディアムグレーの微妙に色合いと柄が違う三、四着に絞り、姿見を前にして束の間、それぞれに袖を通すのを繰り返した。

「ちょっと、この色に合うネクタイとシャツを三つ四つ

「選んでおいてくれ」

いずみと園子にそう頼んで、巻島はスーツの選定に専念し、結局、チェックとストライプの二着を残した。

「まさか両方買うなんて言わないわよね？」園子がそれをすかさず見咎めた。

「駄目か？」巻島は冗談混じりに訊き返す。

「駄目かって……」園子は卒倒する真似をして呆れてみせた。

「男が勝負するときは、けちけちしないの」

いずみの後押しを受けて、巻島もそうだというふうに園子を見てやった。

「どれだけ続くか分からんからな。いいよ、これで当分、俺の服は考えなくていい」

「当分じゃなくて、これからもうずっとでしょ」

園子の嫌味を聞き流しながら、巻島はチェックの上下を手にした。試着室に入って着てみる。

「どうだ？」

カーテンを開けて、いずみと園子に見てもらった。

「いいじゃない」いずみが大げさに手を叩いた。「お父さん、十分イケメンで通用するよ」

袖が多少長いが、詰めてもらえばいい。自分で見ても

悪くはないので、これで裾を合わせてもらった。

店員が伝票に仕立ての数字を記入している間、巻島はネクタイを見繕っているいずみらのほうへ回ってみた。

「適当でいいぞ」

たかがネクタイといえども、一万円前後の品がそろっていると、物色する目も真剣になるらしい。いずみも園子も夢中になって、品定めに没頭している。

「おい……」

巻島はバーバリーの店内をさっと見渡し、ひやりとした空気を感じた。

「健児はどうした？」

「え？」

巻島は園子のぽかんとした顔を見て、自分の言い間違いに気づいた。

「いや、一平はどうした？」

そんな冗談にもならない言い間違いをするほど、神経がざわざわとしていた。

「そのへんにいるでしょ」いずみは顔を上げようともしないで答える。

「いないぞ」

店を出てフロアを見通すが、姿は見当たらない。

136

「どうしていないの?」

園子が怪訝そうに言いながら、巻島と同様にフロアを見回す。

「そのへんにいるってば。あちこち行きたがる子なんだから」

あくまで取り合おうとしないいずみとは逆に、巻島は制御の利かない動揺を胸中に惹き起こしていた。あまりの無責任さに、いずみを一喝する言葉が喉まで出かかったが、さすがにそれは何とか呑み込み、代わりに園子へ怒りの矛先を向けた。

「お前がちゃんと見てなきゃ駄目だろっ!」

園子ははっとしたように眼を開き、いずみも表情から柔らかさを消した。

いくら矛先を変えようといずみにショックを与えてしまったことに違いはないと気づいて、巻島は早くも今の一言を後悔した。しかし、彼女らと自分の間に不安感の大きな乖離があると知りつつも、平静を失う自分を止めることはできなかった。

「一平っ!」

巻島はフロア中に響き渡るような大声を上げて孫を呼んだ。返事がないことにますます胸騒ぎを募らせ、当てかった。

もないまま勝手に足が動き出したそのとき、フロアに並ぶ陳列棚の物陰から一平がひょこりと出てきた。

うろちょろしていて怒られたと思ったのか、顎を引いて怖々と戻ってくる。

巻島は脱力しただけで、一平に笑みを向ける余裕までは湧いてこなかった。振り返ると、園子といずみ二人して、困ったような眼つきで巻島を見ていた。

「もう二、三歳の子供じゃないんだから……心配し過ぎよ、お父さん」

いずみが口を尖らせて非難する。

「悪かった」

巻島は嘆息混じりに応えた。

ミヤコテレビとの交渉に臨んだ翌日、巻島は足柄署に顔を出して、署長や副署長、刑事課長らに異動の挨拶をした。巻島個人だけで抱えていた事案があるわけでなく、巻島の裁量で動いていた部分は、今後は刑事課長が署長や副署長などの意見を取り入れながら埋めていくことになるだけであって、さしたる引き継ぎ等の必要もな

用事が済んでも、巻島は夕方まで少しばかり刑事部屋に居座った。一組二組とそれぞれの任務をこなして現場捜査員たちが戻ってくる中、津田班はいつもと同じく日没と同時の帰署だった。まるで、日の出とともに目を覚まし、日没とともに仕事を終える古の人を思わせる独特のリズムで生活を刻んでいるのが盗犯一係の主任、津田良仁巡査部長であり、また、そんなやり方が似合う男であった。

巻島は見習い刑事が淹れている横から津田の茶碗を譲り受け、それを彼の席へ持っていった。何も言わずデスクの上に置くと、ネクタイを緩めていた彼の手が止まった。

「おやおや」

巻島流の冗談だと取ったようで、彼は一日の疲れも見せず、愉快そうに肩を揺すった。

一笑で応じてから、巻島は顎を振る。

「それ持って、ちょっとこっちへ」

「なるほど」

何を納得したのか、津田はそんなふうに言って、巻島のあとをついてきた。

小さな打ち合わせ室に入って、差し向かいに座る。

「今度、本部のほうに移って、例の川崎事件の指揮をとることになったんだ。いきなりのことで申し訳ない」

少し肩の力を抜いて言うと、津田は眼を細めて頷いた。

「小耳に挿んでますよ。おめでとうございます」

「またすぐに戻ってくるかもしれん」

津田はお茶をすすった口に笑みをにじませた。

「これで戻ったということでしょう。あなたの根城はここじゃなくてハマですよ」

「ありがとう……津田長にはずいぶん世話になったよ」

津田は笑顔をそのままに、目を伏せて首を振った。

巻島より五つ年上の津田は、この署の刑事課の大番頭的な存在である。敵を作らない性格の男で、悪態をつくことしか知らない容疑者を相手にしても決して声を荒げることはしない。厳しい言い方をすれば刑事としての迫力不足は否めず、その分、出世もそれなりのところで落ち着いてしまっているわけだが、それだけでは全部を評価したことにならない独特の人間的味わいが彼にはある。およそ管理職らしからぬアウトサイダーと課長の双方を立てて、この課をまとめ上げたのは、津田の何気ない気配りの一つ一つであった。それがあってこその検

138

挙率県内一位の座であることは疑いない。

津田が頷くだけで、自分が下した采配にあった一抹の不安が消える。そんな不思議な包容力を持った男でもある。

二年前、特別捜査官という冗談のようなポストをもらって刑事畑に復帰した巻島はしかし、課を統率するどころか周囲から浮き上がるばかりだった。巻島自身も新しいポストを管理職ではなく遊軍のように捉えていたから、現場捜査員と変わらない勢いで、目についた事件に片っ端から首を突っ込んでいった。最初は刑事に戻ってきたという昂ぶりが過剰に自分を動かしているのだと思っていたが、間もなく、巻島は自分の中に大きな怒りが巣食っていて、それが自分を急き立てていることに気づいた。

平警視として総務畑の冷や飯をあてがわれていた間に増殖したらしいそれは、意外なことに、自分に対する怒りではなかった。いや、突き詰めれば自分に対するものなのかもしれないが、直接向けられているのは、外に対してであり、具体的に言えば、相も変わらず理不尽に惹き起こされる犯罪であり、それをなす犯罪者であった。ときには被害者以上にその犯罪を憎み、示談が進んでい

る傷害事件も立件に持ち込んでいった。課員や他署から情報を引っ張り出し、他人のテリトリーまで平気で引っかき回す上に、やり方も感情に任せた原始的かつ強引な手を臆面もなく使っていた。そんなのが警視を肩書きにしているのだから、周辺に軋轢（あつれき）が生まれないわけはなかった。

たぶん、自分は憎しみを糧にして生き、それにひたすら衝き動かされていることによって、何かから目を逸らし続けていたかったのだろう。何かというのはやはり、怒りと隣り合わせにして自分の中に巣食ってきた虚無感であり、過去に置いてきた過ちであるのだと思う。

しかし、それだけではないということに気づかされたのは、津田の一言だった。

捜査に没頭すればするほど言い知れぬ焦燥感が新たに押し寄せてくるのを痛感するようになっていたある日、彼は巻島のデスクに何気なくコーヒーを運んできた。そんな仕事は新人のやることだから訝しく顔を上げると、彼は、「ちょっと会ってほしい人物がおりましてね」と口を開いた。

誰かと尋ねても彼は答えず、何の関係者かと訊いても、ただ、ともすれば自分微笑を口に含ませるだけだった。

より一回り離れて見えるこの老刑事の存在感は普段から認めていたので、翌日、巻島は彼に誘われるまま、その人物に会いに行くことにした。

その人物の家は山梨県の山中湖にほど近い、農村の片隅にあった。農村らしくゆったりとした構えの立派な日本家屋が並ぶ中、草いきれの強い雑木林に囲まれた彼の家は、すでに朽ち果てていると言っても言い過ぎではない寂れた見つきをしていた。

津田のあとについてその家の裏手に回ってみると、主が縁側に座っていた。

庭らしき光景などどこにもない、ただ鬱蒼と生い茂る草むらがあり、小さな羽虫が陰気に飛び回っている。そんな風景を前に、男はもう何十年もそうやっているように、ただ茫然と座っているだけだった。

見た目は八十をとうに過ぎた老軀で、骨太そうではあるものの、背骨は曲がり、何より生気が見当たらなかった。顔も煤けたように色が悪い。

「トミさん、久し振りだな。元気だったか?」

津田が手土産のピーナッツを差し出しながら声をかけると、トミさんと呼ばれた男は輝きのない濁った瞳を津田に向けた。口を半開きにして、どこの誰だったかとい

うような顔を見せている。

「俺だよ。川崎署にいた津田だ」

それを聞いたトミさんは、ああと口を開けたまま大きく首を縦に振った。そのまま彼は何度も何度も首を振り続けた。徐々に首の振り方は小さくなっていくが、やめようとはしない。あまりに何度も振るので、本当に分かっているのかも疑わしくなる。その間、トミさんは低い唸り声を洩らすだけで、何も言おうとはしなかった。

そして、トミさんの表情はいつしか歪んでいた。泣き顔のようにくしゃくしゃさせているのだが、涙は出ていない。泣いているのではなく、泣きたいと訴えかけている顔に見えた。

彼はおもむろに両手首を合わせて津田に突き出した。首を振る動作はいつしか、この現実を納得していますという意味合いに変わったかのようだった。

「おいおいトミさん、別に俺はあんたを捕まえに来たんじゃないよ。元気かどうか顔を見に来ただけだ」

トミさんは虚ろな眼で津田を見上げ、それはそれで哀しそうな顔をした。卑屈なりの自己主張も持っていき場を失ったようで、ただ廃人的な物悲しさが落ちた肩に浮

140

それから津田はトミさんの横に座り、旧交を温めるような口調で、身体の調子はどうだとか、飯はどうしてるんだというようなことを話しかけていた。トミさんはそれに対しても頷くばかりで、頷きの微妙な強弱にかすかな意思表示がこもっているような、あるいはそれさえも見る者の希望的な思い込みに過ぎないような、何とも気の滅入る反応しか示さないのだった。

それでも津田はにこやかに言葉を投げかけ、巻島に彼を紹介するでもなく、しばらくの間、ただ一方的にたわいのない話を続けた。そして、ここに来た用事は本当にそれだけだった。

「さあ、悪いけど仕事もあるんで、そろそろおいとますよ」

そう言って、津田が立ち上がると、トミさんはふと彼を見上げ、少しだけ寂しそうな顔をした。

「まあ、達者でやってくれ」

津田の別れの挨拶にトミさんは力なく頷き、また廃人の態をして草むらを眺め始めた。

表に回り、来た道を戻りながら、津田は何かの感慨を自分の中に閉じ込めるように、しばらく歩めるが、それから一つ小さな吐息をつき、「彼、今年で六

十六です」と前を見たまま口を開いた。

まだ六十の半ばなら、大病を患ったのでもない限り、ああも老軀に成り果てることはないだろうに。

しかし、何かの病を経てのことではないという。

「彼……富岡は二人殺してましてね」津田は、トミさんには見せなかった重々しい表情で語り始めた。「もともと川崎の東田町じゃ名の通った札付きのワルでして、やくざともいざこざを起こして病院に送ったり送られたりってことをやってた男でしたかな。割ときれいなホステスのヒモでね、酒場で面倒起こすから、私も彼のことは知ってましたよ。

まあ、でも、ああいう人の道すれすれで生きてると、いずれは一線越えちゃうってことでしょう。ちょっとばかり針が大きく振れたってことかもしれませんな。あるスナックでたまたま一緒に居合わせた客とささいなことから口論を起こしましてね、相手はがたいのいい男で、富岡の鼻っ柱に二、三発きついのをお見舞いして、涼しげに店を出ていったわけです。残された富岡は戦意を取り戻すと、それを一気に煮えたぎった復讐心に変えて、男を追っかけていきました。持ってたナイフで男の

腰を刺し、振り向いた男の腹を刺し、倒れた男の胸を刺しました。葬式じゃ、奥さんも子供も呆然としてましたね」

津田は今思い返してもやり切れないというように、軽く頭を振った。

「殺された男……前に私の上司だった人でした。よくも悪くも昔気質の警察官(サツカン)で、眼つきもやくざと紙一重、馬力と豊富な経験に任せて仕事はバリバリこなしますけど、酒が入ると脇が甘くなるのも確かでしたな。ただ、その人……今井長さんから私はサツカンのいろはを教わりまして……可愛がってもらいましたよ。交番から川崎の市警部に異動したあとも、彼はうちの交番にたびたび顔を出してくれましてね、いつもピーナッツを持ってきては、お前、遊ぶ気がないんだったら早く身を固めろよ、俺がそのときを当たってやるから会え、なんて言ってね、成り行きで二度ほど彼の横で借りてきた猫にさせられたこともあったもんです」

そう言って、津田は目尻に皺を作った。

「しかし、まあ、そんな人があっけないもんですな。追ってた犯人にやられて殉職したんならまだしも、非番での出来事ですから、本人もなおさら無念だったでしょう。まだ四十になったばかりでね、小学生の子供が二人いました。本人も意識してか、淡々と言葉を継いでいく。

「裁判、私も傍聴しましたけど、富岡からの反省の弁は出ませんでした。あいつが悪いんだ、死ぬほうが悪いんだって、開き直った台詞並べるばかりでね。その態度一つ取ってみれば、人の心を捨てた畜生道のそれですよ。私もそのときは悔しいやら腹が立つやら、一人の大事な命が失われてるのに、何の悔悟もなく、こんなに報われんものでいいのかと思いました。何で謝らんのかなあ……そう思いましたよ。積年の恨みを抱えての犯行でも……。人間だったら一言詫びてもいいだろにとね。いや、今でもそう思います。何で一言でも謝らんかったんだろうかってね」

恩を受けた人間が犠牲になったのだ。津田の憤りも尽きせぬものがあったに違いない。しかし、今の彼からはその事実に相応する険は見当たらない。

「いくら自分がまずいことをしでかしたからって、この人でなし、地獄へ落ちろ、なんて方々から罵声を浴びせかけられると、謝る気持ちがあったとしても荒み切るし、自分の女に宛てた手紙にも反省の

の字もありませんでした。あの頃よく歌ってたらしい『また逢う日まで』の歌詞が人を食ったように綴られていて、『俺は戦い抜くぞ』なんて書いてあるんです。服役中は誰かから流行りの映画の話でも聞いたんでしょう、もうすぐ出所するから黄色いハンカチを窓のところにぶら下げといてくれなんていう手紙も出してる。一度も面会に来なかった女にね。我々がそういう手紙の存在を知ったのも、あれから十年後、仮出所して間もなく、彼がその女を殺したからでした」

唯一の味方であり、帰りを心待ちにしているはずだった女はとうの昔に彼を見切っていた。当然のように新しい男と暮らしていた。……のだろう。富岡の虚勢はあっけなく剥がれ落ち、その心には何が残っていたのか。

「私は川崎署の刑事になってましてね、富岡にワッパをかけました。彼、そのときはもう抜け殻みたいになってましたな。大人しく、両手を差し出してきましてね、人生が終わったような顔してました。あんな血も涙もないように見えた男がね、ようやく自分が畜生道に落ちたのを悟ったような切ない眼をしてましたね」

津田はハンカチ片手に農道の端を歩きながら、富岡の住まいを振り返るように軽く頭を動かした。

「あそこまでいかなきゃ分からんのかなとは思いますけどね」

彼はそう言って、小さくため息をつく。

「ただ私はね、人の道を外すも外さぬも、その違いは何かって言うと、ちょっとした頭の中のホルモンだとか何とかの問題だという気もするんですよ。それが変なふうに偏ると、理性に麻痺を起こしてね、本人自身もどうしようもなくなるんじゃあないか……ただ、それだけのような気がしましてね。自由に、適当に、我がままに生きてるような人間でも、実はそんなホルモンバランスに支配されてるだけでね、生きるのを許されてる道は細くて狭いんじゃないですかね。

開き直るのも悪行を重ねるのも、踏み外した焦りからの悪あがきみたいなものでね、その醜さや空しさを自覚しないうちはまだ本人も威勢を保てるんでしょうが、何かの拍子に自分が見えてしまうとね、これは何ともやるせないもんですよ。富岡はそれに気づいてしまって、その瞬間から自分を見切るしかなくなってしまったんです。

あれからまた、二十二、三年経ちましたか。まだまだ彼の人生は続きますよ。彼はもうああやって生きていく

んです。これからずっと、ああやってね」

津田はしんみりと言いつつも、過剰な憐れみをそこに込めてはいなかった。すべてを自然の流れとして捉えている言い方だった。

「私はね、刑事をやってて、いろんな人間の悪逆無道に辟易すると、彼に会いに行くんですよ。そうすると彼は何も言わずに教えてくれるんですな。哀しそうな眼を私に向けてきますけど、あれは教えてくれてるんです。みんな人の子なんだってね」

津田は自分で言った言葉を嚙み締めるように頷いた。

「だからね、巻島さん、犯人を怖がっちゃいけませんよ。ただの人の子なんです。富岡のように自分の醜さに気づいてないやつが悪あがきしてるだけでね、みんな、おっかあの腹から生まれた人の子ですよ」

犯人を怖がっていると指摘されて、巻島は虚を衝かれた思いを味わった。自分が強烈な焦燥感に押されるようにして捜査に血道を上げているのは、犯罪者たちを怖がっているからだというのか。この経験豊かな老刑事はそのように見ているらしかった。

「いや、津田長、それは違う。俺は怖いと思ってやってるんじゃない。そういう人間たちが憎いんだよ。許せな

いからムキになるんだ」

巻島は、そのときはそう応えた。それが本音だと思ってのことだった。それに対しての津田の異議は返ってこなかった。

しかし、その日を境にして、巻島の捜査に取り組む気持ちは微妙に変化した。焦燥感が薄れ、その分、冷静に周りを見ることができるようになった。視野の広がった感が確かにあった。

巻島は現場から一歩引くようになり、やがて、捜査指揮的な仕事のみを、刑事課長に助言する形でこなすことになった。周囲との軋轢はなくなり、署の検挙率も高い数字を残すようになった。

津田の指摘を図星だと認めるほど自分は素直ではない。巻島はそう思う。ただ、彼の言葉が自分の急所のどこかを衝いたのは間違いないらしい。

自分は怖がっていたのだろうか……それを自問自答しても明確な答えは出てこない。けれど、自分は〔ワシ〕の事件によってそれまで歩いていた道を踏み外し、あまたの犯罪者と同じように焦りからの悪あがきを繰り返していたのではないかとの思いは否定し切れない。歩いている道とその踏み外し方には大きな違いがあるにせよ、

144

犯罪者たちと今の自分は同じものを抱懐している。大きな皮肉ではあるが、そう考えると焦燥感は無意味になり、ふと我に返るような空の気持ちに行き着くのだ。

そんな経緯があって、巻島は津田に一目を置きに行く気になっている。いや、一目を置くという言い方では足らない、絶対の信頼感を持っている。

「世話になりついでに、もう一つお願いがある」巻島は軽い思い出話を経てから、津田に切り出した。「俺と一緒に川崎事件の帳場に来てほしいんだ」

津田は茶碗を上げようとした手を止め、それから「はは」と一笑に付してみせた。

「ご冗談を」

「冗談なもんか。あんたの力が必要だから頼んでるんだ」

「私みたいなロートルに何をさせようというんですか。老兵に鞭を打ってはいけませんよ」

「別に何をしてもらおうというんじゃない。ここと同じ調子でいい。俺を支えてほしいんだ。署長や課長には津田長次第でと了解を得てる」

「さて……どうしたものか」津田は困り加減に頬を撫でて独りごちる。

「一月だけでも……と言いたいところだが、格好いいことを言うつもりもない。ただ、二月いてくれたら十分だ」

「それは、これからの二月で川崎の事件を解決するという意味ですか？」

「ああ、そのつもりだ」

現役捜査指揮官のテレビ出演といっても、世間が慣れてしまえば効果はないに等しくなる。せいぜいが一月半から二月の勝負だと巻島は思っている。

「これまで十月やって結果が出なかった帳場でしょう。かなり強気な見通しですな」

津田は巻島の言い方にかつての性急な姿を見たのか、かすかに表情を曇らせた。

「いや、これは強気で言ってるんじゃない。むしろ俺は何の自信も持ち合わせちゃいない」

「でしょうな。じゃなければ、私になど声をかけないでしょうから」

「でもな、津田長、俺はやることにした。もう一度やってみる。やるからには、失敗するつもりはない。それには、俺の気が利かないところをカバーしてくれる人間が必要なんだ」

「ふむ」
「それからな、弱音を吐きたいときにそれを聞いてくれる人間も必要なんだ」
　津田は声を立てずに笑った。
「どうやら正真正銘、本気ですな」
「ああ」
　駆け引きではない。腹を割って言った。
「分かりました。仕えましょう」
　津田が応えた。

　巻島は週末を利用し、足柄署の面々の助けを受けて足柄から横浜の官舎への引っ越しを敢行した。慌しいことこの上なかったが、園子は官舎を転々とする生活には慣れている。田舎に行けばそれなりの楽しみを見つけ、街に戻ればまたそこにあるものを楽しむのが彼女であった。
　そんな妻も頼りとなり、何とか新しい任務に就ける準備が整った。津田も川崎の宮前平にウィークリーマンションを借り、そこを生活の拠点とすることになった。
　月曜日の朝、巻島は自家用車で宮前署に出勤した。署

長と副署長に挨拶をし、会議室で捜査本部の幹部らと顔を合わせた。
「このたび、本捜査本部の指揮一切の任を拝命しました特別捜査官の巻島です」
　十数名にもなる警部階級以上の幹部を前に、巻島は簡単に挨拶の言葉を述べた。
「この一年近く、皆さんの懸命の捜査を続けてこられたことは想像にかたくありませんが、残念ながら思うような結果が得られていないのが現状です。今、我々は捜査手法を根本的に改める必要性に迫られています」
　幹部の面々の何人かは巻島の知った顔だが、知らない顔も多い。そのどちらも、今は異星人でも見ているかのようなきょとんとした眼を巻島に向けている。
「決して今までの捜査員各員の靴をすり減らしてきた努力を否定するつもりはなく、それは今後も同様です。ただ、やり方を少し変えます。これまではやみくもに船を動かし、とにかく銛を数多く突いて魚を取ろうとしてきた。これからは魚道に餌をまき、網をかける。そしてそれを回収する。そういう手法をメインにして捜査を展開していきます」
　巻島は具体的に、自分がテレビに出演してお茶の間か

ら情報を募り、捜査人員の多くをその整理と裏取りに投入することや、何より〔バッドマン〕本人からの反応を誘い出し、その尻尾を摑むことで一気に事件を解決に持っていくという企図を説明した。

「人員配置の問題など細かい話は私が実際にテレビ出演するまでに詰めておくことにします。皆さんにお願いしておくことは、これまでにそれぞれのところでリストに上がった人間で潰した者、潰し切れなかった者、双方含めてもう一度整理し直しておいてもらうということです。あと、脈がありそうな線についている捜査班を選別して、そこは引き続き、その対象を追うように指導して下さい。ただ、対象本人や近辺の人間には、今後は触らないように。不要な緊張を与えず、対象の行動確認に重きを置いて下さい。

なお、内外に雑音が生じますと、捜査に多大な支障が出てきます。捜査は一種の情報戦であるとの認識を持って、ここしばらくはマスコミ等への情報流出には特に留意して下さい。以上です」

巻島の話が終わっても、一同の反応は鈍かった。プライドをかけて捜査に駆けずり回っている者たちの代表として軽い難癖や異議の類が出るかとも思ったが、そこま

ではまだ頭が働かないようである。

最後に、列席者たちに簡単な自己紹介をしてもらった。刑事特有の尖った眼つきが戻らない彼らに名前とポストを名乗ってもらい、巻島が「よろしく頼む」と応じる。その繰り返しを時計回りに回した。

巻島と同じ警視階級の者は捜査一課の管理官二人。そして三人目は巻島のかつての部下だった。

「刑事特別捜査隊隊長、本田明広です」

捜査一課の特殊犯係時代に巻島の下で働いていた男は、自己紹介のあと、軽く口元にいたずらっぽい笑みを覗かせた。

「また、よろしく頼むよ」

巻島は含み笑いとともに言葉を返した。

「そうか……」

独り言になってしまったが、本田と感慨を分け合うにはそんな呟きで十分だろうと思った。彼も責任あるポストで〔ワシ〕の事件に遭遇し、その後の出世コースも回り道を強いられたはずだ。それでも、どっこいしぶとくやっているという姿を目にして、気持ちの一部分が少しだけ晴れるのを感じた。

巻島は散会させたあとも本田を会議室に呼び止め、改

めて再会の握手を交わした。

「どうも俺は、君の目の上のたんこぶになる運命らしいな」

「まあ、波乱万丈組同士の腐れ縁ってことであきらめますよ」

そう言って、本田は昔より確実に荒くなった肌に笑い皺を刻んだ。

強気な言動で自他を奮い立たせるようなパフォーマンスは好まず、接する者に一見地味な印象を与える本田であるが、率直で飾らない振る舞いは場が窮地であるほど頼もしく感じられるものであり、何より実務的な能力は信頼に値する。彼が自分をサポートしてくれる立場にいることは幸運だと巻島は思った。

「このヤマには最初から?」

「ええ、恥ずかしい話ですがね」本田は自嘲気味な笑みを浮かべて答えた。「まったくもって厄介な事件ですよ」

「じゃあちょうどいい。これからじっくりと捜査資料に目を通すつもりなんだが、ちょっと教えてほしいんだ。つまりだな、この帳場が握ってる物証等で、マスコミに流れてないものがどれだけあるかということなんだが」

「もちろん、いくつかありますよ」本田は巻島の隣の椅

子に腰かけた。「まず、殺害の方法ですけどね、一番最初の事件のとき、『紐で咽喉部を圧迫したことによる窒息死の疑いが高い』っていう当初の見解から訂正を出してませんけど、これは正しくはないです」

「違うのか? 遺体の頸部にはそれぞれ紐で縛られた痕がついていて、紐がそのまま残されてた現場もあると聞いてるが」

「確かにその通りなんですけど、強い線条痕が首に残ってるのは第一の事件だけでして、この遺体の首には荷造り用テープが縛られた状態で残ってました。ただ、線条痕の強さの割には、皮下出血なんかの生活反応が乏しいんですね。これがどういうことかというと、つまり、首に縛ったテープを殺害後に回収しようとして無理やり引っ張ったものの、結局切れなくてあきらめてしまったんじゃないかと」

「結び目が解けないから、引っ張って切ろうとしたわけか?」

「そうです。普通のげんこつ結びでしたからね。第二の事件からは結び方を変えたか、テープを切るハサミなんかを用意してきたんだと思います」

「しかし、そうすると、手口はどうなる?」

148

「ポリ袋のようなものを子供の頭にかぶせて首のところで縛ったんじゃないかっていうのが、解剖医の見解ですね。そうやって、あとは腕を摑んで抵抗できないようにして窒息させたっていう。まあ、快楽殺人以外の何物でもないやり方ですけどね」

「そうか……」巻島は一つ息をついて相槌を打った。

子供の頭にかぶせた袋は出てきていないらしい。一通りの〝後片づけ〟をこなせる人間がそんな異常犯罪をでかしているということだ。異常ではあるが異常者と決めつけるのは早計に思える。

「それから、スナック菓子の食べかすやジュースが現場の草なんかに付着しているのが、それぞれで採取されています。これもマスコミには公表してません。ジュースはひまわり飲料の〔あっさりオレンジ〕、スナック菓子はコメヤの〔うまポテト〕や浜田製菓の〔チョコグルメ〕だそうです。流通経路も洗ってみましたけど、こんなどこにでもあるような品では、ちょっと無理がありましたね」

本田は苦笑いとともに肩をすくめてみせた。

当初は近辺のコンビニやスーパー数軒の事件前数日に限定して、伝票や防犯カメラをチェックするだけだった

のだろうが、目ぼしい成果が現れなければ、その作業も何十軒、何百軒と範囲を拡大し、チェックする期間も事件前一週間、二週間と際限がなくなっていく。それでいつかは報われるかというと、まったくそんな期待は持てないというのが、大量消費社会での捜査だ。

「菓子どころかもっとレアな物証もあったんですが、それさえ犯人に結びついていませんからね」

「それは？」

「いや、最初はね、公園や家の前で遊んでた子供をどうやって人気のない現場まで誘い込んだんだろうっていう疑問が主流でしたけど、果たしてそうだろうかと。だって、いくら夏休みで浮かれてるからって、常々知らない大人にはついてかないようにって親が言い含めてた家の子供まで被害者になってるんですからね。その手口が分かれば周辺市民に注意を呼びかけることもできたんですが、なかなか分からなかったんです。ところがとう、四件目の現場でカブト虫のおもちゃが見つかりましてね」

「ああ、〔ビートルキング〕とかいう……？」

対戦型のロボットで、最近は小学生くらいの男の子な

らたいてい持っている。それくらい流行っていると、テレビのニュースで取り上げられているのを巻島も見たことがある。

「そうです、そうです。去年の夏あたりはまだ発売したばかりで、だから、珍しいおもちゃを見せてあげるってことだったのか、あるいは本物のカブト虫と偽って、それが捕れるところを教えてあげるとでも騙したのか、とにかくそのおもちゃを釣り道具にして子供を誘ったのに間違いはないだろうという見方になってます」

「紋は採れてるのか?」

「採れてませんね」本田は首を振る。「でも、新しいおもちゃですし、そうそう人が出入りする場所じゃないですから、犯人以外に持ち主は考えられませんね。もちろん、殺された子供の持ち物でもありません。落として気づかなかったのかって思うかもしれませんけど、現場にはちょっとした起伏がありましてね。逃げるときにうっかり落としたのが転がって、そのまま見失ったんだと思います」

「ふむ、なるほど……で、それも流通経路の洗い出しはうまくいかなかったと?」

「ええ。レアと言っても、その当時すでに東京と神奈川

だけで二万個以上出てる商品ですからね。菓子なんかは現場周辺で買った可能性も高いんですけど、こういうおもちゃは新宿、渋谷、横浜あたりで買ってもおかしくないですから、そうするともう、どうにもこうにもねえ」

「そのおもちゃのこともマスコミには流れてないのか?それらしいニュースを見た記憶もあるが……」

「『ビートルキング』とまでは出てないはずです。若宮課長も難しい判断を迫られたんですけど、『おもちゃをだしにして誘った可能性がある』くらいにとどめてますよ。『ビートルキング』をなくしたからか、夏休みが終わって子供の姿が消えたからとか、とにかくあれから新たな事件は起きてませんからね、その点だけは課長もほっとしてるでしょう。だから、『ビートルキング』の名前は秘密の暴露用に取ってある形ですよ」

「なるほど……」

容疑者が自供する際、マスコミなどの情報では知り得ない秘密の事実を明かさせることによって、その人物がまさに犯人であるという特定がなされる。今度の事件では、容疑者が、子供を誘うのにカブト虫のおもちゃを使ったと言えば、それが秘密の暴露になるわけだ。

今回の捜査に関しては、秘密の暴露が重視されるケー

スは、それだけにとどまらない。巻島のテレビ出演によって、【バッドマン】から何らかの反応があった場合、それが本物かあるいはいたずらかを判断するには、そこに事件についての秘密の暴露があるかどうかが重要となるのだ。

「それから？」

「あとはですね……」本田は手持ちのノートを繰っていく。「そうそう、二件目のマル害、桐生翔太君なんですけど、行方不明になってから遺体となって発見されるまでに、マスコミに行方不明時の服装について情報提供するタイミングがなかったんですよ。発見後の記者会見でも、着衣に乱れはないとかそんな発表だけでしたね」

「どんな服装だったんだ？」

「えと、上は臙脂色のTシャツですね。胸のところに犬のプリントがついてます。ズボンは膝丈までのジーパンで、黒と白の縞模様のソックスにキャラクターがついた運動靴を履いてました」

その子供を殺した犯人がTシャツの色やデニムの短パンを憶えていることを期待するのは虫が良過ぎるか。しかし、犯人にとっても事件の記憶は、日常のそれとは種類が違うはずだ。憶えていないと決めつけられるものではない。憶えていないと決めつけられるもので

もない。あるいは、Tシャツのプリントや靴のキャラクターに目を留めていたとするなら、それは記憶のどこかに残っていてもいい気がする。

「三件目の黒崎道彦君の服装はメディアにこそ露出してませんけど、ボランティアを含めた数十人規模の捜索隊には伝えてあります。だから、それを捜査当局と犯人だけが知り得る秘密かというと、ちょっと違うかなと……あと、一件目は遺体発見後に、四件目は発見前に、それぞれマスコミに流れちゃってますね」

「ふむ……」

「ただ、四件目の小向音樹君がかぶってた青い帽子はスポーツメーカー・ジョイのロゴが入ったやつだとか、頬に生傷を作って絆創膏を貼ってたとか、そういう細かいところで公にはなってない事実もあります。まあ、そんなところですかね。子供たちのポケットの中なんかも犯人が物色してればあれですけど」

「そこまでは、とりあえずいいだろう」

巻島は耳に入れた情報の一つ一つをどう使えば有効なのか思案しながら頷いた。

「あと、【ニュースナイトアイズ】の早津名奈に届いた脅迫状だが、それも紋はまったく出なかったのか？　つ

まり、終始手袋でもして扱ったような形跡があるのかどうかだが」

「いや、結局、照合できる紋は出なかったということですよ。小さな片鱗紋ならいくつか出てるみたいです。皮脂の擦過痕とかもね。それがある程度指紋の付着に気をつけてのことなのか、あるいはもともと手癖的に指紋の付きにくい紙の扱いをする人間なのか、そこのところは分かりません。けど、完璧に紋の印象を避けてるわけじゃありません。紙はあとから拭き取るわけにはいきませんからね。犯人もなかなか完璧にはできないでしょう」

「なるほど。よく分かった。ありがとう」

「いえいえ」こんなことは何でもないというふうに、本田は薄く笑った。

巻島は捜査幹部らが顔を並べていたテーブルに視線を巡らせた。

「ほかのみんなはどう感じてるかな？」

「捜一の連中とかですか？　捜査官が来てどう思ってるかってことですか？」

「ああ」

「いや、みんな呆気に取られてますよ。治療を尽くした重病患者を前にして途方に暮れてたら、いきなり呪術師がやってきたようなものですよ」

そのおかしなたとえには、巻島も苦笑を返すしかなかった。

「まあ、今のところは、連中も自信をなくしてますからね……といっても、それぐらいでちょうどいいんですけど」本田は皮肉たっぷりに続ける。「だから、捜査官の思うようにやったらいいんだと思いますよ。当分は連中も狐につままれてますよ。何か言ってきたら、言ってきたときですよ」

「そうか……参考にさせてもらうよ」

「また昔みたいに、便利に使って下さいな」

そう言って立ち去る本田の背中を見送り、巻島は両腕を頭の後ろに組み変えた。

「いよいよまた始まるな」呟いてみる。

巻島にあてがわれた専用別室では、津田がこれまでの捜査資料の分類をしていた。巻島がそうしてくれるよう頼んでおいたものだった。

「始まるぞ、津田長」

その別室に戻った巻島は、もう一度口に出した。

「そうですな」津田が穏やかに相槌を打った。「ただ、動き出す前にもう一つやるべきことを進言させて頂いて

「よろしいですか？」

「被害者家族への挨拶か？」

「そうです。ご遺族の理解を得てないと、この方策もどこでこじれるか分からなくなる気がします」

「ふむ。それは俺も考えてた」

〈ワシ〉の事件で決定的に欠けていたのはそれだった。

巻島は苦く思い出す。

「それぞれの家の家族構成や事件前後の家庭事情等、分かってる範囲でまとめておきましたよ」

「さすが津田長だ」

巻島はそんなふうに礼を言って、彼が差し出した紙を受け取った。

第一の事件の被害者、斉藤剛少年の自宅は、その日の昼間に巻島が回ってみた事件現場から、歩いて十分も離れていないところに建っているマンションの一室だった。

巻島は菓子折を携えて、津田とともにそこを訪れた。

夜の七時を過ぎた頃だった。

被害者宅では、まだ二十代の夫婦に加え、近くに住ん

でいるという夫妻の両親も巻島たちを待ち受けていた。

巻島たちは控えめな挨拶をしたあと、家に上がらせてもらい、仏壇のある部屋に回った。仏壇の周りには、菓子やおもちゃや絵本などが賑やかに飾られていて、何とも言えぬ寂しげな華やかさがあった。巻島もそれらに並べるように菓子折を供えた。線香を上げ、鈴を鳴らして、額に納まった剛少年に手を合わせた。

それから座る場所をずらし、仏壇を横にして家族に向かい合った。

「改めてご挨拶申し上げます。このたび特別捜査本部の指揮を担当することになりました巻島と申します」

「津田と申します」

巻島たちの差し出した新しい名刺を一瞥した被害者の祖父、斉藤明臣は、渋い表情を崩そうとはしなかった。

若い夫婦も事件から一年近い歳月が経っているとは思えないような重い視線を巻島に向けている。その隣には被害者の祖母も座っているから、お茶が出る様子もなさそうだった。

「上のほうの人が来たのは初めてですね」

遅過ぎるとばかりに明臣が非難の口を開いた。

「申し訳ありませんでした。捜査に意識が向いていて、

ほかの面で神経の行き届かないところがあったかもしれません」

捜査責任者が被害者宅を訪れるとすれば、それが重要事件であって、なおかつ解決していないときくらいであろうから、若宮課長らがここを訪れていないのは別に問題視すべきことではない。ただ、被害者感情を汲めば、素直に謝るのが筋というものだった。

「その捜査もいったいどうなってるんだか……我々には何も教えてもらえないんですからね」

「申し訳ありません。捜査内容というのは非常にデリケートな問題でして、不確定な情報を逐一お伝えするわけにはいかないものなのです。それに、今回はまだ、お伝えするような成果は上がっていないというのが現状でもございます」

「しっかりして下さいよ。我々はあなた方に託すしかないんだから」

「ごもっともです」巻島は頭を下げて言った。「今しばらくご辛抱して見守っていて下さい。そのうち必ずご報告を持って参ります。そうなるべき努力を我々はしているところです」

巻島の態度が少しは遺族の反感を和らげたのか、重苦

しい空気のままながらも、束の間、非難の声は途切れた。

その間を縫うようにして、津田がしんみりとした声を出した。

「斉藤さんは確か五十六で？　いや、七ですか？」

「……五十七です」明臣が問われるままに答えた。

「というと、戌年ですか？」

「ええ」

「ああ、じゃあ、やっぱり私と同じですね」

そう言って、津田は剛少年の写真にゆっくりと目を向けた。

「この歳になるまでには、嫌でもいろんな人の死を見こなくちゃなりませんでしたけど、私の場合、一番最初に目にしたのが弟の死でしてね」

津田はしみじみと語り始めた。

「私が十二のときに、弟が三つでした。近所の池で溺れてしまいましてね、子供の頃のことですけど、いまだに忘れられませんな。それまでは私、死後の世界なんて話には人一倍怖がってた臆病者でした。けど、あんなあどけない弟がいる場所が怖いわけなんてないと思うように、死ぬのは別に怖なりましてね。今でもそう思いますな。死ぬのは別に怖

154

くない……そう思うと不思議に生きることが楽になるん
です。こんな歳になっても三つの弟に勇気づけられて生
きてますよ。ねぇ」

気づくと、家族たちは津田と同じように、剛少年の写
真に視線を集めていた。少年の祖母、徹子は、津田の言
葉を噛み締めるようにして頷いていた。

「剛君の部屋はそのままで?」

「ええ」若い父親、達夫が返事をする。

「そうですか。お絵描きが好きだったそうですね」

「ええ……まあ、落描きみたいなもんですけど」

「いくつか残ってらっしゃる?」

「ええ、部屋に飾ってあります」

「そうですか。そりゃ宝物ですな」

津田の弟の話は巻島にも初耳だったが、単なる方便で
話を作る人間ではない。一人間として胸襟を開いた津田
に、対する家族のほうもいまだ語り尽くせない小さな命
の思い出を抱えていて、双方の至情がごく自然に触れ合
ったようだった。捜査とは離れた剛少年の話題が重ねら
れるにつれ、場の空気はたちまち和らいでいった。
家族の口から愛情を持って語られる五歳の子供という明確
直でまだ人を疑うことを知らない五歳の子供という明確

な被害者像を巻島にもたらしてくれた。そういう命が犠
牲になっているということ……それはやはり事実として
認識しているだけでは中途半端でしかなく、こんなふう
に心の奥底にその事実を染み渡らせる時間を持つことに
よって、それが実感へと昇華し、初めて意味を持つのだ
と、改めて津田に教えられる思いだった。

剛少年の母親、恭香と徹子が席を外し、お茶を淹れて
きてくれた。そのあたりで剛少年の話にも区切りのよう
なものがつき、巻島は多少気が引けながらも、捜査の件
に話を戻した。自分のテレビ出演についてできるだけ丁
寧に説明をし、いたずらに世間に話題を振りまくための
ものではなく、あくまで捜査の一つの手であるというこ
とを理解してほしいと伝えた。

家族側には事件直後の過熱報道に再びさらされるので
はないかというような、多少忌避めいた色が表情に浮か
んだが、ご遺族に負担をかけるようなことは考えていな
いと付け加えると、そんな色もあっさりと消えた。思い
出とともに甦った剛少年の息遣いが、家族たちの反応を
手柔らかなものにしたのだとも思えた。

第二の事件の被害者、桐生翔太少年の自宅は多摩区内

にある二階建てアパートの一室にあった。津田の資料に
よれば、両親は翔太少年が生まれて間もなく離婚してお
り、老人介護施設に勤める母親、桐生真砂子が一人で少
年を養っていたということだった。

巻島はこの母親をテレビのニュース番組で何度か目に
している。生前の少年の思い出を言葉少なに語り、一刻
も早い犯人逮捕を願うと締めくくる彼女のインタビュー
は、露骨な憤りが抑えられたものであっただけに、逆に
痛々しさを感じさせた。質問の間にふと浮かべる途方に
暮れたような表情も、世間に顔をさらしていることを含
めてあらゆることに無理をしているゆえの放心であるよ
うに見て取れ、何とも言えず印象的であった。

応対に出てきた桐生真砂子は、夜遅くにもかかわらず
化粧を落とさずに巻島たちの訪問を待ち受けていた。し
かし、その顔に差している影は少しばかりの化粧で隠れ
る程度のものではなく、疲れが眼の下に浮いていた。

巻島たちが通された和室には、その片隅に申し訳程度
の小さな仏壇が置かれてあった。その周りに供えられて
いる菓子や花の華やかさは斉藤家と同様のものだった。
四方の壁には写真がぐるりと飾られていて、それらは
みな、翔太少年と真砂子のスナップだった。四十を過ぎ

た今、離婚をして一人暮らしをしている現状を考える
と、彼女はもう亡き少年以外の子供を持つつもりはない
のかもしれないという気もする。

仏壇に手を合わせたあと、巻島は着任の挨拶と、今後
予定している公開捜査についての説明をした。

「それはぜひ、やって頂きたいと思います」

彼女はそんなふうに好意的な感想を返してくれた。

「私も暇を見つけては駅前なんかに立って、情報提供を
募るビラ配りをしてるんですけど、最近は何となく世間
の方々の反応も鈍いように感じてまして……事件を風化
させないためにも、こちらからテレビ局の人にお願いし
て、何でもいいから翔太のことを取り上げてもらおうか
と考えてたところなんです」

「そうですか」巻島は頭の下がる思いで相槌を打った。

「それから、一連の事件が本当に同一犯だということ
なら、ほかの被害者家族の方々と連絡を取って、情
報をやり取りできるような『被害者の会』を作ったらど
うかとも考えてまして……」

「そうですか。それはいい考えだと思います。同じ境遇
に置かれてらっしゃる方同士、打ち明けられる話もおあ
りでしょう。一連の事件に関しては、まず同一犯のもの

であると我々は捉えてます。協力できることについては協力させて頂きますよ」

巻島は真砂子を勇気づけるために、津田と目を合わせて、互いに頷いてみせた。

彼女は一瞬の儚げな笑みでそれに応えてから続けた。

「私なんか積極的に何かをやる柄ではないんですけど、本当、翔太はこの世に六年しかいられなかった子で、何の足跡も残せなくて……もちろん私の心の中では大きな存在なんですけど……でも、やっぱり世の中の人が、そういう不幸な事件があった気もするなあというくらいにしか思ってもらえないのは、命を理不尽に奪われた代償としてはあまりに寂しい気もしますし……楽しい思い出と一緒に静かな生活を送りたい気持ちもありますけど、それより、あの子のために何かをやってあげたいんです。私があの子のためにやってあげられることって、考えてみるとそうやって事件を風化させないように頑張ることしかないんですよね。もうちょっと成長してて、あの子自身が何かをやってれば、その遺志を受け継ぐこともできるんでしょうけど、まだまだ夢もおとぎ話でしかない小さな子だったんですから」

そう話す彼女の意思は、しかし、ガラスのような脆い

骨組みでしかないように思え、巻島はそれを鼓舞する類の言葉をすぐに投げかけることはできなかった。

「でも、お母さん」代わって、彼女の話に大きく頷いていた津田が声をかけた。「無理はせんでいいんですよ。あなたは無理をせんでいいんです」

そのとたん、淡々と感情を抑えていた真砂子がうっと顔を覆い、堰が切れたようにむせび泣きを始めた。その姿に津田も頷きながらもらい泣きをし、ハンカチで目頭を押さえていた。巻島も胸まで込み上げてきた熱いものを、時間をかけてそっと静めた。

「ごめんなさい」

真砂子はしばらくしてから、濡れた眼を伏せて謝った。

「いえ……」巻島は年甲斐もなく返答に窮し、いささか青くさいとも言える意気を埋め合わせのように付け加えた。「あなたのやろうと思っていらっしゃることの大部分は我々警察がやるべきことです。我々に任せて下さい。翔太君の死は決して無駄にはしません。この国に住む者なら避けて通ることはできない、誰もが直視して乗り越えていかなければならない問題です。我々はそれを社会に突きつけて、ともに答えを探っていきます。です

から桐生さん、我々に任せて下さい。あなたはもっと翔太君とのいい思い出に浸る時間を大切にして下さい」

真砂子はこくりと頭を下げ、そのまま髪を垂らすようにしてお辞儀をした。

「どうか、お願いします」

小さな声で、彼女はそう言った。

「お断りだけしておきますが、私はテレビカメラの前で、場合によっては犯人の人格を尊重したり、あたかも悪のヒーローのように評価したりする言葉を口にするかもしれません。でもそれは、あくまでも公開捜査に劇的な効果を見込むための一手法として用いるものですから、真意を誤解なさらないで下さい。辛抱強く見守って下さい」

巻島は斉藤家への説明の中でも忘れずに触れておいた話を最後に添えた。それだけは言っておかなければならなかった。

「お任せします」

彼女は気を取り直した声に戻って応えた。

アパートを辞して外に出ると、すっかり更け切った夜の肌寒さに包まれた。

街灯の明かりが夜空に紗をかけていたが、それでも星のきらめきは点々として見えた。

この世を去った命があそこで輝いている。そんな思いが妙に真に迫って感じられ、ふと静めたはずの感情が胸にじわりと込み上げてきた。

「津田長には敵わないな」

意識を逸らそうと、巻島はそう呟いた。

津田は巻島と同じように空を見上げたまま、深呼吸の息遣いを立てた。

「泣きたいときは泣きゃあいいんです」

彼も独り言のような言葉を返してきた。

何だ。

俺もいいのか。

巻島はそう思い、しかし、そのときにはもう、胸に込み上げてきているものは、由来の分からないおかしさに変わってしまっていた。

巻島はせり上がった笑みを口に含み、そこに切ない味が混ざっているのを確かめながら、夜道に歩を重ねた。

158

# 4

一週間を捜査資料の精読と被害者家族への説明、〔ニュースナイトアイズ〕撮影班に同行しての事件現場のVTR撮りなどに費やし、翌週が明けた。

月曜日、新聞各紙に掲載されたテレビ番組欄、〔ニュースナイトアイズ〕のスペースには、「特集・川崎男児連続殺人、担当捜査官がスタジオ生出演！　警察はここまで摑んでいる！」との文字が刻まれていた。

この日の夜、捜査本部からいったん帰宅した巻島は、新調したバーバリーのスーツに袖を通して官舎を出た。渋谷方面行きの東急東横線はそれほど混んではいなかった。南青山のミヤコテレビに着いたのは、ちょうど九時半を回ろうかという頃だった。

受付を通ったあと、二階の報道局フロアに上がり、〔ニュースナイトアイズ〕の札が天井からぶら下がった

一角に進んだ。

「ああ、巻島さん、こちらこちら」

近くから児玉デスクの声がかかり、振り向くと、打ち合わせ用の大きなテーブルに何人かが着いている光景があった。韮沢五郎の姿があり、早津名奈の姿もあった。

「今日はよろしくお願いします」

巻島が挨拶をすると、韮沢は律儀に立ち上がり、人見知りするように目を逸らして頭を下げた。愛想がいいとは言えないが、初対面のときに見せたある種のふてぶてしさは影をひそめ、巻島を自分の番組に迎え入れようとするホストの顔がそこにあった。

「名奈さんは初めてですね？」

児玉に促されて、巻島は早津名奈と名刺交換をした。

「あ、ちょっと待って下さいね」

そう言いながらバタバタとハンドバッグから名刺を探す早津は、すでに衣装らしき目に鮮やかな浅黄色のスーツを身にまとっていた。その華美な佇まいもさることながら、随所に隙が覗くような動作の一つ一つにも人を惹きつける愛嬌がこもっている。それが計算ゆえのものかどうかはともかく、画面と変わらないマイペースな立ち居振る舞いを見せる彼女には素直に好感を覚えた。

「何か、『太陽にほえろ！』とかに出てきそうな刑事さん」

巻島から名刺を受け取った早津が独り言のように言うと、周りから遠慮のない笑い声が上がった。

「ほら、〈ジーパン〉とか〈マカロニ〉とか、そういうニックネームが似合いそうな……」

「〈ヤングマン〉奥の席に座る座間プロデューサーが口を挿む。

「それはあんまりセンスないなあ」早津は首を捻って失笑した。

「いや、〈ヤングマン〉って呼ばれてるんだよ」

「え、え、本当にそうなんですか？」

早津は大げさにおどけ、巻島に問いかけの目を向けた。

「若い頃の話ですよ」

「へえ」早津は口元に笑みを忍ばせて、感嘆の声を出した。「ごめんなさいね。私、失礼なこと言ったかも」小さく舌を出して言う。

「いえ、別に」

巻島は素っ気ないくらいの返事をしておいた。それに対し、早津は濡れた眼を細めて微笑み、次いで、両のこ

ぶしを前に突き出した。

「頑張りましょうね、巻島さん。絶対、あの犯人を捕まえましょうよ。もう私、あいつに脅されて逃げたみたいに言われるのが悔しいんですよ。あいつが捕まったら私がそのニュースを読むって、みんなに宣言してるんですから」

彼女が見せている明るさも、すべてが心の底からのものではないのだ。言葉そのものよりも、そのごく自然な気丈さが共闘のメッセージとして巻島に伝わってきた。

巻島が座に加わったところで、今日の特集についての最終確認が出演者とスタッフの間でなされた。

幸い今日はこれまでのところ重大ニュースは入っていないので、この特集が番組予告通りの目玉になることは間違いなさそうだった。割り当てられている時間は二十分。厳密ではなく、韮沢の裁量で多少の動きはある。政変や大事故、天災でもない限り、この番組で一つのテーマにこれだけの時間を割くことは滅多にないことだという。間に挟まるCMの時間を含めれば、番組時間の半分に当たる三十分近くがこの特集に占められることになる。世間の注目を惹くには十分だろう。

今日はまず、第一の事件現場を巻島が歩く映像が流れ

る。韮沢はすでにその映像に目を通しているようだが、彼がどんな質問を考えているのかという話は出なかった。

彼は中継先の報道記者などとは質問のやり取りを打ち合わせておくこともあるらしいが、専門家やコメンテーター相手にはすべてぶっつけ本番で臨むのがいつものやり方なのだという。いずれにしろこの番組で目にする韮沢とは、弁舌鋭く何かを糾弾したり、過激な論を振りかざしたりするようなことはしない男である。奔放に発言するのはいつも早津やコメンテーターらであって、韮沢はそれをそそのかしたり、あるいは煮え切らない反応を示したりして意思表示をする。そんなことが多い。

特集の打ち合わせがあっさりと終わり、巻島はフロアの片隅にある応接セットに促された。そこで紙コップに淹れられたコーヒーを飲んでいるうちに、ほかの打ち合わせも済んだらしく、一角に集まっていた者たちが三々五々散っていった。本番まで三十分を切っていた。

「巻島さん、ドーランはどうしますか?」児玉がそんなことを訊きに来た。「ひげの剃り跡とか、割と目立つこともあるんで、塗る人も多いんですけど」

どちらでもいいと答えると、メイク担当の女性がやってきて、巻島の顔に手早くドーランを塗っていった。

児玉が再びやってきた。

「巻島さん、今日初めてですし、スタジオ見ておきますか?」

あるいは出番までここで時間を潰すかのどちらからしいので、巻島は児玉のあとについていくことにした。

「あ、巻島さん、迫田さんですよ」

見ると、フロアの出口に近い一角にも巻島が座っていたものと同じような応接ソファがあり、そこに迫田和範が座っていた。かたわらに大きなショルダーバッグを置き、そこから何かの資料を出して見入っている。

「迫田さん、こちら神奈川県警の巻島さんです」

声をかけられて顔を上げた迫田は、渋い表情をそのまにして巻島に視線を向けた。

「ああ……」

唸るような声を洩らしながら立ち上がる。頭半分ほど背が低いが、柔道家体型で馬力のありそうな身体つきをしている。

巻島と名刺交換をした迫田はろくにその名刺を見せずに、上着の胸ポケットに仕舞った。

「長谷川はんはお元気ですか?」

たぶん同年代に当たるのだろう、十年近く前に捜査一

161

課長を務めていた長谷川元参事官のことを訊いてきた。

「そう聞いてます。マンションの管理会社で役員を務めているとか」

「そうですか」迫田はガラガラ声で愛想のない相槌を打った。そして、半ば巻島から逸らしかけていた視線を戻し、ふと眼を細めた。「ああ、あんた、どこかで見たこととある思うたら」

そう言って彼は渋い顔のまま、ふっふっと空気がこすれたような笑い声を立て、「ま、一つよろしく」とソファに座り直した。

「お会いしたことあるんですか?」

歩きながら、児玉が振り返る。巻島は首を振り、「まあ、狭い世界ですから」と適当にごまかしておいた。

「こちらです」

通路をいくらか歩いたところに、大きなドアが開け放たれた部屋があった。そこに児玉が入っていく。

「ここがいわゆる副調整室(サブ)と言って、担当ディレクターがスタジオに指示を出したり、スイッチャーがカメラを切り替えたりする操作を行う場所です」

詰めれば二、三十人は収容できそうな、ちょっとした広さの部屋だった。スタジオそのものがそこから見える

わけではなく、前面に並ぶいくつものモニターを見ながらそのような作業をするらしい。モニターや機器の並び具合など、県警本部の通信センターに似た雰囲気があるが、それよりは狭く、やや雑然としている。すでに何人かのスタッフが入っていて、操作機器に向かって座っている者もいれば、その後ろで傍観するように突っ立っている者もいる。部外者の目では、誰がどういう役割の人間かはまったく分からない。

「こちらです」

児玉は再び言い、副調整室の奥にある重そうなドアを開けた。そこを抜けると、舞台裏と呼べそうな小道具が置きっぱなしになっているスペースがあり、その向こうに、天井の高い、開けた空間があった。

そこはまるで昼間のテラスのように明るいフロアだった。壁沿いにセットが組まれていて、中央は比較的がらんと空いている。

「朝から夜の〈ニュースナイトアイズ〉まで、四つのニュース番組のセットがここに作り置かれてますよ。テレビカメラは同じのを使いますから、セットを動かすんじゃなくて、テレビカメラをそのセットの前まで移動させるわけです」

〔ニュースナイトアイズ〕のセットは左奥の一角にあった。幾何学的にデザインされたアクリルのオブジェが奥行きを持って配置されており、一見して上品さを感じさせる見映えのセットである。

流線形の長机には早津名奈やレギュラーコメンテーターの杉山盛雄らが座っていて、雑談と思しきリラックスした会話を交わしていることころだった。巻島と視線を合わせた早津がにこりと会釈を送ってくる。巻島も小さく返しておいた。

「巻島さんにはそこに座ってもらいますから」

児玉が早津の席を指し、早津が「どうぞ、どうぞ」と脇へどいた。つまり、巻島は韮沢と早津の間に入るらしい。そして、早津と杉山の間に迫田が入るということだった。

座ってみると、テレビカメラやテレビカメラをつけたクレーンが前方にあるものの、視界に入る割合としては開けたフロアのほうが勝っていて、何とも緊張感の高まらない、妙な具合である。ニュース番組だからといってディレクターらがかしこまった服装をしているわけでもなく、これがコマーシャルの撮影であっても別におかしくはない。記者会見で報道陣を相手にするのとは違い、特殊な雰囲気はどこにもない。

「これ、カメラの前で喋ってて、多くの視聴者に見られてるっていう感覚はありますか?」

巻島の思いついたままの問いかけに、早津は笑って首を振った。

「ないです、ないです。私、ときたま本番中に席立って、そのへんを徘徊したくなるときありますもん」

「なるほど」

巻島はあながち冗談でもなさそうだと思いながら相槌を打った。もちろん、早津らのその感覚は慣れと表裏一体であり、同時に職業倫理によって苦もなく律していることなのだろう。素人としてこのメディアに挑むのなら、なおさら想像力と緊張感を意識的に持ち込まないと、視聴者に切実なメッセージを伝えることはできないのかもしれない。そんな気にさせられた巻島は、一人心を引き締め直すことにした。

「カメラはクレーンを合わせて四台あって、生きてるやつは赤いランプが点灯します。でも、巻島さんはカメラに目線を送ってもらう必要はありませんからね。前のカメラに載ってるモニターに放送中と同じ絵が出ますから、それを見ててもらえばいいですし、あと、手元の資料を見たりとか、会話するときは相手の顔を見たりとか、それ

は自然にやってもらえば結構です」

児玉から事細かなアドバイスを受け、今の時点で巻島の頭に浮かぶ懸念は特になくなった。副調整室で出番を待とうとセットを離れたところで、韮沢五郎がスタジオに入ってきた。青のワイシャツを着て渋いグレーのスラックスを穿き、スラックスとほとんど同色の幅広ネクタイを締めている。そしていつものように、黒のサスペンダーが肩にかかっている。ジャケットを着ないのは汗っかきだからだと、以前彼自身がこの番組で話していたのを聞いたことがある。

巻島は軽く会釈を交わし合って、彼とすれ違った。番組開始まで十分を切っていた。

〔ニュースナイトアイズ〕は定刻通りの十時半からスタートし、まずは政局や外交のニュースが消化されていった。特集は開始から十五分後くらいと言われていて、大きな動きはなさそうだった。

「今度入るCMのあとですから」

児玉に促され、CM前に再びスタジオへ足を踏み入れた。

さすがに本番中の出演者には声の張りがあり、日常的な雰囲気からは離れた存在感をそれぞれに作っている。この殺風景な前景を臨んでのことと考えると、感心させられもする。

「このあとは特集、あの事件の捜査官が生出演です」

取り澄ました顔で韮沢が言い、直後、ふと空気が緩んだ。「CM入りました」との声とともに、スタッフたちがわらわらと動き始めた。

巻島はフロアディレクターに手招きされ、出演者の座に加わった。いつの間にか巻島と同様にスタジオ入りしていたらしい迫田も指定の席に着いた。巻島たちの背後に川崎市の略図を描いた大きなボードが立てられた。四つの犯行現場に赤いマークと犯行日とされる日付が記され、被害者の顔写真が貼られている。

スタッフの一人が、巻島の上着の襟にピンマイクを取りつける。

「CM明け一分前です」

誰かの声が響くが、誰もそれが聞こえていないように、淡々と各々の作業がこなされていく。

「あれ、迫田さん、顎のあたり、またちょっと肉がついちゃってません?」

早津が迫田の顔を覗き込むようにして軽口を叩く。

「筋肉や、筋肉」迫田が顔をしかめて言い返す。

「そんなたるんたるんの筋肉は見たことないなあ」早津は笑って言う。

「名奈ちゃん、そういうのもセクハラの一種だぞ。オヤジ、オヤジって馬鹿にするオヤジハラスメントだ」

韋沢が大きな声で口を挿み、スタッフが過剰なほど反応よく笑い声を上げた。

「もうみんな、また韋沢さんが流行語大賞にしようって調子に乗っちゃうから、こんなことで笑っちゃ駄目よ」

そんな早津の言葉にもスタッフは沸く。

「迫田さん、今の刑事さんてこんなふうですよ」そう言って、早津は巻島のほうに手を振る。「『昭和のコロンボ』にはカルチャーショックじゃないですか？」

「【昭和】やないわ。【浪速のコロンボ】やて言うてるやろ」

「あ、そうか、ついついごめんなさい」

早津は本気で間違えたというように手を叩いておかしがっている。

「ねえねえ、巻島さん、迫田さんが全国的に有名な刑事だったっていうのは本当ですか？」

「もちろん」

巻島が答えると、早津は「へえ」と笑いながら感嘆の声を上げた。迫田は迫田で、「ほれ見い」と得意気な顔を作ってみせる。

だが、そんなやり取りも時間潰し以外の何物でもないというように、CM明け十秒前から始まったカウントダウンの声へ空気の支配が譲られた。

最後の三秒がスタッフの指でカウントされ、テレビカメラの手前にあるキャスター付きの台に載ったモニターの画面がCMからスタジオの絵に変わった。左から韋沢、巻島、早津、そして迫田までが映っている。

「特集です」

画面はすぐに、韋沢と巻島のショットに切り替わった。

「昨年、神奈川県の川崎市内で七月と八月に連続四件、幼児・児童の被害者四人を出した殺人事件は皆さんの記憶にも新しいと思いますが、この凶悪事件の犯人はいまだ闇に隠れたままとなっています。そこで今夜は、現在この事件の捜査本部を指揮している神奈川県警の特別捜査官、巻島史彦氏にスタジオ生出演して頂きましたので、巻島さんと一緒に、もう一度この事件を検証していきたいと思います」

「よろしくお願いします」という挨拶を交わしてモニターを一瞥すると、画面は巻島のアップになっていて、「神奈川県警特別捜査官　巻島史彦」とのスーパーが出ていた。

「それから、もう一方、特別コメンテーターとして、元大阪府警捜査一課長、迫田和範さんにもお越し頂きました。迫田さん、よろしくお願いします」

早津による迫田の紹介が入り、韮沢は改めて、巻島に視線を戻した。

「現役の捜査関係者の方がこういうニュース番組に生出演されるのは非常に珍しいことでして、視聴者の皆さんも、本物の刑事さんというのはどんな人物だろうと関心を寄せてらっしゃるのではないかと思うんですが……えと、まず、巻島さんはいわゆる『刑事さん』のお一人と考えてよろしいわけですか？」

「ええ。いわゆる私服を着て事件捜査に当たる捜査員が刑事と呼ばれるわけですので、私もその一人です」巻島は答える。

「特別捜査官というお立場は組織の中でどういった役割をされるポストなんでしょうか？」

「ケースバイケースですが、私の場合は実質的に川崎の

事件の捜査指揮を任されております」

「警部とか警視という階級でいうと、何に当たるわけですか？」

「警視です」

「警視というと警部の上の階級ですね。かなり上の地位だと思いますけど、いわゆるキャリア組なんですか？」

「違います。普通の県警採用の警察官です」

それくらい韮沢が類推できぬはずはないし、第一、そんなことにはそれほど興味もないと思われるが、こうやって視聴者の視点で初歩的な質問を積み重ねていくのが彼のやり方でもある。

「なかなかダンディな方でいらっしゃって、そのままファッション雑誌に載ってもおかしくないお姿なんですが、いつもそんな感じで？」

かなり脱線するなと思いつつも、巻島は苦笑で受けておいた。「あまり胡散くさく見られないように、ポケットマネーをはたいてスーツを新調してきました」

韮沢はわずかに表情を緩ませて迫田を見る。

「迫田さん、巻島さんのようなタイプの刑事さんはよくいらっしゃるんですか？」

「まあ、いろんなタイプがいますよ」

166

人を食ったような言い方に、早津が笑顔を作る。

前置きのようなやり取りはそのあたりまでとされ、韮沢は、「それで」と話を変えてきた。

「今回、この番組に出演されることを決意されたきっかけというのは？」

「はい。この一年弱、我々は延べにして約四万人の捜査員を四件の殺人事件、及び一件の脅迫事件に投入しまして必死の捜査を行ってきましたが、残念ながら、いまだ〔バッドマン〕の尻尾を摑むには至っていません。この事態を何とか打開しようと考えた末、一つのアイデアとして浮かんだのが、この番組に出演して情報を募るという手でした。この一連の殺人事件、被害者はみな、五歳から七歳の男の子という共通項はありますが、それぞれには接点のない、いわゆる無差別殺人です。このタイプの犯罪は物証より何より、住民の皆さんの情報が捜査の鍵となることが非常に多いんです。今までにも捜査本部には数多くの情報が寄せられてきましたけれども、ここでもう一度、この番組の時間をお借りして事件を振り返ることによって、視聴者の皆さんから新たな情報を拾い集めたい……そう考えております。早津さんの災難に乗じるわけではないんですが、この番組の視聴者には、</p>

〔バッドマン〕の事件に強い関心をお持ちの方々も多いんじゃないかと思います。そういった方々にぜひお力を貸してほしいわけです」

韮沢は一つ頷いて、迫田に目を向ける。

「こういう試みはあまり例がなかったようにも思いますが、迫田さんはこの神奈川県警の動きをどうお感じになってらっしゃいますか？」

「うん、まあ、それだけ警察が必死というか、なりふり構っていられない現状なんやろうと思いますけどね。しかし、まあ、それをあえて隠さず社会に訴えて出たのは評価に値する打開策やと思いますよ」

「もしかしたら、これからの刑事捜査の可能性を占う試みになるかもしれませんね」韮沢は自分の言葉を短く挿んでから原稿を一瞥し、改まった顔をカメラに向けた。

「それでは、今夜は連続殺人事件の発端となりました昨年七月発生の斉藤剛君殺害事件について検証したいと思います。巻島特別捜査官が現場を歩んでいます」

間髪を容れず、画面がVTRの映像に切り替わった。

VTRは、巻島が文字通り現場を歩いているところから始まっていた。

〈ここは川崎市宮前区犬蔵二丁目にある宅地造成地の敷

〈地内です〉

レポーターさながらに、巻島が喋りながら雑草の生い茂った空き地を見渡す。

〈このあたりは鷺沼やたまプラーザといった駅から徒歩で十五分ほどの距離でありながら、まだ住宅地として未開発の土地が残されています。ここのように宅地造成を控えている空き地や雑木林がところどころに見受けられます。こういった敷地は人が勝手に出入りできないように、フェンスや金網などで囲われています。ただ、この現場については、鉄パイプの柵にシートを張り巡らすことによって囲いを作っていた部分があり、その継ぎ目をすり抜けることによって敷地内に入ることは可能でした。いったん入ってしまうと表の道からは死角になってしまうのも、この現場の特徴です。ここに……〉

巻島は空き地の後ろに広がる雑木林の際で足を止め、木と木の間を手でぐるりと指した。

〈ここに斉藤剛君がうつぶせに倒れていました〉

画面はCG映像に変わり、現場が俯瞰された絵として映し出された。子供が横たわっているシルエットが出現して、そこにカメラが寄っていくような動きが入る。その間、女性ナレーターの声が、剛少年の服装の特徴や、

少年の首に線条痕、手首に圧迫痕が認められること、まった、付近の軟質な地面に二十六センチサイズのスニーカーの足跡が見つかっていることなどを説明した。

それから再び、巻島が現場に立っている映像に戻った。

〈剛君が行方不明になった七月二十三日、剛君は午後三時頃、ここから歩いて十分ほどの距離にある自宅を『遊びに行く』と言って出ました。一人で遊びに出ることも珍しくはなかったそうですが、たいていは遊んでいて五分ほどの距離にある公園で遊んでいることが多く、必ずと言っていいほど二時間もすれば帰宅していたという、日が暮れるまで帰ってこなかったのは、この日が初めてでした〉

スタジオの出演者も、VTRの出だしに早津が、「巻島さん、インパクトあるわあ」と独り言を言ったきり、無言になってモニターに見入っている。韮沢は心持ち胸を反らして腕を組み、迫田は頬杖をついて見ている。どちらも眼はぎろりとして一点から動かない。

画面の巻島は、場所を公園に移している。

〈三時過ぎに一人の少年がこの公園の片隅で遊んでいるのを近所の主婦数人が目撃しています。服装の特徴か

168

ら、この少年が剛君であった可能性が高いと我々は捉えています。この公園の前の道はあまり車を停めるのに適してはいないので、もし、〈バッドマン〉が車を使っていて、この近くに停めていたとするなら、かなり目立っていたと思います。しかし、有力な不審車両の情報は浮かんでいません。この場所でたまたま〈バッドマン〉が剛君に目をつけたと考えると、〈バッドマン〉は徒歩や自転車など手軽な移動手段で行動していた可能性が高いと思います〉

「あの……」

やや前屈みになってモニターを見ていた早津が、巻島に顔を向けた。

「巻島さん、犯人を〈バッドマン〉って呼んでらっしゃいますけど、刑事さんはみんなそう呼んでるんですか?」

「いや、それはいろいろでしょう」巻島はモニターに目を戻して答えた。

「ただの犯人でいけません? 犯人が自称してる名前で呼ぶのって、何か犯人を受け入れてるみたいに聞こえて、ちょっとどうかなって思うんですけど」

「そうですか? でも、世間的には通りがいいし、これ

で構わないと思いますよ」

「うーん。そうかもしれないけど」

早津は釈然としない様子だったが、それ以上言葉を重ねることはせず、VTRに意識を戻したようだった。

早津の言いたいことは分かるが、巻島は川崎事件の犯人を自称の〈バッドマン〉で呼ぶことに決めていた。韮沢が巻島のキャラクターにおいて、姿の見えない犯人を確かな島もこの公開捜査において、姿の見えない犯人を確かなキャラクターにしたかった。

画面の巻島は公園を出て、住宅街の起伏のある路地を歩く。

〈この道を歩いている剛君の目撃情報はありません。ただ、現場まで歩いたとするなら、その経路はこの道だと思います。今、夕方前の四時頃ですけど、やはりほとんど人通りはありません〉

四つ角で巻島は立ち止まる。

〈犯行現場へ行くには、この道を横切ります。それほど大きな道路ではありませんが、ここは頻繁に車が行き交っています。ここを通るドライバーが〈バッドマン〉と剛君の姿を見ていた可能性は高いのではないでしょう

殺害現場まで歩いていく。目撃情報を掘り起こすという狙いから、巻島の姿と合わせて、周囲の風景もさりげなく画面に収まっている。

〈剛君の着衣の様子などから、〔バッドマン〕が剛君を強引に殺害現場へ連れていった可能性は低いと考えられます。言葉巧みに、遊び場所に誘うように剛君を連れていったのだろうと思います〉

実際には殺害現場までの道を一通り撮影したが、それをそのまま流すのは単調に過ぎるということだろう。VTRでは適当にカットされ、巻島が現場前の道に立っているシーンに移った。

〈この道は左右がともに宅地造成地になっています。人、車ともに、通行量はそれほど多くありません。ただ、犯行時間中、まったく人通りがなかったとも思えません。四時過ぎには公園から剛君の姿が消えていたという情報が挙がっているので、剛君がこちらの現場に来たのは、だいたい三時十五分から四時十五分の間あたりだろうと見ています。それからどれくらいの時間、〔バッドマン〕と剛君が一緒にこの現場にいたのかは分かりません。何時頃にこの中で人の声がしたという情報があれば、その時間帯の特定につながるはずです〉

巻島は現場の敷地を囲っているシートに寄る。

〈このシートとシートの隙間から中に侵入することができます。大人も子供も入りやすい出入り口はここ一箇所ですので、おそらくここを通ったものだと考えられます。フェンスなどで囲った宅地造成地はこれほど入りやすくはありません。〔バッドマン〕は剛君を誘う前に、ここが侵入可能であることを下調べしていたと見るのが自然だと思います。犯行に及ぶ前に、もしかすると前日、前々日にも繰り返しこの付近をうろついていた可能性があります〉

周辺を歩きながら気がついたことを口にしているので、多少整理がついていない感はあるが、レポートとしては割合、臨場感が出ている。巻島はまんざらでもない思いでモニターを見ていた。

映像は三度、殺害現場へと切り替わる。編集作業により前後した形にはなっているが、これも最初の現場レポートの一部として撮影したものだ。

〈剛君の死因は窒息死でした。首には紐で絞められたような痕が残っていました。ただ、一部マスコミで伝えられたような、単純な絞殺であるという見方は捜査本部では捨てています。司法解剖等を詳細に分析した結果、

〔バッドマン〕は剛君の顔にポリ袋か何かをかぶせ、その口を剛君の首のところで縛った。そうしておいて剛君の手首を摑むなどして動きを制し、窒息させたのだと見ています。子供の命を面白半分にもてあそぶ、非常に残虐な行為です〕

モニターを食い入るようにして見ていた迫田から低い唸り声が洩れた。

現場のレポートはそこまでだった。画面は斉藤家の和室へと移る。あまり被害者家族には迷惑をかけたくなかったのだが、絵的にどうしても必要だと児玉に言われ、斉藤家に申し入れたところ、了承を得ることができた。悲しみが癒えない剛少年の両親の姿が映し出され、短いインタビューが入る。最後に巻島が仏壇に手を合わせるシーンで締めくくられた。

VTRが終わり、画面はスタジオへと戻された。すでに韋沢や早津の背筋は伸びている。

韋沢が故意にか、吐息を大きくついてから口を開いた。

「この殺害方法は、ちょっと驚きましたねぇ」感情たっぷりに言う。

「信じられませんね」早津も眉を寄せて言い捨てた。

「犯人像についてはどのように考えておられますか?」韋沢の問いに、巻島は一つ喉を鳴らしてから答える。

「まず、性別については男であると考えています。女であるとする根拠はありませんし、人の出入りがない現場で風化されていない足跡も採取されていますので、まず間違いないだろうと思っています。ただ、年齢については予断を持っていません。比較的自由に時間を使える人間であると思うと、二十代とも五十代とも言えません。未成年者である可能性も十分あり得ると考えています。

それから、パーソナリティについて触れると、知的レベルが高い人間だと感じます。あまり感情の波に引きられずに、むしろ楽しむくらいの余裕を持って犯行をこなしている印象があります」

「あの、私のところに送られてきた脅迫状ですけどね……」

早津がそう切り出すと、すかさず画面に脅迫状の文面が映し出された。

「あ、今、出てますけど……これには、子供を自分の子分にするために面接をして、不合格だから殺したというような、とんでもない理由が書いてあるんですよ。これ

はどう見てらっしゃいますか？　とても知的レベルの高い人間の考えとは思えないんですけど」

「実際のところ〔バッドマン〕本人に訊いてみないと分かりませんが、ただ私どもは、文面その通りには捉えていません。まったくの創作か、ある心理状態を表現したものか……男の子ばかりを狙っていることからして、自らの幼年期に何らかの屈託を抱えているとも考えられますが、これだけでは推し測る材料としては乏しい気もします」

「えー、いったんコマーシャルを挿んで、さらに続きを」

韮沢の決まりの台詞を合図にして、モニターには草原を走る車の映像が流れ始めた。

韮沢が鼻から息を抜き、頭の後ろで腕を組んだ。見方によっては、ちょっとした昂揚感ゆえの仕草のようにも見えた。その昂揚感はキャスターとしてのものではなく、韮沢自身も初めての経験となる劇場型捜査の出演者としてのものであるように感じられた。

巻島も知らぬ間に、額や首筋にうっすらと汗をかいていた。顔が照明に照らされて熱を持っているが、それだけのせいではない。ハンカチで押さえるように拭き取

り、一息ついたところで短いCMが明けた。

「それで、これまで市民から寄せられた情報にはどういったものがあるんですか？」

「はい……」

巻島の隣では、打ち合わせ通りに早津がフリップを掲げた。主な情報を箇条書きにまとめてある。同じものが巻島の手元にもメモしてあり、巻島はそれを見ながら説明する。

「この事件に関しては五百件を超える住民の方からの情報提供を受けていますが、中でも不審人物の目撃情報として主なものをここに挙げております。これらはすべて、捜査の結果、事件とは無関係と判明したものです。

まず、事件前一、二週間、地域周辺で複数回目撃されていた白の商用バンで、ボディの側面にローマ字の社名が記されているという不審車ですが、これはリフォームメーカーのセールスマンのものであると確認が取れています。

それから、剛君は現場にほど近い鷺沼の幼稚園に通っていたんですが、夏休み前の主に昼前後、この園内の様子を道端から眺めていた男性の情報が複数寄せられていました。しかし、この男性はそこに通っている園児の親族

であることが分かっていまして、事件とは無関係だと判明しています」

同様に、黒のショルダーバッグを提げた中年男性や、徒党を組んで付近を徘徊している派手な服装の少年らなど、何点かについて、すでにシロという結果が出ている不審者情報を挙げた。

説明が終わり、巻島は迫田を見る。

それを受けて、韮沢は迫田を見る。

「迫田さんはこの事件の特徴をどのように見てらっしゃいますか？」

迫田は一度眼を閉じてから小さく頷いた。

「もちろん、まれに見る凶悪な事件であることは言うまでもないんですが、これは無差別殺人という形をしていながら、意外なほど入念な計画性、かつ注意深さをもって犯行がなされているということが言えると思いますな。四つの事件を並べての話ですが、現場となったような空き地、雑木林の類は、宅地化の進んだ川崎郊外ではもはや探し歩いたとしてもなかなか見つからないですよ。都市部における最後の未開地とでも言うべきエアポケット的な場所であるわけです。そして、その近くで子供が遊んでいて、人目につかないように誘うことができ

るところでもあると、そんな場所を犯人は探し当ててるんですから、この事件は殺人行為だけでなく、その場所選び、相手選びから、犯人側にとってのある種のゲーム的な論理が持ち込まれてる気がしますな」

韮沢が巻島の顔を窺うように見る。

「その通りだと思います」巻島は短く応えた。

「そうしたことを踏まえて考えると、迫田さんは犯人像をどのように見ますか？」

「まあ、言えることは、犯行当時かなり自由に時間を使える人間だったということですな。ゲーム的な感覚には比較的若い年齢層を思い起こさせますが、これはまだ何とも分かりません。ただ、びっくりするような若さではない気がします。あと、先ほども言ったように、これは都会における最後の未開地の事件ですよ。雑木林なんかが現場になってますから、そういった場所を遊び場とするのに慣れ親しんでおった人間であるのかもしれない。とすると、地方出身者で現在は独り暮らし、定職を持っていない男というような犯人像が浮かんできますな。まあ、それ以上の予断は禁物ですが……」

迫田はあとの言葉を巻島への視線に代えた。

「貴重なご意見だと思います」

そう応えると、迫田は少し満足げに小さく頷いた。

「それからね」迫田はメモを取っていた手元の紙に目を落とした。「剛君が普段、この空き地に入って遊んでおったという事実は確認できておらんのですな。だいたいは公園が剛君の遊び場だったと」

「そうですね」

「もし、剛君が空き地に遊びに行ったことがないとするなら、そこに誘うのは口先だけでできるもんやろか。強引に引っ張り込んだとは思えんしね。以前捜査本部から、犯人は菓子やおもちゃなんかで子供を誘った可能性もあるというような言及があったように記憶しとりますが、それは何かしらそういう物証があったわけですか？犯人の与えたおもちゃが剛君のポケットに入っておったとか、あるいは菓子が散乱してたとか」

ずばりと指摘されては認めるしかなかった。

「この現場ではスナック菓子を食べた形跡がありました」

迫田は当然だろうというふうに、澄まし顔で続けた。

「菓子袋が見つかっておるわけですか？」

「いえ、食べかすです」

「それは剛君が特別好きだったお菓子でしたんかな？」

「特別、剛君のお気に入りだったかどうかは分かりませんが、スナック菓子としては割合ポピュラーで人気のある商品です」

「なるほど。いや、剛君の好きな菓子だとするなら、犯人が犯行以前、剛君について何らかの下調べをしておったとか、あるいは犯行時、どこかの店に寄って菓子を剛君に選ばせておったとか、そういう前後の行動が可能性として浮かんできますからな」

「付近のコンビニ、スーパー等で剛君と不審者が買い物をしたという足取りは浮かんでいません。ただ、〔バッドマン〕が子供を標的とするのにどれだけの計画性を持っていたか、その解明の足がかりの一つとして参考にさせて頂きます」

「あと、もう一つ」迫田は軽く手を挙げて続けた。「袋状のものを剛君の頭にかぶせて窒息させたという手口……こういうのは昔から猫なんかを虐待するときに見られるやり方ですな。どこそこでそういう動物虐待のケースがあったという情報は集めておられるわけですか？」

「現場周辺の聞き込みでは集めておりますが、該当する情報は挙がっていません」

「犯人が現場近くに住んでおれば当たるかもしれません

が、そうでなければ現場周辺の聞き込みだけでは足らないでしょう」

「そうですね。この事実関係については、これまではっきりと公表した形にはなっていませんでしたから、対応する情報がまだ集まり切っていないというふうには思います」

「まあ、事実関係すべてを公表するわけにもいかんのでしょうが、この件についてはもっと早く世間に知らせるべきやったと思いますよ」

「これをきっかけにして、重要な情報が集まるのを期待したいと思います」

まるで上司に報告しているような態になり、巻島は内心で微苦笑を噛み殺した。劇場型捜査という手法は、元刑事の血も騒がせるというところか。部外者に口出しされるのは正直、いい気分はしないものだが、それを受け入れないことには、この手法は始まらない。

迫田の質問が最後にあるというのが打ち合わせで確認された段取りだったので、今日のところはこのあたりで締められるらしいことが巻島にも分かった。

「早津さん、何かあれば」

韮沢が振り、早津がぐっと顔を引き締めた。

「私も一連の事件の延長で精神的な苦痛を受けたんですけど、やっぱり大切なお子さんを亡くされたご両親が負った心の傷は、容易に察せられるものではないと思いました。改めて言いますけど、この犯人は最低な人間だと思います。このまま闇に隠れさせてはいけないと思います」

韮沢は素っ気ない相槌を打っただけで、正面のカメラに顔を向けた。「早くとっ捕まえろ」というような本音で煽ることはしないのが、韮沢らしいバランス感覚だった。

「さて、〔ニュースナイトアイズ〕では、今後も集中的にこの男児連続殺害事件を追っていきたいと考えています。次回は水曜日に、再び巻島特別捜査官と迫田さんに出演して頂き、第二の事件について検証を行う予定です。

また、神奈川県警の特別捜査本部では、皆さんからの情報提供を呼びかけております」

すかさず、早津がフリップを出し、特別捜査本部の住所、専用電話番号、ファックス番号、メールアドレスを読み上げた。そして、神奈川県警のホームページでも、告知が行われていると付け加えた。

「巻島さん、迫田さん、どうもありがとうございました」

韮沢は二人に軽く頭を下げて特集を締めくくった。

「どうもお疲れ様でした」

副調整室に戻った巻島にさりげなく近寄ってきた座間プロデューサーは、その口元に隠し切れないと言いたげな笑みを覗かせていた。

「非常に興味深かったですよ。Ⅴ（ブイ）も臨場感がありましたし、迫田さんとのやり取りなんか、これぞ公開捜査というような醍醐味がたっぷり感じられました」

捜査の成果とは関係のないところで褒められるのは妙な気分だが、悪い気はしなかった。放送内容がいい出来ならば、それだけの影響が期待できるというものだ。

「どうも」

巻島の背後をガラガラ声が通り抜けていく。巻島は一礼を返して迫田を見送った。

「迫田さんもさすがでしたね。韮沢さんの狙いが少しは当たったかな」

座間が感心気味に言った。捜査本部が伏せていた事実を多少なりとも引っ張り出してみせたことを言っているのだろう。

「さすがにちょっとくたびれましたよ」

巻島は軽い冗談を座間に向けて、副調整室を辞した。

ドーランを落としてミヤコテレビを出る。

天に抜けた夜の闇は、やけに茫洋と感じられた。今しがたまでいたスタジオの明るさとの落差は大きかった。

ひとまずの達成感に一つ息をつくと、座間に冗談で言った疲労が、本当に自分の身体に溶け込んでいるのを実感した。

＊

「昨日はなかなか面白かったよ」

曾根は買ったばかりのクロケット＆ジョーンズの革靴を布で拭きながら、机の向こうに立つ巻島と植草に言葉を投げた。

「予想よりよかった。巻島はやはり画面の中だと映えるな」

言ってから、曾根は挑発的な失笑を付け加えた。聞き流したように乗ってこない巻島に構わず続ける。

「早津名奈も『最低の人間』をもう一度言ってくれると
は思わなかった。あれでまた、ずいぶん盛り上がった
よ。番組直後から早速、捜査本部に反応があったらしい
な」

「ええ」植草が応える。「電話が鳴りっぱなしで、ファ
ックスも動きっぱなしらしいです。ホームページも昨日
の夜から今朝までで、十万件近いアクセスがあったそう
です」

「だろうな。俺も思わず、捜査本部に応援の電話をかけ
たくなったくらいだ」

植草の快活な笑い声を受け止めてから、曾根は巻島に
指を差してみせた。

「これが劇場型捜査だ」

巻島は縦とも横とも取れない角度に小さく首を動かし
た。

「実感がありませんね」

「お前が何かを感じる必要はない。与えられた役を演じ
るだけでいい。そのうち、客席で見ていた観客が、俺も
出せと舞台に上がり始める。それでいいんだ」

「演出家の言葉は容赦がありませんね」植草が曾根と巻
島を見比べて笑った。

「役を演じるだけだ」曾根はもう一度繰り返した。

「承知のことです」

巻島は軽く肩をすくめて言った。そして、報告は終わ
りとばかりに、ゆっくりと背を向ける。

「お前、現場で履いてた靴は安っぽかったぞ。もっとい
いのを買っとけ」

曾根がそう言うと、巻島はちらりと自分の足元を見
て、それから困惑の混じった横顔を見せた。

曾根は植草と目を合わせて、いたずらめいた冷笑を交
わした。

＊

「巻島さん、僕も乗せていって下さい」

巻島が県警本部地下の駐車場に停めた自分の車に乗り
込むと、植草がブリーフケースを手にして駆け寄ってき
た。

「捜査本部に何か？」

「僕も本部長への報告やマスコミへの対応上、捜査会議
に出席して、現状を把握しておきたいんですよ。そのほ
うが巻島さんの手間も一つ省けるでしょう」

この前は仕事を増やすようなことを言い、今日は減らすようなことを言う。真意は分からないが、勘繰ってみても、曾根の命を受けてというあたりがせいぜいだろう。どちらにしろ、素人判断で口出しして捜査を引っかき回すような男ではなさそうなだけに、巻島はそのまま彼を助手席に上げた。

「課長も昨日は遅くまでお疲れ様でした」

車を発進させたところで巻島が言うと、植草は「いやいや」と軽快な声を発した。

「まあ、ちょっとした嵐みたいなものでしたけど、過ぎ去ればどうってことないですよ」そう言って鼻の奥で笑い、「またいつ来るかは分かりませんけどね」と続けた。

昨夜は［ニュースナイトアイズ］の特集終了後、各マスコミからの問い合わせがひっきりなしの状態であったらしい。有力メディアの報道部、社会部の記者らは同時刻に報道資料の配布を行ったところで不満の解消にはならなかったようで、植草は呪詛にも似た恨みつらみの声を聞かされたという。社に戻ってそれぞれの立場が明確になれば、それらの声は今後もより高まってくるのかもしれない。こちら側としては事前に説明したことを繰り返すよりほかにない。

それと同時に目立ったのは夕刊紙や週刊誌などからの問い合わせで、「あの巻島という男はいったい何者だ」という類のものであったらしい。巻島自身にしてみれば鬱陶しいだけの話だが、そんな周囲の空騒ぎがこの公開捜査には必要であるということも分かっている。そういった意味では予想通りの反応であるし、だからこそ曾根の機嫌もよかったのだろう。

ただ、面倒な雑事を引き受けた植草までも、疲れを見せるどころか、曾根と同じように首尾は上々と言いたげな明るい顔をしているのは、いささか意外の感があった。

といって、特にそれを邪推する価値があるとは思えない。

宮前署に着いたのは十時を過ぎた頃だった。

捜査本部にあてがわれている講堂には、専従捜査員のほとんどと思われる二百人前後が机に向かっている姿があり、ファックスや電話メモ、メールを打ち出した紙など、集まった情報をそれぞれに吟味する作業が始まっていた。

巻島はいつものように別室へ幹部を集めた。最初に植

草から激励の言葉を述べてもらい、そのあとは作業の打ち合わせに移った。寄せられた情報は、何らかの目撃情報をⅠ類、近くにこういう人がいるというような不審者の生活情報をⅡ類、事件の裏はこうなっているのではという推理を語る憶測情報はⅢ類、その他をⅣ類、いたずらを含めた〈バッドマン〉名の通信物をⅤ類とし、さらにそれぞれを重要度、信頼度によってABCに分けるということが確認された。

巻島が欲しいのはⅤ類のAだった。それが来るとすれば、早津の件と同じく封書である可能性が高い。だから、明日以降の勝負になるだろうという気がしている。

一方で、ほかの種類の情報にも期待していないわけではなかった。捜査員たちが現場近辺をしらみ潰しに聞き込みに回っているとしても、周辺住民が持っているすべての情報を手に入れて帰ってこられるわけではない。重要情報を握っていながら、どうせ関係ないだろうと勝手に思い込んだり、厄介事に関わり合うのはごめんとばかりに胸に仕舞い込んだりする住民たちは意外に多い。三回足を運んでようやく聞き出した情報は、もし二回しか当たっていなければ永久に埋もれ続けた情報ということになる。だから刑事たちは経験則として、隠れた情報が

まだまだ巷に存在し得ることを知っている。

そんな情報は、胸に仕舞っていたほうも落ち着かないものがあっただろうから、一年くらい経っていたとしても、そう言えば、思い出しやすいはずである。大々的にキャンペーンを張ることによって、情報保持者の勇気を喚起させることができれば、重要情報が転がり込んでくる可能性は十分にある。

「あと、課長から何か？」

一通りの確認を終えて、隣に座る植草に視線を投げかけると、彼は考え事から我に返ったような顔をして、持っていたペンを置いた。

「結構です」落ち着いた声が返ってきた。

「私からは人員の増強をお願いしたいのですが」

「どれくらいですか？」植草が眉を動かす。

「百人でも二百人でも多ければ多いほどありがたいです」

各署から専従捜査員を集めてくるのが簡単なことでないのは分かっているが、刑事総務課が今回の捜査に深く関わっているメリットを生かさない手はない。

「分かりました。調整してみます」

生の会議に臨んで気が済んだのか、植草は淡白に巻島

の要求を受け入れて、帰り支度を始めた。

「じゃあ、あとはよろしく」

そう言って植草が出ていくのを見届け、巻島は参席者に目を戻した。

「諸君からも特に何もないようなら、これで……」

その言葉に反応して小さく手が挙がった。捜査一課の管理官、藤吉稔だった。五十絡みで短軀、眼光が冷たい。序列的に見て、巻島が来る前は若宮一課長を補佐する形で捜査を取り仕切っていたと思われる男だ。

「昨日の放送で未発表の見解や物証をいくつか明かされましたが、あれはどなたのご判断ですか?」

袋を頭にかぶせたと思われる殺害方法や、現場に落ちていた菓子などの話のことだ。

「私の一存です」巻島は努めてさらりと答えた。「未発表の事実を公表するのは確かに慎重を期さねばならないことだと承知していますが、なるべく多くの関心を呼ぶためにいくつかの事実の公表は必要だと考えました。殺害方法の見解については各方面への影響の大きさが見込まれたので、記者クラブにも同時刻に植草課長の手から報道資料が配られました。事後報告で申し訳ありませんが、以上の通りですので理解して下さい」

藤吉は無表情に返事にした。抑制の利いた一つの質問のみで不満を表現してみせたその物腰は、絶妙と言い表してやってもよかった。波風は立っていない。しかし、ひりりとした緊張は走った。

「スナック菓子の件は、何だか浪速の人に言わされたうにも見えましたな」

独り言のように天井を見て言ったのは、捜査一課係長の中畑忠司だった。

「そうですか」巻島は澄まして応えておいた。「それも一興でしょう」

最後は辛気くさい空気の中で散会し、幹部たちは会議室を出ていった。

「言わせとけばいいんですよ。どうせ連中、何やっても面白くないんですから」

最後に残った本田が、冴えない苦笑を浮かべながら声をかけてきた。

*

植草の携帯電話に思い通りの反応が届いたのは、その日の夕方だった。

〈杉村ですけど〉

はなから何かの探りを入れているようにも聞こえる慎重な未央子の声に、植草は浮き足立つ気持ちを地につけ、「ああ」とだけ応じた。

〈今、いい？〉

「ちょっと待って」

植草は各署に川崎事件への人員派遣の要請作業を続けている課員らを尻目に、空いている別室へと場所を移した。

彼女は少し尖ったものを口調に乗せて、そう切り出してきた。

「どう、調子は？」

我ながらずいぶん人を食った台詞（せりふ）だと内心で失笑しながら、植草は未央子の出方を待った。

〈昨日の〈ナイトアイズ〉見たわよ〉

「見たというより、今日、見させられたということだろう。

〈あれって、植草君も関わってるわけ？〉

「まあ、関わってるって言えば、関わってるねえ」植草

は自分でももどかしくなるくらい、ゆっくりと言葉を継いだ。「もともとは俺の企画みたいなもんだし、あの巻島っていうのも俺の部下なんだから」

〈この前、私のところに来たでしょう……あれ、今度のことと関係あったの？　いや、当然あったのよねえ？〉

未央子らしからぬ早口での問いかけだった。攻撃的な声音に隠れた気持ちの不安定さが、植草には手に取るように分かる気がした。

「確かに相談がてらにと思ってたわけだけど、未央子も忙しそうだったしね。まあ、とにかく始まっちゃったんだから、もうそれはいいよ」

〈ちょっと待って〉未央子のため息が聞こえた。〈これはオフィシャルな意見に取ってもらったら困るけど……〉

「いいよ。ざっくばらんに言ってくれれば」植草は鷹揚に促す。

〈ああいう企画で一メディアにしか過ぎない〈ナイトアイズ〉が独走するのって、どうかと思うのよ〉

「未央子んとこのライバル番組だしな」

そう言うと、彼女は気まずそうな沈黙を挿んだ。

「いや、俺も未央子に相談しようと思ったのは、そうい

うことだったんだよ。未央子の番組に影響が出るのは予想できたからね」

〈言ってくれればよかったのに〉

「あの時間で?」植草は未央子の困惑顔を想像しながら意地悪く言う。「俺はその気があったんだぜ。でも、俺だってオフィシャルな立場を越えて会いに行ったわけで、微妙な話だったんだよ。だから、タイミングが悪けりゃそれまでっていうね……」

〈この前は本当、ごめん。悪かったわ〉

「いや、別にいいよ、あれは」植草は少なからず溜飲を下げつつ、笑って受け流した。「ただ真面目な話、あのプランはもう俺の手を離れて動き始めてるからね。今さら未央子に意見を聞く筋合いのものじゃなくなったんだよ」

〈でも、これ、私たちの立場から言わせてもらえば、黙認できる問題じゃないわ〉

その訴えかけるような口調には、確たる切実さがこもっていた。

「そんなはっきりした数字が出たのか?」植草は取り澄まして訊く。

〈数字?〉

「視聴率だよ。昨日のが出てんだろ?」

〈どっちの話?〉未央子が気重そうに応じる。

「両方だよ。〔ニュースナイトアイズ〕は?」

〈十八、九ってとこ。特集はね。その前後はちょっと下がったけど〉

「じゃあ、〔ニュースライブ〕は?」

〈かぶった時間は七から八ってとこだったわ〉

「そりゃひどいな」

本心をそのまま裏返した感想が失笑とともに自然と口を衝いた。

通常、〔ニュースナイトアイズ〕が十三から十五パーセント、〔ニュースライブ〕が十から十二パーセントというのが、植草が情報として得ている両者の平均視聴率だ。〔ニュースライブ〕から〔ニュースナイトアイズ〕へ、結構な数字が流れているのがはっきりと分かる。

このまま公開捜査が注目を集め続ければ、この差はもっと顕著になっていくかもしれない。未央子の顔から血の気が引いたとしても不思議ではないということだ。

「で、そっちはどう出るつもり?」植草は淡々と訊く。

〈基本的には、うちでも巻島捜査官の出演をお願いしたいと思ってる〉

182

「それは無理だね。事情はもう各方面に説明してあるけど、これは報道協力じゃなくて捜査の一環だという考えでやってるんだ。〈ニュースナイトアイズ〉への出演にはそれなりの理由がある。それ以外の非効率的なことには手を出す余裕はないんだよ」

〈でも、一つのメディアとして、その是非を問う権利はうちにもあるわ〉

「ネガティブキャンペーンでも張るか?」植草は冗談口調で挑発してみた。

〈やらないとは言えないわよ。プロデューサーたちも頭に血が上ってるから、何が飛び出してくるか分からないわ〉

「神奈川県警は叩きやすいからな」

植草は茶化してみたが、未央子は笑わなかった。

〈実際、そう言う人もいるわ。植草君には悪いけど、そうなるかもよ〉

「俺に悪い? そんなことは思わなくていいさ。現実に俺は、こうやって自分の立場とは別に未央子を心配してるんだ。一桁の数字が続いたら、番組の存亡の危機だろう? 未央子が毎日見られなくなるのは寂しいからね」

〈植草君……〉

未央子の声質がかすかに和らいだように聞こえた。〈あなた、うちの番組に出られない? 巻島捜査官より上の人なんでしょ?〉

植草が差し出した手を、未央子がためらいながらも摑む……そんな表現が相応しい彼女からの提案だった。

植草は出した手を引っ込めて焦らす。

「それはできないな。俺は安易にそんな場に出られるような軽々しい立場の人間じゃないんだ」

未央子がそれに対してどんな言葉を返そうとしたのかは分からなかったが、植草はそれを制して続けた。

「悪い、もう仕事に戻らなきゃいけない。いや、どういう道があるのか考えておくよ。じっくり考えたほうがいいし、まだ遅くはないはずだ」

〈そう……〉未央子は不完全燃焼の気持ちを乗せたようなため息とともに、冴えない相槌を打った。

「じゃあ、また電話してくれ」

〈うん、じゃあ……〉

植草は通話を切って、何とも言えぬ満足感にしばらく浸った。今まで追っていた相手が、今は自分を追い始めている。まったく愉快な話だった。

着信履歴に残った未央子の携帯電話番号をメモリ登録しながら、植草は心に呟き直す。

まだ遅くはないはずだ……。

俺たち……。

# 5

月曜日に〈ニュースナイトアイズ〉の初出演を果たしてから、巻島はその週の水曜日、金曜日、そして翌週の月曜日にも出演に臨み、その四回の特集すべてを公開捜査にかけ終えた。今後の出演は月・木の週二回というサイクルに切り替わり、集められた情報に対する捜査の進行を報告することになった。

座間プロデューサーからは、当分、週三回の予定で行けないかとの打診があったが、巻島には必要性が感じられず、何か大きな動きがあれば考えさせてもらうとの答えを返しておくにとどめた。大きな動きとは、無論、〔バッドマン〕本人からの反応である。

座間は打診を引っ込めながらも、残念そうな口振りだった。それにほだされるつもりはなかったが、心情としては理解できた。

川崎事件の特集は二回目から瞬間視聴率二十パーセントを超え、番組としては政変や大事件、大事故直後にも匹敵する注目度を叩き出していたのだ。巻島が局に入るときは、座間の笑顔に迎えられるようになっていた。

何より視聴者の目には、迫田和範と現役捜査官のやり取りが新鮮に映ったようだった。巻島自身も、彼と捜査会議をやっているようなライブ感覚を味わうこともしばしばだったから、そういう意味では成功しているという思いがあった。迫田の指摘は捜査員たちの間では私見としてすでに言及されていることも多かったが、巻島はすべて貴重な意見として拝聴しておいた。

一方で、世間の目が巻島自身に強く向けられていることも、否応なく意識させられるようになった。飲食店や駅など人の多い場所に出向くと、遠慮のない視線が浴びせられる。まったく面識のない相手があたかも顔見知りであるような目を向けてくるのは、何とも妙な具合だった。巻島はテレビ局に行くのにも、自分の車を使うことにした。夕刊紙などには巻島にスポットを当てた記事などもちらほら出始めたようだったが、その内容まで知りたい気にはならなかった。

この一週間で視聴者から寄せられた情報は五千件に達

しようとしていた。中には首都圏以外の視聴者から届く応援のメッセージや番組の感想的な文を綴ったものも多く、検討に値する情報はそのうちの四割程度だった。

封書は手袋を嵌めた捜査員らによって、慎重に開封された。住所、氏名が記されていない匿名の封書は鑑識課に回されて、便箋に付着している指掌紋が採取された。

その後、文面の内容と体裁両面から細かな検討が行われ、〔バッドマン〕が捜査撹乱の目的で送りつけてきた疑いがないかどうか、ふるいにかけられた。

各類のAランクに分類された重要度の高い情報に対しては、捜査一課の捜査員らを中心にして編成された聞き込み班による裏付け捜査が始められた。東京都内からの情報も少なくなく、警視庁へ協力要請をするとともに捜査本部からも何人かの捜査員を派遣して、同様の裏付け捜査が進められた。

また、〔バッドマン〕を名乗ったもの……V類の郵便物も何通か届いていた。

「どうだ、手応えは？」

巻島は捜査本部のV類作業班専用にあてがわれた別室に入ると、作業テーブルで封書と睨めっこをしている津

田に声をかけた。

津田は老眼鏡の上から巻島を見上げ、苦笑混じりにかぶりを振った。

「世の中、暇な人間が多いようで」

「ふむ。ちょっと俺にも見せてくれ」

巻島は津田ともう一人、西脇辰則（にしわきたつのり）という文書鑑定に精通している科学捜査研究所の専門官にV類のはがきや封書を担当させていた。

「みんなCばかりか？」

津田の向かいに座る西脇が頷いた。

「一瞥して分かりますよ」

西脇は科学捜査研究所に保管されている早津名奈宛ての〔バッドマン〕の脅迫状を、それこそ穴が開くほど見てきている。一字一句が網膜に焼きついていると本人が自信たっぷりに言うくらいである。

巻島はV類の文書だけは自分の目でも確かめておこうと思っていたので、西脇の言葉はそれとして、一枚ずつ白手袋を嵌めた手で繰ってみた。

しかし、やはりと言うべきか、西脇が言った通り、真偽を悩まされるレベルには達していなかった。〔バッドマン〕という署名の横に「なんちゃって」とか、「ウソ

だよん」などと付け加えられ、おふざけ以外の何物でも
ないでたらめな文章が書かれているものも多い。検討す
る価値もない。

早津宛の脅迫状が各メディアを通して世間に公表され
ている以上、その体裁を真似た巧妙なＶ類文書が届くこ
とは巻島も想定済みである。しかしながら、今のところ
そこまでのレベルに達したものは何通もない。

「これなんかどうだ？」

巻島は、早津宛の脅迫状にイメージが近いと言えば近
い一通を取り上げてみた。

「まあ、Ｂに入れてもいいですけどね」西脇はそう言い
ながらも首を振っていた。「文字の大きさや文字間隔の
取り方は全然違います。文字自体も似せてはいますけ
ど、総じてアバウトですね。便箋の折り方も違うし、指
紋もベタベタ付いてます。内容も見るべきものがないと
くれば、子供のいたずらとしか判定しようがありませ
ん」

西脇は早津宛の脅迫状のコピーとそれを並べてみせ
た。

「ふむ……」反論可能な見地も見つけられず、巻島はた
だ相槌を打った。そして、「何通来てる？」と話を変え

た。

「十一通です」

「そうか」

まだ少ないな……そう思いながらも口には出さず、巻
島はその部屋を出た。

そのあとも捜査本部を回り、各班が情報の仕分け作業
や検討作業を進めていく様子を見て歩いていると、胸ポ
ケットの携帯電話が震えた。

「今、下に来てるんですよ」

そう言われて一階のロビーに下りていくと、捜査一課
特殊犯係時代の部下だった村瀬次文が上着を脇に抱えて
立っていた。

「元気そうじゃないか」

巻島はそばに寄るなり、昔より一回り肉をつけたよう
に見える村瀬の二の腕を叩いた。電話でこそちょくちょ
く私信を交わし合っていたものの、お互いに顔を合わせ
るのは巻島が捜査一課の管理官を外れて以来のことだっ
た。

「いやあ、ここの前の富士見坂っていうのは、きついっ
すねえ。軽く昼飯でもと思って来たんですけど、途中で
後悔しましたよ」

村瀬はハンカチで長い顔を拭きながら笑った。どこか四十路に入ったなりの悲哀が刻まれているような笑顔だ。

「安い飯でもいいか?」

巻島は腕時計で昼に近いことを確かめて、村瀬を通りの向かいにあるファミリーレストランに誘った。

宮前署の周辺は区役所などがあるものの、基本的には住宅街である。ファミリーレストランには若い親子のグループなどがちらほらと目立つ。巻島らはほかの客から距離を置いた一席に腰を下ろした。それでも遠目から若いママたちがひそひそ話を交えて巻島に視線を寄越してくるのが分かった。

「巻島さんもすっかり有名人ですね」

周囲の空気に気づいた村瀬が遠慮なく茶化してくる。

巻島は失笑で返しておいた。

「どうですか、目算は?」

「まだ分からないな」

「四百人態勢って話じゃないですか。うちの班からも何人か持ってかれましたよ」

「そりゃ悪いな」

「いやいや、それは別にいいですけど、それだけの連中

を仕切るのはさぞかし大変だろうなと心中察しましてね。捜一の強行犯係なんか食えないやつばっかでしょう」

「まあな」巻島は苦笑する。「でも早々と街に解き放ったら、ガスが抜けたみたいだ」

「犬も散歩させたら大人しくなりますしね」

村瀬はそんなことを口悪く言い、いたずらっぽく眉を動かしてみせた。

ざるそばに小ぶりの天丼が付いたランチセットを二つ注文する。

「そっちはどうだ?」

巻島は笑みを消して尋ねた。

「相変わらずですね」村瀬は軽く肩をすくめて答える。

「うちの帳場だけ時間が止まってるんじゃないかと思いますよ」

村瀬は今もなお六年前の桜川健児少年誘拐殺害事件の専従捜査員として〔ワシ〕を追っている。事件後、一時は二百人規模にまでふくれ上がった捜査本部には、誘拐捜査に携わった特殊犯係のメンバー数人も組み込まれた。その一人が村瀬だった。以来、捜査の活気も夢の跡という状態となった今も、まるで帳場の主のようにしが

188

みついている。

あの夜、村瀬は巻島の後ろについて〔ワシ〕を追い、幻の犯人を取り逃がした。翌日、桜川健児少年が遺体となって発見されると、真っ先に現場へ急行し、両親に遺体の確認をしてもらう重い役目を請け負った。巻島だけではなく村瀬にとっても、あの事件は消し去りようのない大きな影となって自分の中に残っているに違いなかった。

もはや〔ワシ〕の追跡が刑事人生そのものと言ってもいい村瀬に対して、巻島は率直に羨ましいと感じている。自分の忸怩たる思いを彼への期待に代え、何とか決着をつけてくれと託す気持ちがある。

「有賀……」

あの夜には知る由もなかった一人の名を口にしようとして、巻島は自分の唇が強張るのを感じた。

「有賀はどうなってる?」感情を押し隠して訊く。

村瀬は首を振った。

「最近は外に出ることもほとんどなくなりましたね。何を考えてるのか……引きこもりってやつですよ」

「そうか……それは張りがいがないな。俺の記憶がもう少ししっかりしてればよかったんだが」

村瀬はそれにも首を振り、笑みを付け加えた。

「あの夜の雑踏の中じゃ、そりゃ無理ってもんです。決めつけてみたところで、公判も持ちませんよ」

「ふむ……そうだな」

巻島は独りごちるように呟き、小さく息をついた。久し振りの再会を祝しての食事だったが、あの事件を話題から外すことなどはできず、必然的に呼び込むことになる気鬱な空気を甘んじて受け入れた。

村瀬も慣れっこらしく、二人で物憂く箸を動かした。

その週の木曜日に組まれた〔ニュースナイトアイズ〕の特集では、早津名奈宛てに届いた脅迫状についての検証がメインとなった。まだ視聴者からの情報に対して十分な捜査報告ができないとの理由から巻島が提案したものだった。早津も望むところとばかりに協力的だったので、企画はスムーズに実現化した。

画面には脅迫状を鮮明に写した映像が流された。

巻島は、科捜研の専門官の見解として、その脅迫状を解説してみせた。

「文面は一見、過激なんですが、文章的にはリズムがあ

って、非常に練れている印象を受けます。これだけの文章量なのに誤字脱字がないという点を見ても、下書きをして書いたような入念さが感じられます。疑問符を抵抗なく使いこなしていますし、普段から文章を書き慣れている、極めて知性の高い犯人像が浮かび上がってきます。

　文字は作為的に角張った書き方がされていますが、これが最後まで徹底されていることからして、注意深く神経が細かい一面が窺い知れます。同時にこれは、執着的な性格を有しているとも言えます。ほとんど改行をしないで文章を書き連ねているあたりにも、視野狭窄的な執着性が出ているように思われます」

　それに対して迫田は、普段からこの犯人が〔ニュースナイトアイズ〕の視聴者であると見られることや、中高生などの若年者である可能性は低いと推理できることや、〔バッドマン〕という自称が〔バットマン〕を単純にもじったものであり、かつて世間を賑わせた〔酒鬼薔薇聖斗〕などのように過剰な捻り方をしていないことからも、やはりある一定の年齢に達した大人がその正体である可能性が高いと思われることなどを指摘した。

　「えー、引き続き、神奈川県警の特別捜査本部では皆さんに情報提供を呼びかけております」

　いつものように韮沢が告知し、早津がフリップを掲げて連絡先を読み上げた。

　そのあと巻島は、さりげなく言葉を添えた。

　「一つ皆さんにお願いしたいんですが、このところ捜査本部に寄せられる封書などに、〔バッドマン〕を巧妙に騙った内容のものが増えてきております。これは捜査の妨げになりますので、ぜひやめて頂きたい。早津さんへの脅迫状にも見られるように、本物の〔バッドマン〕なら本人しか知り得ない話を入れてくるでしょうから、本物か偽物かはすぐに分かります。非常識な行為はどうかご遠慮下さい」

　巻島が言い終えると、韮沢が口をすぼめて小さく唸った。早津がやや憤慨した口調で、「本当、そういうことはやめて下さいね」とカメラ目線で言い足した。

　CMに入っても、早津はまだ不快さを拭えない様子で、「ひどいですねぇ」と巻島に向かって口を尖らせた。

　金曜日の夕刊紙には、前日の放送を受け、「神奈川県

警が二セ　"バッドマン"　続出にお手上げ」という見出し
で公開捜査を皮肉る記事も現れた。

翌土曜日に捜査本部に届いた郵便物は、仕分け作業の
担当者によって、土日を徹して各類に分類された。

V類に当たる郵便物は一気に急増し、その土曜日だけ
で二百通を超えた。

＊

日曜日の昼過ぎ、杉村未央子を白金台で拾った植草
は、愛車のSVXを西行きの目黒通りに乗せた。

型は七年以上落ちていて、とうの昔に生産中止になっ
ているこの国産スポーツクーペは、植草が方々の中古車
ディーラーを回った末にようやく手に入れたばかりのも
のだった。燃費は悪いし、内装も洗練されてはいない。
しかし、そんな欠点を補って余りあるシャープでエレガ
ントな外観に植草は心を惹かれた。流行の新車だけに愛
でる価値があると信じていた頃を過ぎ、本当にいいもの
を自分の感性で選べる歳になったと訳知り顔に語るつも
りはないが、そんな自分の趣味嗜好が悪い線を行っては
いないという自己満足めいた思いもある。

ただ、助手席に座った未央子がそのあたりのこだわり
を嗅ぎ取って、植草のセンスに共感してくれるかどうか
はまったく読めない話だった。むしろ未央子は乗り込ん
だときから、ジウジアーロのデザインも、本革のシート
も、水平六気筒のエンジン音もまるで興味がなさそう
に、漫然と前を見ているだけだった。

「実際のところ、捜査はどこまで進んでるの？」

不機嫌そうな影が差した彼女の横顔は、しかし、一瞥
を送るたびにはっとするほど端正で美しかった。

「実際も何も、巻島がテレビで話してる以上には進んじ
ゃいないさ。今はもう視聴者からの情報に頼るしかな
い。それを整理して一つ一つ潰していく作業に入ったば
かりなんだ」

「裏表なく、本当の公開捜査に徹してるってことね。世
間の注目を集めるはずだわ」

「まあ、厳密に言うと、公表してない事実もいくつかは
残ってるんだけどね」

植草がぽつりとこぼした言葉に、未央子は「例え
ば？」と鋭く反応した。

無意識に彼女を焦らした形となって、植草は苦笑す
る。

「それは未央子でも言えないな。容疑者に犯行を自白させるときまで外部には洩らせないんだ。まあ、被害者の服装とか細かい話がほとんどだから、明かしたところでニュース性はないよ」

そう説明しても、未央子がしばらく恨めしげな目を外そうとしないのを、植草は視界の隅で感じ取っていた。

「どれくらいかかるの、計算もつかないのね？」

「明日、明後日でないことは確かだよ。長丁場になるんじゃないかって気はするね。一カ月、二カ月で終わるんならラッキーだと思うよ」

それは植草の読みというより、未央子に不都合と思われる見通しだった。二カ月を超えれば視聴者の熱も冷める。しかし、一、二カ月程度ならワイドショーでも同じネタで視聴者を引っ張ることができる。ライバル番組の首を絞めるには十分な期間だ。未央子もそれに近い読みをしているのだろう。

案の定、彼女は苦々しそうに短い吐息をついた。

「他局もそうだろうけど、うちも来週あたりから川崎事件のニュースを大きくしていこうとしてるわ。今、取材班が休みを返上して動いてるけど、問題はうち独自の切り口が見当たらないってことよ。すべての面で〔ナイト

アイズ〕より弱いの。〔ナイトアイズ〕の独占報道の是非を糺す方向でって意見もあるけど、今は駄目。世間が〔ナイトアイズ〕の公開捜査に目を奪われて巻島さんのニュースについてるから、そんなことやったって逆効果になるだけだしね。このままじゃ泣き寝入りってことよ」

植草は神妙な面持ちで彼女の吐露を聞き留めたが、心情はそれとは別だった。彼女の弱音には蜜の味に似た甘い聞き心地があった。

冷静に思考を巡らしてみる。

植草が持っている切り札は、公開捜査の狙いが〔バッドマン〕からのリアクションを待つことにあるという事実である。これを未央子に渡せば、それは〔ニュースライブ〕のスクープとなり、〔ニュースナイトアイズ〕の公開捜査は足元から揺らぐことになる。

しかしそれでは、この計画の成否に責任を持つ一人として、あまりに背信的である。少なくとも、〔バッドマン〕が実際にアクションを起こすまでは切るべき札ではない。捜査側の狙いを知らせれば、〔バッドマン〕が鼻白んで闇から出てこなくなり、計画はあっけなく水泡に帰す結果となるだろう。この計画に先が見えてしまった瞬間、劇場の魅力は一気に下落する。ひいては未央子も

192

我に返って日常に戻っていくだろう。今の時点で選ぶべき手ではない。

自分が狙うべき道筋は、未央子に頼られる存在になりながら、一方でこの公開捜査を成功させるというところにある。〔ニュースライブ〕を巻き込んで、この公開捜査を社会現象にしていく。そこを目指すべきだと植草は考える。

「迫田和範には当たったのか?」植草は訊いてみる。

「え?」

「彼は別に〔ニュースナイトアイズ〕の専属じゃないだろ。未央子たちは現役捜査員が生出演してるってことで巻島に目を奪われてるかもしれないけど、客観的に見て、迫田は巻島以上の存在感であの特集を盛り上げてると思うよ。本当はあれ、先輩に敬意を表して巻島が引き立ててるところもあるんだけど、視聴者にしたら、さすがに迫田は伝説の捜一課長だっていうふうに見えてるはずだよ。〔ニュースナイトアイズ〕の特集がない日なら、簡単に引っ張ってこれるんじゃないか。迫田を前面に出して事件を独自に検証したら、十分、伍していけると思うよ」

「やだ……」未央子は動揺したように呟いた。しかし、

声音そのものは明るいものだった。「どうして思いつかなかったんだろ」

ほくそ笑む間もなく、彼女は上体を植草のほうに向けた。

「ちょっと戻ってくれない?　局に送って」

思わずという感じで伸びた手が植草の肩に触れた。

「何だよ。十年ぶりのデートだっていうのに」

口先だけの文句は、自然と冗談混じりになっていた。彼女の存在が彼女の身勝手さを包容させた。

「ごめん。でも、他局も動いてるかもしれないし、こうしちゃいられないわよ」

気分が浮き立ったような彼女の口調は、植草にとっては親近感がこもっているようにも感じられるものだった。一つの壁が取り払われ、確実に距離が縮まった気がした。

自分の存在が彼女に大きな影響を与えている……その実感が、彼女の身勝手さを包容させた。

「仕方ないな」

呟いた自分の言葉はいくぶん気障に響いて気恥ずかしくなったが、それも愛嬌だった。十年前とは違う満足感を抱いて、植草は横浜ベイブリッジ行きのドライブを取りやめた。

＊

ニュースナイトアイズ　巻島史彦へ

おい、いつも見てるぜ。もう世の中、俺様のことを忘れちまったと思ってたが、ここんとこずいぶんと派手に取り上げてくれちゃって、照れくさいったらありゃしねえ。ただ、俺様のことを「バッドマン」と呼び捨てにするのは許せねえな。ちゃんと「バッドマン様」と言いやがれ。フハハハハ。

お前、まじめなツラして事件の説明してるけど、俺様から見ればずいぶんと穴だらけだぜ。神木本町の竹ヤブじゃ俺様もうっかり落し物をしちまったが、そのこともまったく触れてねえ。見つけられなかったってことはねえだろ。ビートルキングだよ。あれでガキどもを誘い込んだんだ。分かったか？　あれは強いビートルだったのに、まったく惜しいことしたぜ。記念にくれてやるから家宝にでもしろ。フハハハハ。

今日はこんなとこにしとくか。また俺様の手紙が欲し

いなら、今度テレビに出るとき、頭を金髪のモヒカンにしておけ。それが合図だ。フハハハハ。じゃあな。阿婆世。

バッドマン

＊

「巻島さん」

月曜日の夜、そろそろ帰宅してミヤコテレビに向かう準備をしなければと考えていた巻島を、津田が呼び止めた。

津田はこの捜査本部に移ってきてからというもの、日暮れとともに仕事を終える古の人のような生活とは別れを告げ、夜更けまで黙々と仕事をこなす姿を見せるのが当たり前になった。五十代後半の身体にはさぞかしこたえるだろうと思いきや、そんな素振りは微塵も窺わせず、一度マンションの風呂に入ってからまた戻ってきたりと、周りも見上げる粘り腰で任務に当たっている。淡々、ひょうひょうとしながらも、激務なら激務に合った生活ができる骨太ぶりは、人生そのものが鍛錬の場であると語っているかのようだ。

その津田が彼にしてはいくぶん硬い表情で声をかけてきたため、巻島は何か予感めいたものを感じた。

津田と西脇はV類の文書を指紋採取作業の終わったのから順に鑑定しているが、夕方前に巻島が一度様子を見に来たときには、西脇が「驚くほど巧妙なやつが増えてきましたよ」と言っていた。

「そのほうがやりがいがあるだろ」

巻島はそう応えておいた。

本日分として届いた郵便物も土曜日に負けず劣らず多かったという。もちろん、それは巻島の読み通りの結果であった。

先週の木曜日のテレビ出演で、巻島は早津への脅迫状を検証し、現在、これを真似したいたずらが増えて困っていると告げた。〔バッドマン〕の"肉声"にもう一度スポットライトを当てると同時に、逆説的に心ない視聴者の模倣欲を煽ってみたのだった。しかし、単純に脅迫状の巧妙な模倣を増やしたいと思ってのことではない。その劇場がそれだけ魅力的だということだ。そして、魅力的な劇場なら、かつての主役がふらふら戻ってきてもおかしくはない。神の岩戸だろうが極悪人の岩戸だろうが、それを開けるためには踊りを踊るということだ。この岩戸は開いたのか。

V類の作業室を訪れた巻島に、西脇が一通の封書を差し出してきた。

「ふうむ……」

巻島はじっくりと一読し、深く息をついた。多少ならず、興奮が混じっていた。

我こそが本物だと主張するように、完璧な秘密の暴露がなされている。

「筆跡は同一なのか?」

「オリジナル自体が筆跡を隠した作為的な文字ですから、断言はできません。似ているとしか言えません。もともと筆跡なんて筆記具や書き手の気分や歳月の経過で微妙に変化しますから、指紋や声紋みたいに同一かどうか断言できるものではありませんよ。類似点もありますし、相違点もあります。これが今までのやつと違うのは、やっぱり内容ですよ」

「オリジナルは便箋に細字の水性ペンだったな。それは?」

「これはレポート用紙を縦書きに使ってボールペンで書いてますね。まあ、文字間隔はオリジナルに近いです

よ」

早津に最初の脅迫状が送られてきてから九カ月以上が経っている。連続性がないだけに、筆記具や紙が違っていてもおかしくはないか。

何気なくほかの手紙に目を移してみたが、彼らが今日これまでに鑑定した封書の半分ほどがAランクのトレイに入っていた。確かに思わず唸りたくなるほど、オリジナルに酷似している。自分がまいた種とはいえ、どれもその効果には驚きを隠せなかった。ここまでの模倣を誘った以上、真偽の判断は内容でするしかないという西脇の意見は妥当だろう。

「封書の表書きはどうだ？」

早津に送られた脅迫状は当時、ミヤコテレビの各ニュース番組が封筒の表書きも含めた現物の映像を流していたし、その後、新聞などでも鮮明ではないものの現物の写真が掲載されていた。しかし、今回のテレビ出演では封筒の表書きまでは流していないので、そこに書き手の癖が出ている可能性は十分ある。

「封筒は同じ茶封筒ですね」西脇が慎重に答える。「文字の大きさが若干違いますか。オリジナルのほうがやや大きいですね。住所と宛名の間隔もオリジナルのほうが

少し開いてますかね。宛名は『ミヤコテレビ御中』と『特別捜査本部御中』で両方とも『御中』を使ってます。封はオリジナルが糊付けでこれはセロハンテープです」

消印を見ると、オリジナルと同じ新宿だった。これも公表しているだけに参考にはならない。

「よし、分かった。指紋は？」

「オリジナルと比べると、今度は結構付いてますよ。完全なのは少ないですけどね。紙の縁に付いてるやつが使えるかどうかというところです」

「じゃあ、それを照合に回してみてくれ。ニアヒットが出るだけでも構わん」

それから巻島は、文章の中ほど、秘密の暴露をしている部分を黒く潰した手紙のコピーを作ってくれるよう津田に頼んだ。そして、受け取ったそれをかばんに入れて宮前署を出た。

「今日はちょっと番組中に重大な報告をしたいと思います」

本番三十分前、ミヤコテレビ報道局フロアのいつもの一角で韮沢らと簡単な打ち合わせに臨んだ巻島は、気づいたときにはそんな言葉を口にしてしまっていた。

言った瞬間に後悔をした。もっとさりげなく切り出すべき話だった。自覚している以上に、〔バッドマン〕から届いた手紙のことで自分の気持ちが上ずっているのを感じた。

「というと?」児玉デスクが興味深そうに身を乗り出してきた。

「いや、失礼」巻島は目を泳がせて声を落とした。「もしかしたら報告できるかもということです」

〔バッドマン〕から届いた手紙をどう番組の俎上に載せたらいいのか……淡々と報告するのか、〔バッドマン〕をさらに挑発するのか、どんなふうに料理すれば「次」につながるのか……捜査本部を出てからずっと考えていたのだが、指紋の採取には触れないほうがいいだろうなどといった細かい一つ二つの答えに行き着くのがやっとで、全体的な方向性には何の決定事項も出てはいなかった。考えてみれば今日の公開捜査は、今日のために一つ一つの手を打ってきたようなもので、ここで手を誤れば取り返しのつかないことになるかもしれないのだった。

それこそ、金髪のモヒカンになるべきかどうかまで真剣に検討する必要があるのではないか……しかし、こんなときに限って時間の経過は早く、巻島は焦燥感に呑み

込まれつつあった。気負いだけが後先構わず前に出ていき、気づくと迂闊なことを口走っていた。

重大な報告などと言っては、これこそ自分が望んでいた展開だと本音をさらしているようなものだ。隠していた狙いを見透かされてこの番組のスタッフを冷めさせてしまうのは得策ではない。

「何だろう……気になるなあ」

早津が頬をこりこりかきながら、目尻の下がった眼で巻島を覗き込む。

巻島は素知らぬ顔で視線を逸らした。

やはり今日はいったん発表を踏みとどまったほうがいいかもしれない。臆したつもりはないが、このままではあまりにも足元がおぼつかない気がする。

とするれば、これを次回の木曜日に回すと、先週木曜日の放送を見て金曜日に手紙を出したと思われる〔バッドマン〕へのこちらのレスポンスが、まるまる一週間かかることになるという点だ。一週間のタイムラグは劇場の魅力を削ぎ落とす危険をはらんでいる。

しかし、ここは、〔バッドマン〕の忍耐が人並みにあることを期待するしかない。

「じゃあ、よろしく」

韮沢の一言で打ち合わせが終わり、スタッフが三々五々散っていった。

この日の特集は十時五十五分から始まる予定になっていた。CMを挟んで正味八分ほど。それ以上時間を取ってもらっても、情報を集めての裏付け捜査がようやく軌道に乗りかかったばかりの現状ではそうそう報告する話もない。事件検証のときより半分以下の時間になったが、十一時をまたいで組まれているのは変わらない。誰も口にはしないが、〈ニュースライブ〉の開始時間にぶつけているのは明らかだ。

巻島はいつものように副調整室の片隅に立って出番を待った。十時半になり、中央の大きなモニターに番組オープニングのCG映像が映り、オープニングテーマ曲が流れ始めた。

画面がスタジオ映像に切り替わり、韮沢ら出演者が頭を下げる。

〈こんばんは、韮沢五郎です。また今週も夜十時半からの〔ニュースナイトアイズ〕が始まりました。一週間、よろしくお付き合い下さい〉

韮沢の淀みない挨拶が続く。

〈今日の〔ニュースナイトアイズ〕は政局、経済関連の

ニュースをお伝えして、予定通りであれば十時五十五分頃から特集『川崎男児連続殺害事件の謎に迫る』をお送りしたいと思います。本日も神奈川県警の巻島史彦特別捜査官と元大阪府警捜査一課長、迫田和範さんにお出で頂いております〉

韮沢は一呼吸置いてから、少し声のトーンを上げた。

〈巻島捜査官からは何か重大な報告があるということですので、お見逃しなく〉

思わず耳を疑った。児玉らの視線がはっと巻島に向けられた。

やられた。

そう思ったが、非難の矛先はどこにも向けようがなかった。

奥歯をぎりりと噛む。

こうなったら、発表しないわけにはいかない。嵌められた気がして釈然としないが、それはお互い様ということか。やらないわけにはいかない。

巻島は自分の感情にひとまずのふたをして副調整室を出た。報道局フロアに戻ると、打ち合わせの場所に置いておいたかばんから〔バッドマン〕の手紙のコピーを取り出した。そのままそこに座り、これをどう発表したら

いいか、改めて思案を巡らせた。

韮沢が重大な報告との触れを出した以上、それに見合った扱い方をする必要はあるだろう。コピーを広げてカメラで文面を映してもらい、これこそが本物の〔バッドマン〕からの手紙であると説明する。そこまではいい。

問題は、手紙をこの一通だけに終わらせず、いかにして〔バッドマン〕に二通目、三通目を送らせるかということだ。その流れに導いてこそ、〔バッドマン〕の尻尾を摑むチャンスが生まれてくる。

幸い〔バッドマン〕は、「また俺の手紙が欲しいなら」と、今後のやり取りに前向きな姿勢を見せている。そこをくすぐって、あくまでも冷静に次の手紙を待つのが適当だろうか。それとも、カメラ目線で話しかけ、「お前はどうしてあんなひどい事件を起こしたのか？」と挑発的な質問をしたほうが飛躍的な効果が望めるのだろうか。

この展開が世の中を刺激して、さらに手紙の模倣者が増えることも考えておかねばならない。大量の模倣の手紙の中から毎回本物の〔バッドマン〕だけを見つけ出すのはたやすいことではない。本物の〔バッドマン〕だけが用いる符牒を記してもらうか。それをどうやって〔バッドマン〕に知らせる？　この番組を使う以上、〔バッドマン〕へのメッセージは同時に模倣者たちにも届いてしまうのだ。

あらかじめ潰しておいた秘密の暴露を符牒に使うか。ここには捜査本部がマスコミに発表していない現場での遺留品が書かれている。〔バッドマン〕は次の手紙でもそれについて記しておいてくれと。

しかし、ほかにやりようがないのも確かだ。まるでクイズ大会のような騒動になるかもしれない。

「巻島さん、お願いします！」

児玉がフロアに顔を覗かせて呼んだ。まだ頭の中で無数の可能性が取捨されていない形で散らばっていた。否応なく流れていく時間に呑まれ、取り返しのつかない失態をさらした六年前を思い出した。あの二の舞になるつもりはないが、今日も時間は容赦なく巻島に大きな口を開けている。

副調整室を立ち止まらないままに抜け、スタジオに入った。ちょうど特集前のCMが始まったところだった。巻島は迫田に会釈を送ったあと、軽く韮沢を睨んでみた。それくらいの意思表示はしておいてもいいだろうと

思った。しかし韋沢は素知らぬ顔で進行表を繰っている。巻島に席を譲った早津が、代わりに申し訳なさそうな上目遣いで巻島に一瞥を送ってきた。

席に着き、女性スタッフにピンマイクをつけてもらう。

そこへ児玉が駆け寄ってきた。

「捜査本部の方からお電話で、出演前に至急お話ししたいことがあると」

思わぬ言葉に巻島は一瞬、思考が停止した。そこに「ＣＭ明け一分前です」との声が割り込んだ。

「ちょっと失礼」

巻島はピンマイクを外すと同時に立ち上がった。

「つないでおいて！」

そんな指示を飛ばす児玉を置いて、巻島はスタジオを出た。児玉が追いかけてきて、保留になっている副調整室の電話を巻島に渡してくれた。

「巻島です」

無理に声を落ち着けて電話を取ると、〈ああ、津田です〉というのんびりした声が届いた。

「津田長……どうしたね？」

〈ええ、それがですね〉その口調がのんびりとして聞こ

えたのは巻島自身が切迫した立場にいるからであって、津田も普段に比べればずいぶん落ち着きを失っている様子であるのがすぐに分かった。〈あれからほかの手紙をチェックしておったんですが、新たにもう一通、〔ビートルキング〕に触れているのが出てきたんです〉

「何……!?」巻島はそれがどういうことなのか訳が分からず、ただ絶句した。

〈ああ、ちょっと待って下さい〉

津田が言い、〈四通です。四通〉と、違う人間の声が取って代わった。西脇だ。

〈ざっと内容だけ見てみたら、手元にある中から四通出てきました〉

「そうか……」

四通も……。

「それぞれの筆跡はどうなんだ？」

〈もちろんみんなオリジナルを模してますけど、宛名書きとか明らかに別人と思われるものもあります〉

この現象を説明する答えは一つしかない。〔ビートルキング〕は犯人と警察だけが知る秘密ではなかったということだ。巻島はゆっくり回り始めた思考の中で、ようやくそこに気づいた。

200

「分かった。ありがとう」

巻島は電話を切って、スタジオに戻った。フロアのスタッフがＣＭ明け十秒前をカウントしていた。手早くピンマイクをつけてもらい、反射的に背筋を伸ばしたところで前のモニターに自分が映し出された。

「特集です」韋沢が口を開く。「川崎の男児連続殺害事件では当番組の検証をもとに、視聴者の皆さんから数多くの情報が捜査本部に寄せられています。本日はその情報を受けたのちの捜査にどのような進展が見られたのか、いつものように神奈川県警の特別捜査官、巻島史彦氏にお訊きしたいと思います。また、特別コメンテーターには元大阪府警捜査一課長、迫田和範氏にお越し頂いております。お二方、どうぞよろしくお願いします」

巻島と迫田が同時に首を動かした。

韋沢の進行でこれまでの捜査報告が進められた。捜査本部から児玉宛てにファックスで送っておいたレポートをもとに、新たな目撃情報の代表例を記したフリップが作成されている。

一枚目が裏付け捜査の結果、早々と事件とは無関係であることが確認されたもので、巻島がフリップに合わせて一つ一つ説明していった。二枚目は関係性が未確認で

あるＩ類のＡランクの情報をそろえ、同じような不審者や不審車両を目撃している人へのさらなる情報提供を呼びかけるような形を取った。確認、未確認を問わず、個人が特定されるような形で情報は除外されているか、表現がぼかされている。

視聴者から寄せられた情報が素材であるだけに、迫田もそれに関してはコメントのしようがないらしく、彼の話は警察の裏付け捜査がどのような形で行われているかを、自らの経験から解説することに終始した。

「いったん、コマーシャルをどうぞ」

ＣＭ前に「重大な報告」の話を向けられたらまずいとは思っていたが、迫田のコメントが時間を取ったこともあって、そうはならなかった。

「ＣＭ入りました！」というスタッフの声と同時に、巻島はくるりと椅子を回して韋沢と向き合った。

「申し訳ありませんが、『重大な報告』はできなくなりました」

はっきりそう言うと、韋沢は、周囲が今の言葉を聞いたかどうか確かめるように顔を巡らした。それから進行表に目を戻して、大きな独り言を吐いた。

「じゃあ、俺、嘘ついたことになるなあ」

巻島は文句の一つも返したい気持ちを押しとどめて、神妙に頭を下げた。

「申し訳ありません。何とかうまく収めて下さい」

韮沢はそれについては何も応えず、再び顔を上げて巻島を見据えた。

「結局、重大な報告っていうのは何だったんですか？」

カメラが回っていないだけで、懐を衝くような質問の遠慮なさは健在だった。この空気の中ではごまかし切れず、巻島は事実を答えるしかなかった。

「本物の〔バッドマン〕が書いたと思われる手紙が出てきたので、紹介しようと思いました。ですが、内容を精査した結果、模倣の可能性が高くなったという連絡が入ったものですから、今日紹介するわけにはいかなくなったんです」

韮沢も早津も迫田も、この公開捜査でそんな事態が起こり得ることには気が回っていなかったらしく、それが今回は本物と断定できなかったにもかかわらず、ちょっとした驚きを覚えたようだった。

「なるほど」ややあって韮沢が独りごちた。

「そんなに巧妙なんですか韮沢？」と早津。

「巧妙なものが多いです」

CM明け十秒前のカウントが始まり、場の空気から今のやり取りが消されていった。

CMが明け、モニターにスタジオ風景が映ったのと同時に、韮沢は一息をついて、レギュラーコメンテーターの杉山に微苦笑を向けた。

「この番組は報道番組という性格上、予告とは違う内容になることは日常茶飯事なんですが、冒頭に『お見逃しなく』とまで言ったニュースをお伝えできないというのは非常に心苦しいですね」

それを受けて、杉山も片頬で笑ってみせた。

「この特集のやり方っていうのは、文字通りの公開捜査なんだと思うんですけど、それゆえに公表できることと、できないことの選別は実に難しいだろうなと思いますね」

韮沢は一つ頷いてカメラに視線を移した。

「えー、冒頭に申し上げました巻島特別捜査官からの重大な報告については、残念ながらお伝えできなくなりました。不確定な事実が含まれていることが判明したためです。私もCMの間に巻島さんから概要をお聞きしましたが、確かに不確定である以上は、お伝えすべきでないと思われるお話でありました」

丁寧な説明に聞こえて、その実、視聴者の興味を惹くような思わせ振りの言い回しだ。巻島は韮沢のしたたかさに舌を巻いた。

韮沢はさらに付け足した。

「ただ、近いうちに改めて皆さんにお伝えできるかもしれないという気はしています」

〔ビートルキング〕の存在がなぜ犯人と捜査当局以外に洩れていたかという理由については、翌日の午前中に判明した。

ある通信社が配信した第四の事件現場での捜査活動の様子を撮った写真の中に、捜査員が〔ビートルキング〕を自慢げに掲げている姿が写っていたのだった。〔ビートルキング〕は簡単に視認できるほど大きくは写っていないが、かすかに脚も覗いて見え、勘のいい人間が凝視すればそれと分かるだろうと思われる。そんな写真がインターネットのニュースサイトなどに掲載されていたというわけだった。

「またお前か、チョンボッ！」

「チョンボッ！」

〔チョンボ〕とあだ名されている張本人の小川刑事は、同僚たちから遠慮のない罵声を浴びせられ、泣きそうな顔をしていた。

「まあ、済んだことは仕方がない」

巻島は一応、そんなフォローを入れておいたが、捜査上の大きな秘密が効力をなくし、本物の〔バッドマン〕の発見がより困難になったのは事実だった。

「やっぱり、殺害手口は明かすべきじゃなかったな」

刑事特別捜査隊の一員が軽率な行為を責められているのに乗じて、捜査一課の幹部連中からは、これ見よがしにそんな声が上がった。

西脇と津田は、混乱を生じさせて申し訳ありませんしたと頭を下げてきた。

「いや、いい。生放送に乗り込んでる以上、ああいうこともあるさ。懲りずにやってくれ」

巻島は柄になく悄然とした面持ちの津田らを激励し、この日も増え続けるV類の封書を担当する班に鑑識畑の人間を含めた五人の増員を決めた。

夜には各班からの成果報告を本田に上げてもらったが、何かの予感を感じさせるものは見当たらなかった。

公開捜査が始動してから二週間が経ち、そろそろ捜査も始まったばかりとは言えなくなってきた。〔バッドマン〕からの反応があるかどうかの保証はどこにもない。餌をまき、網をかけて、〔バッドマン〕がそこに引っかかってもおかしくないとの自信はそれなりにある。しかし、これからは日ごとにその自信が揺らいでいくことになるのかもしれない。

「捜査官、今日の新聞のテレビ欄は見ましたか？」

本田にそんな問いを向けられて、巻島は首を振った。テレビ出演の日でもないので、じっくり見てはいない。

「いや、大したことじゃないんですけど。それも、〔ニュースライブ〕でもこの事件の特集をやるらしいんで。それも、

『浪速のコロンボが読む』なんて書いてありましたよ」

「……そうか」

川崎事件についてはこの二週間、〔ニュースナイトアイズ〕の独壇場になっていたから、他番組も巻き返しを図ってくる頃だろう。視聴率競争には関わり合いにならないつもりだとはいえ、座間プロデューサーの一人勝ちを誇る笑みがお馴染みになっていただけに、ライバル局に割を食わせていることには一抹の後ろめたさも覚える。フリーの迫田が引っ張りだこになることで収まりが

つくのなら、巻島としても歓迎するべきことであった。

九時過ぎに宮前署を出た巻島は、官舎の自宅に帰って風呂に入り、その後、くつろいだ格好で居間のソファに腰を預けた。

園子が切ったキウイを口にしながら、しばらく漫然と〔ニュースナイトアイズ〕を見ていたが、十一時を回っているのに気づいて、〔ニュースライブ〕にチャンネルを合わせてみた。

迫田がいきなり映っていた。新聞記者上がりでジャーナリストの門馬厚と何やら会話を交わしながらどこかを歩いているVTRだ。第一の事件現場近くだとすぐに気づいた。

迫田に門馬とは〔ニュースライブ〕もずいぶん気合が入っている。この二人が現場を歩くだけで、大した話をしていなくても絵になる。実際、会話の内容は〔ニュースナイトアイズ〕の特集を超えるものではない。多少、彼らは自由な立場で物が言える分、視聴者の興味を惹くような憶測めいた話も飛び出すが、それは客観的に聞いていても説得力のあるものではない。その部分において〔ニュースライブ〕の公開捜査に太刀打ちできているとは言いがたい。

〈現場を回って頂きました迫田さんと門馬さんです〉

スタジオに映像が移って、迫田らが座っている姿が映し出された。キャスターは局アナの井筒孝典と杉村未央子だ。

〈迫田さんは、これまで神奈川県警が捜査に苦戦している理由は、どのようなところにあると思われますか？〉

迫田は一つ喉を鳴らしてから答える。

〈どうも実際の目撃者が非常に少ないんやないかと思いますな。皆無ではないんでしょうが、警察が捜査の初期段階で事実関係の公表を積極的に行わなかったために、その後の目撃者情報の収集が効果を上げなかったというふうには言えるかもしれません。この事件は快楽殺人の範疇に入ると思うわけですけど、犯人は殺害行為そのものにも増して、いかに首尾よく犯行をこなすかという点にも快楽性を見出しておるような気がします。五、六歳の男の子というのは親御さんの監視のないところで遊び回る年頃で、しかもその上の年代ほどは世間ずれしていない。すなわち、この子供たちは犯人にとって狙いやすかったから犠牲になったんでしょうな〉

〈そういうところにも、この犯人及び事件の特徴が見て取れるわけですね？〉

〈そうです。無差別殺人でありながら計画性がある。そこに早くから目を向けておれば、捜査のやり方も違ってきたんやないでしょうか〉

そのあと、無差別殺人が増加している近年の社会情勢について門馬が言及し、再び迫田に話が向けられた。

杉村未央子が訊く。〈迫田さんは捜査本部の幹部の方とよくお会いされているようですけど、何かお聞きになってらっしゃることはありますか？〉

〈いや、一緒に番組に出演させてもらっとるだけで、特別なことは何も聞いとりません〉迫田は自嘲の笑いをかすかに混ぜて言う。

〈実際に捜査はどう進展していると見てますか？〉

〈現在、目撃情報の収集を前面に出して、それを軸に捜査を組み立てておるようですが、今のところ事件の解決に直結するような情報は得られておらんようですな。なかなか難しいところだと思います〉

〈このまま現状のような停滞が続くとすると、今後の捜査にはどんな手が打たれると思われますか？〉

この杉村の質問は巻島の耳に引っかかった。淀みのない言い方を含め、まるで何かの話を引き出す打ち合わせ通りの質問のように聞こえた。

〈うーん、これはそれほど簡単な話でもなくてですな、捜査本部はテレビで情報提供を募りながら、もう一つの狙いも持っとると、私はそう見ておるんです〉

〈というと？〉

〈先週、捜査指揮官がテレビでこう言ったんですよ。『〔バッドマン〕の手紙を模倣するのは、捜査の妨げになるからやめてほしい』と。これが一つのヒントになっると思うんですな。つまり逆に言うと、捜査本部は本物の〔バッドマン〕からの手紙を待っておるんじゃないかということです〉

杉村は息を吸い込むような間を取った。

〈そうすると、警察としては、犯人とテレビカメラを通して、双方向のコミュニケーションを取ろうという意図を持っているわけですか？〉

〈だと思いますな。それを突破口にして犯人に接近したい……捜査本部はそう考えるでしょう〉

巻島は思わず舌打ちをし、次いで唸り声を上げていた。

迫田に守秘義務などないのだから、こちらの動きを読み取った見解をスクープ的に披露されても非難できる筋合いのものではないということか。それにしても、公共の電波で言ってほしいことではなかった。迫田が〔ニュースライブ〕に出演することなど知らなかっただけに、昨夜スタジオで「重大な報告」問題があったときも、彼に対してまではフォローしていなかった。海千山千の彼なら、あのいきさつだけでここまで読むのも当然と言えば当然だ。

〔バッドマン〕がこの番組を見ていないことを祈りたいが、どちらにしろ、ほかのメディアがこのことを取り上げれば関係はなくなる。迫田が言ったような狙いが本当にあるのかどうか、報道陣から捜査本部に問い合わせが来るのも間違いない。

〔バッドマン〕のいる闇も深まりを増し、そのまま〔バッドマン〕が捜査の見通しに暗い紗がかかったような気持ちにさせられた。

巻島は捜査の見通しに暗い紗がかかったような気持ちにさせられた。

網をかけていることを知った魚がこのことやってくるだろうか。

その姿は想像でも見えなくなる。

*

迫田が〔ニュースライブ〕に出演した翌日、植草は巻

島とともに本部長室のドアを叩いた。

「下手を打ったな、巻島」

デスクの前に直立する植草と巻島を睨め上げた曾根本部長は、今日ばかりは失笑を付け加えなかった。

「迫田に洩らしたか?」

「直接、情報を与えたわけではありません。あの人とは打ち合わせも別ですし、お互い私語も交わしません。ただ残念ながら、こちらの動きからそういう気配を嗅ぎつかれてしまったようです」

本部長から殺気立った視線を投げかけられても、巻島は淡々として見えた。

「あのクソジジイめ、勘だけは働きやがるな」

本部長は舌打ちとともにそう吐き捨て、再び巻島を睨めつけた。

「で、お前、どうするんだ?」

巻島の横顔に変化はない。

「基本的な方針は変更しません。ただ、〔バッドマン〕からのアプローチを得るために何か考えたいと思います」

「二人で相談して何とかしろ」

本部長は椅子の背もたれに背中を預けて、もう行けと

いうように顎をくいと動かした。

「何か考えはあるんですか?」

廊下に出たところで、植草は巻島に訊いた。

「とりあえず、開き直るしかないかと思ってます」

「というと……?」

「ええ、公言します。もちろん、番組内で」

「そうですか……まあ、こうなったら、そうするしかないかもしれませんね」

〔バッドマン〕からまだ何のアプローチもないうちに捜査本部の目論見が見透かされてしまったのは大きな痛手に違いなかったが、巻島がすでに次の手を視野に入れていて、受けたダメージがそれほどでもなさそうなことに、かすかにあった植草の罪悪感も消えた。

罪悪感の代わりに浮かんだのは、決して小さくない愉悦感だった。

〔ニュースライブ〕は植草が助言した通り、迫田の起用がまんまと嵌まった。この劇場型捜査はとうとう〔ニュースライブ〕をも巻き込んで、さらにセンセーショナルになろうとしている。

自分の役もますます増えてきそうだと植草は思う。

「会議、同席しますよ」

植草は巻島の背中を追いながら、緩みかけていた口元を引き締めた。

＊

「我々は〔バッドマン〕からのメッセージを待っています」

木曜日の〔ニュースナイトアイズ〕で、巻島はカメラを前にそう言い切った。それまで一般マスコミには、〔バッドマン〕からの封書等が送られてくる事態も想定していないわけではない」というような言い回しで言葉を濁していたが、それでも、捜査本部がそれを狙っているのはもはや疑いのない事実だという論調が各メディアにできつつあった。巻島はそれを認めた形になった。

「なぜこのような事件を起こしたのか、今、何を考えているのか、我々は〔バッドマン〕本人の言葉を聞きたいと思っています。何か言いたいことがあるはずです。我々はそれを聞く用意があります。そして、それに対する返事を約束します。

ただ一点、その封書が明らかに〔バッドマン〕本人の

ものであるという証拠を記してもらわなければなりません。それは、一連の事件について捜査本部が発表していない事実を文章に含めるということです。〔バッドマン〕と捜査本部だけが知っている事実です。例えば、第二の事件、桐生翔太君の服装の特徴、子供たちに与えた菓子やジュースの銘柄、第四の事件、小向音樹君の帽子のブランド、などなどです。

もう一度、言います。我々、いや私は〔バッドマン〕と直接、言葉のやり取りをしたいと思っています。宛先はこちらに」

巻島はフリップに手書きした郵便番号と住所、「宮前警察署特別捜査本部　巻島史彦」の文字をカメラに向けた。

巻島が赤ランプのついたカメラに視線を向けながら喋っている間、〔ニュースナイトアイズ〕にはいつもの〔ニュースナイトアイズ〕ではない独特の空気が生じていた。韮沢や早津が主役の報道ではなく、巻島と〔バッドマン〕が主役の、報道と似た何かだった。ほかならぬ巻島自身がその空気を感じていた。

番組開始前の打ち合わせで今日の方針を提案したとき、韮沢も番組

はさらさらなかった。

「あまりそういうことには期待してません。まあ、〈バッドマン〉と打ち解けたら、胸に赤いバラでも挿して、どこかで待ち合わせしようかと思ってますよ」

そう応ずると、迫田の顔から柔らかさが消え、「ふん」

と不機嫌に唸る声が返ってきた。

指紋が採れそうなんか？」

確かにオリジナルを見る限り、〈バッドマン〉は便箋への指紋の付着に完璧な注意を働かせているわけではない。だから、新たな手紙を受け取ることによって、照合に使える指紋が得られる可能性は十分あるし、実際その期待は高いわけだが、それをそのまま迫田に話すつもり

「あんた、〈バッドマン〉からのアプローチがあったとして、それをどうやって捜査に結びつけるつもりなや？」

出演が終わってスタジオを離れるとき、珍しく迫田のほうから声をかけてきた。

ともかく、ここで公開捜査が破綻するという結果は避けられた形となった。

を前にしているだけに慎重な態度だった。渋い表情を作って考えあぐねる様子を見せていた。しかし、初顔合わせのときとは逆に、この特集が社会問題化することを是と捉えるようになっていた座間プロデューサーの前向きな姿勢も後押しし、最後には「やってみるしかないな」との言葉が韮沢の口から洩れた。巻島がすでに〈ニュースナイトアイズ〉に幾度かの出演を果たしているという既成事実があり、それがなし崩し的な効果を及ぼしたことも確かなようだった。

# 6

った菓子はうまポテトやチョコグルメだ。ジュースはいつもあっさりオレンジだったな。二番目のガキの服は確か、上がエンジのTシャツで下がジーンズの短パンだったはずだ。こんなとこで十分だろう。また書いて欲しかったらラブコールするんだな。フハハハハ。

じゃあな。阿婆世。

バッドマン

*

「どう思う？」

巻島は文書を一読して、Ⅴ類を担当する七人に視線を巡らせた。

「おそらく本物だという意見で一致しました」西脇が慎重な口振りながら、はっきりと言った。「文字の大きさや文字間のバランスが極めて似ていますし、『文字の中に不満を持ってる連中を扇動したほうが早いっても同じ、ペンも同一種だと思われます。〔ビートルキング〕のときより可能性としては数段高いと言っていいかと思います」

「ふむ……」

津田と目を合わせると、彼も小さく頷いた。

---

お前の熱烈なラブコールにこたえて書いてやるぜ。俺様こそ正真正銘、本物のバッドマンだ。お前、俺様の言葉を聞きたいらしいな。事件のことや今の俺様のことを知りたいらしいな。教えてやってもいいぜ。今の俺は理想の国家を作るためにいいアイデアを練ってるところだ。ガキどもの青田買いはもうやめた。やっぱりこの世の中に不満を持ってる連中を扇動したほうが早いってもんだ。そのうちこの日本にバッドマン王国が忽然と出来上がるだろうから楽しみに待っててな。フハハハハ。

おっと、俺様が本物のバッドマンか疑ってやがるな。いいとも、証明してやろう。俺様がガキどもに与えてや

先週の木曜日に〔バッドマン〕へ直接呼びかけて、そしてこの火曜日。V類に仕分けられたトータル九百二十通の中からこの一通が出てきた。

昨夜のテレビ出演で巻島はもう一度、〔バッドマン〕に呼びかけている。次の出演は木曜日の予定だ。しかし、それでは日にちが開き過ぎる気がする。

「指紋は？」

「部分的な掌紋が一箇所、書き出しのところで採れてます」西脇が答える。「さて、どう書こうかと手を止めたときに付いたような感じですね。あとは擦過痕がいくつか……」

消印は横浜中央、昨日の八時から十二時。ポストの収集時刻にもよるが、日曜日の午後あたりから月曜日の朝までに投函されたと思われる。

「分かった。掌紋は照合に回してくれ。それから秘密の暴露部分を隠したコピーを一部」

巻島は自分が使っている別室に移ると、〔ニュースナイトアイズ〕の児玉のところへ連絡を入れた。

「昨日はどうも」

巻島は挨拶もそこそこに、本物の〔バッドマン〕から来たと見られる封書が届いたことを告げた。児玉も一気に緊

張した声音に変わった。

「それで……それは今日の番組に乗せられるんですか？」

「それをこちらからもご相談しようと思いまして」

「いや、番組的にはまったく問題ないですよ。私が何とでもしますから。ああ、ただ迫田さんはたぶん〔ライブ〕の日だから呼べないかもしれませんけど……でも、やりましょうよ」

「分かりました。その予定でお願いします」

前回の「重大な報告」騒動では、どのようにそれをカメラの前で報告したらいいのか直前まで腹が決まらなかったが、今回はそのときの心境とは違う。すでに〔バッドマン〕への呼びかけという、言わば開き直った手段を使っているだけに、もはや婉曲的なやり方を探す必要はなくなった。

その後、巻島は県警本部の植草と連絡を取った。植草もまた興奮気味の口調で待ちに待った展開に反応した。

「今夜、発表するわけですね？」植草が念を押すように訊く。

「そうです。番組サイドにも都合をつけてもらうよう話してあります」

通常の特集の日ではない今夜、〔バッドマン〕が番組をチェックしていない可能性もなくはないが、それは自分の出した手紙にいつ反応が来るか、毎晩番組をチェックしている可能性のほうが高いというものだろう。キャッチボールに余分な間合いはないほうがいい。

「これからが正念場ですね。気を引き締めて行きましょう」植草が上司らしい台詞を送ってきた。

「とりあえず今から幹部会議を開こうと思ってますが」会議に顔を出すことが当たり前になりつつある彼を気遣って、巻島は一応の断りを入れた。

「あ、僕も出ますよ。待ってて下さい」

事態が動き始めて、じっとしていられないという言い方だった。

植草の到着を待って、夕方前に臨時の幹部会議を招集した。〔バッドマン〕から送られてきた手紙のコピーを参席者に配布して、それについての報告を行った。各捜査班が追っている行動確認対象者の中で、日曜日から月曜日の午前中にかけて封書を投函した者がいないか確認を進めるよう通達した。また、今夜巻島が臨時にテレビ出演して〔バッドマン〕へ返答するため、不審な行動が確認できなかった対象者はすみやかにマークから外し、

新たな対象者をリストから選んで、ここ一両日の監視を強化するよう付け加えた。

「行確で手紙の投函をチェックすることについては、公開捜査では触れない、我々の裏の動きでもあります。任務は慎重に、マスコミ等に対しても目立たない形で行うよう指導して下さい」

最後にそんな注意事項を付け足したところで巻島は会議を締めた。

夕方には、ミヤコテレビに出社した児玉と電話で打ち合わせをした。巻島の出番は番組の冒頭、トップニュースで、ということに決まった。夜になり、巻島は番組出演用の服に着替えるため、いったん帰宅することにした。

署の外に出てみると、巻島の車の前で記者らしき男が一人張っていた。

「捜査官、これからどちらへ？」周囲を窺いながら、殺した声で訊いてくる。

「家に帰るよ」巻島は素っ気なく答えた。

「そうですか？　ちょっとお急ぎの感じにも見えますが」

巻島は車のドアを開ける手を止めて、後ろの記者に目を向けた。確かに気持ちとしては慌しいが、それをことさら素振りで見せた覚えはない。ずいぶん勘のいい記者だなと思った。

「君はどこの社?」

「第一テレビです」

〔ニュースライブ〕の局だ。〔ニュースナイトアイズ〕と正面からがっぷり組もうとして神経を張っているわけか。

「何か動きでも?」

記者の口調はほとんど確信を持っているようでもあった。

「あるとしたら、記者クラブに連絡が行くだろう」

「あれもひどい話ですよね。直前に連絡が来るんだから、対応し切れませんよ」

巻島は聞き流して、車のドアを開けた。

「出演ですか、今日?」

「見て確かめたらどうだ」

巻島のその答えをイエスと受け取ったらしく、記者は質問を重ねてきた。

「出るってことは、あれが来たってことですよね。そう

するとトップですか?」

巻島はそれ以上相手になるのはやめ、車に乗り込んでドアを閉めた。

記者のほうは今のやり取りだけで収穫を得たと判断したらしく、携帯電話を出してどこかへ連絡を取り始めた。

確かに、いきなり報道資料を配られるのと、事前に何の発表がありそうか薄々察しているのとでは、対処の仕方も違ってくるだろう。〔ニュースライブ〕なら、番組中に待ってましたと取り上げることができるかもしれない。

それにしても勘のいい記者だな……巻島は改めて思い直しながら、車を発進させた。

「え─、本日のトップニュースです。川崎男児連続殺害事件の犯人、自称〔バッドマン〕からのものと見られる手紙が今日、特別捜査本部のある宮前署に届いていたことが明らかになりました」

韮沢の声は普段よりいくぶん硬く、同時に張りが増していた。

手紙が鑑定され、本物の〔バッドマン〕のものである

と判断されるまでのイメージ映像がドキュメンタリータッチのナレーションとともに流れた。

それが終わると映像はスタジオに戻り、巻島が映し出された。

「本日は急遽、お馴染み神奈川県警の特別捜査官、巻島史彦氏にお越し頂きました。巻島さん、よろしくお願いします」

「こちらこそ」

「で、こちらが〔バッドマン〕が送ってきたものと見られる手紙のコピーだということですが……」

「ちょっと読んでみますね」

早津が手紙のコピーを貼りつけたフリップを立て、黒く塗り潰した部分以外を朗読した。

続いて韮沢が巻島のほうに心持ち身を乗り出した。

「以前、〔バッドマン〕を模倣した手紙が届いているとおっしゃってましたが、それが模倣であって、これが本物であると判定された理由というのは?」

「はい」巻島は答える。「ここの塗り潰してある部分には、犯人と現場を検証した捜査本部しか知り得ない情報が書かれています。被害者の子供たちに分け与えた菓子の銘柄ですとか、マスコミ発表に載っていない子供の服

装の特徴などです。これは一般の模倣者に書ける内容ではありません。それから便箋の種類や文字の体裁、宛名の書き方などもオリジナルと呼んでいる早津さんへの脅迫状のものとほぼ一致しています」

「オリジナルを受け取った早津さんはこれを見てどう思いました?」韮沢が早津に視線を移した。

「いや、まさに私が受け取った手紙の雰囲気そのままなんで、ぞっとしました」

韮沢は一つ頷き、「おそらく〔バッドマン〕は今夜もこの番組を見ていることでしょう」とカメラ目線で言った。

それから巻島を見て話を進める。

「内容について、巻島さんはどう読まれましたか?」

「ええ、これだけの文面から〔バッドマン〕の心理と環境を読み取るのはなかなか難しいんですが、二つ言えることがあるとすれば、一つは彼自身、すでに幼児児童を巻き込むような犯罪行為から一歩引いた心理状態にあるということです。連続事件というのはまさしく犯罪心理の連続性によって惹き起こされるものですが、最後の事件から八カ月以上が経過した今、その連続性が途切れたと言えるでしょう。なぜ、そうなったの

かは分かりません。私はそれを知りたいと思います。

もう一つは〈バッドマン〉がいまだ、この世の中に対して何らかの不満を持っているということです。具体的に何なのかは分かりません。それも私は知りたいと思っています」

「ここに、また書いてほしかったらラブコールしろとありますけど、巻島さん、何かあれば」

「はい……では、言わせて下さい」巻島は赤ランプのついた正面カメラを見据え、一呼吸置いてから続けた。

「〈バッドマン〉に告ぐ。また私に手紙を出してほしい。君の考えがもっと知りたい。なぜ事件を起こしたのか、もっと具体的に話を聞かせてほしい。子供を舎弟にして理想国家云々という話を私は信じていない。一人の人間が越えてはならない一線を越えてしまった……どうしてもそうしたかった理由があるはずだ。それを教えてほしい。人間同士、本音をさらけ出した話がしたい。次の手紙には符丁としてもう一度、スナック菓子の銘柄を記してほしい。それから今後、このやり取りを円滑に続けるために、暗号を一つ添えてもらいたい。これからはそれが君の手紙だという印になる。以上」

出演を終え、ドーランを落とした巻島は、報道局フロアに設置されたモニターの前で帰りの足を止めた。

〈この手紙をきっかけにして、警察はどう犯人に迫ろうとしていると迫田さんは思いますか？〉

〈いや、これがすぐさま犯人逮捕に結びつく手になるとは考えられないんですなあ。まあ、投函した場所や時間帯から犯人の生活習慣なんかが浮かび上がってくることもありますが、まあ、それだけではなかなか……という
ところですしな〉

モニターの一つが〈ニュースライブ〉を流しており、迫田と門馬が公表されたばかりの〈バッドマン〉の手紙について、ああでもないこうでもないと意見を交わし合っていた。

「迫田さんでもこれは苦しいなあ」

巻島と一緒にモニターを見ていた児玉が、臨場感では
うちの圧勝だとばかりに、したり顔をしてみせた。〈ニュースライブ〉は独特の嗅覚で先回りの取材を重ねていたようだが、児玉も言ったように、その執念が反映されているとは言いがたかった。現役捜査官が出ているかどうかでインパクトがまったく違ってくる。当人の巻島としても、それは感じざるを得ない。今日は同じニュース

が二つの番組で前後しただけに、はっきりとその差が出た格好となった。

「児玉さん、川崎事件の件で視聴者から電話ですよ」

近くのデスクについていた報道局員が声をかけてきた。

「お電話代わりました」

しばらく電話の声に耳を傾けていた児玉は、やがて慇懃に返事をして受話器を置いた。

「クレームでした」児玉は舌を出して言った。「何だか今日の巻島さんは、凶悪犯を手厚く歓迎してるみたいで不愉快だったって」

「早速、反響が来ましたよ」

言いながら、児玉は近くの電話に取りついた。

巻島は微苦笑で返しておいた。こういう展開になれば、早晩そんな反応もあるだろうとは思っていた。極悪非道な人間を喜んで舞台に上げようとしているのだから、見方によっては気分のいいものではないだろう。

「児玉さん、電話出てくれます?」

遠くからも声がかかり、児玉は巻島に肩をすくめてみせた。

「じゃあ、私はここで」

劇場を取り巻く温度が微妙に変化しつつあるのを感じながら、巻島は局を辞した。

＊

巻島史彦へ

おいおい貴様、いい加減にしろ。本物のバッドマンからの手紙が届いただと。紛い物に騙されやがって、笑わせるんじゃねえ。何が理想国家だ。俺が作りたいのは理想社会だ。国なんてもんには興味はねえ。いいか、俺がお前に手紙を出すのはこれが初めてだ。クイズのような問題にたまたま当たったやつがいたからって、俺様と間違えてもらっちゃ困るぞ。俺様にあこがれるやつがいるのは分かるが、偽者がまかり通っちゃ黙っていられねえぜ。ちゃんと俺様が本物だってことを分からせてやる。二番目のガキが本物だってことを分からせてやった菓子はチョコグルメやうまポテトだ。二番目のガキが何を着てたかだって覚えてるさ。靴はベージュ色のTシャツに膝丈のジーパンだ。マンガがついてたな。最後の事件のガキがかぶってた青い帽子

216

便箋の種類もオリジナルと同一であり、ペンも同じとれだけじゃねえ、俺様はガキに黒のビートルキングを見られる。文字の大きさ、バランス、体裁も共通性が強せてやったんだが、帰るときにヤブの中で落としちまっい。

「私もそう思います」西脇が声を絞り出すようにして言たら、うっかり手を滑らせてヤブの中で落としちまっった。「筆圧の加減とか文字の角の付け方とか、オリジた。お前ら本当は見つけてんだろ？　前におもちゃがどナルそのものです。これに比べれば、テレビで公表したうとか言ってやがったもんな。

どうだ。今すぐ偽者の手紙は破り捨てちまいな。聞きやつはせいぜい八十かそこらの確率しか与えられないなたいことがあるなら、改めて俺様に聞け。男同士、腹をと思います。これは九十九パーセント本物です」

割って話そうじゃねえか。フハハハハ。そう言ってから、西脇は巻島に頭を下げた。

俺様の名前の前に暗号をつけておいてやるぜ。これが「申し訳ありません。無用な混乱を惹き起こしてばかり書いてあるものだけが俺様の手紙ってわけだ。で」

早津、いい気になるなよ。「いや、気にするな。これがまさしく本物の〔バッドマじゃあな。阿婆世。ン〕というなら、捜査はとにもかくにも動いてるという
ことだ」

　　　　　　　　　帰ってきたバッドマ「しかし、先週の本物と思ったやつは何だったんでしょン　う」西脇が釈然としない顔をして言う。「下手すると

新しい週が明けた月曜日の昼過ぎ……この手紙を囲ん〔ビートルキング〕みたいに、ほかにもまだ世間に洩れで、Ｖ類の担当班は声をなくしていた。てる事実があるって可能性も……」

「本物だな」「そこまで気にかけてたら、きりがないさ」巻島はかぶ沈黙を破って、巻島は呟いた。りを振った。「本物がようやく出てきた。それでいいじゃないか」

先週の火曜日の放送を受けて、先週の時点では本物と思われていた〔バッドマン〕からの返答がすぐに届いていた。巻島は先週木曜夜の〔ニュースナイトアイズ〕に出演して、再びその〔バッドマン〕に、さらなるメッセージを送ってくるようメッセージを送った。掌紋が採れて一喜し、犯歴照合でヒットせずに一憂した。先週一週間は偽の〔バッドマン〕に振り回されたわけだ。だが、それで本物の〔バッドマン〕が現れたのだから、結果オーライとも言える。

それらはまさしく茶番だったことになる。先週一週間は偽の〔バッドマン〕に振り回されたわけだ。だが、それで本物の〔バッドマン〕が現れたのだから、結果オーライとも言える。

消印は渋谷。

「この、『ベージュ色のTシャツ』というのは少し引っかかりますな」

マイペースな口調で言葉を挿んできたのは、津田だった。

「ええ……確かに正解は臙脂色なんですよね」西脇が応える。

「色ですからね。多少の記憶違いはあるでしょうね」班員の一人がそんな言い方で説明をつけようとする。

「しかしですな」津田がもう一つ納得いかないように渋い顔をする。「ほかは靴の絵や絆創膏なんかもちゃんと

憶えてるわけでしょう。この犯人、もしかしたら犯行メモを残してるかもしれない」

「ああ……快楽殺人ですからね。それはあるかもしれませんね」

「でも、自信を持って書いてるように見える服の色が違うというのは……」津田は呟くように言って唸る。

確かに、ベージュと臙脂では色合いにかなりの差がある。ベージュはどちらかと言えば明るい色であり、臙脂は暗い色だ。しかし、それを今考えても仕方がない。

「まあいい。指紋はどうだ?」巻島は西脇に訊く。

「オリジナルと同様で、はっきりしたやつは付いてないですね。紙に手を押しつける圧が足りないのか、手の動きがせわしないのか、あるいは手を洗ってから書いてるのか……この犯人独特の書き癖でこうなってると思います」

「意識的に紋が付かないようにしてるわけでもないんだな?」

「だと思いますね」西脇は頷く。「あと、封筒からはいくつか紋が採れてますけど、これは郵便局の集配ルートをたどって関係者指紋を除いてみないと」

「分かった。その手配は本田に頼んでおこう。じゃあ、

とりあえず例によって潰すべきところを潰したコピーを作ってくれ」

先週の判断を覆す以上、捜査本部内の混乱を鎮めておくことが先決だと思い、巻島は植草への報告を後回しにすることにした。彼を捜査本部に呼んでいる時間もない。

巻島は臨時に幹部たちを集めて、現状の報告をした。

本物の〈バッドマン〉が手紙を投函したと思われる木曜日の夜から金曜日の朝にかけて、網をかけている行動確認対象者が郵便物を投函していないかをチェックすることと、あるいは、IからⅣ類の郵便物の中に、〈バッドマン〉と同種の便箋やペンを使ったものがないかどうか確認することを要請した。後者のほうは、〈バッドマン〉が捜査の撹乱を狙って、これまでに虚偽の情報を送ってきている可能性もあると踏んでのことだった。

「まったく……」捜査一課の管理官、藤吉がコピーに視線を落としたまま、不機嫌そうな呟きを発した。「今度こそ間違いなく本物なんだろうな」

「何もなければ以上で」巻島はそれを無視して会議を締めようとした。

「一つ報告させて頂きますが」必要以上にゆっくりとし

た調子で言いながら、捜査一課の係長、中畑が挙手をした。

「どうぞ」

「このところ、社会的に〈バッドマン〉を英雄視する空気が生じ始めていて、元をたどると巻島捜査官がそれを助長している……あるいは、巻島捜査官が〈バッドマン〉に媚びる姿は実に見苦しい……さらには、テレビで盛んに〈バッドマン〉、〈バッドマン〉と巻島捜査官が嬉々としてラブコールを送るのは、被害者遺族の感情をないがしろにしたまったくもって不届き極まりない行為である……と、いろんな声が巷では飛んでおりまして、そんな投書が情報の仕分け作業等にも支障を来きしていると聞いていますし、外回りの捜査員の士気にも影響を及ぼしているわけなんですが」

言い終わると、中畑は人を食ったように鼻毛を抜いた。

「多少の障害はこの捜査に付きものだと考えて下さい」巻島は冷ややかに受けた。「被害者の会からクレームが来てますか？　来てないなら気にすることはない。我々はいつもより注目を浴びているだけのことです」

中畑がしらけたようにあらぬほうへ目を逸らしたのを

「迷走ですな」

返答と受け取って、巻島は散会を伝えた。

中畑は周囲に聞こえるような大きな独り言を吐いて部屋を出ていった。

ほかの幹部らも冷たい空気を残して次々に退室していき、本田だけが最後に残った。

「順風だ」

巻島が言い、本田と二人、失笑を交わし合った。

しかし、本田はすぐに笑みを消した。

「実は先週末にこんな手紙が届きまして、私の預かりにしてあるんですが」

彼は落とした声で言い、一枚のコピー用紙を巻島に差し出してきた。

　近頃、世間を賑わす滑稽なもの。

　その昔、己の尻尾を嚙んだ哀れなドブネズミ。今は落ちぶれ、見世物小屋行き。毒に酔って破廉恥踊り。英雄気取りも嘲笑の的。見るに堪えない醜悪ぶり。

　末路に光はなく、毒の回ったネズミはいずれ無様に悶死するだろう。

　ワシはただ、それだけを楽しみに待つとする。

一読して、巻島は喉がぎゅっと締めつけられるような窒息感に襲われた。顔が火照り、不快なざわめきが神経を駆け巡った。

長く沈黙を挿んで気持ちを落ち着けた。本田も声をかけてこようとはしなかった。

筆跡や体裁は似ている。とはいえ、〔ワシ〕も〔バツドマン〕と同じように作為的な文字だけに模倣は利く。

「指紋は？」

「出てません」

「そうか……分かった。　預かっとく」

「どう思いますか？」

本田の問いに、巻島はかぶりを振っただけだった。

「郵便物にしろメールにしろ、ここんとこ、巻島捜査官は六年前の事件のあの人だろうっていう声が多くなってきてます」

「別に隠してるわけでもないさ」

そう応えると、本田は口元だけで笑って、部屋を出ていった。

巻島は電話を取って、村瀬の携帯電話につなげた。

「巻島だ」

「ああどうも、お疲れさんです」

「今いいか?」

「いいですよ」いつもと変わらぬ気さくな口調で村瀬が応じる。

「有賀はここんとこ、どうしてる?」

「相変わらずの引きこもりですよ」

「先週、手紙か何かをポストに入れたことはなかったか?」

「彼がですか?　ありませんねえ。先週は一回も外に出てませんよ」

「そうか……母親は?」

「母親にしても暗い顔してパート先とスーパーと家を行き来してるだけですから……そういう報告は上がってませんねえ。どうかしましたか?」

「いや、ならいい。ありがとう」

巻島は電話を切り、手紙のコピーの上に吐息を沈滞させた。静かな部屋に一人身を置き、我に返って感じるものは、やはり言い知れぬ薄気味悪さだった。

この週から巻島は、番組出演の日については〔バッドマン〕からの手紙を受けてから決めたいと児玉に申し入

れていた。ただ、先週巻島たちが〔バッドマン〕だと認めた者からの返答が先週末にも届いていたので、月曜日の出演はすでに決まっていた。迫田の出演も問題なく取りつけることができたらしい。

出演の確認を児玉と済ませてから、巻島は県警本部に出向いた。植草に今日判明した新たな〔バッドマン〕の件を報告すると、彼は口を半開きにして呆れたような表情を見せた。

「どうしてそんなことが起こったんですか?　それじゃあ、先週のあれは何だったんですか?」

「分かりません。誰かが当てずっぽうで書いてきて、それが当たる可能性がゼロではなかったということでしょう」

「そんなことがあるんですか?」植草は独り言のように言い、それから巻島を当惑気味に見た。「こんなことがたびたび起こると、世間からしたら、捜査本部がいいように振り回されて、パニックに陥っているように見えますよ」

「申し訳ありません。でも、本部長が言うように……」

「これが劇場型捜査だ……ですか?」

「ええ」

巻島が素っ気なく頷くと、植草は嘆息してみせた。

「分かりました。ここで言ってても始まらない。今の事態に粛々と対応していくしかないでしょうね。本部長には私から報告しておきますよ」

「お願いします」

巻島は軽く頭を下げて植草のもとを辞した。

新たな〔バッドマン〕からの手紙が届いた事実は、この日の〔ニュースナイトアイズ〕のトップニュースとして取り上げられた。

巻島は早津名奈宛てに送られてきたオリジナルと先週の時点で本物と判定された〔バッドマン〕の手紙、そして今日、新たに本物と判定された〔バッドマン〕の手紙、それぞれの筆跡を拡大したフリップを並べ、オリジナルと新たな〔バッドマン〕の筆跡が細部にわたって同一性があることなどを説明した。秘密を暴露している部分については触れられない以上、そうしたやり方が一番手っ取り早かったし、実際、説得力もあるように思えた。

「そうすると、先週のこれは、奇跡的に条件をクリアしたゆえに捜査本部の鑑定の目をくぐり抜けてしまったわ

けですね?」

出演中に発表を土壇場キャンセルした先々週の手紙の件も含め、捜査本部の判断が二転三転している様を見てきている韮沢だけに、ちょっとした皮肉が口調にこもっていた。

「ええ」巻島は努めて淡々と受ける。「〔バッドマン〕を模倣する手紙はこれまでのところ二千通以上に上っていまして、内容的にも非常に凝ったマニアックとも言える模倣が多いのが実情です。この一通もそんな中で生まれてきたものだと思います。視聴者の皆さんに混乱を招いたことは深くお詫び申し上げますが、こうやってカメラの前で捜査の進行を刻々と報告する手法を選んでおりますので、お伝えしているのは結果ではなく経過であるという側面がどうしても出てきます。新たな事実が判明し次第、訂正すべき点については訂正していくというこちらの姿勢を理解して頂いて、この件に関しましてもお許しを頂きたいと思います」

「私も先週のこれを見て、私のところに来たやつと同じだと思いましたものねえ」

早津がそんな言い方で巻島をフォローしてくれた。

「今度のも偽物だという可能性は?」と韮沢。

「これについては九十九パーセント本物の〔バッドマン〕からのものであると確信しています」

「迫田さん、何か?」韮沢は迫田に顔を向けた。

「まあ、ここにある本物と偽物を比べてみると、本物だからといって何かそれらしい迫力を発散させておるということではないなと思いましたな。これが本物だとするならむしろ、非常に周りの声を気にする小心者タイプであるという印象を持ちました」

迫田は自分のところにも手紙が欲しいのか、やけに〔バッドマン〕を挑発するような言葉を並べた。

『聞きたいことがあれば改めて』と書いてありますが、巻島さん、〔バッドマン〕にメッセージがあれば」

韮沢に促された巻島は、一つ頷いて、正面のカメラに目を向けた。

「では、改めて〔バッドマン〕に告ぐ……」

＊

「もう、いったい何なのよ、あれ」

植草の横で、未央子が吐息混じりにそんな愚痴をこぼした。

「呼びかけに応えて〔バッドマン〕が出てきたと思ったら、それは偽者だって告発する本物の〔バッドマン〕が現れて……寄ってたかって盛り上げ過ぎよ」

この日……火曜日の昼前、会う時間を作れないかと電話をかけてきたのは未央子のほうだった。すでに横浜に出ているということだったので、植草はカップル向きの個室がある馬車道のレストランを予約して、そこで昼食をとる約束をした。

一組につき三畳もない広さの個室にはテーブルとカーブのついた真っ赤なソファ……いわゆるカップルシートが置かれてあり、客たちは文字通り肩を寄せ合ってコースランチを食べることになる。十二時過ぎにレストランに現れた未央子はその個室に足を踏み入れるなり、呆れたような眼を帽子とサングラスの隙間から覗かせたが、シニカルな感想を吐く余裕もないと見えて、大人しく植草の隣に座ったのだった。

「心置きなく話ができる店なんだ」

植草は軽い失笑を込めて言った。悪趣味なのは承知の上で、植草は未央子が弱っているのを茶化したり、挑発したりすることが楽しかった。自分がそれをできる立場にいることを知っていた。なぜなら、弱っている彼女を

助けられるのも自分しかいないと分かっているからだ。

「昨日のあれ、〔ナイトアイズ〕が二十でうちが十よ」

局に確かめたのだろう、昨日の川崎事件のニュースの視聴率の話だった。

「ダブルスコアだな」

植草はあまりに人を食った自分の反応に吹き出しそうになりながら、かろうじてそれは抑えた。

昨日は〔ニュースナイトアイズ〕という〔バッドマン〕で、今度こそ本物だという〔バッドマン〕からの手紙を発表した。〔ニュースライブ〕もかけ持ちで出演した迫田が到着すると同時に後追いのニュースを流した。

しかし、後追いは後追いなりの迫力しかなかった。迫田が現場を歩く検証もどきのような真似をやっているうちはまだよかったが、現実はどんどん進んでしまっている。〔バッドマン〕が登場した以上、それに伍すことができる役者はもはや巻島しかおらず、〔バッドマン〕も巻島もいない劇場は単に演目だけが同じの二流でしかないということだ。迫田が盛んに〔バッドマン〕を挑発するような舌鋒を見せていたのも、やけに浮いて感じられるような役者としての存在感を誇示しようとするあまり、我を忘れつつある。

「番組やってて、こんなに無力感を覚えたことってないわ」未央子がため息混じりに言い、髪をかき上げる。

「巻島さんが〔ナイトアイズ〕に出るときも植草君から連絡が来るけど……でも、そうじゃないときも〔ナイトアイズ〕を実際に見て、川崎事件のニュースをやらないことを確認しないと安心できなくなってるの。びくびくしながら見てる。ニュースって目のつけどころや料理法が多少違うだけで、素材としてはどこが扱ったって変わらないものよ。けど、この事件だけはそれが通用しないんだから。ハンディキャップがつき過ぎてるわ。一回や二回抜かれるだけなら我慢できるけど、こんなふうにいつ終わるとも知れないシリーズを張られたら、こっちはたまったもんじゃないわよ」

なまじ真っ向から勝負を挑もうとしているだけに、無力感を悟ってしまえば途方に暮れるしかないのだろう。演じる役をなくした手練の女優が、あとに引けなくなっているのだ。

「この煮込み、美味いぞ。いい味がついてるよ」

植草はまったく食の進んでいない未央子に皿を勧めた。

未央子はサングラスを外した横目で植草を一瞥し、口

224

元に呆れ気味の失笑を浮かべた。

「何か植草君、私が困ってるのを見て喜んでない？」

かすかに歪んだ未央子の薄い唇が植草の目の前にあった。いい色のルージュが引かれ、しっとりとした艶が浮かんでいる。それこそが美味そうだと思いながら、植草はフォークに刺したキャロットを口に入れた。

「被害妄想だな。そんなふうに感じるほど未央子は弱ってるってことか？」

「その通り、弱ってるわよ」未央子は植草から顔を逸らして言う。「私たちは数字の結果がすべてなのよ。どんな事情が裏にあってその数字になったかっていうのは言い訳にしかならないの。同じニュース番組なのにどうしてこんなに視聴率が違うのか。それはキャスターの差だ。マンネリなんだ。そういう話になるのよ」

凜とした姿しか印象にない未央子が、今は恥ずかしげもなく弱音を吐いている。そうさせるほど、彼女が勝負している世界は彼女個人と比して巨大かつ御しがたいものなのだろう。

植草は未央子の肩が感情に任せて揺れているのを見た。その瞬間、植草の中にあった彼女との距離はなくなっていた。伸ばした手でその肩を抱き寄せていた。

未央子の頭が力なく植草の肩にもたれかかり、植草はさらりとした彼女の髪の毛にキスをした。

未央子が小さく首を振りながら身体に力を入れ、植草から離れた。嫌がっているという反応ではなかった。事実、植草に身を預けるような何秒間かがあった。しかし、今はそういう優しさが欲しいんじゃない……そう言いたげな彼女の素振りだった。

「ネガティブキャンペーンを張るしかないと思う」

彼女は何事もなかったような口振りで植草に冷ややかな視線を投げかけてきた。

「巻島さんに恨みはないけど、あのロン毛のニヒリストが私の夢の中にまで出てくる以上、私だって叩く権利があるわよ」

「俺はその夢に出てこないのか？」

植草の茶々には取り合わず、未央子は話を続けた。

「迫田さんが言ってたけど、巻島さんって、何年か前の誘拐事件で捜査に失敗して、記者会見で開き直った人でしょ。私もあれ、取り上げたから憶えてるわ。蒸し返そうと思えば、いくらでも蒸し返せるわよ」

別に植草にとっては意外な話でも何でもなく、余裕を持ってそれを受け止めることができた。未央子の必死さ

が滑稽で、意地の悪さも愛らしくさえ思えた。

「それで？」

植草がその先を促すと、未央子は浮かない顔をして背中を丸めた。

「タイミングがないのよ。今は世間も巻島さんのキャラに惹かれてて、おばさん連中なんかキャアキャア言ってるくらいなんだから、下手に叩いても逆効果にしかならないわ。それに、足を引っ張る意図見え見えでやっても、〔ライブ〕の品位を下げるだけ。だからうちのスタッフも二の足を踏んでるとこなのよ。ワイドショーに取り上げさせようかって話も出てるけど、実際問題、部署が違うし、そう簡単に裏で手引きできるわけでもないのよ」

未央子はふと我に返ったように植草を見てから、自嘲気味に笑った。

「私、最低の話をしてるね」

植草は首を振った。

「未央子が正直に話してくれるから、俺も力になってやれるんだ」

未央子が寂しげに笑い、小さく頷いた。

「力になってやれるよ」植草はもう一度、繰り返した。

未央子が眉を動かし、問いかけるように植草を見る。

「一度、〔バッドマン〕からの手紙が届いたって先週に発表したのに、昨日また、今度こそ本物から届いたって話になった……これ、どう考えても、おかしな話だと思わないか？」

未央子は何も思い当たらないらしく、ただじっと植草を見ている。

「俺は先週の手紙、巻島自身が書いて出したんじゃないかって思ってる」

「えっ！？」

未央子は絶句して眼を見開いた。

「俺はそばにいて毎日彼から報告を受けたり、捜査会議に顔を出したりしてるから分かるんだ。あいつは本物の〔バッドマン〕からの手紙がなかなか来なくて焦ってた。捜査本部内でも捜一の連中とか一癖も二癖もあるのが彼の腕前を冷ややかに見てるから、プレッシャーがかかってるんだ。巻島ってのは一本筋が通ってるように見えるけど、その実、汚い水でも飲むときは飲むやつだよ。自作自演で手紙を出して〔バッドマン〕から来たと公表し、本物の〔バッドマン〕に誘い水を向ける……現実として展開はその思惑通りになったのさ。〔バッドマン〕

と捜査本部しか知り得ない情報なんて、偶発的にしても

そのへんの模倣者が言い当てられるものじゃないんだ。

その部分はどちらにしろ公表できないから、世間も何と

なく納得させられちゃうけど、子供を誘った菓子がどん

な銘柄だったかとか、そんな簡単に当たるもんじゃな

い。それに、文章の体裁にしてもあんなそっくりには書

けるもんじゃない。新聞やテレビに出た早津名奈への脅

迫状を真似したところで、ああはできないよ。ただし、原

寸大のコピーを横に置いて書くんならできる。それがで

きるのは捜査本部の人間だけだ」

　捜査の足を引っ張るつもりはないが、巻島が何食わぬ

顔で世間をあざむき、あまつさえ植草にも澄まし顔で平

然と報告してくることには、少なからぬ不快さを感じ始

めていた。主役を狡猾に演じ通している巻島に、植草は

喝采を送ることをためらうようになっていた。今はまだ

内情を知っている者だけが感じることかもしれないが、

世間も馬鹿ではない。巻島を囲む空気はじきに怪しくな

ると植草は予感している。

「あの手紙の消印は横浜だ」植草はそう付け加えて未央

子を見た。

「何てこと……」未央子が呆然とした面持ちで呟いた。

「やつはそれができる。いっぱしの猛獣使い気取りなの

さ」

「それがもし本当だったら、世論もただじゃ済まないわ

よ」

「けど、本当かどうかの確証はない。やつはそれを承知

で平然とやってるのさ」

「でも、疑惑として指摘することは十分できるわよ。植

草君は微苦笑して肩をすくめた。

「なら、好きに料理しな」

　本物の〈バッドマン〉が名乗り出てきた以上、もはや

巻島がその手法を非難されたところで公開捜査に支障が

出るという見通しには結びつかない。外野も巻き込んで

よりセンセーショナルに盛り上がれば、〈バッドマン〉

もより深みへと入ってくるはずだ。植草は植草でそうい

う思惑があるから、未央子をそそのかしても道理にもと

る気持ちにはならない。

「悪いわね、敵に塩を送ってもらって」

　未央子が切れ長の眼に力を戻し、いたずらっぽく笑っ

た。

「俺は未央子の敵か?」言って、植草は笑い返した。

「だとすると余計燃えるね」ロミオとジュリエットみたいで」

「学生のときはただの気取り屋さんだと思ってたけど」

「はっきり言うね」

「でも、立派になった。やっぱり男の子ね。頼れる人になったわ」

「昔、ベイブリッジをドライブしたこと憶えてるか?」

未央子は少し瞳を上に動かして、考えるような間を置いてから頷いた。

「あったわね。そう言えば」

「また行こうよ……あそこから……」

もう一度やり直そうとの言葉は濁したが、未央子には伝わったように思えた。

「そうね。これが落ち着いたら」

未央子は何の引っかかりもなく言い、マッシュルームのソテーをフォークに刺して艶やかな唇に運んだ。そして、充足したような笑みを植草に見せた。

*

巻島はⅤ類班が使っている部屋に入ると、しばらく何とはなしに様子を見守ってから、班員の中で一番若い三十歳前の独身、蓑田に声をかけた。

「ちょっとたわいないことを訊きたいんだがな」

「はい、何でしょう」

蓑田は作業の手を止めて、巻島を見上げた。

「カーキ色ってどんな色か分かるか?」唐突に訊いてみる。

「はあ……どんな色って、どう言えばいいんでしょうね」蓑田は戸惑いを顔に浮かべながらも、真面目に答えようとしている。「クリーム色に薄い茶が入った色って言うんですか……チノパン……綿のズボンなんかでよくある色ですよ」

「なるほど、そういうのは洋服の色で憶えるわけだな。じゃあ、ヒ色ってどんな色か分かるか?」

「え……ヒ色? ヒ色ってどんな色ですか?」

「お前、緋色も分かんないのか?」

「緋色? 緋色って何ですか?」

先輩たちから苦笑とともに冷たい野次が飛んだ。

「ああ、『緋色の研究』の緋色ね。いや、耳で聞くと一瞬、分かんないですよ。あれでしょう、赤っぽい色でしょう?」

「どんな赤だ?」

228

「どんな赤って言われましても……困ったな」

蓑田は自嘲気味に笑ってごまかそうとする。

「じゃあ、アイ色はどうだ？」

「藍色ですね。確か小学生のときの絵の具にありましたね。ええと、藍は青より青しだから、青の濃いやつですね」

「馬鹿、逆だろ。それを言うなら、『青は藍より出でて、藍より青し』だよ」

またも野次られて、蓑田は頭をかく。

「え、そうか……青より濃いのは紺でしたね。藍は青より淡いんだ」

「そういう問題じゃねえって」

「え？　違うんですか？　でも薄紫みたいな感じでしょ？」

「薄紫は藤色だろ。藍色とは全然違うぞ」

「いや、僕の頭にあるのは藤色じゃないんですよ。薄紫じゃなくて、何て言えばいいんだろ……ああ、もう、頭がこんがらがってきましたよ」

蓑田はすっかり混乱した様子で情けない顔をしている。

「いやいや」巻島は誰に言うでもなく言う。「色彩に関

する言語能力っていうのは誰しも似たり寄ったり、こんなもんじゃないか」

野次が止み、それぞれに巻島の言葉を吟味する空気が生まれた。

「なるほど」西脇が腕を組んで唸った。「つまり、その人間の生活体験に関係ない色彩言語は、意外にうろ覚えだったり、勘違いしてる場合が多いってことですね」

「そう思わないか。ベージュなんて誰でも知ってる色彩言語に思えるけど、女性服によく使われる色であって、男が日々意識する色ではない気もするんだ。そうすると、最初に憶え間違いをすると、案外それに気づいてないってこともあるんじゃないか」

「確かにベージュって微妙な色ではありますよね。どの濃さまでベージュなのかみたいな」

「ああ」蓑田が口を挿む。「僕も昔、『ルビーの指環』の『ベージュのコート』って歌詞を聞いて、ベージュって何だろうって子供心に思った記憶がありますよ」

「俺も『亜麻色の髪の乙女』の亜麻色って実はよく分からないんですよ」蓑田をけなしていた先輩格の大内も白状した。「まあ、分からなくてもいいやっていうのがありますけど」

「色だけじゃなく、言葉の憶え間違いってのは結構ありますからね」西脇が自分自身に頷きながら続ける。「〔バッドマン〕が臓脂系の暗紅色をベージュと書いたのは、記憶違いじゃなくて、ベージュがそういう色だと思い込んでるってことですね。いや、そう言われてみれば、あり得る気もしますね」

何人かが西脇につられるように頷いた。

「そうだとして、問題はそれを捜査に結びつける手立てですな」津田が細めた眼を巻島に向ける。「何かおありなんですか?」

「いや、それはこれから考える」

巻島はそう応じて、自分が持ち込んだ話題を終わらせた。

その夜、巻島は昼間に交わした色の話のことなどをとりとめもなく考えながら、自宅の居間でテレビを見ていた。〔ニュースナイトアイズ〕でいくつかのニュースが終わり、時計を見ると十一時を過ぎていたので、今度は〔ニュースライブ〕に迫田が出演し、川崎事件を扱うようになってからは、何となくそんな見方が習慣になっていた。

〔ニュースライブ〕では、〔ニュースナイトアイズ〕と同じように、代議士の汚職事件をトップニュースとして取り上げていた。それから中東での爆弾テロや中国・ロシア首脳会談などのニュースが続き、さらに小さなニュースが連続的に流された。

巻島はチャンネルを変えようかという気になりかけていた。新聞の番組表には川崎事件を扱うとの予告もなく、その通り、今日は何もなく済みそうに思えていた。

しかし、ダイジェストのニュースが終わると井筒孝典が言った。

《CMのあとは川崎の事件です》

巻島は手に持っていたリモコンを脇に置いて、CMが明けるのを待った。

《昨日に引き続き、川崎の男児連続殺害事件についてお届けしたいと思います》

カメラ目線でそう切り出した井筒の横には、やはり迫田と門馬が座っていた。

彼らが紹介されたあと、VTRが流された。昨日、本物の〔バッドマン〕からの手紙が捜査本部に届くに至った経緯を復習するような内容だった。昨日は巻島が〔ニュースナイトアイズ〕でそれを発表したあと、〔ニュー

230

スライブ〕も後追いながら迫田の解説付きで詳細に報道している。巻島はそれをビデオに録っていたので、帰宅してからチェックしている。

そしてまた今日、同じ内容の事実をVTRにして繰り返すというのは、巻島にはくどく感じられ、少なからぬ違和感があった。

〈現在、捜査本部のある宮前署前に山川記者がいます。山川さん、最新の情報があればお伝え下さい〉

VTRのあとはそんなふうにして、中継がつながられた。

川崎事件について何がしかの発表やコメントを出せる人間は、もう捜査本部に残っていない。案の定、警察署の門の前に立つ記者は、渋い顔をしてスタジオに返答を送った。

〈えー、こちらの捜査本部は、昨日一通の手紙が〔バッドマン〕こと事件の犯人からのものであると判定されたのを受け、張り詰めた空気の中で捜査の新局面を迎えたわけですが、本日のところは新たな動きはなかった模様です。明日以降、発表を受けた〔バッドマン〕からの反応が捜査本部に届くのかどうか、捜査本部内でもその行方が注目されているところです〉

さしたる必要性のない、まるで取ってつけたような中継だった。無理に臨場感を煽っているようで、巻島は首を捻りたくなった。

画面がスタジオに戻る。

〈さて、今日は新局面を迎えたこの事件の捜査について、これまでの流れを分析しながら迫田さんに見通しを語って頂きたいと思います〉

井筒が迫田に視線を送る。

〈迫田さん、今回のこの捜査は非常に特異な様相を呈していると思うんですが、これは捜査本部の青写真通りと見てよろしいんでしょうか？〉

〈そうですね〉迫田が関西弁のイントネーションで鷹揚に答える。〈巻島特別捜査官が指揮をとってからのこの捜査は、テレビで視聴者から情報を募るという奇抜な手段を中心に据えてきたわけですけど、裏の狙いとして捜査は、〔バッドマン〕本人からのアプローチを待つと、それをかなり初期の段階から意識していたんやと思いますな。だから、〔バッドマン〕からの手紙が届いたという現状は捜査本部の目論見通りであると、そう言っていいでしょう〉

〈〔バッドマン〕本人からのコンタクトに頼るしかない

ほど、捜査の糸口は見つかっていなかったというわけですね？〉

〈そうです。だから捜査本部は何としても巻島氏のテレビ出演で〔バッドマン〕を誘い出さなきゃならなかった。そのための画策も随所に見て取れますな〉

〈画策というと、どんなことでしょう〉

〈例えばね、巻島氏はテレビの前で、〔バッドマン〕のパーソナリティを分析する際、『非常に知的レベルの高い人間』などと言って、おだてるわけです。そうやって〔バッドマン〕をいい気にさせて誘い込もうという意思が見て取れるわけですよ〉

〈なるほど〉

〈まあ、それだけじゃなくてね、かなり際どい罠も張ったんやないか、私はそう見ております。本物の〔バッドマン〕と判定された手紙が明らかになる前、先週のことですが、そのときも一度、これが本物の〔バッドマン〕の手紙だと巻島氏が発表しております。文書の中で犯人しか知り得ない、あるいは犯人と捜査本部しか知りえない秘密が記されておると。その部分については黒く塗り潰されておったんですが、そんな精度の高い手紙でありながら、今となればこれは模倣者のものだったというこ

となわけです。さて、しかし、それは本当に一般視聴者の模倣やったんか……なんてことを私は思うわけですな〉

思わせ振りに一息の間を空けた迫田に対し、井筒はいかにも迫田の話に惹き込まれているというように身を乗り出し、無言で小首を傾げて先を促してみせた。

〈まあ、巻島氏に直接訊いたわけではないから、もちろん想像の域を出ないんですが、もしかしたら彼は一世一代の博打を打ったんやないかとね〉

井筒が口を半開きにして軽くのけぞってみせた。

〈つまり、巻島捜査官が本物の〔バッドマン〕を誘い出すために、自作の手紙を〔バッドマン〕からと偽って発表したと？〉

迫田は意味ありげにニヤリと笑った。

〈そうすると一連の説明はつくわけですよ。ただ、今の捜査本部はかなりの大所帯のようですから、その組織全体のコンセンサスを得てのやり方とは考えにくい。だからたぶん、この公開捜査の指揮と責任一切を任されている人間が仲間をも一杯食わせる形で一芝居打ったんやないか……そういう裏がもしかしたら、あるんやないやろかと思うんですな〉

232

井筒が小さく唸り、迫田はもう一度、笑みを口に含んでみせた。

〈しかし……〉眉を寄せた杉村未央子が、硬い口調で言う。〈それは言葉を替えれば、捏造ということですよね。もしこれが本当だとすれば、見過ごしていい行為ではないようにも思いますけれど〉

迫田は苦笑を答えにした。

〈門馬さんはどう思われますか?〉

井筒がジャーナリストの門馬へ質問を振った。

〈まあ、そうと決まったわけでもないことにコメントするのは難しいんですが、ただ、疑惑としての可能性がある以上、それを指摘しないことにはうやむやになってしまうおそれもあるわけですね。もしこれが事実だとしたら、ずいぶん問題のある手を使ったことになると思いますよ。メディアや世間というものを安易に考えてると思います。今回、この事件の捜査では巻島捜査官自らが特定のテレビ番組に出演して、それを捜査に利用してきたわけですけど、その手法が初めての試みであっただけに、捜査官側にある種の驕りや軽率さがなかったかどうか……そこが問われることになるでしょうね〉

〈この巻島捜査官ですけど、六年前にも実はある事件に

際してマスコミの注目を集めているんですねぇ?〉杉村が迫田に水を向ける。

同時に画面には、六年前の記者会見で新聞記者に〈逃げるんですか?〉と声をかけられ、〈君、頭がおかしいんじゃないか?〉と詰め寄っている巻島の姿が映し出された。

〈これは六年前の相模原で起きた男児誘拐殺害事件のときですな。このとき彼は誘拐捜査の現場を指揮した管理官やったと思います〉迫田がゆっくりとした口調で解説する。〈まあ、普通、記者会見に臨むのは一課長クラス以上の人間ですから、このときの彼は場慣れしてなかったという言い方はできるかもしれません……が、やはりもともと独善的というか、周囲、特にマスコミなんかを軽視してるような気質があって、それを今現在も引きずっておるところがあるんやないか……と言うたら言い過ぎですかな〉

巻島は画面に映し出されている古ダヌキのような顔を、知らず睨みつけていた。

昨日、〔ニュースナイトアイズ〕で顔を合わせたときの迫田は、疑いのかけらも口にしてはいなかった。はしごで出演した昨日の〔ニュースライブ〕でもそうだ。そ

れが今日になって突然、牙を剝くような攻撃を仕掛けてきた。

そのいきさつは今一つよく分からなかったが、この〈ニュースライブ〉の放送が大きな波紋を呼びそうなことは間違いなかった。

〈ニュースライブ〉の特集コーナーが終わってから、早速、電話が鳴り響いた。

〈植草です。今の〈ニュースライブ〉見てましたか?〉

曾根に呼ばれたので、明朝、本部に直行してくれとのことだった。

*

「お前の仕業か?」

曾根は目の前に立つ巻島を、スーベレーンのペン先で指した。小首を傾げ、やや上目遣いに睨め上げてやる。

巻島は無表情だった。無駄な緊張を嫌うかのように曾根から視線を逸らし、しばらくしてから涼しさを湛えた眼で曾根を見返す。言葉はなかった。

「いや、勘違いするなよ。俺は別に非難してるわけじゃない。〈ニュースライブ〉の連中とは違う。現実には、

あれで本物の〈バッドマン〉が出てきたんだ。あれをお前がやったんなら、その責任問題はともかくとして、残した結果については拍手を送ってやってもいいと思ってるんだがな」

「あいにく私は賞賛を受けるような人間ではありません」巻島は素っ気なく応えた。

曾根はその姿をじっと眺めた。「ふむ……まあいい」失笑気味に独りごちて続ける。「ただ、世間を相手にすっとぼけてみせるのは難儀だぞ。やれるか?」

「とぼけるも何も」

「これからの劇場は波乱の幕開けだ。客とは一触即発の真剣勝負だ。しかも、許される時間は少ないだろう。罵声を浴びながら、お前は許される時間は少ないだろう。カーテンコールに仮面を剝いだ〈バッドマン〉を引きずり出してやるんだ。やれるか? いや、やらなきゃならん」

「そのようですね」

「浪速のクソオヤジは〈ニュースナイトアイズ〉から外してもらうようにしろ。功名心だけのろくでもないタヌキだ」

曾根はそれだけ言い終えると巻島に万年筆を振り、隣

に立つ植草にも同様にして退室を促した。

巻島のウェーブした長い後ろ髪が、曾根には一瞬、煤けているように見えた。主役は汚れ役……そう動かした唇に笑みを忍ばせて、彼の背中を見送った。

＊

「記者クラブが巻島さんの会見を求めてきてます。昨日の〔ニュースライブ〕で取り上げられた問題に対するコメントを聞きたいらしいですね。どうしますか？」

植草は本部長室前の人気のない廊下で隣を歩く巻島の顔を窺った。

「私のほうから特にコメントすることはありませんよ」

巻島が横顔で答える。

それほど悠長には構えていられない事態と思えたが、植草はそれを撥ねつけようとは思わなかった。巻島が沈黙を守れる時間が長くないことは確実だった。それは本人も分かっていることだろう。

「〔ニュースナイトアイズ〕からは何か言ってきましたか？」

「児玉さんに呼ばれました。今日の出演が決まったわけ

じゃないですけど、向こうはそれを求めてくるかもしれません」

自分たちの番組で重大な疑惑が持ち上がったとすれば、彼らも静観はできまい。

一呼吸置いてから植草は訊いた。

「実際、どうだったんですか？　あれは巻島さんなんですか？」

上司風を吹かせても、曾根本部長相手でさえシラを切った男に通じるはずがない。植草は噂話を聞く口調で尋ねてみた。

対して巻島は、口元に笑みともつかぬものを浮かべて小さくかぶりを振った。「言わぬが華でしょう」

その気障な言い方は少なからず鼻についたが、植草は作った微笑を返すにとどめておいた。

「それより課長、迫田さんが何らかの探りを入れてきたとかそういうことはありませんでしたか？」

「いや……私は把握してませんが」

「あるいはOBの長谷川さんとかからも？」

植草は首を横に振った。

「そうですか。ならいいですけど……ほかを当たってみます」

「どういうことですか?」

「いや」巻島は軽く首を傾げて答える。「迫田さんとも〔ニュースライブ〕の取材班とも言えないんですが、やけに勘がいいというか、帳場の動きを把握してるような気がするもんですから」

「そうですか」植草は聞き流したふうの相槌を打った。「まあ、腐っても元名物刑事ですからね。どこに目がついてるか分かりませんね」

それから植草は巻島に同行して宮前署の捜査本部を訪れ、幹部会議に顔を出した。

植草も半ば予想していたことだったが、会議では捜査一課の生え抜き幹部たちが巻島に対して敵対心を露骨に示すような態度を取り、一時的に本物とされた〔バッドマン〕の手紙が巻島の自作であったのかどうかを、遠慮なく問い質す一幕もあった。

「風評には惑わされないで下さい。そして、それがこの捜査の最重要問題ではないということもお忘れなく。我々にとって今大事なことは、まさに本物の〔バッドマン〕から反応が来ているということであり、それをどう事件解決に結びつけるかということです」

巻島はそんな台詞を繰り返して、不審の声を一蹴した。

捜査報告では現在の行動確認対象者の中で、本物の〔バッドマン〕が封書を投函したと思われる先週木曜日の夜から金曜日の朝にかけて、渋谷局内でポストに郵便物を入れた人間は皆無であることが判明した。巻島は行動確認対象者の更改を決め、植草にさらなる捜査人員の増員を要求してきた。

「それから何度も話していることですが、情報管理については末端まで徹底させて下さい。マスコミへの独断でのリークは厳に慎むよう、適切な指導をお願いしておきます。以上」

その言葉をそっくり返してやるとでも言いたげな視線を巻島に突き刺して、参席者たちが部屋を出ていった。

「V類のスタッフも増員しときますか?」植草は帰り支度をしながら巻島に訊いてみた。

「そうですね、迅速な対応が必要ですから、手があるに越したことはありません」

「分かりました。じゃあまた、鑑識畑の人間を見繕いましょう」植草は自然な口振りでそう応えておいた。

県警本部に戻った植草のもとに、正午を回るのを待っていたように未央子から電話がかかってきた。

〈見た？　今日のスポーツ新聞〉

未央子の声には冗談を口にしているようないたずらっぽさがあった。

「もちろん。見てなくても予想はついていたけどね」

一般朝刊紙はさすがに憶測情報をいたずらに取り上げることはしなかったが、スポーツ新聞では各紙の一面に「バッドマン、捏造だった？」「巻島捜査官に捏造疑惑」などの見出しが乱れ飛んでいた。社会・芸能欄を開いても、巻島にまつわる六年前の記者会見騒動などが詳しく蒸し返されていた。

「数字はどうだった？」

〈出たわよ。あの前まで一桁だったのが、ぐんぐん上がって、最後は十四パーセントを超えてた。その時間帯は〈ナイトアイズ〉を抜いたわ〉

「如実に出るんだな」植草は数字の正直さに半ば感心して言った。

〈巻島さんの反応は？〉

「シラを切ってるよ。〈ナイトアイズ〉から声がかかってるらしいから、もしかしたら今日にでも釈明的な出演

があるかもしれない。でもあいつはあくまですっとぼけるだろうね」

〈じゃあ、今日はまた〈ナイトアイズ〉に持ってかれるかもしれないわね。相乗効果になればいいんだけど〉

「巻島と迫田が対決したら、視聴者はほっとかないだろうな。でも、本部長が迫田を切るよう〈ナイトアイズ〉に迫れって言ってたから、どうなるか分かんないけど……おっと、これは本部長と巻島と俺との間での話だからオフレコだぜ。巻島も迫田の勘があまりに鋭いもんだから、何かと勘繰り始めてやがるよ」

〈分かったわ〉未央子はくすりと笑って言った。〈そう、〈ナイトアイズ〉はうちで囲っちゃっても構わないわけね〉

「それでいいさ。何も〈ナイトアイズ〉に美味しいとこをやる必要はない。巻島と〈バッドマン〉を抱えた〈ナイトアイズ〉は悪役だ。善 玉はそれを叩けばいい。巻島はそれくらいでへこむタマじゃないし、うちも別に困りはしないよ。〈バッドマン〉が捕まれば、すべては終わりなんだ。ハッピーエンド。ベビーフェイスもヒールもない。ショーっていうのはそういうもんさ。そうだろ？」

〈その目算はあるの？　捕まえられる目算は？〉

「ないんじゃないか」植草は我ながら間抜けな答えに失笑した。「今はないと思う。ただ、これから何が起こるかは誰にも分からないんだ。ステージがヒートアップすればするほど、そこに上げられた素人役者は我を失ってボロを出す。六年前の巻島がそうだった。今度は〈バッドマン〉の番だ。必ず馬脚を露す。そうなるよう、舞台は熱くなきゃいけないってことさ」

〈何だか植草君が言うと説得力があるわね。本当にそうなる気がするわ〉

植草は耳にくすぐったさを覚え、まんざらでもない気分になった。

　午後になって、植草は鶴見署から舟橋という二十代の若い鑑識課員を呼び寄せた。

　経歴を調べたところ、この舟橋は巻島とは何の接点もなく、また現在のV類の作業班の誰とも、研修などで顔を合わせた以上のつながりはないはずだった。性格的には上司に従順な体育会系気質があり、なおかつ必要以上には人と群れず、軽率な口は利かない慎重派の男だと記録には記されていた。加えて、出身校は植草と同じ市ヶ

谷大学だった。

　別室で対面した舟橋は、本部の課長を前にしてという様子からか、額から汗を滴らせてかなり緊張している様子だった。しかし、大学の話題などを振ってしばらく会話を交わしてみると、記録に記されている通りの若者であることが分かった。

「君には明日から当分の間、例の宮前署の帳場へ行ってもらおうと思ってる」

植草が仕事の口調に戻して言うと、舟橋は仰々しく頭を下げた。「光栄です」

「帳場ではV類の作業班に加わってもらう。簡単に言えば、そこは〈バッドマン〉名の郵便物を一手に引き受けてる班だ。多くの封書をふるいにかけて、あるかないか分からない本物の〈バッドマン〉の手紙を探し出す。そしてそこから指紋を採取したり、詳細を鑑定したりする……そういう作業をしている。具体的なことはそこの面々に聞けばいい。それはともかくとして……」

植草は故意に間を挟み、舟橋を見据える眼に力を込めた。

「もう一つ君には仕事を任せたい。ここだけの話だから、そのつもりで聞いてくれよ」

「はあ……」舟橋は強張ったような半開きの口から頼りなげな声を洩らした。

「昨日の〔ニュースライブ〕は見たか?」

「あ、いいえ、その……」

「じゃあ、スポーツ新聞は見たか? 今、捜査本部の巻島警視にどんな疑惑が持ち上がっているか知ってるか?」

「ああ、それは知ってるというか、何となく……」

「はっきり言ってくれていいよ」

「はい、その、〔バッドマン〕の手紙を捏造したとかしないとか」

「そうだ。これは県警の信頼性に関わる問題なんだ。巻島自身はしらばっくれてるが、黙って見過ごせる話じゃない。監察が動くような事態になる前に、監督的立場の俺としては事の真偽を確かめておかなきゃならない。分かるよな?」

「はい」舟橋は顎を引いて頷いた。

「あの手紙には掌紋が部分的に採取されてる。おそらく右手の小指側の手のひらだろうと見られてる。分かると思うが、指紋には気をつけていても、手のひらはうっかり紙につけてしまう。汗ばんだ手のひらが一番最初につ

いたところには掌紋がつきやすい。そこにかすかではあるけれども、紋がはっきりと出ている。そういう報告が俺のところにも上がってる」

植草はもう一度、舟橋を見据え、彼の緊張を解くように笑ってみせた。

「で、君に頼みたい仕事なんだが、機会を見つけて巻島の掌紋を採り、偽〔バッドマン〕の掌紋と照合してもらいたいんだ」

舟橋は植草の笑顔にはつられず、硬い表情のまま声を絞り出した。

「機会を見つけて……ですか?」

「あるはずだ。巻島はV類班の作業室に立ち寄る頻度が高い。巻島が机に手をついたら、そこに紙でも載せて誰かに触れさせないようにして、みんなが仕事を終わってから一人残って採取するとかな。あるいは巻島の使ってる部屋に忍び込んでもいい。何か考えてうまくやってく

れ」

「はあ」舟橋はため息のような相槌を打った。

「極秘任務だ」植草は念を押しておいた。

夕方になって巻島から、今日届いた郵便物の中に、

〔バッドマン〕からのものと特定された第二の手紙があったことが電話で報告された。　照合に堪える指掌紋は今回も採れなかったという。

七時を過ぎた頃に、巻島が再び県警本部に姿を見せた。　植草は別室で彼を待ち受け、記者クラブに配付する手紙のコピーを受け取った。

巻島が言葉少なに頭を下げて部屋を辞すると、植草は一人そこに残って携帯電話を取り出した。　未央子に〔バッドマン〕からの新たな手紙が届いたことを伝え、彼女の昂ぶった反応を耳に楽しんだ。

＊

巻島史彦へ

また書いてやったぜ。　早津名奈は身も心も汚れきってるくせにきれいごとしか言わない、いけ好かねえ電波芸者だが、お前はちょっと違う気がするな。　俺様に対するリスペクトを感じるぜ。　長年刑事をやってりゃ、俺様みたいにどでかいことをしでかす男のあっぱれさも分かっ

てくるってことだろう。　そういやニュースライブで迫田が俺様のことを挑発してたが、ありゃ何だ？　そりゃ俺様から何か届くと思ってんのか？　笑わせるんじゃねえぞ。　老いぼれはすっこんでろ。　フハハハハハ。

巻島、お前なら分かってくれるよな。　俺様が本当に世間の言うような鬼畜なのか、それともこの日本に必要な真の理想主義者かってことが。　俺様は何も手当たり次第にガキを殺したわけじゃねえ。　このままこいつらが大人になったとしてもろくな人間にならないだろうと思ったからで、いわば俺様の慈悲ってことよ。　だいたい、見知らぬ人間に誘われてひょこひょこついてくようなガキに育てた親の責任はどうなんだ？　世間の連中だって本音じゃ親も悪いと思ってるぜ。　巻島、お前はどう思う？

男同士、本音で語り合おうぜ。

じゃあな。　阿婆世。

＊

帰ってきたバッドマン

その瞬間、韮沢は時間が止まったように身じろぎをやめ、カメラを一瞥してから、もう一度巻島に冷ややかな

240

視線を向けた。

「というと……？」

その皮肉めいた訊き返し方は、自分のほうに正義があるということを疑っていない人間のものだった。巻島が要望するまでもなく、迫田は〔ニュースライブ〕に引き抜かれる形でこの番組を去っていった。その代役を、どうやら今日からは韮沢自身がこなすつもりらしかった。

というより、打ち合わせの時点から、巻島は番組スタッフが一歩引いた距離感で自分と接し始めていることに気づいていた。胡散くさい疑惑や過去が持ち上がり、花形捜査官というメッキが剥がれ落ちようとしている人間と心中する気はさらさらないようだ。

「誤解して頂きたくないのは、私は〔バッドマン〕と同じように被害少年やその家族にも一定の落ち度があると言っているわけではありません。私が言いたいのは、どんな立場の人間にもその人間なりの言い分があるのだということです。そして、ここに書かれているのは、この国の社会問題と言ってもいい、一つの事件を起こした人間の言い分なのですから、私はそれを安易に理解不能なこととして安易に切り捨てるのは間違っていると思うのです。〔バッドマン〕の論理は、真正面から受け止めてみれば、

それはそれとして咀嚼できないものではないと言いたいわけです」

「ある意味、理解できるということですか？」韮沢は嫌らしく、言葉を変えながら質問を繰り返し

「理解するのを放棄すべきではないと言いたいわけです」

韮沢はかすかに首を捻って、コメンテーターの杉山に意見を求めた。

「私は理解できませんね。ここに書かれてあるのは、犯人が自らを正当化するための言い訳ですよ。それも相当無理があって、お世辞にも出来がいいとは思えない。忘れてならないのは四人の命の重さです。それが感じられないこの文章は、何かを検討するに値しないと私は思いますね」

番組の立場を代表するように答えた杉山に対して、韮沢は深く頷いてみせた。それからまた、巻島に視線を戻し、〔バッドマン〕に呼びかけたいことがあれば促した。結局のところは、韮沢も自分の劇場の名を傷つけないようにしながら、巻島には観客に物を投げられるまで芝居を続けさせたいということのようだった。

「〔バッドマン〕に告ぐ」巻島は穏やかな口調を作って、カメラに語りかける。「君がこの社会に何がしかの不満を持っているということは、一連のメッセージから感じることができる。ということは、一連のメッセージから感じることができる。では、具体的に何が不満なのか、それをな腹立たしい出来事に出会ったことがあるのか、それを一つ教えてほしいと思う。この事件が君だけの問題ではないということを、もう少し具体的に、説得力のある話として聞かせてほしい。それによって私はもちろん、視聴者の方にも君の人間性が伝わるだろうと思う。待っています」

モニターに視線を留めていた韮沢は、自分がアップになったところで、「巻島さんは……」と低い声を発した。

「六年前の相模原で起きた桜川健児君の誘拐殺害事件でも捜査を指揮する立場にいらっしゃっていて、あの事件ではその後のマスコミへの対応なんかでも巻島さん自身、相当各方面から非難を浴びたと聞いてるんですが……今、あの事件に関する一連の出来事について、何か言うべきだとの思いはありますか?」

打ち合わせでは何ら触れられていなかったが、韮沢の性格からして、最初から切り出すタイミングを窺っていたに違いない質問だった。

「あの事件につきましては、私自身、今でも忸怩たる思いを残しております。大きな教訓として胸に刻んで、この仕事に就いているつもりです」

韮沢はそれ以上の言葉を要求するように巻島を無言で見たあと、何も出てこないのを確かめてから無表情で質問を継いだ。

「あの事件では後手後手に回った捜査やその後の責任回避的な警察の対応について、ご遺族から相当強い怒りの声が上がりましたよね。事実が報道された通りだとするなら、ご遺族が怒るのも当然だと私も思ったんですが、今改めて、巻島さんからあの事件のご遺族に伝えたい言葉というのはありますか?」

「ありません」巻島は答えた。「この場でカメラを通して言うべきことは何もありません」

韮沢はわずかに眉を寄せて、わざと重い空気を作ろうとするかのように沈黙を挿んだ。

「……では、いまだ捕まっていないあの事件の犯人について、彼はそんなふうに質問を変えた。

巻島は答えを口にするまでに数秒を要した。

「おそらく、あの日以降、今に至るまで、救いのない人

生を送っていることだと思います」

重い唇を動かしてそう答えた。

川崎事件の特集が終わり、CM入りの声がスタッフから告げられたと同時に、早津名奈が椅子を回して巻島のほうに向いた。

「今日の、本心じゃないですよね?」

早津はいつになく真剣な眼をして、立ち上がりかけた巻島を見上げた。

「失礼を承知で言いますけど、〔バッドマン〕に媚び過ぎだと思います。あんなこと言ったって、視聴者の共感が得られないし、巻島さんが余計に叩かれるだけですよ」

番組前の打ち合わせではよそよそしいスタッフの中で唯一気遣いの素振りを見せてくれていた早津だったが、それだけに一言言わずにはいられないという様子だった。

「どうも、私には憎まれ役が合ってるようです。変に猫をかぶっても、いずれは似合いの役どころに落ち着いていくらしい」

巻島はそう言って、早津に微苦笑を向けた。

早津は小さく嘆息し、少し哀しそうな眼をした。

スタジオを出た巻島は、報道局フロアのモニターの前に立ち寄った。

ちょうど始まったばかりの〔ニュースライブ〕では、川崎事件がトップニュースだった。スタジオには井筒や杉村と並んで、迫田の出演する姿が映し出されていた。

まず、捜査本部前の記者と中継がつながり、先ほど報道陣に配布されたばかりの〔バッドマン〕からの新たな手紙が紹介された。それからその手紙を映した静止映像とスタジオの様子とを交互に映し替えながら、迫田が文面についてのコメントを披露した。

迫田は自分に対する〔バッドマン〕のつれない反応を皮肉りながら、対話を前向きに受け入れようとしている巻島には〔バッドマン〕が好意的な態度を示していることについて触れ、〔バッドマン〕の素顔は、普段他人から評価される機会に恵まれていない一種の社会不適応者だと思われるとの見解を出した。

迫田のコメントを始め、この番組での〔バッドマン〕の手紙の取り扱いは、明らかに〔ニュースナイトアイズ〕での巻島の出方を踏まえたものだった。警察側は〔バッドマン〕の機嫌を取りつつメッセージのやり取り

243

を進めていこうとしているが、そのやり方にはメディアを都合よく利用する姿勢が際立ち、見ていてあまり気分のいいものではないというような、はっきりと巻島に苦言を呈した台詞も出てきた。

〔バッドマン〕の手紙のコピーは、〔ニュースナイトアイズ〕が始まる十時半に、記者クラブに配布される。十時台のニュース番組は〔ニュースナイトアイズ〕とNHKの〔ニュース10〕だけであり、〔ニュース10〕では文面がざっと紹介されるだけの扱いとなっている。余計な解説が付かないのはNHKらしいが、検討するだけの時間が足りないという側面もあるだろう。

その次に始まるのが、この〔ニュースライブ〕だ。トップニュースで扱うとなれば、この番組も手紙が公表されてから三十分しかない。その間に中継の内容を調整し、手紙の絵を撮り、文面を検討して〔ニュースナイトアイズ〕をモニタリングしなければならない。

それをこの番組はそつなくこなしている。

やけにそつがない。巻島はやはりそう感じる。

〈この手紙が捜査の進展に結びつく可能性はあるんでしょうか?〉杉村未央子が迫田に訊く。

〈もちろん、便箋に指紋が付着しておったり、髪の毛が

紛れ込んでおったりした場合は一つの物証が得られますので、大きな進展にはなると思いますよ〉

〈指紋というのは紙に付きやすいものなのですか?〉

〈適度な圧力によって紙と指が接したときは、皮脂や汗による指紋が付着します。こういう犯行声明文の類を書くときは、筆跡を変えたりして、書き手に少なからずストレスがかかっておるわけですな。そうすると、たとえ手を洗って書いたときでも微量の汗が浮いてきますから、汗の成分であるアミノ酸と反応する指紋採取法を用いれば指紋が採れるんです。もし〔バッドマン〕に犯歴があるとすれば、コンピュータ照合で名前が出てきます。犯歴がないとしても、そこで終わりではありませんから、今後何かの微罪等で〔バッドマン〕が指紋を採られたときに、急転この事件が解決する可能性も出てきます〉

長々と余計なことを解説してくれる。〔バッドマン〕がこの番組を見ていなければいいがと思う。

〈なるほど……そのほかにも警察がこの手紙に期待しているこことはあるんでしょうか?〉

また誘導めいた質問だな……巻島にはそう感じられた。

244

規模に増員させることが決まったのは今日のことだ。かなり詳細に捜査本部の動きが把握されている。

巻島自身、露骨なまでに〔バッドマン〕との対話姿勢を打ち出しただけに、〔バッドマン〕からの継続的な返答は期待できるとの手応えを持っているが、そうそう水を差されてはうまく行くものも行かなくなってしまう。

どうやら獅子身中の虫がいるらしい……その勘を確信に近づけて、巻島はモニターに背を向けた。

〈考えられることとすれば、これまでの捜査で浮かび上がっておる不審者の行動をマークするということでしょうな。ポストに手紙を投函しないかどうかをね。この捜査に投入されておる捜査員はいまや四百人から五百人規模になっとるようです。この手の特捜本部は通常、せいぜい百人から百五十人ほどで構成されるものですから、四、五百人というのは異例ですよ。何にこれだけの人員を割いておるかというと、これまでは寄せられた情報の裏付け作業でしょうな。それによって相当数の不審者が挙がっておるはずです。で、もう情報提供のピークは過ぎとりますから、人員は余っておる。それを今度は、挙がった不審者の行動監視に回しておるんやろうと思いますな。これだけの捜査員がおれば、少なくとも手紙一回のやり取りで百人からの不審者を潰すことができる。コンスタントに〔バッドマン〕から手紙をもらうことができれば、短期間のうちに疑惑の濃い数百人の不審者を無理に追わなくて済むようになる。もちろん、そこから本物の〔バッドマン〕が特定できるという可能性も見えてくるわけですよ〉

まるで捜査会議を見てきたような解説ぶりに、巻島は少なからず呆れさせられた。

幹部会議で捜査員を五百人

# 7

　『ニュースナイトアイズ』に出演した翌々日、巻島はまず宮前署の別室で、斉藤剛少年の祖父、斉藤明臣の訪問を受けた。

「率直に申し上げますが巻島さん」明臣は湯呑みに手をつけぬまま、眉間に皺を刻んで巻島を見据えた。『被害者の会』では『ニュースナイトアイズ』に出演して犯人に語りかける巻島さんのやり方に、疑問の声が上がり始めています。犯人を『バッドマン』などと呼んで調子に乗せて、何だか有名人のような扱いにしてしまっている。そんな一連のやり取りは、遺族感情を無視してしまっているかの番組からの出演依頼が我々に来たりしておるんです」

「そういうお声が上がっているとすれば、慎んでお聞きします」巻島は神妙に受けて、やんわりと訊き返した。「どなたがおっしゃっておられるご意見ですか?」

「……私です」明臣は答える。

「それから?」

「私の息子も……」明臣は少し気まずそうに視線をそわつかせながら続けた。「それから、小向さんのご主人も、そのようなことを……」

「そうですか……分かりました。ご意見はご意見として承っておきます」

「もっと私たちの立場にも考慮をお願いしたいんです」

「承知しています。いろいろ不安になられるお気持ちもよく分かります。しかし、私はそれぞれのお宅にお伺いしてご説明した通りのことを今現在やっているわけですから、それをご理解して頂きたいと思います」

　明臣は一つ、重そうな吐息をついた。

「頭では納得していたつもりでしたが……その、何と言うか……周りの雑音に心をかき乱されるわけでして……捜査に抗議するスタンスで顔を出してくれないかと、ほかの番組からの出演依頼が我々に来たりしておるんです」

「そうですか……それについては私が口出しすることではありませんから、皆さんのご判断にお任せします」

　明臣は悩み深そうに、小さな唸り声を喉の奥にくぐも

246

らせた。

「捜査はいい方向へ進んでいるんですか？」

「言えることは、私は〈バッドマン〉を持ち上げたり、ご遺族の方々を邪険にしたりするのが目的でこの仕事をやっているのではないということです。私は捜査を進めることだけに心血を注いでいます」

巻島がそう言うと、明臣は抱えていた残りのものをすべて腹に収めたような顔をして頷き、おもむろに立ち上がった。

「わざわざご足労ありがとうございました」巻島も立ち上がった。

明臣はいったん背を向けかけて、足を止めた。

「黙って見守ろうという意見の方々もいらっしゃいました」明臣は悲壮感の漂う眼差しで巻島を見た。「我々も今が踏ん張り時だから……力強くそうおっしゃられた方々もおりました」

「そうですか……」

巻島は控えめな微笑でそれに応え、明臣に一礼を送った。

正午間際になって、かつての部下、村瀬が巻島の部屋

のドアをノックした。

「向かいの天丼が気に入ったか？」

そんな軽口を挨拶の代わりにして巻島が立ち上がりかけると、村瀬はいつになく硬い表情のまま、巻島から微妙に視線を逸らして部屋の中に入ってきた。

「どうした？」巻島はただならぬものを感じ取って訊いた。

村瀬は巻島の前まで来ると、一瞥するように巻島と目を合わせ、それから小さく首を振ってためらいがちに口を開いた。

「有賀が自殺しました」

「…………」

巻島は思わず息を呑んで村瀬を見返した。思考が何秒か停止し、回り始めると同時に、まとまりのない考えや感情が渦を巻くようにして湧き上がり、巻島の頭を混乱させた。

「いつ？」

「昨日です。日中、母親が出かけてる間に」

村瀬の眼に巻島を責める色が浮かんでいるかどうかを見たが、そこには単純な落胆の陰りが見て取れるだけだった。

「階段の手すりに紐を縛りつけましてね、それを下の廊下側に垂らして、そこで首を吊ったらしいです」

ため息が内にこもるような、嫌な不透明感が巻島の気持ちを満たした。

「ためらい傷も手首や腹にいくつかありましたよ。まあ、二年前にも自殺未遂らしきことがあったんで、またいつかはという気もないではなかったんですがね」

村瀬の口調は無感情と言っていいほどに抑制が利いていたが、それでもかすかにしかめられた頬などに、持っていき場のないやり切れなさが浮いて見えた。

「電線が降りてくるって言ってたそうです」

「……？」

「外に出ると電線が降りてきて、絡みついてくる……だから外に出たくないって母親に言ってたそうですよ。まあ、それがこの世に残した最後の言葉みたいなもんですかね」

電線……それが幻覚なのか暗喩なのかは分からないが、どちらにしても、その言葉から染み出してくる暗さは巻島の心の痛覚をひりつかせた。

「他殺の可能性を調べる名目でいろいろ部屋の中を探してますけど、六年前と結びつくものは出てきてません」

村瀬はそう言って、遠い目をした。

「まあ、だけど……本当に救いのない人生でしたな」

彼は独り言のような呟きをため息混じりに吐き出した。

〔ワシ〕が自殺した……言い切ることこそできないものの、巻島たちの心証が示している事実はそういうことだった。

あの日以降、今に至るまで、救いのない人生を送っていることだと思う……巻島は一昨日の〔ニュースナイトアイズ〕で、〔ワシ〕についてそう発言した。本心を明かせば、有賀のことが頭にあった。

しかし、それについて正解の答えを言ってくれる人間はどこにもいない。

あの言葉が有賀を衝動的な行為へと追い詰めてしまったのだろうか。この自殺に直接的なきっかけがあるとするなら、それしか考えられない。

巻島は、メディアの力という言葉だけでは表現し切れない後味の悪さを胸にくすぶらせるしかなかった。

「何か、しかし、力が抜けましたよ……」

笑おうとしても笑いにならないというような顔をして、村瀬は寂しげに呟いた。

248

巻島は何の感想も口にできなかった。

午後二時過ぎになって、津田が巻島の部屋に顔を覗かせた。

「手紙、今日の配達分にありましたよ。今、指紋採取をやってます」

「そうか……」

Ｖ類の作業班も今では十名に増員されている上に、公開捜査が巻島と〔バッドマン〕の対話路線に移ってきたことで一般の情報提供が相対的に減少し、本物の〔バッドマン〕の手紙が選り出される時間も大幅に短縮されるようになっていた。

この捜査の手法を巡って、あるいは巻島個人の疑惑めいた事情を巡って周囲の雑音が大きくなってきただけに、〔バッドマン〕が興醒めして〝引く〟のではないかと、捜査一課の幹部連中から訊いてもいない読みを聞かされていた。それがとりあえずのところ杞憂に終わり、軽い安堵があった。しかし、意識全体に脱力感があって、その安堵はあまりに手応えがないものだった。

「何だかお疲れのようですな」津田が何気ない口調で言う。

「いや、疲れてはいないがな……」

巻島は言いながらも背もたれに身体を預け、束の間、放心してみた。

「津田長……」

津田が、何ですかというように巻島を見る。

「俺は是か非かの答えも出さないままにこれをやってる」

「いいのか悪いのか分からない。没頭してやってても、足元がそうだから、ふと我に返って変な気持ちになる」

弱音をそのままにしてこぼすと、津田はいたずらっぽく笑ってみせた。

「繊細なんですな」

「自分の言動が他人の人生を変えてると思うと、繊細にもなるさ」

「どうでしょう……案外、自分の人生のことを他人のせいにできないことくらい、みんな分かってるんじゃないですかな。いろんな意見がある社会で生きてるわけですね、みんな自分で落としどころを見つけてやってるわけですよ」

「達観か……無責任か……」

「両方ですよ。なるようにしかならないってことです」

「そうだな」

巻島はぽつりと呟き、苦い気分を無理に呑み下した。

*

巻島史彦へ

おう、お前、ずいぶんとバッシングを受け始めてんな。めげるなよ。フハハハハハ。

まあ、言いたい奴には言わせときゃいいさ。どうせ偽善者どものたわごとよ。俺様はお前の気持ちがよく分かるぜ。俺様を引っ張り出すために俺様をかたって偽の手紙をでっち上げるなんざ、涙ぐましいくらいにせこすぎて怒る気にもなりゃしねえ。それから相模原の事件のこともよく覚えてるぜ。あれもお前だったとはな。なるほどと思ったよ。やっぱりお前も犯罪なんて被害に遭うほうが悪いと言いたいんだろ。そこが俺様とお前に通じるところだよな。

とにかく世の中、自分さえ幸せならそれでいいって野郎ばっかで本当にむかつくぜ。ガキどもなんか何の悩みもなく遊んでるだけで、しかも生意気ときてやがる。それを見てたら、ちょっといじめてやろうって思うのが普通だろ。まあ、暇だからこそできる遊びだけどな。

今日はこんなとこだな。お前の悩みもあったら聞くぜ。フハハハハハ。

じゃあな。阿婆世。

帰ってきたバッドマン

*

「で、指掌紋はどうでしたか?」

県警本部の別室で巻島の訪問を受けた植草は、彼から受け取った手紙のコピーをもう一度、目で追いながら尋ねた。

「いえ……それが、今回のは片鱗さえも採取できませんでした」

植草は顔を上げた。「できなかった?」

「ええ、たぶん、先日の〔ニュースライブ〕で迫田さんが指紋について解説したのが影響したんだと思います。歴然と変わってますから」

「そうですか……それは困りましたね」植草は自身の後ろめたさを、作ったしかめ面で覆い隠した。「目算が違ってきますか？」

「といっても、これを続けるしかないでしょう」

「今度の投函は誰か網にかかったんですかね？」

消印は昨日の午前中、新宿局となっている。

「それは確認中です」

「ふむ……運に恵まれるのを期待するしかないというのも苦しい話ですね」

応えようがないのか、巻島は何も言わなかった。

「当たりがなければ、引き続き〔バッドマン〕にいい顔をしてというやり方で？」

「別にいい顔をしてるわけじゃありません。特殊犯罪の交渉でも相手を人間扱いしなけりゃ何も始まらない。それと同じですよ」

巻島は雑音など我関せずという態度を決め込んでいるが、それで済まされるほど悠長な事態ではなくなってきている。テレビはワイドショーなどでも巻島の疑惑を取り上げ始め、駅売りの新聞や雑誌でも巻島の記事が載らない媒体はない。県警本部にかかってくる市民からの抗議電話はあとを絶たず、巻島からの報告はないものの、

捜査本部にはそれ以上の抗議の声が集まっているとの噂が植草の耳にも届いている。もちろん、記者クラブからの突き上げは収まる気配もない。

「私のところでだいぶ止めてますけど、いろんな声が内外から出てるのは承知してますよね？」

「恐縮です」巻島は表情を変えることなく口だけを動かした。

「正直言って、巻島さんが方々から叩かれてどうにもならなくなっても、本部長がそれをかばうことはないと思いますよ。これは巻島さんを心配して言うんですけどね」

「分かってます。これが最初じゃありませんから」きつい冗談かと思い、植草は笑ってみたが、巻島は相変わらずの無表情だった。

植草も顔を引き締めて、話を続けた。

「僕も精一杯のフォローはします。でも、リミットは迫ってきてますよ」

そのうち、観客たちの罵声が舞台を立ち行かせなくなる……巻島も分かっているはずのことだった。

巻島が出ていき、部屋に一人残った植草は、早速、携

帯電話で未央子に連絡を取った。

〈この時間に植草君からかかってくると、ドキドキするわね〉

つながって早々、未央子の冗談めいた言葉が挨拶代わりに届いた。今では植草からのコールには専用の着メロがつけられ、未央子は何をおいても最優先にそれを取るようになっているらしい。実際、植草が彼女に電話をかけて焦らされることはない。逆に植草は、未央子からかかってきた電話をわざと取らなかったり、「今、忙しいから」と素っ気なく切ったりすることがある。そのあと連絡を入れるとき、電話に出た未央子の声音に安堵の色が混じっているのを植草は聞き逃さない。それを聞いて、一人愉悦感に浸るのだ。

「そのうち、俺の声を聞くだけでドキドキするようになるさ」

〈パブロフの犬ね〉未央子が楽しそうに返す。

学生時代はこんなふうに打ち解けた会話もなかった気がする。未央子のほうに壁があったからだ。やはり、女は追わせるようにしなければならない。植草はつくづくそう思う。

「次の手紙が来たよ」

〈本当!? で?〉

未央子の弾むような声を聞いたとたん、指紋が採れなくなったことへの後ろめたさなど、どうでもよくなった。

「軌道に乗ったと思うよ」都合よく取っているわけではない。事実そうなのだと植草は自分に言い訳する。「あんまり未央子たちが巻島を叩くんでどうかと思ったけど、〈バッドマン〉には関係なかったみたいだな。逆に、今の方向でやり取りを続けるらしいよ」

〈じゃあ、私たちも今の方向で行けばいいわけね〉

電話をする前には迫田のでしゃばり過ぎに少し釘を刺しておこうかとの思いもあったが、出てきた言葉は違った。

「ああ、もっと絡んでいいよ。〈ナイトアイズ〉の公開捜査は、巻島と〈バッドマン〉のランデブーになる。視聴者は置いてけぼりだ。非難の声はますます大きくなるだろうから、それを〈ライブ〉が先にすくい取るんだ」

〈うん、分かってる〉

この公開捜査で本当にランデブーしているのは俺と未央子だ……そんなことを本当に恥ずかしげもなく思い、植草は

252

心の中で失笑する。

〈でも、遺族のほうがバッシングに二の足を踏んでるから、あと一つ決め手に欠くのよね。どうしてだか、まだ巻島さんを信用してるみたい。そこを崩したいんだけど……巻島さん、捏造の件はまだ認めてないの？　会見もしないつもり？〉

「すっとぼける気なんだ。だから今、内々で調査してる。彼も焦り始めてるのは確かだよ。　勝負を急いでくると思う」

〈急いでくるって？　指紋が採れたってこと？〉

「いや……そっちはまだ難しいみたいだな」

〈じゃあ、手紙を投函した不審者が何人か挙がってるとか……？〉

「いや……あ、悪い。じゃあ、あとで文面を送るよ」

最後はあたかも用事ができたかのように素っ気なく電話を切った。捜査が迷走しているのをさらし過ぎるのも、未央子に水を差してしまう気がした。

要は、巻島がこの事態をどう打開するかだ……虫がいいのを承知で、巻島には容易に潰れないしぶとさを期待している。そうでなければ面白くない。

そう言えば、捜査本部のＶ類班に配属された舟橋に、

　　　　　　　＊

宮前署に戻った巻島は捜査本部を覗き、本田にあとで顔を出すよう告げて別室に入った。

椅子に座り、かばんから捜査報告書の束を取り出したところで、机の上がきれいに水拭きされていることに気づいた。

刑事部屋でお茶を淹れたり机を拭いたりするのは新人刑事の役回りだが、こういう臨時の執務室までは手が回らないのか、あるいは遠慮があるのか、今までは机の上を雑巾拭きされていることはなかった。気にならない程度に埃が浮いていた。

机の上には電話と筆記具、県内地図、今朝の新聞などが無造作に置いてある。捜査資料はかばんに入れて持ち歩いているから、留守中、誰が入っても、たとえそれが

巻島が捜査本部を空けることになる時間のメールを打っておいたが、彼はうまく巻島の掌紋を手に入れただろうか。

そんなことを思いながら、植草は携帯電話を仕舞った。

たちの悪い記者であっても困ることはないのだが、朝ならともかくこの夕方にというあたり、どこか違和感があるようにも感じられた。

ノックの音がして、刑事特別捜査隊の中では一番の若手である市川がお茶を運んできた。毎朝、巻島にお茶を淹れる役をこなしているのが彼であり、外出先から戻ってきたときも、気づく限りは当たり前のように専属のお茶当番を引き受けてくれている。

「ここを拭いてくれたのは君か？」

そうならばごく普通にねぎらうつもりで訊いたが、市川が「いえ」と首を小さく振ったので、何となく収まりの悪い気分がそのまま残ってしまった。

市川が部屋を辞すのと入れ替わりにして、本田が入ってきた。

「今日も出演ですか？」軽い口調で訊いてくる。

「そんなとこだ」

本田は捜査本部に届けられた郵便物その他の全情報が各類に分けられ、それぞれの班において処理されていく作業全般を統括しているので、本物の〔バッドマン〕からと思われる手紙がＶ類の作業班に送られていることも当然のごとく把握している。

「ちょっと訊くけどな」巻島は少し身を乗り出して本田を見た。「『ニュースライブ』や迫田氏なんかと特別付き合いのある幹部クラスの者はいるのか？」

「いや、特別と言われると、そういうつながりは知りませんけどね……」

「何か不自然な動きをしてる人間がいるかどうかなんだ」

「というと？」本田は巻島の机の向かいに椅子を持ってきて座り、腕を組んで問いかけてきた。

「俺が狙いらしい。俺がどんな情報を持ってるか。何を考えてるか。何をしようとしてるか。俺の周りがどうなってるか。それが迫田氏かあるいは〔ニュースライブ〕の関係者にリークされてる気がしてならない。当人に悪気があるかどうかは知らないが、このままだとこの先、何かと動きづらいことも出てくるんでな」

「ふむ……確かにあの人、ときどきドキッとすることを言いますなあ。情報としては幹部会議に出てれば得られる程度のものですし……なるほど……」

頬を撫でながら思案顔をしていた本田は、不意にニヤリと笑みを浮かべた。

「じゃあ、燻り出してやったらどうですか？」

254

「燻り出す……?」

「例の宮崎事件であったでしょう。新聞の一面に宮崎のアジト発見って、でかでかと載ったやつが。あれも出どころの分からないリークが横行したんで、ガセをでっち上げてみたら、まんまと罠に嵌まったやつがいたっていう話だったと言われてるでしょう。あれをやればいいんですよ」

「ずいぶん強烈な燻り方だな」

巻島が苦笑気味に言うと、本田はかぶりを振った。

「タヌキしかいませんからね。それくらいじゃないと出てきませんよ」

巻島は本田と目で笑い合った。

「検討しよう」

犯罪被害者に非があるとは思わないが、世の中の事件において、犯罪を起こした者の事情が往々にして聞くに値しない言い訳のように扱われ、その切実な心情が一切汲み取られることなく、ただただ人道にもとる行為のみが一方的に非難されるのは一種の民衆ファッショであり、決していい風潮とは思っていない。それは私が今まで数々の事件捜査に携わっているときに常々思っていた

ことで、その多くは加害者側にも同情すべき点、共感できる点が存在した。

だから、この事件も例外ではないと思っている。君の事情をもっと訴えてほしい。暇だからできたとあるが、それはどういうことか。会社のリストラに遭って、仕事をなくしたのか。就職活動がうまく行かず、定職に就けないのか。何かのトラブルで家を出ているのか。それは今現在どうなのか。やみくもに社会を批判するだけでは言葉が足りない。もっと詳しく君の事情なり心情なりを吐き出して、いくらかでも社会の共感を勝ち取ってほしい。私はその手助けをしたいと思っている……。

その日の〔ニュースナイトアイズ〕に出演した巻島が〔バッドマン〕に向けて送ったメッセージはそのようなものだった。

韮沢は釈然としないような表情を作り、「とにかく本音を聞きたいですね」と短いコメントを意味深に付け加えて締めくくった。

放送直後から、ミヤコテレビの報道局や宮前署の捜査本部には抗議の電話が前にも増して相次いだという。〔ニュースライブ〕ではいつも同様、何の混乱もなく新たな手紙についての検証がなされ、迫田からは遺族感情

を無視した巻島の姿勢に忌憚（きたん）のない辛口の発言が浴びせられた。

＊

「今日はいつも町の安全のために一生懸命働いてる警察のことを少しでも市民の皆さんに知ってもらえるよう、精一杯頑張りたいと思います。よろしくお願いしまーす！」

「ちょっとドキドキしてますけど、今日一日、明るく元気に頑張りまーす！」

「婦警さんの制服が着られて嬉しいです。頑張りまーす！」

「今日は四人の力を合わせて、一人でも多く犯人を逮捕できたらいいなと思います。頑張りまーす！」

「はい、ありがとうございます。犯人を逮捕するのはちょっと難しいと思いますけどね、その勢いで【マイヒメ】の四人には今日これから、元気に一日署長を務めて頂きたいと思います……」

風の強い日だった。壇上で溌剌と挨拶をしている少女たちの髪がなびき、タイトスカートにもかかわらず、そ

の裾がはためいている。

「おいチョンボ、お前、まだそんなとこにいたのか？」

宮前署の表玄関前は、一日署長の任命式場を囲む人だかりで身動きもかなわない有様になっていた。しかし、小川かつおは好んで人だかりに割って入り、頬を緩めながら【マイヒメ】の艶姿を眺めていた。そこへ、後ろから戸部の冷たい声が飛んできたのだった。

「いやあ、僕、【マイヒメ】のファンなんですよね」

「頑張りまーす！」と言いながら力こぶを作っていた彼女らの姿を目に焼きつけたままに言うと、力の加減もなく頭をはたかれた。

「お前は本当、緊張感ねえな。またこんなとこテレビカメラに撮られたらどうすんだ」

「そうですよね」

「しかし、何もこんな時期にやるこたねえのになあ」戸部は呆れたような顔で壇上のほうを見た。「まあ、前から決まってた話なんだろうけど、それにしてもよ……」

不意に警察署の外、富士見坂のあたりが騒がしくなったので、戸部は言葉を切ってそちらを振り返った。小川もつられてそうした。

正門付近に、プラカードと横断幕を掲げた集団がいつ

の間にか集まっていた。

任命式の進行が中途半端に途切れたところで、集団の先頭に立つ一人の女性が拡声器を手にした。

「お取り込み中のところ、大変失礼します。お集まりの皆さん、我々の話に少しだけ耳を傾けて下さい。我々は市民の平和と人権の尊重、快適な社会生活を実現するために活動している市民グループ【川崎フォーラム】の有志一同です。我々はテレビメディアを使って嘘八百を並べながら犯罪者を庇護し、同時に犯罪被害者や遺族を不当に貶める言動を繰り返してなお、捜査に何の進展も見られないどころか社会を混乱させているだけの川崎男児連続殺害事件捜査本部、あえて特定するならば捜査責任者の巻島史彦氏に断固たる抗議をし、その姿勢を正してもらうよう、決起してここにやって参りました。本日は巻島氏本人と面会し、抗議文をお渡ししたいと思います……」

そういう算段が取り巻いている。

「何だかすごいことになってきましたねぇ」

テレビカメラが早くも彼らの周囲を取り巻いている。

「おい、そんなとこにぼけっと立ってないで、さっさと裏から行けよ」

　　　　　　*

戸部が小川の腕を引っ張って言う。しかし、彼の視線も呆れ加減に市民グループのほうへ向いていた。

「けど、まあ、この帳場も尻に火がついてきたな。巻島さんが飛ばされるのも時間の問題だぞ。うちの上も口を開きゃあ、巻島バッシングだからな。あの人も八方ふさがりってやつだよ」

「いい人なんですけどねぇ」

「しかし、実際、やってること訳分かんねえのも確かだぜ。まあ、噂によれば結構上のほうから出たアイデアで、巻島さんはただの汚れ役っていう話もあるけどな。これだけの騒ぎになって、まだ何のメスも入らないっていうことは案外そうかもしれねえけど、五百人動かして結果が出ないんじゃ、どっちにしたって長くはねえだろうな」

「お前はやってねえだろ」

そう言ったとたん、小川は戸部に頭をはたかれた。

「みんな一生懸命やってるんですけどねぇ」

「やっと静かになりましたねぇ」

別室に入ってきた本田は、苦笑いを浮かべながら巻島に何かの紙を差し出してきた。

「見ますか？　抗議文」

巻島はねぎらいを込めた失笑を本田に送り、目で自分の机を指した。

「まあ、でも、そんなに落ち込むこともありませんよ」

本田は抗議文を机の片隅に置いて続ける。「客観的に見て、世論全部が捜査官を叩いてるわけじゃありませんから。よく好きなタレントと嫌いなタレント両方にランクインするスターがいるでしょ。そんな感じだと思いますよ」

「そんなに俺が落ち込んでるように見えるか？」

本田は笑って首を振る。「いやいや、騒がれるうちが華という話ですよ。この子たちだって、あと何年かしたら影も形もなくなるかもしれない。これ、いりますか？」

そう言って本田は、一日署長を務めているアイドルグループによる薬物撲滅キャンペーンの特製ポストカードを寄越してきた。

「一平君に」

「まだ喜ぶ歳じゃないな」

巻島はそのポストカードを抗議文の上に載せた。

「で、それは？」

巻島は、本田が手に提げている紙袋へ視線を移した。

「できましたよ」本田は紙袋の口を巻島に向け、中に詰まった十数本のビデオテープを見せた。「自分の息子だけに多少心配しましたけど、結構うまくやってくれましたよ。興味が勝つんでしょうな。小遣い程度で済むんだから御の字です」

「こういうのも捏造って言うのか？」

巻島が口調に苦味を乗せて言うのに対し、本田はニヤリと口を動かした。

「ただのトラップですよ。別に世間に公表するわけじゃない。少なくとも捜査官と私にその意思はないんですから」

「だいたい、息子に言わせると、映像の世界じゃ捏造と演出は同義語らしいですよ」

本田がコンピュータ・グラフィックスを趣味にしてい

五十歳の後輩にウインクされて、巻島は苦笑する。もちろん、彼が言う意味の裏には、自分たちではない誰かがこのテープを世間に公表してくれることへの期待が隠されている。

る息子に作ってもらったビデオテープというのは、ある
おもちゃ売り場で〔ビートルキング〕を買う中年男性を
映した防犯カメラの映像である。元は洗い出しの結果、
簡単に身元が割れて事件とは無関係であることが判明し
た人間の映像なのだが、それを巧妙にコンピュータ加工
して、新たに手に入った映像という形にしてある。人物
の容貌も細かく修正されていて、世の中に存在しない人
間になっている。また、マスコミが人権問題を気にせず
に扱えるよう、画像全体を不鮮明にしてあるのも味噌
だ。

そして、その映像はビデオテープ一本ごとにも個別の
加工がされている。レジのカウンターに置かれている紙
袋の束の位置が微妙にずれていたり、店員の立ち位置や
動きが違っていたりしている。同じ映像は一つもない。

これを重要資料と称して捜査幹部らに配るとどうなる
か……もし、この映像が〔ニュースライブ〕でスクープ
として取り上げられたとしたら、誰のルートで流出した
かが、たちどころに分かることになる……それが、特殊
犯係で一癖も二癖もあるヤマを乗り越えてきた本田が編
み出したトラップだった。

「迫田氏の周辺にリークしてるってことは、捜査官を妨

害する意図があると見なされても文句は言えないわけで
すよ。そういうことをするからには、私と捜査官のとこ
ろにあっけなく犯人へたどり着こうとする動きがあると
分かれば面白くないでしょうし、横やりの一つも入れた
くなるというものでしょう。絶対、ビデオは流出します
よ」

捜査幹部の中からは、露骨に巻島の指揮能力を疑う声
も出てきている。本田の読みはそんな現状を踏まえての
ものには違いない。

「気が進みませんか？」

本田が巻島の顔を覗き込んで訊く。

「いや、進む進まないは関係ない。どうなっても俺が表
に立つから、どんとやってくれ」

「いいんですよ、私のことなんか。しかし、あれですね
……そんな捜査官が〔バッドマン〕の手紙をでっち上げ
たなんて言ってるやつがいるんですから、馬鹿馬鹿しい
話ですよ」

「君だけだな、そんなことを言ってくれるのは」

巻島が言うと、本田は照れくさそうに鼻をこすった。

この日、アイドルが一日署長を務めるイベントなどと

の兼ね合いによって、署内が平静に戻る午後に幹部会議
の予定を組んでいたが、巻島は急遽それを午前中に変更
した。変更理由はもちろん、その場で本田に捜査の〝大
きな進展〟を報告させるためだった。

巻島としても、このトラップを捜査本部内々で処理し
切ってしまいたいという思いがあった。余計な報告をい
ちいち曾根にまで上げたくはない。だから、幹部会議に
顔を出すのが当たり前となった植草をこの日ばかりは外
しておきたいという狙いがあり、わざと会議の時間を繰
り上げたのだった。

「重要な報告です」いつもの辛気くさい空気を裂いて、
本田が会議の口切りをした。「例の〔ビートルキング〕
ですが、メーカーのロボットップの協力を得まして、物証
と同じ型がいつどこで売られたかという洗い出しを当初
から続けてきておりました。対象地域を現場周辺の川崎
三区からほかの川崎地区、あるいは横浜、東京と範囲を
広げて調査を進めていたのですが、この度、厚木のほう
で昨年七月当時の防犯カメラのテープを保管しているス
ーパーが見つかりまして、それを班員のほうで確認して
みたところ、大変重要度の高い事実が明らかになりまし
た」

「厚木か？」

巻島はその言葉に、不自然ではない程度の驚きを乗せ
てみた。

「ええ、現場からはかなり離れてるんですが、その関係
を結論から言うと、こういうことです。つまり、皆さん
はご存じでしょうけど、大手自動車メーカーのシマザキ
が業績不振のために一昨年、高津工場を閉鎖しました。
川崎の高津です。これで周辺の下請け関係を合わせて、
およそ二万人の労働力が浮いてしまったということで
す。で、そのうちの半分以上が厚木工場とその周辺の下
請企業に回されました。しかし、厚木工場のほうもさら
なるリストラの対象となって、昨年の三月頃から二割の
人員削減を敢行しております」

その話そのものは新聞などで取り上げられた事実の通
りなので、本田が取り澄まして話している、この報告
自体、真に迫って聞こえる。

「で、厚木のスーパー・イワイヤのビデオに映っていた
〔ビートルキング〕の購入者は、身元をたどっていった
結果、高津工場から厚木工場へ移り、去年の春に再度の
リストラを受けた男性であることが分かりました」

巻島は短く唸り、「よく今になってそんな映像が出て

260

「きたな」と応じた。

「一応、参考資料として、ダビングしたものをお持ちしました」本田は無表情で言って、紙袋を掲げた。「ちょうどこの時期、この売り場でアルバイト店員がレジのお金をくすねる事件が続いていたそうで、それを調査していた担当者がテープを保管していたということでした」

「ふむ、なるほど……で、その男の素性は？」

「野々上充、三十七歳。職業不詳、独身です。現住所は厚木市戸室。1DKの古いアパート住まいですが、この五日ほどアパートに戻ってきた形跡がなく、所在が摑めておりません。現在、友人、女性関係を洗っています。この野々上は近所ではちょっとした奇行で知られておりまして、登下校している小学生にアパートの部屋から菓子を袋ごと投げ与えたり、一緒に遊ぼうと唐突に声をかけてきたりという話も入ってきています。シマザキの記録によると、彼の作業靴のサイズが第一の現場などで採取された足跡と同じ二十六センチであるという確認も取れています」

「濃いな」巻島は独り言のように言う。「ガサを入れるには早いか……とりあえずは監視下に置くのが先だな」

「はい。そうすれば、手紙の投函を確認して一気に片がつくと思います」

「それの映像は顔が分かるほど鮮明なのか？」

「いえ、後ろ姿で顔が、まあ、身体的特徴を知る上では有効でした」

「そうか……もし野々上の所在確認が手間取るようだったら、[ニュースナイトアイズ]でこれを流して、プレッシャーをしげしげと見ながら呟く。

「効果は大きいと思います。お任せします」

「よし、そちらはその線で行ってくれ」

お互い、渋い表情を作って頷き合った。もちろん、本田のウインクはなかった。

＊

〈舟橋です〉

昼食に出ようと県警本部一階のロビーを歩いていた植草の携帯電話に、緊張した声が届いた。

「おう、お疲れさん」植草は立ち止まり、周囲を見渡しながらロビーの端へ寄った。「どうだ？」余計な口を挿

まずに訊く。

〈採りました。〉捜査官が使ってる机から気づかれないように〉

「ふむ……で?」植草は軽く声を上ずらせて先を促した。

〈一致しませんでした〉

「…………」

予想になかった言葉を聞いて、植草は何秒か思考が止まった。

「ちゃんと巻島の掌紋を採ったのか?」

〈間違いないです〉頼りなげな口調ながらも、舟橋は断言した。〈同じ紋を五つ採ってます。違う紋はありませんから〉

いや……。

偽の〈バッドマン〉は巻島の捏造ではなかった? ならば、どういうことだ?

「分かった。悪いけど、今度は別の人間のを採ってみてくれ。V類班にいる津田と西脇は巻島の信頼も厚い。それから本田も巻島の腹心だ」

〈本田警視ですか?〉舟橋の声がいっそう強張る。〈何とかしてそいつ

らの紋を採ってこい〉

〈はい……分かりました〉

舟橋の硬い返事を聞いて、植草は携帯電話を切った。

巻島でなければその三人の中にいるはずだ。それ以外の可能性は、今の植草の頭には浮かばない。

何となくすっきりしない気分を持て余した植草は、そのまま宮前署の巻島に連絡を入れてみた。

「昼を過ぎて二、三、仕事を片づけたら出ますけど、特に大きな問題はないですね?」

軽い確認の意味で訊いたつもりだったが、ここでも巻島から予期せぬ答えが返ってきた。

〈特に何もありませんし、会議も午前中に済ませてしまいましたが〉

「え……今日は行事の混乱を避けて、三時頃にするという話だったんじゃ……」

〈そうだったんですが、十一時過ぎには署内も比較的落ち着きましたし、メンバーもちょうどそろってましたから〉

それならなぜ知らせてくれなかったのかと植草が問い詰める前に、巻島が続けた。

〈それに、今申し上げたように、特に大きな変化もなか

262

ったので〉

植草は舌打ちを抑えて、「そうですか」と応えた。

「でも、今日またこれから、新しい手紙が出てくる可能性もあるわけですよね？」

〈もちろん。その場合はまた、課長に改めてお知らせします。付随して再度の会議を招集するときも〉

「そうして下さい」

あとは、市民運動のグループが署の前でシュプレヒコールを上げていたという、どうでもいい報告を聞いて、巻島との電話を切った。

昼休みの間に、未央子がいつものように自宅から電話をかけてきた。

〈バッドマン〉からの新たな手紙も来ていない、偽の〈バッドマン〉と巻島の掌紋も一致しなかったとあっては、彼女に話すことも冴えない内容に終始した。ただ、未央子は市民グループの主観的な思いに過ぎなかったようで、それも市民グループの抗議程度の話にも、巻島が相当参っていたと色をつけて聞かせてやると、興味深そうな反応を示してくれた。

「じゃあ、また何かあったら知らせるよ」

〈うん、お願いね〉

無難に話を済ませたものの、植草の中にはもやもやしたものが残っていた。自分が把握していたつもりだったもの、見通していたつもりだった……それが微妙にずれている……ずれ始めている……そんな戸惑いがあった。まだまだ巻島を追い詰めても構わないはずだし、まだだそうやって公開捜査を盛り上げるべきなのだ。あり得ないとは思いつつも、巻島が自分の掌中からするりと逃げてしまうような、妙な胸騒ぎがする。

そんなふうにさせるつもりはないが……。

考えているうちに、何となく食欲がなくなってしまった。

*

「ねえ、いずみだけど」

巻島が始まったばかりの〈ニュースライブ〉を居間で見ていると、キッチンのほうで電話をしていた園子がコードレスフォンを手にしながら歩み寄ってきた。

「いずみだけど」と言いながら、巻島はそれが園子のほうからかけた電話であるのを知っていたので、大した話があるわけでもないとも思っていた。テレビ画面のほう

に目を向けたまま、電話を受け取った。

「もしもし」

〈あ、お父さん、元気？〉

いつもと変わらぬいずみの声だった。

「まあ、何とかな」

〈いつも見てるわよぉ。結構、裏番組とかじゃ、いじめられてるみたいだけど〉

巻島は笑って受け流した。「そっちはどうだ？」

〈うん、まあ、変わりないわね。お父さんも変わりなさそうでよかった〉

「ふふ、俺を心配してくれるか」

親離れしているとはいえ、実の父がテレビを始めとする各メディアにいいようにいじられている姿を目にする子供の立場というのも複雑だろうなと気づかされる。

〈今度の週末、もしよかったら日帰りで温泉でもどうかって、彼が言ってるんだけど……難しいよね〉いずみははなから答えが分かっているとでも言いたげに切り出してきた。

「うん……ありがたいけど、お父さんはちょっと無理だな」

〈そうよねえ……お母さんもそう言ってた〉

「いや、お前たちは別に気兼ねしなくていいぞ。四人で行ってきたさい」

〈うん、無理することでもないし……私も今は特に行きたいわけじゃないから〉

いずみの言葉は、巻島に気を遣っている以上の消極的なニュアンスがこもっているように思えた。

ふと気になって訊いてみる。

「マスコミの連中、いずみのとこにも何か言ってきたりしてないか？」

〈こっちは心配しなくていいわよ〉

明確な否定ではない。

考えてみれば、六年前の事件での巻島の不始末ぶりまでが取り沙汰されている以上、何がしかのゴシップを拾おうとしているマスコミの一部がいずみのもとまで取材の手を伸ばしていることは、十分あり得る話だった。六年前も、巻島が被害者より大事だと言い切った娘の病状とはいったいどの程度のものなのか、いずみが入院している病院の集中治療室まで潜り込もうとした記者がいたほどだった。

「悪いな、いろいろ気を遣わせて」

〈だから、こっちは大丈夫だって〉いずみは笑いを混ぜ

264

て言う。

「ふむ……どちらにしろ何かあったら遠慮なくお父さんに言ってくれ。一平は相変わらずか？」

「うん、元気よ。寝ちゃってるから電話には出せないけど。あの子、最近はニンジンも食べれるようになったのよ。今度はピーマンに挑戦ね〉

「そうか」一平にも嫌がらせの類が向けられていないかと思い、口にはしなかった。「今度、遊びに連れてきなさい」

〈そうね。暇見て行くよ〉

いずみの明るい返事を聞いて巻島は満足し、コードレスフォンを園子に返した。

視線だけ向けていた〈ニュースライブ〉では、宮前署前での市民運動グループの抗議デモの様子が映し出されていたが、川崎事件関係のニュースはそれだけだった。

トラップには誰も引っかからなかったということだ。

一日だけで判断するのは早過ぎるか……巻島は考える。

しかし、今までの様子からして、その日のうちに〈ニュースライブ〉あるいは迫田へ情報が流れても何らおかしくはないと見ていた。捜査の急展開を告げる情報

だ。明日にも被疑者の居所が摑めるかもしれない。そのまま急転直下で逮捕となっても不思議ではない流れだ。その見通しに鈍感な捜査幹部はさすがにいないだろう。

それとも、トラップとするには大き過ぎたのだろうか。さすがにこれをリークすれば、捜査に重大な支障が出る。そう判断して自重したか。捜査態勢に不満があるとはいえ、そこは腐っても一刑事の理性が働くということか。

とりあえず、この罠はもう一日そのままにしておいたほうがいいだろう……巻島はそんな結論に行き着いた。

ただ同時に、こうなれば、もう一つトラップを増やしておく必要があるなとも思った。

しばらくして電話が鳴り、園子が再びコードレスフォンを持ってきた。相手は本田だった。

〈肩透かしですね。期待して見てたんですけど〉

本田は本気と冗談が交ぜになったような口調でそう言った。

「まあ焦るな。もう少し様子を見よう。悪いが息子さんにもうワンパターン、あのテープを作ってもらって、明日持ってきてくれないか？」

〈はぁ……いいですけど〉

「じゃあ、頼む」

そんな短いやり取りで、本田との電話は終わった。

翌日、捜査本部入りした巻島は、別室に落ち着く間もなく、警察庁帰りの曾根から呼び出された。そして一時間後には、県警本部九階の本部長室でいつものように植草と肩を並べることとなった。

「ずいぶんと嫌われたもんだな巻島、ええ?」曾根は意地悪そうな笑みを顔面に貼りつけ、巻島を睨み上げてきた。「抗議デモを受けるようになったら、嫌われ者としても一人前だ。俺でも経験がないぞ」

「そうでしょうね」巻島は感情を消し、淡々と応えておいた。

「ファンレターも来てますよ」隣から植草が言う。

「冗談にもならん」曾根は顔を一振りして、笑みをすっかり消した。「長官からじきじきに苦言を頂戴したよ。市民の信頼を得る形の捜査をするように……すなわち、いわく因縁のついた捜査官をテレビに出して、いたずらにスキャンダラスな話題だけを振りまき、あげくに成果も上がらんようなことはするなということだ」

曾根は巻島の顔をじっと見つめながら続ける。

「もちろん、それをはいはいと聞く俺じゃない。ちゃんと言っておいたよ。『犯人逮捕はもうすぐそこまで来ています。ですから、あとほんの少々、静観して頂きたい』とな」

曾根は無言の間を挿み、少しだけ首を傾けた。

「それでいいよな? まさか嘘を言ったことにはならんだろ?」

巻島は鼻白んだ思いを隠し、視線を外した。

「努力します」

「工夫しろ」

曾根はかぶせるように言い、両手を机の上で組んだ。

「手紙の投函で消したリストは何人ぐらいになった?」

「約五百人です」

曾根は舌打ちする。「それだけ潰してもまだ当たらんのか?」それから嘆息し、引きつった目元の筋肉をほぐすように眼をしばたたいた。「リストの残りは何人だ?」

「何人と言われましても……リストは絶えず動いてますから」

「いったい何人潰せば当たりが出るんだ?これまで一年の間に何人潰した? 千人か? 二千人か? もういい

加減、その中にいるんじゃないのか？　おざなりの裏づけで見逃してるんじゃないのか？」

「もちろんその可能性も考慮してリストを作り直しているわけです」

曾根は飛んでいる虫でもはたくように手を振り、勝手に話を打ち切った。

「とにかく、そういうことだ」

巻島は植草とともに一礼し、本部長室を辞することにした。

「巻島……」

部屋を出ようとする巻島を曾根が呼び止める。

「ケツに火がついてるぞ」

ニヤリともせず、彼は巻島の尻を指差した。

「だいぶ追い詰められてきましたね」

通路を歩きながら、植草が困り加減に話しかけてきた。

巻島は肩をすくめてみせる。「といっても、やれることをやるしかないでしょう」

巻島が作った余裕を嗅ぎ取ったのか、植草はふと巻島の顔を覗くように見た。

「それは勝算あっての台詞ですか？」

「巻島は首をどちらにも振らずに言う。「もともと私は勝算があってこの捜査を受け持ってるわけじゃありません。ただ、何もしないよりは可能性があるかもしれないと思ってやってるだけです」

植草は顔を前に戻して嘆息した。「難しいですね、この仕事は」

「でも」植草の視線が再び自分に向けられるのを待って、巻島は続ける。「幸いなことに今、大きな可能性が見えてきてます。もしかしたら勝算と言ってもいいかもしれない」

「というと？」植草は立ち止まった。

「中で話しましょう」

巻島は空いている会議室を探して、植草を誘った。

「これなんですが……」

巻島は自分のかばんを開け、今朝本田から受け取ったばかりのビデオテープを取り出した。

本田が捜査幹部らにしたのと同じ話を植草に聞かせると、彼の相槌にかすかな昂ぶりがにじんだ。

「幹部会議の出席者にはこれと同じものを渡してありますし。課長にも参考資料としてお渡ししておきますが、マ

スコミ発表に踏み切るかどうかの判断は私に一任させて下さい。とりあえずはこの重参を監視下において、手紙の投函を確認する。それが優先です。ただ、所在が掴めないとなると、〈ニュースナイトアイズ〉で映像を流して、重参を追い詰めてみるという手も考えてます」

「その判断は時期的に言うと、どれくらいで？」

「ここまで来れば時間はかけないつもりです。どちらへ転んでも二、三日のうちに動くと思います」

「なるほど……でも、どうして本部長に会う前に話してくれなかったんですか？」植草は少しばかり不服そうな一瞥を向けてきた。「このことを報告すれば、本部長の言葉も違ってたでしょうに」

「ご覧の通り、本部長は焦ってます」巻島は冷静に返した。「対して、この重参もまだ確定とは言い切れない。本命であるだけに、報告は慎重に上げるべきだと思います。手紙の投函を確認して、引っ張ってからでも遅くないと思います」

「ふむ、そうですね」植草は少し考える素振りを見せてから、納得したように頷いた。「分かりました。慎重に進めて下さい。ただし、僕には逐一報告をお願いします」

「はい」巻島は控えめな笑みを添えて応えた。

「今朝はありがとう。仕掛けておいたよ」

巻島の専用別室を訪ねてきた本田に、巻島はまずそのことから切り出した。

「誰にですか？」本田は事情が呑み込めない顔で巻島を見た。

「課長だ」

「課長？」

「植草課長だ」

「植草課長……確かに幹部会議にはよく出てきてますね」本田は半分だけ納得したように小さく唸った。「でも、あの課長が捜査官の足を引っ張る理由なんてあるんですかねえ。捜査官とも特に対立してるわけじゃないんでしょ？」

「ああ。だが、この捜査を把握してる一人だ。例外は作らないほうがいいと思ってな」

「上司も部下も関係ないってことですね。私にも仕掛けますか？」

「誰も引っかからなければ、そのうちにな」

268

巻島が言うと、本田は首をすくめておどけた顔をしてみせた。

「で、何だ？　新しい手紙が来たか？」

「〔バッドマン〕ですか？　いや、今日はまだみたいですね」

今日あたり次の手紙が届くのではと思っていただけに、巻島は少なからず落胆した。もちろん、まだまだ未整理のものも残ってはいるだろうが、その中にもなければ漫然と待っているわけにもいかなくなる。一計を案じてでも、〔バッドマン〕の気持ちが冷める前に、次の誘いをかけておく必要がある。

「でも、こっちのほうで新しいのが来ましたよ」

そう言う本田の顔からはすっかり柔らかさが消え、何やら胸騒ぎを覚えさせるような暗い色がそれに取って代わっていた。

巻島は彼が差し出してきた一枚の紙を受け取った。

その文面を見て、目を疑った。

〔ワシ〕⁉

笑止千万。
ドブネズミはワシが救いのない人生を送っていると云

う。
真に救いなきはドブネズミなり。
いずれ厚顔無恥の報いを受けるときが来よう。
ワシはただそのときを楽しみに待つとする。

巻島はしばらく、その文面から視線を外すことができなかった。

それからようやく顔を上げ、本田とお互いを見合わせた。

「これの消印は？」

本田にも有賀が自殺した件は伝えてある。

「昨日の午後です」本田は強張った声で答える。

「昨日……」

有賀にこれを出すことはできない。

〔ワシ〕はまだ生きている？

有賀が〔ワシ〕ではなかったのか？

それともこれは〔ワシ〕を騙っているだけなのか？

答えは見えず、巻島は自分に首を振る。

「先日のやつとあわせて、村瀬に教えてやってくれ」

とりあえず、それだけを口にした。

重苦しい影に囲まれたようで、気持ちが妙に落ち着か

なかった。

*

〈今日の到着分にはありませんでした〉

電話を通して巻島の報告を聞き、植草は失望のため息を呑み込んだ。

「じゃあ、〈ナイトアイズ〉の出演はなしですね？」

未央子と話すときの癖が出て、〈ニュースナイトアイズ〉を業界的に略してしまったことに気づいたが、どうでもいいことだと思い、取り繕う気にもならなかった。

〈いえ、誘いをかけるためにも出演しようと思ってます。児玉さんにも連絡してあります〉

巻島はそんなふうにさらりと言った。

「誘い……というと？」

〈まあ、適当に〉

「……？」

思わせ振りな言い方が気になったが、待っていてもそれ以上の説明は出てこなかった。

「例の映像ですか？」それとなく訊いてみる。

〈いえ……確かに人物が特定できていないという前提で

あれを出せば、〈バッドマン〉から認否のリアクションを引き出せるかもしれません。ただ、あれは私としても大事に進めたい線ですから、そう簡単に出すつもりもありません〉

巻島の口調は落ち着いたものだった。

「そうですか……しかし、あまり〈バッドマン〉をおだてるだけでも芸はありませんよ」

少し挑発して、また反応を見る。

〈そうですね〉

巻島はあっさりとかわして、素っ気なく話を終わらせた。

受話器を置いてから植草は時計を見た。夕方の六時を過ぎていた。連絡を催促する未央子のメールが植草の携帯電話に入ったのは一時間前だ。今頃は痺れを切らしているだろう。

植草は机の引き出しから煙草を取り、一服する仕草をしながら課を出た。

昨日〈バッドマン〉からの手紙がなかっただけに、今日こそは届くだろうとの確信に近い期待があった。おそらく捜査関係者だけではなく、報道関係者も、そしてこの事件に注目している一般人もそう思っているだろう。

い。〔バッドマン〕に突然の心変わりがあったとも思えな
い。巻島の捏造疑惑にも興醒めしたかのような反応は示
さなかった。あれから巻島は〔バッドマン〕の心情を理
解するような発言を恥ずかしげもなく連発している。

手紙を出すことがはばかられるような事情が〔バッド
マン〕の周辺に起きているのだろうか？　しかし、理由
はどうあれ、事実としてあるのは、〔バッドマン〕から
の手紙は来なかったということだ。

それだけを取れば、何とも緊張感を損ねる話である。
もちろん、ニュースにはならない。

未央子に情報を与えることが習慣化してくると、こん
な日が少し続いただけで、やけに据わりが悪い気分にな
る。未央子はスクープという美味なる餌を覚えてしまっ
ている。それさえ持っていれば、植草は彼女を飼い馴ら
す自信がある。逆に言うと、それがなければとたんに、
手が寂しい不安に襲われる。

いや、実際には、自分はとっておきの餌を持っている
のだ。捜査本部の中枢がこれこそ〔バッドマン〕ではな
いかと睨んでいる男の映像。

植草が見てみたところ、画像の質が悪く、しかも男は
終始後ろ姿であって、それをもとに個人を割り出すのは

難しいような代物だった。

しかし捜査班は、そこから背格好や服装の特徴など必
要な情報を抽出し、また居住圏の割り出しや店員の証言
などを含めてであろう、一人の重要参考人を浮かび上が
らせた。

野々上充なるこの男は、現在、所在が掴めていないの
だという。無職の身であれば数日部屋を空けたところで
不思議はないか。だが、もしかしたらアパートに監視が
ついたのを敏感に察知し、逃亡してしまったのかも
しれない。だから〔バッドマン〕からの手紙も途切れた
……そんな説明がつく。巻島が野々上の線に自信を持ち
ながら、なお〔バッドマン〕からの次の手紙にこだわる
のは、消印から野々上の現在の居場所を測ろうという狙
いか。

あるいは手紙にこだわって、まだ捜査が進んでいない
ことをそれとなく見せ続けることによって、野々上を油
断させておくのが狙いなのか。

今日、巻島は〔ニュースナイトアイズ〕で何を話すつ
もりなのだろうか？　まったく見当がつかないだけに、
やけに気になる。

しかしどちらにしろ、こうなってしまえば、〔バッド

マン〕の手紙は捜査の上での重要度を落としてしまっていることになりはしないか。野々上の所在が明らかになるまでの時間稼ぎであり、公開捜査の間を持たせるためだけの価値しかないと言ってもいい。

重要度のウエイトは、もはや防犯カメラの映像に移っている。いずれ巻島は〔ニュースナイトアイズ〕であの映像を流すはずだ。それに対して、野々上＝〔バッドマン〕が手紙で何らかのリアクションを寄越す可能性もあれば、映像を突きつけられることによってそれ以上逃げ隠れすることを観念する可能性もある。巻島はそれを劇的にやってみせる時機を見計らっているのだ。それも公開捜査のうちだと彼は考えている。

そのタイミングが明日なのか明々後日なのかは、植草には分からない。ただ、巻島に任せておけば、手紙の公表と同じように、〔ニュースライブ〕が〔ニュースナイトアイズ〕の後追いになることだけは間違いない。

今日でないことは確かなようだ。

しかし、明日になれば分からない。

このテープは幹部会議の出席者なら持っているという。十二人か、十三人か……その中でお世辞にも巻島に

忠誠を誓っているとは言いがたい連中は、少なく見積もっても八、九人はいる。いずれも一癖ある者ばかりだから、テープが流出したからといって、巻島もいちいち誰がやったかなどとねちねちした追及はできないだろう……。

未央子は餌を欲している。

自分はそれを持っている。

あの聡明で気まぐれな女がそれだけで飼い馴らされるのだ。自在に懐から餌を出す植草に心酔の眼差しを向けるのだ。あの愉悦感は本当にたまらないと思う。

賞味期限を考えれば、あまり出し惜しみはできない。早いほうがいい。

　　　　＊

その夜、〔ニュースナイトアイズ〕に出演した巻島は、今日現在〔バッドマン〕からの新たな手紙が届いていないことに関連して、打ち合わせの場でも話さなかった一つの見解を披露した。

「私はここに来て、必ずしも〔バッドマン〕は一人とは限らないのではないかという気がしています」

韮沢が自然な反応とも思える訝しげな眼つきをして、巻島を凝視した。

「というと、同一人物ではないと？」

「いえ、同一犯は同一人物なのですが、つまり単独犯ではなく、複数犯である可能性も十分に考えられるということです」

韮沢は一つ息を呑んで、今度は少々演出気味の唸り声を上げた。

「その複数犯説は、捜査本部ではずっと残っていた意見だったんですか？」

「いえ、当初はどうか知りませんが、今は捜査本部も単独犯であるとの前提で動いています。複数犯を示す物証や目撃情報が上がっていないからです。ただ、だからといって、これは複数犯説を否定する根拠にはならないわけです。性的いたずらを伴った犯行なら単独犯の色が濃くなりますけど、この事件はその範疇には入っていません。何らかの日常的な不満が動機になった、ゲーム的な快楽殺人の態をなしています。そうであれば、複数犯であってもおかしくはない。捜査が長引いて単独犯説が当たり前になった今では、ちょっとした盲点になっていたとも言えるでしょう」

「その可能性が捨て切れなくなったとする根拠はどのあたりにあるんですか？」

「〈バッドマン〉から最初の手紙が届いた前の週に、一時的に我々が〈バッドマン〉ではないかと判断した手紙が送られてきました。これは本当のところ、いったい誰の手によるものだったのかという疑問が残っているわけです」

「あの、一部では巻島さんが捏造したんじゃないかって声も出てた……？」

早津が遠慮なく口にしてきたので、巻島は苦笑して頷いた。

「それで、もし、〈バッドマン〉に共犯者がいたとするなら、こういうことが考えられるんじゃないかと思うんです。つまり、子分格の共犯者が最初、この放送に反応して面白半分に手紙を送った。それが予想以上に世間の反響を呼んで注目を集めたことによって、本物である主犯が黙っていられなくなったと……」

「そうすると、今回〈バッドマン〉からの手紙が遅れているのも、そういった事情に何か関係があるのではないかとの考え方ですか？」続けて早津が訊く。

「例えば仲間割れ等の理由がそこにある可能性は考えら

れると思います」

巻島がそんな返事をすると、思案顔になっていた韮沢が冗談を言うように杉山を見た。

「こんな疑問も〔バッドマン〕に答えてもらうのが、一番手っ取り早いんですけどね」

出演を済ませた巻島は、周囲への挨拶もそこそこに報道局フロアへ出て、〔ニュースライブ〕のモニターに注目した。

始まったばかりの〔ニュースライブ〕では、ちょうど詐欺事件のトップニュースが終わったところのようだった。川崎事件を扱うにしても〔ニュースナイトアイズ〕の様子を見てからだろうと踏んでいたので、その意味では巻島の予想通りだった。

〔CMのあとは川崎男児連続殺害事件に重要情報です〕

杉村未央子が早口で予告をし、CMに切り替わった。

巻島は一つ吐息をつき、腕を組んでCMが明けるのを待った。

いくつかのCMのあと、背筋を伸ばした井筒孝典と杉村未央子の姿が映し出された。

〈川崎男児連続殺害事件の新情報です。〔ニュースライ
ブ〕特別取材班が、事件の鍵を握ると見られる重要な映像を独自に入手しました〉

普段から発声のいい井筒の声が、一段と歯切れよく聞こえた。画面が切り替わり、巻島も目を通した防犯カメラの映像が流れ始めた。モノクロで画質は悪い。中肉中背の男が淡々とおもちゃ売り場のレジで支払いを済ませている姿が映っている。

〈この映像は昨年の七月頃、神奈川県内のあるスーパーの防犯カメラがおもちゃ売り場のレジを捉えたものです。ここに映っている買い物客が購入したおもちゃと同じ種類のものが第四の事件現場に残されていたという情報が、関係者筋から伝わってきています〉

〈本日も元大阪府警捜査一課長、迫田和範さんをお呼びしました〉井筒が紹介し、早速質問を投げかける。〈このおもちゃは〔バッドマン〕が被害者の子供に接近するために用いたものだと言われております。捜査本部では一時、犯人がおもちゃなどで子供を誘った可能性があると言及したことがありま

す。このおもちゃに関する情報は、今まで捜査本部からははっきりと公表されていなかったものですね?〉

迫田が訳知り顔に頷いた。

〈うん、まあ、そうですな。このおもちゃは〔バッドマン〕が被害者の子供に接近するために用いたものだと言

したが、それ以上の詳細な情報は伏せられた格好となっておりました。裏を返せば、警察がそれだけこの物証を重視しておったことの表れでもあって、洩れ伝わってくる話によると、購入ルートの洗い出しには以前からかなり力を入れておったようですよ〉

迫田のコメントの間にも、何度も何度も防犯カメラの映像が流された。

〈捜査本部のある宮前署には山川記者がいます。山川さん？〉

井筒が呼びかけると、白タイルの警察署の前に立っている記者が返事をした。

〈はい、こちら川崎事件の捜査本部前です。問題の映像について捜査本部からの公式のコメントはまだ出ていません。一部関係者の話によりますと、捜査本部ではこの人物に注目し、画像を詳しく検証して、身元の特定を急いでいる段階であるようですが、その作業にはまだしばらく時間が必要だということです。今のところは、人物の年齢層や居住地等の情報も入ってきておりません。ただ、捜査にも次第に緊迫の度合いが高まっている雰囲気が感じられます。こちらからは以上です〉

すべてが嘘でしかないと分かっているニュースが少な

からぬ興奮を伴って扱われているのを見るのは、何とも奇妙な気分だった。トラップを仕掛けるにあたっては、公表されていない捜査資料をすっぱ抜く度胸が〔ニュースライブ〕にあるかどうかまで読めていたわけではなかったが、やはり、この事件の報道環境は彼らの日常からも外れているのだろう……なりふり構わず、我を失って、それを見届けた。巻島はいくぶん醒めた気持ちになって、それを見届けた。巻島の複数犯説については急なことで消化し切れなかったらしく、触れられることはなかった。

局を出て車に乗り込んだところで巻島は携帯電話を取り、本田につなげた。

〈かかりましたね〉本田の声は上ずっていた。

「で、誰だった？」巻島はむしろ落ち着き加減に訊いた。

〈植草課長です。今朝の一本です〉

巻島は青年課長の顔を思い浮かべて、静かに嘆息した。確信は持てなかったが、昨日、誰も引っかからなかった時点で、もしかしたらという思いは少なからずあった。

あるいは、一課の叩き上げたちが本当のリーク元だっ

たなら、引っかからなかったのかもしれない。トラップの気配を敏感に嗅ぎ取ったかもしれない。リークの狙いは分からないが、植草の若さが皮肉な結果を残したという気がした。

「そうか……分かった。あとのことは明日にしよう。息子さんにも礼を言っといてくれ」

電話を切ると、車を発進させる間もなく植草からの着信があった。

〈ええと、いくつか訊きたいことがあるんですが〉硬い声が耳に届いた。〈今、[ニュースライブ]見ましたか?〉

「ええ」

〈独占入手とはどういうことですか? 昼の話の通り、発表してはいないわけですよね?〉

「もちろんです。どうやら誰かが流したようです」

植草は呆れたような唸り声を発した。〈誰だ……?〉

と独り言を挟んで続ける。〈で、どうするつもりですか? 今、本部長から電話がありましたよ。ほかのマスコミへの対応も考えないと〉

「まだ何かを発表する段階ではありませんから、マスコミには否定も肯定もしません。それで彼らが勝手に重要

な局面に来ていることを察知してくれたら、それでいいんじゃないかと思います」

〈ふむ……〉

今一つ割り切れないと言いたげな声を洩らす植草には構わず、巻島は訊く。

「本部長には、何と?」

〈報告としては受けてるけれど、その人物の所在は摑めてないようだと言ってあります〉

「分かりました。では、あとは明日、私の口から本部長に報告することにします。野々上の所在確認の有無にかかわらず、現時点ではまだ有力な線の一つに過ぎないことを申し上げておきます」

〈あくまで慎重ですね〉

「早く本部長を喜ばせたいところですが、これほどのヤマですし、慎重には慎重を期したいと思います」

〈そうですか〉

植草はそれでとりあえずは納得したのか、話を変えてきた。

〈それから、さっきの犯人が二人という話、初耳ですけど、あれは本気でおっしゃってるんですか?〉

「そういう考えも成り立つという話ですから、別に嘘は

〈嘘は言ってません〉

「あくまで可能性の話ですから」

〈ふむ……なるほど〉

多くを語らない巻島の真意を彼なりに読み取ったらしく、植草はそんなふうに相槌を打った。

〈まあ、何にしろ、いい方向に行けばいいですね〉

そう結んだ植草に巻島は淡々と応じ、静かに電話を切った。

　　　　　　＊

翌日、植草は県警本部で巻島を待ち受け、曾根本部長への報告に立ち会った。

「誰が〔ニュースライブ〕に流したのか分かりませんが、あれは帳場で洗っている情報の一つに過ぎません。シロクロはっきりしていない情報はほかにも並行して確認に走っておりまして、あれを格別重要度の高いものだと捉えているわけではないのです」

巻島は昨晩植草に話していたニュアンスよりも強く、野々上の線についての重要性を否定した。ともすれば、

〔ニュースライブ〕の報道はまったくの先走りであって、末端の質の悪い情報を勝手に取り上げているだけのことだと言っているようにも聞こえるものだった。

「そんな話か」

報告を聞き終えた本部長は、失望を仏頂面で表した。もしかしたら巻島が〔ニュースライブ〕の報道のさらに先を行くような話を持ってくるかもしれないと期待していたようにも見えた。

「で、あの複数犯説は何だ？　保身にでも走ったか？」

つまり、巻島が自身の捏造疑惑をかき消すために新たな説を持ち出してきたのではないかということだ。

……植草はそう思っている。ただここは、「可能性に触れてみただけです」という巻島の無愛想な返答に代わって、植草が答えておいた。

半分くらいは巻島の中にもそんな狙いがあったはずだ。

「〔バッドマン〕からの新たな反応を引き出すために言及したものと理解しています」

「だろうな」

本部長はそう呟き、視線をドアのほうに投げかけて二人の退室を促した。

本部長室を出たところで、植草は巻島に声をかけた。

「あそこまでトーンダウンさせなくてもよかったんじゃないですか？　もうちょっと本部長に期待を持たせる感じでも」

「これ以上、本部長に急き立てられても困りますから」

巻島は横顔で答えた。

「進展のないほうが本部長の焦りも強いと思いますけどね」

植草はそう返してみたが、巻島からの反応はなかった。

そのまま植草は、宮前署に移動する巻島の車に同乗した。道中、巻島はいつにも増して寡黙だった。捜査が大詰めを迎えることになり、神経がそれだけ張り詰めているように、植草には感じ取れた。野々上の線の詳細について訊き出したい思いもあったが、自分こそが〔ニュースライブ〕へのリーク元であるという意識が邪魔をして、必要以上に首を突っ込むことは巻島を不審がらせるようにも思え、何となくためらわれた。

宮前署に到着すると、巻島の車を憶えてしまっている記者らに早速取り囲まれた。

「捜査官、昨日の〔ニュースライブ〕に出た映像ですけど、あれはどういうことですか？」

「逮捕は近いんですか、捜査官？」

前夜の〔ニュースライブ〕の反響は想像以上のものだった。巻島自身が放った新説など吹き飛んでしまっている。

「どうしてこんなに情報提供の偏向があるんですか？　説明して下さいよ！」

「ちょっと待って下さい、捜査官！」

他社の独占スクープから一夜明けても裏が取れないのだから仕方ないのだろうが、報道陣は異様に殺気立っていた。植草は思わず巻島から離れて輪の外に逃げた。彼らを黙殺して署の中へ向かおうとしていた巻島も、さすがにそれでは通らないと思ったのか、不意に立ち止まって視線を巡らせた。

「今の時点で公式に発表できることは何もありません」

「じゃあ、いつ発表できるんですか！？」

「はっきりさせて下さいよ！」

「防犯カメラの映像が最有力情報であることは間違いないんですね！？」

その台詞は、植草の予想通りのものだった。

「〔ニュースライブ〕のスクープを否定するものではないんですね！？」

「事情聴取はもう始まってるんですか！？」

278

「複数犯説はダミーなんでしょう!?」

質問の矢を浴びて、巻島はまた立ち止まった。

「過熱するのはそちらの勝手ですが、人が出ている映像を扱う以上、慎重になったほうがいいですよ。たとえ個人が特定できるようなものではないとしてもね」

巻島は謎めいた忠告を発して報道陣を煙に巻くと、あとは立ち止まらずに建物の中へ入っていった。

「何のサービスもなしですか？　これで〔ニュースナイトアイズ〕に出たとたん肯定したら、洒落では済みませんよ」

巻島を追い、その背中にかけた植草の言葉は、勢い責めの色が混じったものとなった。

巻島はちらりと植草を見た。

「捜査の利益にならないことは、どこに出ようとやりませんよ」

一瞬、植草のリークを見透かした皮肉の気がして息を呑みかけたが、まさかそんなことはないだろうと思い直した。この大事な局面を迎えて、もともと癖のある人間がますますその偏屈ぶりを際立たせているだけだ。

事実、捜査幹部らを招集して始められた会議の中でも、巻島は唐突な方針を打ち出すという行動に出た。

「残念ながら、捜査への影響を考えないまま、勝手に重要情報を特定のマスコミに流している誰かがここに参席しているようです」

巻島は冷ややかに言い、捜査幹部に視線を巡らせた。

「それが誰であるのかという問題を、ここであえて取り上げようとは思いません。ただ、そういった軽率な行動が決してこの捜査にいい影響を与えないことは明らかで、いろいろ反論はあろうかと思います」

「したがって、野々上の線についてはしばらく本田君と私の間でのみ、報告と指揮のやり取りをすることにとどめたいと思います。何らかの動きがあったとしても、この場で逐一詳細を報告することは控えることにします」

しかし、その一方的な話に、はいそうですかと従う面々ではなかった。どよめきにも似た低い声が上がり、お互いを見合わせるような顔の動きがあちこちで起こった。

「ちょっとそれ、いくら何でも馬鹿にした話じゃないですか？」一課の実力者、藤吉が呆れたように口元を歪ませた。「しばらくっていつですよ？　逮捕状取るまで？」

「そこまでとは思ってません。任同をかけることになったら報告すると思います」

「大して変わらねえじゃんよ」一課の中畑が独り言にかこつけて、口荒く言い放った。「じゃあ、俺らその間、何やってりゃいいんだろ?」

「まだ野々上の線一本に絞り込む時期ではありませんから、それぞれの受け持ちの線をそのまま進めて下さい」

巻島の無表情ぶりが気に障ったのか、中畑は大きな吐息をわざとらしくついた。

「もう俺たち、いらないんじゃないのかな。あとは刑事特捜だけでやればいいんじゃないの」

「それは職場放棄の意思ですか?」

収拾をつけるつもりで植草が口を挿んだ。この場の上司なりの威厳を中畑への視線に込めてやった。一応の迫力があったのか、それとも意外性があったのか、中畑は戸惑い気味に植草を見返して口をつぐんだ。

「でも、こうやって改めて考えると、どうにも釈然としませんな」藤吉が口元の片方を吊り上げて言う。「初めから我々には粗悪な物件ばかりを回しておいて、優良物件は本田君のところに囲わせた……ってことを勘繰りたくもなりますが」

「まさか」巻島は小さく首を振る。「そんなこと、やろうとしてできるもんじゃない。むしろ捜一にはAランク

の重要情報を優先的に割り当ててきたはずです」

巻島が淡々と応じたので、藤吉もそれ以上の不満はため息に代えざるを得ないようだった。

「じゃあ、これで終わります」

巻島が何事もなかったかのように言い、気まずい空気を霧散させた。

その日の夕方、巻島から植草のもとに電話があり、やはり今日の郵便物からも〔バッドマン〕の手紙は発見されなかったとの連絡を受けた。〔ニュースナイトアイズ〕からは〔ニュースライブ〕のスクープ映像の関係で出演してもらえないかとの打診があったらしいが、それもやんわりと拒否したとのことだった。

植草は席を外して未央子に連絡を取り、新しい手紙が届かなかったことと、巻島が幹部に向けて鉄のカーテンを引いたことなどを伝えた。

「まあ、今日はそんなところだ。大した話ができなくて悪いね」

〈うぅん、そっちの動きが分かるだけで十分参考になるわ〉言葉通り、彼女の口調に失望感は窺えなかった。

〈で、昨日の巻島さんの複数犯説だけど、あれはどうい

〈大した話じゃないよ。ああやってまたバッドマンに誘いをかけてるんだ〉

「そうなの?」未央子が釈然としないように言う。〈防犯カメラの男の特定はかなりのところまで行ってるんでしょ? 今さらそんなことする必要があるの?〉

「まあ、二重三重に網をかけるってことだろうね。あの映像はまだ発表するつもりがなかったんだから、表向きにはそれほど捜査が進んでないっていうポーズを見せて、犯人を油断させたかったのかもしれない」

〈それと、視聴者の注目を一時的に惹きつけておく意味もあったんじゃないかな?〉未央子が半ば決めつけるように言った。〈捏造の話をごまかすためにさ〉

「なくはないかもね」

植草はやや曖昧に返した。手紙の掌紋が巻島のものと一致しなかったという事実がそうさせていた。

未央子は植草の微妙な語調には反応せず、勝手に話を進めていく。

〈まったくあの人、澄ました顔して白々しいことしてるわね。また迫田さんに突っ込んでもらおうかしら〉

「まあ、そのへんは適当にやってくれ」

舟橋が答えられないのも構わず、植草は独り言を電話

わざわざ水を差すようなことも言えず、植草は苦笑混じりに受け流して未央子との電話を終わらせた。

デスクに戻りかけたが、今の話の延長で舟橋のことが気になり始め、彼の携帯電話にコール一回分の着信を入れてみた。

しばらくして、植草の携帯電話が震えた。

「手間取ってるのか?」

前置きは省き、本田らの掌紋採取がどこまで進んでいるのかを訊いた。

〈いえ、何とか手に入れたんで、今日は仮病を使って自分の家でずっとやってました。ちょうどこちらから電話しようと思ってたところで……〉

「そうか。で、どうだった?」

〈それが、三人ともまるで一致しません〉

「………」

植草ははっきりとした失望を感じて顔をしかめた。

「本当か? 何度も比べてみたか?」

〈散々やりましたけど駄目です。どこをどう合わせても満足する特徴点の一致にはほど遠いんです〉

「じゃあ、どういうことだ?」

にぶつけた。

「ほかにV類班で、捏造の実行役になるような人間はいないのか?」

〈いやぁ……〉舟橋は困惑したような声を出した。〈昨日、昼休みのとき、歳の近い連中に『偽の〔バッドマン〕は誰の仕業だと思うか?』って水を向けてみたんですが、彼らも苦笑混じりに声をひそめて、『何だかんだ言って、やっぱり巻島さんじゃないか』ってなことを言ってましたから……あの様子からすると、ほかにいるとは思えないですね〉

「………」

植草はねぎらいの言葉もかけないまま、舟橋との電話を切った。

巻島ではない。彼の腹心でもない。

あの捏造で本物の〔バッドマン〕をおびき出し、捜査を前進させたのは間違いのない事実だ。巻島かその腹心でなければ、誰がやるというのか?

本当に〔バッドマン〕は二人いるとでもいうのか。どうやら自分が読み間違えたことは明らかからしい。植草はそう気づいたが、不愉快さこそ残るものの、訂正事実として未央子に伝えようという気にはならなかった。

今さら訂正はできないし、する必要もない。少なくともあの時点では筋の通った読みだったのだ。今でも捜査員の間では本気でそう疑っている者もいる。公開捜査を仕掛けた以上、一億の国民が捜査員になることは巻島も分かっているはずだ。その中で自分についての虚実が飛び交ったところで、巻島はそれに対してどうこう言える立場ではない。

植草は自分の読み間違いを強引に肯定した。とりあえずはそうするしかなかった。

　　　　　*

「〔バッドマン〕に告ぐ。次の手紙を私のところに送ってほしい。もっと君の話が聞きたい。心待ちにしている」

前回の手紙が届いてから一週間が経過した晩、巻島は〔ニュースナイトアイズ〕に出演した。

この日も〔バッドマン〕からの新しい手紙は届かなかった。夕方、それがはっきりした旨の本田からの報告を受け、巻島は内心で落胆を嚙み締めた。それと前後して児玉から番組出演の打診があったので、巻島は承諾の連

282

絡を返したのだった。

児玉は〔ニュースライブ〕などから乱れ飛ぶ揣摩臆測についてのコメントを巻島に求めたかったのだろうが、巻島としてはただ、〔バッドマン〕に手紙の催促をする機会が欲しかった。最初の手紙以降、これまでは巻島のメッセージに即答するように届いていただけに、不意に何かが切れたようなこの間は何とも嫌なものだった。

闇に帰ってしまったか。

まだそう決めつけるには早過ぎるが、楽観できる材料は何もない。

このまま〔バッドマン〕からの手紙が途絶えてしまえば、捜査の見通しは非常に厳しいものになる。"何か"を期待して、手紙のやり取りを続けているのだ。何回ものやり取りを重ねれば、必ず何らかのボロが出る。環視の空間を通すからだ。よそ行きの自分を見せようと思った瞬間に平常心はどこかに消えている。取り繕おうとすればするほど、かける手が多くなり、考えられないような失敗が生まれる。かわそうとした手がいつの間にか自分の足をからめとっている。

六年前の記者会見は言うまでもなく、今度の公開捜査でも、巻島は何度となく人の海にその身一つで飛び込む

ことの怖さを実感している。〔バッドマン〕の場合は手紙だけの露出とはいえ、そこにも魔物は必ず潜んでいるはずだ。

だが、ここであっさりと彼が引っ込んでしまうのなら、そんな期待も空しくなってしまう。これまでに彼が出したボロとは何か？　臙脂をベージュと言い間違えたことくらいか。それでこちらはどうする？　現場地域周辺の何十万戸をしらみ潰しに回って臙脂の服を指差し、「これは何色ですか？」と訊くのか？　さすがにあり得ない。

曾根に指摘されるまでもなく、残された時間が少なくなっているのは確かなことだ。誰が決めるわけでもないことだが、世の中の空気がそれを教えてくれている。

「今になってこういうことを訊くのも何ですが」韮沢が、テーブルに片肘をつき、ことさら醒めた眼つきを巻島に向けた。「巻島さんがそれほど〔バッドマン〕からの手紙にこだわる訳とは何なんですか？」

嫌味たっぷりの言い方に、巻島は巻島で肩でもすくめてみせたかったが、カメラの前ではそういうわけにもいかなかった。

「おそらく私だけでなく、この事件に関心を持っていら

っしゃる方なら誰でも〔バッドマン〕の生の声を聞きたがっていると思います。ただ、私の個人的な思いを言うなら、こうやってひたすら事件を追いかけてきて、ふと気づくと、ただの犯罪者に対する感情ではない、立場を超えた特別なつながりを彼に対して感じています。たぶん私以外の誰にも理解してはもらえないかもしれませんが、それが動機の一つになっていると言ってもいいと思います」

これもネガティブな波紋を呼ぶだろうなと思いながら、巻島は表情を変えずに語った。

韋沢が片方の眉を下げる。

「何らかの形で解決に結びつくのを期待してのことではないんですか？」

「もちろん我々は捜査が本分ですので、いろんな手を尽くしています。しかし、それとこれがどのような形で結びつくのか、あるいは結びつかないのかは何とも言えないことです」

「例えば、自首を呼びかけるようなことは考えていらっしゃらない？」早津が、彼女にしては硬い眼差しで訊いてきた。

「先のことは分かりませんが、今の時点では考えていま

せん。裁かれれば重い刑が下ることは〔バッドマン〕自身も分かっているでしょう。その現実を乗り越えて私の呼びかけが彼の耳に届くには、もっと彼との信頼関係を築く必要があると思っています」

「信頼関係ですか……」早津が憮然として呟き、軽く首を捻った。

韋沢が不意に表情を緩め、早津や杉山のほうへ苦笑を向けた。

「巻島さんには何度も番組にお越し頂いているんですが、回を重ねるたびに本音が分からなくなってくるようにも感じられるんですけどね」

杉山が同じく苦笑して頷く。「まあ、それだけ捜査が大詰めを迎えて、言えることより言えないことのほうが多くなってきた証拠なのかなという気もするんですが」

問いかけるような視線を受けたものの、巻島は気づかないふりをしてやり過ごした。

「捜査がどの局面を迎えているかということについて、各マスコミでいろんな情報が取り沙汰されていることはご存じですか？」韋沢が巻島に訊く。

「全部とは言いませんが、耳に入ってくる話もありま

す」

「一部マスコミで防犯カメラの映像が取り上げられて、捜査本部がその人物に対してかなり注目しているとのニュースが出ましたけれど、これは実際のところどうなんですか？」

「確かにあれはこの捜査に関する資料の一つではあるんですが、今現在、コメントできることは何もありません」

「その人物の所在は分かっているんですか？」

「個々の重要情報について、捜査がどの段階であるかは非常に微妙な問題ですので、この場でお答えすることはできません。今までも事件に無関係であると判明した情報を中心に報告してきましたが、この件につきましても、そういった段階にならないと、なかなかお伝えするのは難しいと思います」

「あの映像に関する情報提供を視聴者の皆さんに呼びかけるお考えもないわけですね？」

「ありません。まだその人物が事件に関係していると決まったわけでもありませんので、映像の人物が誰であるかとか、その店舗がどこのものかとかいった詮索はむしろ慎んで頂きたいと思っています。これはマスコミ関係

者の方々も同様です」

韮沢は小さな区切りをつけるように唸って相槌を打ち、それから次の質問に移った。

「あと、〔バッドマン〕は二人いるのではないか……つまり、捜査本部が最初に本物だと判定した手紙も共犯者が書いたものではないかという見方を巻島さん自身がされていらっしゃいますが、これは例のご自身による捏造疑惑を拭いたいがためのものではないのかと取る向きもあるようですね？」

遠慮のない問いに、巻島は無表情を決め込んだ。

「それはまったく関係ありません」

どんな表情で言ったとしても、視聴者の目には怪しく映ることだろうと分かっていた。

韮沢のシニカルで醒めた態度が象徴するように、公開捜査のホームグラウンドとしてきたこの番組でも、巻島の扱われ方は問題人物へのそれへと変わってきていた。公開捜査のホームグラウンドとしてきたこの番組でも、巻島の扱われ方は問題人物へのそれへと変わってきていた。協力的な関係での番組出演は明らかに行き詰まりを見せている。

しかし、公開捜査は終焉の様相を呈し始めてきた。

# 8

〔ニュースナイトアイズ〕に出演して〔バッドマン〕へ文字通りのラブコールを送った結果、返ってきたのは、犯罪者におもねる捜査責任者への各方面からの非難の声ばかりであった。

そして次の週が明けて、巻島は植草とともに、曾根に呼び出された。

「どうやら失敗に終わったな」

巻島を睨め上げた曾根の口から出てきた言葉には、いつもの威圧的な勢いもなく、諦念の色が濃く浮いていた。

それでも巻島の顔を窺うような視線を投げ続けてくるあたりに、曾根のあきらめ切れない気持ちも見て取れた。

「まだ結論を出すには早いと思います」巻島は静かに反

論した。

「せいぜい散り際は潔くすることだな。後任を決めたら呼ぶ。お前の次のポストは考えてない。分かるな?」

何も応えない巻島に、曾根は人差し指を向けた。

「俺はお前にチャンスをやったんだ」

強引に道理をつけるように言い、苦々しそうに鼻から息を抜いた。そして、最後通牒の駄目押しか、それともこれこそが最後のチャンスということなのか、曾根は一言だけ言葉を足した。

「あと一週間だ」

「野々上の件はどうなってるんですか?」

本部長室を出たところで、植草が小声で問いかけてきた。

「変わりません。居所を追ってます」

「どうしてそんなにもたついてるんですか?」

「担当捜査員を絞ってやってますから、どうしても時間はかかってしまいますよ」

「ここはもう全力で行くべきでしょう。時間がないんですから」

「時間がないのは我々の問題であって、野々上には関係

286

ないことです。あくまで慎重を期するつもりですが

捜査指揮が誰かに取って代われれば、野々上のことも

るっきりの粉飾報告だと露呈する。そう分かっていなが

らも、巻島はそれまでに収拾をつけておかねばならない

という気にはならなかった。言ってみれば、指揮を外さ

れてからのことはどうでもよかった。

「でも、可能性だけでも本部長にほのめかしておいたら

どうですか？　それだけでも話が全然違ってくると思い

ますよ」野々上の線を信じ込んでいる植草が食い下が

る。

「いずれにしろ、私は結果で示さなければなりませんか

ら」

植草はかぶりを振って、巻島の前に出た。

「これは僕の責任問題でもありますから、遠慮なくハッ

パをかけさせてもらいますよ」

巻島は一つ息をついて返す。「課長の責任は問われま

せんよ……離れて見ている分には」

植草は軽く顎を引き、巻島を斜めに見た。

「巻島さん、もう格好をつけてる場合じゃありません

よ。あなた一人で……」

「これは私のヤマです」巻島は植草の言葉にかぶせた。

「少なくとも今はまだ……だから、私の判断でやらせて

もらいます」

巻島がそう言うと、植草は口元をぎゅっと締めて巻島

の前から身体をどけた。

「じゃあ、僕は吉報を待つことにします」

植草は感情を殺した声で言った。

捜査本部の専用別室に入った巻島を訪ねてきた本田

は、今日もまた手ぶらだった。

「開店休業ですな」

そう言って巻島の机の前にあるパイプ椅子に腰かけ

る。

「そう言えば、トラップがそのままになってますけど、

あれはどうしましょうか？　一課の連中も、野々上はま

だ見つからないのかって痺れを切らしてますよ」

植草にはそのうち、遊びの代償を払ってもらわなけれ

ばならないだろうが、今はその時期ではない。

「もう少しそのままにしといてくれ。手紙が途絶えた状

態でそっちだけ進めてもしょうがない」

本田は何もない壁を見ながら緩慢に頷いた。

「するとまあ、これは一種の休戦状態ということになる

んですかね。睨み合いというか三すくみというか」

「問題は〔バッドマン〕がどうして手紙を出すのをやめたかだ」

「ええ……あれ以来、外は全班同じ人間のマークを続けてますけど、どこも対象が尾行を気にするような素振りはないらしいんですよ。だから、マークされてる人間が警戒して、というのでもなさそうですし、そうすると、課長の余計な火遊びがいたずらにいろんなメディアを煽って、結局は〔バッドマン〕もそれに嫌気が差したんじゃないかって気もするんですがね」

そう言えば、課長は〔ニュースライブ〕の杉村未央子と大学の同級生だったらしいですよ……と続いた本田の言葉は聞き流して、巻島は首を捻った。

「どうもピンとこないんだ。マスコミがあれこれ騒ぎ立ててることが、それほど〔バッドマン〕本人にプレッシャーを与えてるとは思えない。最後の手紙の文面にもそんな気配は見えないし、どうにも唐突の感が強い」

「ですよね」

本田は首の後ろをぴしゃんと叩いて、苦い顔をする。どこか旅行に出

「〔バッドマン〕個人の問題ですかね。どこか旅行に出かけてるとか……」

まだ十日であり、もう十日であった。一日が経過するたびに〔バッドマン〕がそれだけ闇の奥へ消えていく。一日千秋の思いで待っていると、希望が容赦なく削ぎ落とされていく。今や、改めて手紙が届くという楽観的な望みは持てなくなってしまっている。

「せめて捜査可能な範囲で居住圏が絞れればいいんだがな」巻島はそんなことを呟いてみる。

以前、V類班の西脇に、これまで届いた手紙から〔バッドマン〕の居住圏が絞れないか訊いてみたことがあったが、答えはノーだった。

こういう手紙を書ける環境として、〔バッドマン〕が妻子持ちである可能性は低く、独り暮らしか干渉の少ない老親と同居の独身者だと思われる。一応の社会適応者であって、極端な引きこもりタイプではない。文章力から考えると、恐らく文系のそこそこの学歴を持っている人間である。〔ビートルキング〕の汚れを拭いたり、指紋が付きにくかったり、あるいは便箋に食べ物のかすやフケなどが載っていなかったりすることからして、普段から割と身の回りをきれいにしている潔癖症の男だろう……そんなことを私見として述べてはくれたものの、参考とするには根拠が乏しく、そして肝心のところが曖昧

なままだった。

犯人の居住地というのは、一般的に年少者が犯人なら住居は現場周辺であり、大人ならむしろ離れている可能性が高い。しかし、最初の事件現場である宮前周辺に住居がある可能性も捨て切れない。仕事の営業などでこのあたりに土地勘があるのなら、住居がどこなどと特定するのは不可能となる。言ってしまえば、その程度の推測しかできないのだ。

「難しいですね」

本田が巻島の意を汲んだようにぽつりと言った。

この日、巻島はもう一度〔ニュースナイトアイズ〕の児玉に出演の申し入れをしてみたが、とうとう丁重に断られる憂き目に遭った。

〈何か捜査に動きがあるのでしたら歓迎しますけれど、ただ呼びかけるというのはいかがなものかと〉

「韮沢さんのご判断ですか？」

〈まあ正直に言うと、そういうことです。『もういいだろう』と〉

「そうですか。仕方ありませんね」

児玉は躊躇するような間を空けたあと、言葉を続けた。

〈実験は失敗だったなと言ってました〉

「そうですか……」

〈私はそれなりの意義があったと思いますけど、やはり視聴率を取ればいいというもんじゃないというのが番組を背負っている韮沢の考えなんです。世論をいたずらに煽ったり逆撫でたりしてると、信頼性が損なわれてしまう。そういう意味でも今度の公開捜査はうちの番組に馴染まなかったということだと思います〉

「そうですか……残念です。私も世間に支持されている番組に間借りする以上、信頼性を損なう言動はしないように努めてきたんですが〉

〈でも、はたから見ても巻島さんは謎が多かった。それは確かです〉

「捜査ですからね……あくまでも」

〈そうですね……まあ、吉報を期待してますよ〉

お互い、吐息を抑えたような挨拶を交わして電話を切った。

結局この日も〔バッドマン〕からの手紙が届かなかっ

たことを確認して、巻島は少し早めに帰宅した。

「お帰りぃ」

朗らかな声で出迎えてくれたのはいずみだった。

「ほら、お帰りなさいって」

かたわらの一平にも言わせて、巻島に笑顔を向ける。

「来てたのか」

くさくさした気分が、娘の明るさでずいぶん和らいだ。

「週末は高崎に行ったりしてるうちに終わっちゃったし、彼がまた今日から出張に出てったからね。今、ご飯食べ終わって、ちょうど帰ろうと思ってたとこよ」

「今日は泊まっていけばいいじゃないか」

「だって一平の幼稚園があるじゃない。あ、お父さん、写真見る？」

いずみは手招きをして巻島を居間へ誘い、テーブルに置いてあったフォトアルバムを広げてみせた。

「お帰りなさい」

キッチンから園子が麦茶を持ってきた。このところは巻島と同じく気鬱そうな表情が多かった彼女も、今日は和やかな笑みを覗かせている。

「ほら、これが伊香保温泉で撮ったやつ。新しいデジカメだから、すんごいきれいに撮れてるでしょ」

巻島はネクタイを解いてソファに腰かけた。

「ほう、本当だな」

いずみと丈弘が交代で撮ったのだろう、一平と仲良く並んで写っている彼女らの写真がいろんな背景をバリエーションにしてアルバムを彩っていた。三人が顔を寄せ合って笑っている写真もある。

「これは彼が手を伸ばして、こうやって自分たちを撮ってるのよ。今はこういう撮り方するのよ。ねぇ？」

いずみが一平の相手をしながら得意気に説明してくれる。

「それぐらい分かるさ」巻島は彼女に合わせて応える。

「あ、じゃあさ」いずみは楽しげにポンと手を叩いた。

「今、デジカメ持ってるから、お父さん、こういうふうに一緒に撮ってみようよ」

そう言って、いずみはバッグからデジタルカメラを取り出した。

「ほら一平、こっち来て。お母さんも」

一平たちを呼び寄せるいずみを、巻島はやんわりと制した。

「お父さんが撮るよ」

「え？　みんなで写ればいいじゃない」いずみが口を尖らせて不満げな声を出した。

「いや、撮るほうが好きなんだ。貸してごらん。どこを押せばいいんだ？」

アルバムに入っているような幸せな家族という光景に、自分が作り笑顔で空々しく加わることには抵抗があった。たとえそのような写真が出来上がったとしても、見たくはなかった。

「つまんないよ。みんなで写るからいいんじゃない」いずみが拗ねるように言う。

「いずみ、お父さんが疲れてるとこ、無理して撮らなくたっていいじゃない」

園子が気を回して言った。いずみも何かを察してか、一気にトーンダウンして、「はーい」と口をすぼめた。

それからいずみは気を取り直したようにとりとめのない話を巻島のほうに向けてきたが、巻島のほうも気持ちよく付き合うには無理があり、会話は自然と途切れがちになった。

「じゃあ、そろそろ帰ろうかな」

八時を回った時計を見て、いずみが言う。

「ああ、じゃあ、お母さんが車で送っていくわよ」

進んで巻島の車を使うことの少ない園子がそう言うのは多少珍しく感じたが、夜であることを考えれば当然そうしたほうがいいだろうとも思え、巻島は頷いて車のキーを渡した。

「いいわよ。お母さんはお父さんのご飯、用意してあげないと」いずみが笑って遠慮する。

「俺は食べてきたから」巻島は適当に嘘をついた。

「食べてきたって」園子が巻島の言葉を受けて、いずみを従わせようとする。「いいから、今日は言うこと聞きなさい」

ちらりと巻島を見た眼つきとともに、いつもより強引さのある園子の言葉は巻島の耳に引っかかった。

「何だ……何かあったのか？」

巻島が訊くと、園子はそれを改めて思い返したように眉を寄せてみせた。

「別に直接何かあったわけじゃないけど……」

「何だ？」

「ここんとこ、電話料金の領収証とかそういう郵便物が勝手に破られて郵便受けに入ってたりするのよ。それから無言電話が来るようになったし」

「…………」

しばらく家のことに気が回っていなかったことに気づかされ、巻島は複雑な思いで嘆息した。

先に記者を思い浮かべるが、彼らの仕事とは思えない。巻島が夜討ち朝駆けに応じないので、彼らの間で不平不満があるのは分かっている。しかし、それに対抗して無言電話などの手段を使うというのは違うだろう。

「いずみのところには何かあるのか?」

「ああ、この間まではあっけらかんとしていたけど、今はそうでもないよ」いずみはあっけらかんとしている。「心臓がちょっと」とか言って苦しそうに押さえると、向こうも引くみたい」そう言って、屈託なく笑う。

気分は悪いが、沈静化しているならそれで納得するしかないか……巻島は不快さに妥協して、それを頭から追いやり、園子に「送ってやってくれ」と頼んだ。

一人になったあとも、巻島はソファに座ったまま、身体を溶かすような脱力感に浸った。

自分の顔を世間にさらし、過去や家庭環境をほじくり出されて、結果得たものは何だったのだろう。

何もない。

捜査は頓挫し、非難だけが残った。

いや、それは半ば予想がついていたことではなかったか。

こうやって傷つくことを何より自分自身が望んでいたのではなかったか。

でなければ、こんな見通しの暗い仕事に自分をなげうつような真似はしないはずだ。

しかし、無意識に望んだ結果にしては、それを甘受する気持ちにはなれない。当たり前のことだが、何の満足感もない。

不本意な思いを持て余して、巻島は腰を浮かせた。立ち上がってから何をしようかと考え、熱い湯でも浴びようと思い立った。

そこへ家の電話が鳴った。

園子の言っていた無言電話だろうか……直感でそんなことを思いながら、巻島は電話を取った。

〈本田です〉

予想はあっけなく外れ、巻島が帰るときにはまだ捜査本部に残っていた本田の声が耳に届いた。

「お疲れさん」

巻島のねぎらいを受けるのももどかしいというよう

に、本田が報告を始めた。

〈「バッドマン」の手紙が見つかりました〉

　　　＊

巻島史彦へ

　望み通り返事をしてやるが、俺様の言いたいことはこういうことだ。つまりな、リストラされた人間や就職活動に失敗した人間が社会の落ちこぼれであって、その不満がそいつらをして反社会的な犯罪に走らせているというお前の考え方は根本的に間違っているということよ。職にあぶれる人間がいるってことは、その社会こそが間違ってるんじゃねえか。真面目に生きてる人間が、乾いたアスファルトの上にほっぽり出されてんだ。ずるいやつらはそれを見て舌を出してるのさ。世間を渡ることだけに長けた野郎どもよ。政治屋。小役人。こいつらみんな甘い汁に群がる餓鬼なんだよ。そう考えると、そのへんの道端で遊び呆けてるガキどもも、腹黒い連中のミニチュアに見えてきやがる。そのわざとらしい無邪気さがどう

にも鼻につきやがるのさ。俺様の行いが反社会的行為だとしても、その社会自体が腐ってやがるんだから、正当性はどちらにあるのか一目瞭然じゃねえか。世直しってことさ。フハハハハ。
　巻島、もう少し楽しい話をしようぜ。
　じゃあな。阿婆世

　　　帰ってきたバッドマン

　　　＊

　巻島がV類班の部屋でその手紙を手にしたのは、本田から連絡があった翌日だった。
　本田から報告を受けて事情を把握した巻島は、急遽捜査本部に取って返すというような目立つ行動は避けることにした。本田にも関係者を最少人数にとどめるよう情報管理の徹底を指示した。これが最後のチャンスであるという意識が巻島にあった。
　「「バッドマン」の音信が途絶えてしまった理由が、この最後の手紙に隠されてると思います」
　本田はV類班の作業テーブルに県地図を広げて、班員や巻島に視線を巡らした。

本田が電話連絡で言ったように、この手紙は捜査本部に郵送されたものではなく、"見つかった"ものだった。

発見場所は横浜市青葉区荏田西。東名高速道路の中央分離帯にある植え込みに引っかかっていたのを整備作業員が昨日の夜に発見した。そのまま青葉署を通じて本田のもとまで現物が届いたのだった。

手紙は風雨にさらされ薄汚れたものになっていたが、文章の判読に支障はなかった。

「おそらくこれは、前の手紙が届いて捜査官が番組出演してから時間を置かずに書かれたものに違いないでしょうね」

それがポストに投函されず、高速道路の中央分離帯に落ちていた。状況的にまず考えられることは、車に乗っていた〔バッドマン〕が何らかの理由により窓から投げ落としたということだ。たまたまスピード違反などでパトカーに追われ、咄嗟に……しかしその説は、その場にいる刑事たちの間で暗黙のうちに優先順位を下げていた。

「発見現場から横浜町田インター方向に二百メートルほど……そこに鶴蒔橋(つるまき)が架かってます。車も歩行者も渡れるごく普通の橋です。おそらく〔バッドマン〕はここを

渡っていたときに、手紙を飛ばしてしまったんだと思いますね。調べてみると、先週明け、ちょうどここでアイドルグループが一日署長を務めたイベントの日ですけど、終日十メートルから十五メートルの風速が計測されてます。橋には二メートルほどの高さの金網が張られてますけど、風に巻き上げられたとしたら、それも用はなさないでしょう」

確かにその日、いつになく風が強かったことを巻島も憶えている。本田が明かした見解は至極妥当であると思われた。

西脇が話を引き取るように口を開く。

「〔バッドマン〕が直接手紙を手にして歩いてたとは考えにくいですから、たぶんバッグかどこかに入れておいたんでしょうね。上着のポケットあたりが可能性としては高いのかもしれない。で、何かを取り出す拍子に手紙がそこから出てしまったか……あるいは投函前にもう一度、切手や宛て名でも点検しようとして取り出したのか……その前あたりから〔バッドマン〕も意識的に指紋の付着を避けるようになってましたから、封筒を指の股で挟んだり、あるいはハンカチ越しに持ったりと、不安定な持ち方をしたんじゃないでしょうか。そのために手を

294

滑らせて、風に奪われてしまった……十分成り立つ話だ
と思います」

あっという間に手紙を飛ばされ、その先は高速道路だ
った。道路上をひらひらと舞い、そして見失った。一般
歩行者が簡単に入れるところではない……。

巻島は〈バッドマン〉の人物像を推し測ってみる。
今まで漠然と考えていた以上に、神経質で小心者だ。
この手紙を落としてしまったために、その後のやり取りもあ
っさり手を引いてしまった。今はまだ、手紙が見つからない
を探す危険も冒さない。高速道路に降り立って手紙
かどうかびくびくしていることだろう。

「これは大きいですよ」

本田はやや興奮気味に、昨晩の報告でも口にしていた
言葉を繰り返した。

巻島は頷く。

何より大きなことは、封書の消印などでは当たりのつ
けようがなかった〈バッドマン〉の居所が大幅に絞られ
たということだった。通勤途中か通学途中かあるいはど
こかに遊びに行く途中かは知らないが、発見場所は新宿
や渋谷などの大きな街ではない。ベッドタウンだ。かな
りの確率で、〈バッドマン〉はこの付近の住人であると

言い切ることができる。

「市が尾駅に向かう途中だったんでしょうね」西脇が地
図を指でなぞりながら言う。

今まで新宿や渋谷のポストに投函されていたことを思
えば、〈バッドマン〉は高速道路を境界線とする市が尾
駅とは反対側のどこかに住んでいて、そこから高速道路
に架かる橋を渡り、市が尾駅で電車に乗り、渋谷方向に
向かうという行動パターンを持っているのだと推測でき
る。よその地域からやってきて、市が尾駅で電車を降
り、高速道路に架かる橋を逆に渡って荏田や茅ヶ崎とい
った地域に用事がある人間である可能性もないとは言え
ないが、それは前者を検討し尽くしてから考えることで
あって、目下のところは目をつぶってもいいだろう。

「そうすると、市ヶ尾町のこの一角から荏田西、荏田
南、大丸、見花山あたりですか」本田が呟くように言
う。

「いや、大丸や見花山あたりだと、この高架下の道路を
使うでしょうな」津田が節立った指を地図に載せた。

「荏田西や荏田南でも北部なら江田駅のほうが近い。だ
いたいこのあたりと見ていいんじゃないですかな」そう
言って彼は半径五百メートルほどの地域に指で円を書い

た。

「ふむ……」

住宅密集地であるだけにその地域内でも相当の世帯数が容易に想像できるが、これまではその居所が神奈川県内とも東京都内とも知れなかったことを思うと、ようやく現実的な捜査範囲を見渡せるようになったと言ってもいい。漠としていた視界の焦点が一気に定まり、最初に〔バッドマン〕の手紙が届いた頃の緊張感が舞い戻ってきた。

劇場型捜査の綾はこういう形になって現れたということだ。この捜査を仕掛けなければ、この結果も得られることはなかった。思えば、巻島はじっとこれを待っていたのだった。衆人環視の空間に関わろうとしたばかりに〔バッドマン〕は魔物に魅入られ、知らず知らず平常心を失い、そして考えられない失敗を犯した。人の海で彼も溺れたのだ。

これを〔ニュースナイトアイズ〕で発表しても、もう〔バッドマン〕からの返事は来ないだろう。これ以上、捜査を飛躍させる出来事はこの先いくら待っても起こらないと思ったほうがいい。ここで最後の勝負を懸けるしかない。

「とりあえず本田のもとで数人投入して、具体的にどこまでがこの橋を通る居住地域なのか現場の目で確かめてくれ」

「分かりました」本田が応える。

「それから、これまでに集まった各類の情報を点検して、この地域に関係するものを抜き出す作業をこの班でやってくれ。いつものように〔バッドマン〕による情報攪乱の可能性を調べるという名目でいい。俺が捜査方針を立てるまで、この件についてはほかの班に向けても情報管理をしてほしい」

巻島は班員たちに視線を巡らせ、全員から了解の反応をもらった。

「じゃあ頼む」

その後、巻島は形ばかりの幹部会議に臨んだ。

「何だかこうやって貴重な時間を割いて我々が集まるのも馬鹿馬鹿しい気がしてきますな」

しらけた空気が沈滞するこの会議では、一課の中畑が遠慮のない放言を吐き捨てるのがお馴染みの光景となっていた。植草が渋い顔をしようと、もはや関係ないと言いたげな開き直りようが、この場の雰囲気を一層さ

296

さくれ立ったものにしていた。

「お手持ちの捜査で何か進展があれば聞いておきたいのです」

巻島の言葉に対して返ってきたのは、不満を露にしている面々の、鼻で笑うような失笑だけだった。

「野々上の件はどうなったんですか?」険のある口調で幹部の一人が訊く。「間を持たせるだけのために、さも我々の捜査に興味があるふりをされるのは至極不愉快ですよ」

「野々上の件については、もう少しお待ち下さい。今の時点では特に報告する事項はありません」

「いつまで同じ言葉を聞かされなきゃいけないんですか?」

「見込みのないところで靴をすり減らしてる連中の身にもなって下さいよ」

「いくら本部長の肝煎りだからといって、やり方がでたらめ過ぎやしませんか?」

捜査態勢にまったく連帯感の見えないこの状態を前にして、巻島も思ってはいなかった。責任のおおかたは巻島にあり、自分が組織の統率

何人かが呆れたようにペンを置いた。

最後の勝負を前にして、捜査態勢にまったく連帯感の見えないこの状態が好ましいとは巻島も思ってはいなかった。責任のおおかたは巻島にあり、自分が組織の統率

に秀でたタイプでないことは自覚している。捜査を意のままに推し進めながら組織を結束させ続けるには、この捜査は独特であり過ぎ、そしてこの捜査本部は巨大になり過ぎていた。

「分かりました。こういう形式的な集まりを続けても確かに意味がないかもしれません。今後は何らかの必要性が生じた場合にのみ招集することにします」

「まったく答えになってませんな」捜査一課の藤吉が苦々しげに言う。

「皆さんの力を借りるときが必ず来るということです」

巻島は敵意ある視線を押し返すように彼らを見た。「本部長から来週明けまでとの時間をもらっています。私はそれで何とか結果を出したいと考えている。そのためにもあと少し、慎重に足元を固めたいと思っています。今さら自分のやり方を変えるつもりはありません。理解してもらうしかないということです」

一瞬、聞く者たちに意外そうな表情が浮かんだのは、巻島が曾根に最後通牒を突きつけられているという事実に対してであろう。巻島の言葉をどう咀嚼していいものかというような戸惑いがかすかに見られた。

「とうとう尻に火がついて、いったい何をどうする気な

んですかな?」中畑が鼻息とともにそんな言葉を吐いた。

「まあ、あと一週間の辛抱だ」

誰かが皮肉丸出しで言い、それが散会の空気を作った。

参席者たちが出ていき、静かになった部屋の中、植草が苦笑混じりに口を開いた。

「ひどい会議ですね」

巻島が目で応じると、彼は一転、首を捻り気味にして表情から笑みを消した。

「ちょっと引っかかったんですけど、足元を固めてるっていうのは、どういう意味ですか? 野々上の捕捉に目処がついたということですか? それとも野々上を犯人とするに足る証拠固めが進んでいて、居所を摑むと同時に逮捕という道筋ができつつあるということなんですか?」

「そのうち報告できると思います」巻島は答える。

「経過は僕にも教えられないと?」

「大事な時期ですから少し時間をください」

「そうですか……」

植草は不満をかろうじて呑み込んだような相槌を打

ち、「分かりました」と言葉を続けた。

「週明けまでは、巻島さんの力を信じてますよ」

そう言い置いて、彼は部屋を出ていった。

「あれはどうしますか?」

植草の背中が消えたところで、最後まで残っていた本田が訊いてきた。

「黙って信じてくれるならいいさ」

「あの口振りだと、どうかという気はしましたけど」

意地悪い本田の一言を冗談と取りながら、巻島は小さく首を振った。

「どちらにしろ楽しいものじゃないよ」

「でしょうね」

「君が捜査の指揮をとるようになったら、俺みたいなやり方は真似しないことだ」

「ええ、反面教師にしますよ」

そう切り返され、巻島は彼と苦笑を交わし合った。

「津田長、ちょっとお茶でも飲みに来ないか?」

専用別室で椅子に腰を落ち着けた巻島は、内線で津田を呼んだ。

間もなく津田が、恐縮するように少し猫背になって現

298

れた。

「この二、三日のうちにも勝負を懸けようと思ってる」

巻島は若手刑事に持ってきてもらった熱いお茶を一口すすって言った。

「しかし、居住地をある程度限定したとして、面も紋も取れてない。いったいどうするおつもりなんですかな?」津田が穏やかな面持ちながら、わずかに眼を細める。

「それなんだがな……」

巻島は自分が考えている手を彼に話してみた。

「どう思う?」

感想を訊くと、津田は渋い声で唸った。

「無謀か?」

「いや、今の条件で結果を出さなきゃいけないとするなら、それしかないでしょうな」

「[バッドマン]の住みかが推測通りだとして……まあ、これは十中八九その通りだろうと信じてる……ここまで絞り込まれた以上、この先俺が指揮を降りても、いずれあと一年、二年かければ[バッドマン]を挙げることは不可能じゃないと思う。そういう意味では、ここで俺が博打に出る必要はないかもしれない。ただな、津田長、

やっぱり俺は自分の手でやりたいんだ。少しでも時間が残されてて、試す価値のある方法があるなら、俺は勝負したいんだ」

「もちろんそうでしょう。その本能があなたを今の職にとどまらせているんでしょうね」

「かもな……」

「ですが、これは一芝居ですよ。思うに、あなたはふてぶてしいまでに大見得を切らなきゃいけない。そうやって[バッドマン]を呑み込まないといけない」

「分かってる」

「もしかしたら一段と世間からの拒否反応を買うかもしれない……逆に言えば、それくらいの偉ぶりが必要でしょう」

「そうだな」

「何かためらいがあるんですか?」津田が首を傾げて巻島を見る。

「どうだろう……自分でもよく分からないんだ」

「今度こそはカメラの前で嘘をつかなきゃならないということですか?」

「まあ、それは考えようでな、俺なりには布石を打って自分へのエクスキューズを張ってある」

「複数犯説とやらですか」そう言って、津田は目尻を下げた。「あなたは根が正直者なんですよ。嘘をついたり人を出し抜いたりすることが得意な性分じゃない。だから六年前もマスコミの前で失敗してしまった」

「そうかもな」

巻島は肩をすくめる。

「でもこの世界、嘘をついたり人を出し抜いたりしなきゃいけないことも多い。あなたは無理してそれをやってる」

「それはちょっとした勇気の問題でしょうな」

「ふむ……そうだな」

自分の弱さを受け止めてくれる人間がそこにいるというだけで、何となく気持ちが安定する思いだった。

「ありがとう。せいぜい無理してるようには見せないさ。開き直ってやるつもりだ」

津田は巻島の言葉ににこりとして頷き、それからあとは今までの話などさっぱり忘れたように、ただひょうようとお茶をすするだけの姿を決め込んだ。

「嘘が苦手なだけじゃないさ……」吐息を挿んでから呟く。「本心をさらけ出すのも苦手だ」

＊

植草は県警本部に戻ってからも、会議での巻島の言動が気になっていた。

あの何とも思わせ振りなあの台詞……曾根本部長が線引きしたリミットを受けてのあの言葉は、確実に何らかの動きが彼の頭にあることを匂わせている。

何をやろうとしているのか？

もともと今日の巻島はどこか物腰が違って見えた。昨日までの、何とも手応えのない態度に終始していた巻島ではなくなっていた。

何か捜査に進展ないしは変化があったはずだ。

それを植草にも言えないという。

大事な時期だと言っていたが、それはその通りなのかもしれない。

このところ、目新しい情報が出てこないことから、未央子との連絡も冴えないやり取りが続いていた。〔ニュースナイトアイズ〕との報道合戦は膠着状態となっているが、〔ニュースライブ〕の視聴率も十パーセントのラインを取り戻し、ダブルスコアを記録していた頃の惨状

300

は脱したために、彼女としても多少は一息つける状態であるらしい。

ただ、このままでは植草自身、物足りなさが残ってしまう。日々、そう感じている。

未央子に手を貸して、それなりの力になってはやれたが、それはその勢いのまま彼女の心を奪い取るまでの圧倒的な力ではなかった。負け戦なりの格好はつけたという程度だった。

公開捜査は彼女との再会のきっかけになったし、今後もうまく流れを作れば、二人の仲はごく自然に艶やかなものへと変わっていくだろうとは思う。

しかし植草は、もう一つ不完全燃焼的な思いを拭い切れない。

もっと未央子に自分の力を見せつけたいのだ。そして、憧憬の眼差しで見つめられたいのだ。

巻島が捜査の大詰めを迎えて何らかの動きを考えているとするなら、植草にとっても逃してはならない最後の好機である。

自分が指揮の座から外されるのを、巻島が漫然と待っているわけがない。野々上という重要参考人まで挙がっているのだ。いまだそれを本部長に報告しないということ

とは、最終的には勝算を持っている証だろう。裏を読んでみるに、解決への流れはすでに出来上がっているのかもしれない。巻島のことだ、その形を格好よく仕立て上げようとしているのではないか。味噌をつけてバッシングの的にまでなった男だけに、最後の最後で挽回の機会を窺っているのではないか。劇的な犯人逮捕となれば、世間の彼に対する見方などあっけなく引っくり返る。

もしかしたら、〔ニュースナイトアイズ〕に緊急出演しての逮捕発表などという展開を考えているのかもしれない。今までの協力に対する謝意のつもりとして、それくらいのことをやってもおかしくはない。巻島自身の名誉挽回としても一石二鳥だ。

それを黙って見ているのは面白くない。〔ニュースナイトアイズ〕にスクープを抜かれて終わるのでは、未央子もこの上なく後味が悪いだろう。

正直なところ、捜査が長期化するにつれ、円満な事件解決という成功物語は、植草の中でそれほどの重要性を持たなくなってきている。刑事の習性が自分に染みついていないことも理由の一つかもしれない。捜査がこじれたで、他人事のような気分で楽しんでいたの

は確かだった。

自分がいくら公開捜査の発案に嚙んでいて巻島を監督する立場にあるとしても、捜査の失敗で責任を取らされるのはしょせん巻島までである。それはこの世界のヒエラルキーがそういう仕組みになっているだけのことであって、植草自身が気を遣う必要は何もない。

もちろん、事件が解決するのを邪魔するつもりはない。ただ、巻島が描いている筋書きがあるのなら、それをちょっとばかりいじっても構わないだろうとは思うのだ。

巻島はどんな筋書きを立てているのだろうか？

鉄のカーテンの向こうが気になる。

巻島には直接訊けない。

とすれば、どうするか？

植草はとりあえず昼になるのを待って、Ｖ類班に送り込んだ舟橋の携帯電話にコールを入れてみた。あまり期待はできないが、Ｖ類班の部屋は巻島が頻繁に訪れると聞いている。何かのヒントを津田や西脇に洩らしているかもしれない。

ぶらぶらと関内のほうに歩いているうちに、舟橋から折り返しの電話がかかってきた。

〈お疲れさん。今、いいか？〉

〈はい……一人です〉舟橋が緊張気味の声で答える。

〈巻島は今もちょくちょく覗きに来るのか？〉

〈え……ええ〉

〈どんな様子だ？〉

〈あの……〉舟橋は軽く口ごもってから続けた。〈あれはお聞きになってらっしゃらない？〉

〈何だ、あれって？〉何も思い当たらず、植草は眉をひそめた。

〈いや、あの……〉

「何だ？」植草は苛立った声で舟橋を急かした。

〈ええ、あの、〔バッドマン〕の手紙が見つかったことですけど〉

「見つかった？」植草は声を上ずらせた。「いつ？」

〈き、昨日です〉舟橋は消え入りそうな声で答えた。

植草は慌てて、舟橋から詳しい話を訊き出した。

「……で、巻島はどうしようと？」

〈いえ、そこまでは。とりあえず今は、その近辺についての情報を洗い直すよう頼まれてるだけです〉

「そうか……」

電話を切った植草は、昼食の店を探すのも煩わしくな

り、コンビニで適当にパンを買って横浜公園のベンチに腰を下ろした。

〔バッドマン〕の手紙が高速道路の中央分離帯に落ちていた……巻島が思わせ振りな台詞を吐くはずだ。場所は青葉区の市ヶ尾。これを野々上の線と絡めて考えるとどうなる？

野々上が厚木を離れて市ヶ尾周辺に潜伏していた可能性が出てくるということだ。おそらく知り合いがいるのだろう。そのつながりをたどれば、野々上は捕まえられる。

手紙を落とし、さらに防犯カメラの映像が〔ニュースライブ〕で流されたことにより、野々上は〔バッドマン〕ごっこをあっさりやめてしまったのだろう。今は市ヶ尾を離れてしまったかもしれないが、その足取りを追うことについては巻島の表情を見る限り、確かな手応えがあるのではないか。

一つ気になるのは、巻島が〔ニュースナイトアイズ〕の出演で口にしていた複数犯説だ。あれは巻島自身の疑惑払拭と、〔バッドマン〕への挑発、野々上の足取りが摑めるまでの時間稼ぎなどいろんな意味を込めての発言だと思っていたが、それだけではないという可能性も出

てくる。市ヶ尾にいるのが共犯者であるということだ。その場合の結末は巻島にとってこれ以上ないものとなる。終わってみれば巻島こそ信用に足る人物であり、〔ニュースライブ〕や迫田は、単なるひがみ根性で横やりを入れていただけの、いい加減な存在だったという形に収まってしまう。

せめて、巻島一人勝ちの図式は崩しておきたいところだ。

それにはどうすればいいか？

やはり〔ニュースライブ〕が〔バッドマン〕逮捕への捜査本部の動きを先行報道してしまうのが一番効果的だろう。〔ニュースナイトアイズ〕に出演する巻島の口から最初に発表されるよりは、確実に衝撃度が和らぐ。〔ニュースライブ〕の存在感もアピールできる。そのあと〔バッドマン〕逮捕ということになれば、その発表は〔ニュースライブ〕のスクープを認める形となる。それなら未央子の面目も立つはずだ。

反芻するように思考の一つ一つを検討し直してみる。が、総じて自分の読みは的を射ていると思えるし、取るべき手段も、まずは未央子と自分、それから事件解決という優先順位を押さえた順当なものだと言える。巻島に

は悪いが、彼の優先順位はそれらのあとだ。

植草は自分の考えに納得して、携帯電話を未央子につなげた。

「おはよう」

植草の声に、未央子は同じく〈おはよう〉と反応してからすぐに続けた。〈何かあったの？〉

「ほう、さすが勘が鋭いね」

〈だって、最近、植草君からかかってくることってなくなってたし〉

「だね。本当はこんな話題だけじゃなくて、楽しい話なんかで盛り上がりたいところだけどな。まあ、すぐそうなるとは思うけど〉

〈動きがあったのね？〉未央子が急かすように訊いてくる。

「ああ、その通りだ」

　　　　　＊

　　　　　　　　　＊

〈現在、捜査本部前の山川記者と中継がつながっています。山川さん？〉

巻島はその夜、宮前署内のいつもの専用別室に残って

いた。

　V類班の手によって、他班で整理された情報をふるいにかけていったところ、〈バッドマン〉の手紙が発見された市ヶ尾近辺の公園で、不審な男に後ろから頭を叩かれた子供がいるという情報や、猫の頭にポリ袋をかぶせるようないたずらが起きていたという情報などがちらほらと見つかった。そんな作業が夜更けになっても続いていたので、巻島も上がってくる報告を待ちながら、部屋に据え付けられたテレビで〈ニュースライブ〉を何気なく見ていたのだった。

〈はい、こちら捜査本部のある宮前署前です〉

　この建物の外で中継が行われているというのは何とも不思議な気分だった。そして、わざわざ〈ニュースライブ〉が中継する魂胆も巻島には読めなかった。

〈山川さん、捜査本部では今日何か動きがあったんでしょうか？〉スタジオの杉村が訊く。

〈はい、こちら捜査本部ではですね、“巻島のカーテン”と関係者の間で呼ばれている情報規制がこのところ徹底していまして、捜査が現在どの段階に来ているかということについては、捜査本部の中でもごく一部の人間しか把握していないとも言われています。

そんな中、未確認情報ではあるのですが、〈バッドマン〉の新たな手紙が発見されたという話も聞こえてきています。これは郵送で送られてきたものではなく、県内のある場所で発見されたものということで、捜査本部では〈バッドマン〉が何らかの理由で落としたのではないかと捉えているようです。文面などはまだ不明なのですが、発見場所などから〈バッドマン〉の重要な手がかりが得られたとして、引き続き慎重な捜査が進められる見込みだとの情報が伝わってきています。現場からは以上です〉

巻島は思わず噛み合わせた歯に力を入れた。顔を手で拭い、立ち上がって、ブラインドの隙間から外の様子を見る。だが、巻島の部屋からは死角になっていて、中継の明かりは見えなかった。

直接植草に報告したわけでもないのに、情報が流れてしまっている。陰でV類班の誰かから聞き出したのか……いや、それが誰かということより、そうまでして巻島の足元を揺るがせたがたる植草の執拗さが今は問題だった。

さすがに、これから先はうろちょろされると困る。

やるしかないか。

巻島は気持ちを固めて本田を呼んだ。

＊

〈昨日の報道については、大筋、その通りの事実が推移しております〉

翌日、曾根本部長の前で、巻島が前夜の〈ニュースライブ〉の報道内容を認めた。横で聞いていた植草は、心も期待感がこもっているように聞こえた。

〈あります〉巻島は顔色を変えずに答えた。

「手応えはあるのか？」

「ふむ……手柄を後任に取られたくなかったら、全力で行け」

犯人の居所であるかもしれない市ヶ尾という具体的な地名が巻島の報告によって浮かび上がり、本部長の声に

本部長はいつも以上に厳しい眼差しで巻島にハッパをかけた。

本部長室を出た巻島の足取りには、心なしか力強さが感じられた。

「本部長はかなり期待を持ったみたいですよ」

暗に大丈夫かとの問いを込めて、植草は口にしてみた。

このところ、巻島と植草が報告に上がっても、本部長からは突っ込んだ質問も具体的な指示も、ほとんど出なくなっていた。一見、それは巻島に一切を任せているように見えるのだが、おそらく本部長は公開捜査が行き詰まりを見せた頃から少しずつ展望に見切りをつけ始めていたのだろう……それが巻島との距離に表れているのだと植草には思える。

巻島も少しは報告に色をつけて、本部長の期待をつなげるように持っていけばいいものを、そうしようとはしない。本部長が口出ししないことで自分の裁量が自由に利くとでも思っているのかもしれない。

しかし、今日は一転、見る者に期待を持たせる巻島の態度だった。自信さえも垣間見え、それを裏づけているものの正体が何なのか、植草も大いに気になった。

「実際、大詰めに来てます」

巻島の言葉は、植草のとりとめのない思考を一瞬にして中断させた。

「所在を突き止めたんですか?」

巻島はエレベーターホールの片隅に寄って立ち止まった。周囲には誰もいなかったが、彼はそれでも小声になった。

「突き止めました。野々上の友人が市ヶ尾の近くの大丸というところに住んでます。速水恒夫という男で、この男がその近所で猫に袋をかぶせて遊んでいたとの目撃も出てます。空き巣の前科があって、宮前区、多摩区あたりの土地勘もある。少年時代から野々上とは連れ立って遊んでいたようですが、速水のほうが親分格で、力関係は上だということです」

「というと、やはり二人の犯行で?」植草は声が上ずりそうになるのを抑えて訊いた。

「間違いないでしょう」巻島は答える。「主犯が速水のほうで、〈バッドマン〉の手紙も速水が書いたと見てます」

「で、今後の対応は?」

「今後というか、今夜にも動きます」

「今夜?」

もうそこまで進んでいるのか……カーテンの向こうにいた巻島が予想以上の収穫を手にしていたことを知っ

て、植草はにわかに焦りを募らせた。

「これまでは野々上の所在確認に手間取ってましたが、主犯格の人間が浮かんできた以上、これへの対応がすべてに優先します。速水には窃盗で容疑の固まってるやつがありますから、これでひとまず都筑署に引っ張るつもりです。都筑署の刑事課と調整を済ませて、今日の七時を予定してます」

別件逮捕か。巻島自身のタイムリミットが迫っている今、彼はこういう形で勝負に出ようとしているわけだ。もともと犯人に結びつく物証等が乏しいだけに、別件逮捕で取調べや家宅捜索に懸ける方法を取るのは致し方ないところなのだろう。

「本部長に言わなかったのは、本ボシだという確証がないからですか?」

巻島は言下にかぶりを振った。「確かに物証という意味ではそうかもしれませんが、状況的に見て、私は確信を持ってます。でなければ、別件では挙げませんよ。好みの手じゃないですから」

「なるほど……じゃあ、速水を落としてから報告ですか?」

巻島はかすかな冷笑とともに頷いた。「その線でお願いします。私の口から報告させて下さい。私にもちょっとした意地がありまして……見返したいというか、本部長をあっと言わせたいと思ってるんですよ」

「そうですか……分かりました」

超然としているように見えて、やはり巻島にも安い意地があるのだなと、植草は一つの発見をした思いだった。巻島がまとっている謎めいた雰囲気が霧散した気がした。

「それから」巻島は居もしない人影を気にするように首を巡らせてから続けた。「マスコミ発表についても、いろいろ考えてます」

「というと?」

「[ニュースナイトアイズ]には世話になりましたから、多少便宜を図ろうかということです。速水の連行の現場をカメラで撮らせるつもりです」

こいつ……終局を前にして、とうとう我を隠さなくなったなと植草は思った。協力に対する便宜と言いながら、その真意は、ほかのマスコミに散々叩かれた腹いせだろう。

「一社独占ですか? これまで以上に反発を買いますよ」

「どのみち私はこれで裏に退がる人間ですから、好きに
やらせてもらいます」

巻島は開き直ったように言ってのけた。

昼休み、植草は赤レンガパークの一角で未央子と落ち
合った。電話より直接会って話したほうがいいと言う
と、彼女は直感で事の重要性を察知したのか、二つ返事
で飛んできた。

「クライマックスは突然来るもんなんだな」

海を背にして未央子を迎えた植草は、作った余裕でそ
う切り出した。浮き足立つ気分を内に隠したつもりだっ
たが、鼻息の抑えが利かないあたりに、いつもの自分で
ない感覚があった。

「クライマックス……って？」未央子が声を強張らせて
訊く。

「今夜、捕り物があるんだ」

未央子は口を半開きにしたまま眼を見開いた。彼女自
身、それほどの衝撃を感じたということだ。

この事件に未央子と関わって、彼女の素直な感情表現
を何度、目にすることができただろうか。それだけでも
植草には価値のあることに思える。そしてそれ以上に満

足感を覚えるのは、彼女の頭の中を占め、彼女が何より
優先させて打ち込んでいること……つまり、彼女の今現
在の人生そのものと言ってもいい部分に、自分が深く関
わり、ある意味では、自分の存在なしにはそれが成り立
たなくなっていることだった。

自分は今の未央子にとって、絶対的な存在になってい
る……もちろんそれは、愛情でつながる関係をも超えて
いる……植草にはその自信がある。

そんな植草の胸の内を知ってか知らずか、未央子はほ
のかに紅潮させた顔を植草に向けた。まずは心を落ち着
かせるように、〔バッドマン〕がどういう男だったのか
と訊いてきた。それから、それこそが本題だとばかりに
早口で次の質問を繰り出した。

「で、マスコミ発表はどういう段取りになってるの？
もう現場の記者には伝わってるの？」

「記者連中に教える気はさらさらないらしいよ」植草は
その主語が巻島であることを、吐き捨てるような語調で
表現した。「〔ライブ〕とかに叩かれた腹いせだよ。最後
の最後まで〔ナイトアイズ〕に独占させる気なんだ」

「何それ？」未央子は露骨なまでの不快感を顔に出し
た。「もしかしたら、出演して逮捕を発表するってこ

308

と?」

「いや、そうなるかもしれないけど、それほど単純じゃ
ない。物証が乏しいから、とりあえずは別件逮捕なん
だ。取調べで落とすわけだよ」

おそらく、マスコミが伝える第一報はこうなるだろ
う。《都筑署で取調べを受けている窃盗容疑の男が、川
崎男児連続殺害事件について犯行を認める供述をした模
様》と。巻島はこの一報も〔ニュースナイトアイズ〕に
渡したいだろうが、それに合わせてタイミングよく速水
が落ちるわけもない。

「だから、巻島が考えてるのは、捜査のけりがついてか
ら、改めて〔ナイトアイズ〕に出演して、逮捕までの経
緯を話すってことだと思うよ」

「あの人のしそうなことね」未央子は憤懣のこもった吐
息をついた。

「でも、問題はそれだけじゃない。あいつは絵になるお
まけも用意するつもりなんだ」

「おまけ?」

「犯人が都筑署に連行されるところを〔ナイトアイズ〕
に独占撮影させておくらしい」

未央子は眼を見開き、ほとんど睨みつけるように植草

を見た。

「冗談じゃないわよ」苛立ち紛れに何度も髪をかき上げ
て言う。「そんなこと絶対許せない。最後の最後でそん
なことをされたら、たまったもんじゃないわ」

未央子が同意を求めるように視線を外さないので、植
草は頷いてやった。

「俺もそう思うよ。当然だ」

「ねえ」

未央子が植草の腕を掴んだ。

「うちもディレクターを送るわ」

野々上の映像を〔ニュースナイトアイズ〕に渡さなか
った巻島の慎重な性格からして、いくら連行の現場を撮
らせたとしても速水が自供に踏み切らない限り、その映
像を放映させることはないだろう。あらかじめそういう
約束を交わしているはずだ。

速水の逮捕は予定通りならば七時。その後、都筑署へ
連行して取調べとなる。〔ニュースナイトアイズ〕の放
映時間までに速水が落ちるかどうかは微妙なところだ。
巻島はもしかしたらそこまで計算して、逮捕の予定時刻
を逆算しているのかもしれない。〔ニュースナイトアイ

ズ）の番組中に速報が出せるように。

すべて巻島の思惑通りに事が運んだとするなら、〔ニ
ュースライブ〕が多少の割を食うのは避けられない。放
映時刻が三十分遅いからだ。それだけは動かしようがな
い。

しかし、速水の自供が十一時以降にずれ込んだとき
は、巻島の息がかかっていない〔ニュースライブ〕のほ
うが俄然有利となる。連行の現場を撮っていれば、場合
によっては自供前であっても、氏名を公表せず、顔にモ
ザイクをかけた状態で放映することだってできる。早晩
速水は自供に追い込まれる。その手応えのほどを、植草
は巻島の言動から知っている。　躊躇する手はない。

別に、それで出し抜いたからといって、誰かが迷惑す
る話ではない。巻島や韮沢らが陰で地団駄を踏むぐらい
のことだ。誰がリークしたかなどという詮索を気にする
必要もない。〔ニュースナイトアイズ〕が情報の一端を
得ている以上、テレビ局同士の情報戦の結果である可能
性を捨て切れないからだ。万が一、巻島が植草に疑いを
抱いたとしても、巻島は後ろから睨みつけるくらいがせ
いぜいだろう。上下関係というのはそういうものなの
だ。

午後になって通常の仕事に戻っても、植草は頻繁にデ
スクを離れた。さすがに大きな局面を控えて、頭をそこ
から逸らし続けることはできなかった。速水の素性や住
所など未央子が必要とする情報については、巻島から聞
いた限りを彼女に伝えておいた。植草はその後も彼女に
電話をかけて動きを尋ね、それに対して細かいアドバイ
スを送った。

速水の住むマンションのはす向かいに八階建ての雑居
ビルがあり、そこの踊り場が、身を潜めてカメラを構え
るには持ってこいの場所となっている……そんなふう
に、現地に飛んでいったディレクターからはすでに撮影
場所を確保したとの連絡も未央子に入ってきたようだっ
た。

五時を過ぎて、植草は巻島に電話をつなげてみた。

「今朝の件については、その通り動いてるわけですよ
ね？」

〈予定通りです〉巻島が業務口調で答える。

「巻島さんは都筑署に向かうんですか？」

〈私は帳場で連絡を待ちます〉

「僕もこちらに残って報告を待とうと思いますが」

〈結構です。そして下さい〉

310

と話しているうちに不意に湧き出してきた緊張感で、いよいよこの捜査がクライマックスを迎えているという思いを再確認したのだった。

＊

七時を十五分ほど過ぎた頃だった。宮前署内にある巻島の専用別室のドアがノックされ、本田が入ってきた。

「都筑署の刑事課長から電話がありました。六時五十分、清水を自宅マンション前で逮捕、連行、七時八分に都筑署へ到着したとのことです」

「早かったな」

巻島はどうでもいいことを感想として口にしながら、机上の電話を県警本部の植草につなげた。

「巻島です。今、予定通り、速水を都筑署に連行し終えました」

〈そうですか……えと、確認しますけど、ハヤミツネオは速度の速に水に……〉

「立心偏の恒に夫です」

〈三十八歳、リサイクルショップ勤務と〉

「そうです」

宮前署に行ってダイレクトに動向を摑みたいのは山々だが、自供となれば未央子に速報を伝えなければならない。植草自身、県警本部に残っていたほうが何かと動きやすい。

「で、もし今夜中に完落ちしたらの話なんですが、巻島さんはそのままミヤコテレビに行かれるわけですか?」

〈いえいえ……そんな取り込み中に帳場を離れたりはしません。まあ、とりあえず、児玉さんあたりに一報は伝えておきますけど、出演は翌日以降になるかと思います〉

その一報で〈ニュースナイトアイズ〉は連行の映像を含めたスクープを放映するわけだ。

「記者会見はどういう形で?」

〈それはもしかしたら本部長が同席を希望されるかもしれませんので、本部長に報告を終えてから改めて考えたいと思います〉

「なるほど……で、本部長には巻島さんから報告をする、ということでしたね?」

〈そうです。それでお願いします〉

「分かりました。また何かありましたら」

電話を切って、植草は思わず大きく息をついた。巻島

〈分かりました。また動きがありましたら、お願いします〉

「はい」

電話を切って、巻島はおもむろに首を回した。

「慣れないことをすると、肩が凝りますか？」本田がいたずらめいた口調で訊く。

「そんなきれいな人間じゃないさ」

「でも、どうして清水を速水にしたんですか？」

「清水の親御さんも、自分の息子が川崎事件の犯人だなんて報じられたらびっくりするだろ。名前が違ってたら、そんなニュースは信じられないと思える」

「まあ、そういうことだろうとは思いましたけど」本田は笑いを含んで言う。「清水も悪質な窃盗犯らしいから、少しくらい懲らしめてもいいと思いますけどね」

「とばっちりにしては度が過ぎるだろう」

「取材班が裏を取って、間違いに気づくかもしれませんよ」

「ふむ……それならそれでいいという思いもある」巻島は言ってから、苦笑を本田に向けた。「別に、手加減したいわけじゃないけどな」

「分かってますよ。どうやろうと上司を嵌めるのに変わ

りはないんですからね」

巻島が言葉を返そうとするところを、本田が手で制した。

「いや、本当はこんなことやりたくないってことも分かってますよ」

本田に言われてしまうと、自分の本心ながら、やはりそれはきれいな事であるように聞こえてしまう。それも違うという意味で軽く首を振ると、本田はまた、分かっているとばかりに目で笑いかけてくるのだった。

その後、巻島は部屋にこもったまま、津田と出前の中華を食べたり、明日以降の捜査の見通しを本田とすり合わせたりしながら、十一時までの時間を潰した。九時と十時に植草のほうから取調べの経過を尋ねる電話がかかってきたので、九時のときにはまだ膠着しているようだと答え、十時のときには速水に動揺が見られるとの報告が届いていると答えておいた。

十時半から始まった［ニュースナイトアイズ］は、川崎事件の続報に触れることなく番組が進んでいった。［バッドマン］が落とした手紙についても公式発表に踏み切っていないのだから、報道することは何もない。も

312

ちろん、この番組の取材班は都筑署に連行された窃盗犯の撮影もしてはいない。

十一時になったところで、巻島はチャンネルを第一テレビに切り替えた。

いつもと同じように始まった〔ニュースライブ〕のスタジオには、しかし、杉村未央子の姿がなかった。特にそれに関する説明のないままトップニュースが伝えられていく。

医療事故ニュースのあと、経済関連と国際会議のニュースが続いた。川崎事件が報道される気配はまだない。

「結構、慎重ですねえ」

一緒に見ている本田が画面に顔を向けたまま、不満そうに呟いた。

それからほどなく、ＣＭに入ったところで電話が鳴った。取ってみると、やはり植草からだった。

〈へえと、その後、どうなってますか？〉

もはや口調からも焦れがにじんでいる。

「今、ちょっと確認してますので、こちらから折り返しかけ直します」

巻島も彼に呼応するように、臨場感を込めて答えておいた。

電話を切って〔ニュースナイトアイズ〕を確かめてみると、プロ野球ニュースの最中だった。スポーツニュースが終われば、残ったニュースを伝える枠がある。そこで川崎事件の重要人物が取調べを受けているという一報が伝えられるかどうか……トラップに嵌まっている者ならば、その動きが気になって仕方がないことだろう。

駄目を押すタイミングが来ていた。

自然に本田と目が合った。

巻島は湯呑みのお茶で喉を潤してから、満を持して受話器を手にした。県警本部の植草へつなげる。

「巻島です、先ほどはどうも」

〈いえ……〉

巻島が折り返してかけてきたことに何かの予感を得たのか、植草が緊張して構えている空気が受話器を通して洩れ伝わってきた。

「とりあえず報告します」

巻島は大きく息を吸い込み、続く言葉を発した。

「速水が落ちました」

植草は自分一人だけが残った刑事総務課の部屋で、小さなテレビの前に椅子を持ってきていた。

未央子は十一時にスタートした〈ニュースライブ〉のスタジオ映像には映っていなかった。それもそのはず、彼女は最少人数の撮影班とともに都筑署の前で中継の機会を窺っているということだった。

取材記者やディレクターではなく、キャスターの未央子が中継に立つことで、よりスクープのインパクトが増すことになる。未央子自身が買って出たその演出に、彼女の意気込みが表れていた。

しかし、その未央子も、番組が始まる直前には植草に電話をかけてきて、弱気の虫がうずいたとも取れるようなことをこぼしたのだった。

〈何となくおかしいのよ。うちの記者に署内の様子を見に行かせたんだけど、妙に静まり返ってるらしいの。捜査本部の人間が出張ってきてるって裏も取れないし、何だか不安になってくるわ〉

「おい、しっかりしろよ」植草は勇気づける役に回っ

た。「速水が連行されるところを撮影班が見届けたんだろ？」

〈そうだけど……それも刑事四、五人で来て、あっさりしたものだったらしいのよ〉

「おいおい」植草は大げさに失笑した。「逃げて追っかけてなんてのを期待してたのか？」

〈そういうわけじゃないけど……〉

「逮捕なんてそんなもんだよ。心配すんな。俺は逐一、巻島自身から報告を受けてるんだ。信用しろ。その場の空気になんて惑わされんな。下手に裏を取ろうとして、巻島に感づかれるほうがまずいぞ」

〈うん……〉

「完全にほかを出し抜いてるから、逆に気持ち悪いんだよ。そうだろ？」

〈ニュースライブ〉がスクープに定評のある番組だとはいっても、それは告発型のものがほとんどである。事件の事実報道に関するものは、やはり記者クラブの横並び取材にどっぷり浸かっているから、一社先行することには違和感が強いのだろう。

〈そうかもしれない〉未央子は軽い笑い声を混ぜて応じたが、すぐに元の口調へ戻った。〈でも、〈ナイトアイ

314

ズ）の影も見えないのよ。どういうことだろう？〉

「たぶん、巻島が自分の出演と引き換えにして、必要以上には騒がないでくれって頼んだんだよ。とにかくあいつは劇的に発表できるよう手順を考えてやってるから、何もかも思い通りに進めたいんだ」

〈そうか……そうかもね〉

「で、いつくらいになりそうなんだ？」

〈まだ決まってない。こっちはいつでも対応できるから、とりあえずは〔ナイトアイズ〕の出方を見ながらって思ってる〉

「何だ、抜かれてもいいのか？」

〈抜かれても数分よ。こっちは中継も入れるし、格好はつくわ〉

その態度は慎重というより弱腰のように思え、植草は心の中で舌打ちした。

「それは未央子の自由だけど、勝負時を逃して後悔するなよ。何かあったら、こっちからも携帯鳴らすから」

電話を切って、植草は実際に舌打ちをした。

確かに今日のスクープは、これまでのようにスタジオのコメンテーターに見解を述べさせたり、関係者筋から入手したとして捜査資料を公開するのとは訳が違う。犯

人逮捕をほぼ約束する内容だけに、信用を第一義と考える番組にとってはいくら慎重過ぎても構わない話かもしれない。防犯カメラの映像のときのように巻島が認否を留保する態度に出れば、報道した側も気持ちが休まらないだろう。

しかし現実には、取調べに対して速水が動揺していると伝わってきているのだ。手応えがなければそんな報告は上がってこない。事態は秒読みに入っている。

〔ニュースライブ〕が始まり、植草は〔ニュースナイトアイズ〕と頻繁にチャンネルを切り替えながら、未央子が画面に映るのを待った。平常心はなくなっていた。未央子と緊張を共有している感覚があった。自分も興味本位で首を突っ込んでいるわけではない。未央子に自分の存在価値を懸けているのだ。

ニュースが次々と変わっても、未央子は画面に現れない。植草は焦れてしまい、思わずという感じで電話に手を伸ばしていた。このままではいたずらに時間だけが過ぎていってしまう。何か未央子の背中を押きつけが欲しかった。

「えと、その後、どうなってますか？」

巻島につながると、植草は訊いた。

〈今、ちょっと確認してますので、こちらから折り返しかけ直します〉

巻島がいつになく早口で答え、あっさりと電話が切れた。

何か、捜査本部で変化が起きている……植草は直感的にそう悟った。

確認しているとは何か？　かけ直すとはどういうことなのか？

神経がざわざわと波立ち始めて、一層落ち着かなくなった。この兆候を未央子に伝えようか……焦り気味にそう考えてから、頭を振って思いとどまった。とりあえずは巻島の電話を待つべきだ。

〔ニュースナイトアイズ〕はスポーツニュースに入っている。

〔ニュースライブ〕は舞台裏をよそに淡々とニュースを進めていく。

植草はそれらを眺めながら、じりじりとした時間を神経に刻んだ。

電話が鳴った。

受話器を鷲摑みにして耳に当てた。

「植草です」

〈巻島です。先ほどはどうも〉

「いえ」

植草は短く返して巻島の先を促した。〈速水が落ち

〈とりあえず報告します〉巻島が言った。〈速水が落ちました〉

「落ちましたか!?」

植草は鼻息とともに言葉を吐いた。

〈少し前から容疑を認める供述を始めて、今もそれが続いてるようです〉

「そうですか」

〈取り急ぎ、その報告だけ……またのちほど、今後の予定をご相談したいと思います〉

「分かりました。とりあえずご苦労さんでした」

受話器を置く手がはっきりと震えていた。その手で今度は携帯電話を取り、リダイヤルで未央子につなげた。

〈もしもし〉未央子はすぐに出た。

「速水が落ちた！　速水が落ちた！」植草は興奮を隠さずに言った。

〈え!?　本当？〉未央子も声のトーンを上げた。

「今、巻島から報告が来たんだ。容疑を認める供述を始めてるって」

316

〈本当ね!?　本当なのね!?〉

「間違いない。まだ一分も経ってない情報だ」

〈分かったわ。中継準備に入るから切るわね。ありがとう〉

電話が切れると、植草は再びテレビを慌しく切り替えた。〔ニュースナイトアイズ〕ではスポーツコーナーが続いている。〔ニュースライブ〕はダイジェストニュースを何本か伝えると、そのまま〔ニュースライブ〕もスポーツコーナーが終わって、CMに入った。

〔ニュースライブ〕のCMが先に明けた。

井筒の取り澄ました顔が映し出される。

〈シリーズでお送りしております『公費の検証』、今夜は議員年金についてです〉

植草は舌打ちをして机を叩いた。〔ニュースナイトアイズ〕に切り替える。まだCMをやっていたので、今度はNHKにした。さらに、ほかの局でも速報スーパーが流れていないかどうか、順に切り替えていった。

まだ大丈夫だ。

〔ニュースナイトアイズ〕のCMが終わった。

天気予報のコーナーだ。

植草は息をついて、チャンネルを〔ニュースライブ〕に戻した。

「公費の検証」とやらのVTRが流れている。五分くらいは続くのかもしれない。それまでに〔ニュースナイトアイズ〕の天気予報が終わる。巻島から一報が伝わっていれば、そこで速報が入ってしまうだろう。

植草はもう一度〔ニュースナイトアイズ〕を見よう

と、そのとき、唐突に〔ニュースライブ〕のVTRが途切れた。

スタジオの映像に戻った。井筒が横を向いて誰かと打ち合わせている姿が一瞬映し出された。

井筒がカメラに向き直る。

〈VTRの途中ですが、川崎の男児連続殺害事件について大きな動きがあったようです。横浜市の都筑署にいて杉村キャスターと中継がつながっています。杉村さん?〉

「よしっ」植草はこぶしをぎゅっと握り締めた。

都筑署の玄関前でライトに照らし出された未央子が、画面に姿を見せた。胸元にピンマイクのついた横縞のシャツを着ていて、腕まくりしている。片手に原稿を持

ち、もう一方でイヤフォンをつけた耳を押さえている。

〈はい、杉村です〉未央子が普段より高いトーンの声で話し始めた。〈たった今ですね、川崎の男児連続殺害事件につきまして現在、都筑署で重大な情報が入ってきました。この都筑署で現在、窃盗の容疑で取調べを受けている男が、連続殺害事件についても容疑を認める供述を始めているということです。繰り返します。窃盗の容疑で逮捕され、現在都筑署で取調べ中の男が、川崎の男児連続殺害事件の容疑を認める供述をしているとのことです〉

〈杉村さん〉井筒の声も未央子に合わせて大きくなる。〈その男の身元など、入ってきている情報はありますか?〉

〈はい、公式発表はまだなんですが、関係者からの情報によりますと、男は横浜市都筑区大丸に住むリサイクルショップ店員、速水恒夫容疑者、三十八歳ということです。えー、本日午後六時五十分頃ですね、この速水容疑者は窃盗容疑が固まったとして自宅で逮捕されまして、その後、この都筑署で取調べが続いていました〉

画面には、捜査員に挟まれた速水がマンションから出てくる映像が流れた。

〈あ、これは逮捕されたときの様子ですか?〉

〈そうです。連行されていくところを撮影したものです〉

夕暮れ時である上に、速水が捜査員に抱えられるように歩いているので、容姿がはっきりと分かる映像ではない。しかし、世紀の殺人鬼が捕まったという事実を目に見える形で証明しているこの映像のインパクトは計り知れない。

未央子が事実関係を繰り返す間に、植草は〔ニュースナイトアイズ〕へチャンネルを合わせてみた。

〈……明日は世界が認める天才トランペッター、あの人がスタジオ生出演です〉

〈私も昔、学生時代にトランペットを吹いてたことがありましてね〉

〈え? 韮沢さんがですか?〉

〈ふふふ、まあ、肺活量ではいけると思ったんだけど、指の動きがついていかなかったね〉

〈韮沢さん、不器用そうですもんねえ〉

韮沢と早津が呑気に明日の予告などをしている。こいつら、今、裏番組で何が起こっているのか知る由もないのだ……彼らが馬鹿面をさらしているように思えてきて、植草は腹の底から笑った。巻島を都合よく使お

うとしながら、逆に体よく手なずけられてしまってい
る。まったく、人気番組、人気キャスターが口ほどでも
ない。

そのまま、〈ニュースナイトアイズ〉はエンディング
を迎えた。

植草はこの上なく痛快な気分になり、心の中で快哉を
叫んだ。

〈ニュースライブ〉では、未央子が上気した顔で速水自
供の一報を繰り返していた。〈ニュースナイトアイズ〉
を見終わってこの番組に切り替えた視聴者には、さぞか
し衝撃的に映ることだろう。

電話が鳴った。

取って束の間、ほかのデスクの電話も鳴り始めた。

植草がまず取ったのは、若宮捜査一課長からの電話だ
った。〈ニュースライブ〉の速報は本当かと訊いてきた
ので、そう聞いているとだけ答え、巻島が本部長に報告
することになっているとも付け加えておいた。

次の電話を取っても、電話の音は鳴り止まなかった。

〈大日新聞の宮野ですけどね、川崎の犯人が自供したっ
ていうテレビニュースは本当なんですか!?〉

無理もないが、相当に殺気立った声をしている。

「会見の予定が立てば、記者クラブにお伝えします」

〈予定っていつ!?　　朝刊に間に合うの!?〉

「いや、そのへんはまだ何とも……申し訳ない、ほかに
も電話が来てるんで、失礼」

公開捜査に関する〈ニュースナイトアイズ〉以外のマ
スコミへの対応は植草がこなしていたから、問い合わせ
もここに殺到するのだ。これは課員を何人か呼び戻さな
ければいけないなと思いながら、何本かの電話応対を適
当にこなした。しかし、これではきりがないということ
がすぐに分かり、途中からは宮前署の捜査本部に直接確
かめてくれと答えることにした。

〈もしもし、大日新聞の宮野ですけどね〉

何本目かの電話は先ほどと同じ大日新聞の記者からだ
った。

〈川崎の犯人が都筑署にいるってニュース、実際はどう
なんですか、はっきりさせて下さいよ!〉苛立った口調
でまくし立ててくる。

「申し訳ないですけど、宮前の捜査本部へ確かめてもら
ったほうが早いし、詳しく聞けると思いますよ」

〈いやいや、捜査本部にも訊いてみたんですよ!〉記者

はさらに声を大きくした。〈そしたら、そんな事実はないって言うんですよ！〉

植草は虚を衝かれながらも、必死に頭を働かせた。

この期に及んで、巻島はまだマスコミにシラを切るつもりなのか？

〔ニュースライブ〕に抜かれたのが気に食わないのか？

しかし、いくら何でも事実ではないという答えは無理があるだろう。〔ニュースナイトアイズ〕への出演は速水の再逮捕が済んでから行い、そこで逮捕へのいきさつを披露して公開捜査を締めるのでいいではないか。逆に言えば、それ以外にやりようがないと思えるのだが。

何を企んでる？

「すいません。ちょっと問い合わせが殺到してまして、捜査本部との連絡に支障が出てるんで、情報の整理に少し時間がかかると思います」

文句を浴びせかけてくる電話を適当に受け流して切り、続けて似たような話の電話を何本か受けたところで、さすがに嫌気が差した。

植草は携帯電話を手にして、別室に移った。携帯電話のほうにも問い合わせらしき着信履歴が残っていた。何と本部長からもかかってきている。

巻島はまだ一報を本部長へ報告していないのか？

植草は苛立ちを抱えたまま、巻島に電話をかけた。放っておけばますます無用の混乱を招くことになる。これ以上、好きにさせておいていいわけがない。

巻島につながると、植草は半ば責め立てるように口を開いた。

「どこで嗅ぎつけたか知りませんけど、〔ニュースライブ〕が先ほどから速報を流してますよ。それで、ほかのマスコミからの問い合わせが、ここに殺到してるんです」

〈そうですか。こちらも同じです〉巻島がいつもと変わらぬ口調で返す。

「そちらでは、あれは事実ではないという答え方をしてるんですか？」

〈そうですね〉

人を食ったような巻島の言い方に、植草は苛立ちを募らせた。

「それは、まだ本部長への報告が済んでないからということですか？」

〈いえ、今、本部長からもこへ直接かかってきましたんで、その旨を話しておきました〉

「あのねえ、巻島さん……」

〈事実ではないんです〉巻島が冷ややかに繰り返した。

植草はその意味を理解するより先に、反射的な寒気を覚えた。巻島の口調の冷たさがもたらしたものだった。

「……どういうことですか?」

〈清水恒夫という男が窃盗容疑で都筑署に逮捕された……それが事実です〉

清水……?　意味が分からない。

少しの間を置き、巻島が低い声で続けた。

〈宮崎勤のアジトはなかったということです〉

一瞬、何の脈絡もない言葉に聞こえたそれは、数秒ののち、確かな意味を持って植草の思考に溶け込んだ。

「マジかよ……」

植草は呟き、あとは絶句した。

〈残念ですが〉

巻島が言った。

いつしか、あれだけ鳴り続けていた課内の電話の音も聞こえなくなっていた。未央子から植草の携帯電話へ何度も着信があったが、植草はそれを取ることができなかった。

「そうですか」本部長への報告が済んでいると聞いて、植草は若干声を和らげた。「本部長は喜んでおられましたか?」

〈いえ、特に喜んではおられませんが〉

その答えが意外であったということより、それをさも当然のように話す巻島の変人ぶりに植草は閉口した。

「そうですか……」本部長の機嫌などどうでもいいことだと考え直し、植草は目下の懸案事項へ話を変えた。

「で、報告が終わったということなら、これから記者会見のセッティングに入るわけですね」

〈いえ、記者会見はしません〉

「しないんですか?　再逮捕してからということですか?　でも、今夜中に事実関係は明かしておくべきでしょう」

〈もう問い合わせのあったマスコミには、個別に答えておきましたから〉

「でも、自供は事実じゃないと答えてるわけですよ?　そのまま放っておくのは、いくら何でもまずいでしょう」

〈現に事実ではありませんから〉

また訳の分からないことを言いやがると思った。

放心の時間を過ぎると、憤怒の感情が立ち上ってきた。脱力していた身体が怒りでうずき始め、じっとしてはいられなくなった。

植草は徒手のままに県警本部を出てタクシーに飛び乗った。「宮前警察署へ」とだけ告げると、あとは外の景色に目をやることもなく、湧き上がる怒りをひたすらため込んだ。

よりによって上司の俺を嵌めやがるとは、いったい何様だ、あのやろう……。

宮前署に着いたのは、一時を回りかけた頃だった。署内は何事もなかったかのように、平時の静けさを保っていた。

植草は怒りに任せて階段を駆け上がり、巻島が使っている部屋を目指した。たどり着くと、すべてのエチケットを省いて、そのままドアを開けた。

「巻島っ!」

中は真っ暗だった。

帰りやがった!

植草は頭に血が上って、ドアを衝動的に蹴り飛ばした。

廊下を走り、同じフロアにあるV類班の部屋に首を突っ込んだ。

と、ラフな格好をした本田や津田ら数人の顔があった。

「おい、巻島はどうしたっ!?」

「あれ、今、巻島ちょうどお帰りになりましたが」津田がのんびりとした調子で答える。「外で会いませんでしたかな?」

植草はその部屋を出ると階段を下りて建物を飛び出し、署の駐車場側へ向かった。ライトがついている一台に巻島らしき人影を認めた。

「巻島!」

植草は声を上げながら、巻島のスカイラインの前に立ちはだかった。

ライトが消え、エンジンが止まった。運転席のドアが開き、巻島が降りてきた。

巻島は無表情に植草を見ていた。

「お前、自分が何をやったか分かってんのか!?」植草は眼を剝いて怒声をぶつけた。

対して巻島は、心持ち顔を伏せて、一つ吐息をついた。

「こうするしかなかったとは言いません」巻島は静かな

322

口調で言った。「けれど、甘えてもらっても困る。あなたのやってることを大目に見ている余裕は、私にはないんです」

「何を偉そうな……」植草は興奮で声が震えた。「俺はなあ、俺の考えで公開捜査を……」

「あなたの言い分はどうでもいいんです」巻島は冷ややかに言い捨てた。「あなたに非があると言うつもりもない。ただ、私にとっては邪魔なんです」

巻島は植草を見据えて言葉を継いだ。

「これは私の捜査だと？」

私の捜査なんです。

「思い上がるなっ！」

巻島は首を振る。

「あなたは刑事の血を知らない。思い上がりではなく、正直に言ってるだけです。これは紛れもなく私の捜査です」

不意に理屈ではない言葉を投げかけられ、植草は返す言葉を見失った。

「遊び半分で茶々を入れてもらっては困る」

「あ、遊び半分じゃない……」植草は乾き切った喉から声を絞り出した。

「私とあなたで大きな違いがあるとすれば、私の取る行動はすべて事件を解決させたいがためであるということです。あなたは残念ながら、そちらを向いてはいない」

植草は呆然と巻島を見るだけしかできなくなっていた。怒りの火を強引に吹き消され、胸の中には煤ばんだような不透明感だけが残った。未央子の姿が脳裏に浮かび、もう顔を合わせることもできないのだなとぼんやり思った。

「安心して下さい」巻島は表情を変えずに続ける。「あなたは表面上、何の失態も犯してはいません。もちろん、誤報の責任は裏を取らなかった放送局にある。あなたの今後の職務にはまったく関係ないことですし、あなたの経歴にはいささかの傷もついていない。相変わらずあなたは順調な官僚であり続けるわけです」

皮肉か本音か脅しか、巻島の真意はまったく分からなかった。ただ植草は、その通りだなと力なく思い、最悪の事態ではないことに安堵を覚える気さえした。自分が攻撃的な気持ちを失い、目の前に立っている男に牙を抜かれてしまったことをはっきりと理解した。

もともと、この男と自分とでは、背負っているものが違うのかもしれない。才覚だけで勝負しようとしたのは

無謀だったのかもしれない。

植草は目をつむって嘆息した。

「この捜査から手を引くことにします」

やっとのことでそんな言葉を口にした。

「賢明なご判断だと思います」

巻島は小さな声で言って、そのまま植草に一礼し、車に乗り込んだ。

巻島の車が走り去っていくのを、植草は虚ろに見送った。

「人を叩き過ぎちゃあ、いかんのです……」

振り返ると、津田が後ろ手を組んで佇んでいた。

「叩けば誰でも痛いんですよ……」

夜空を見ながら独り言のように言う。

「痛そうじゃないから痛くないんだろうと思ったら大間違いだ。……それは単にその人が我慢してるだけですからな」

それだけ言って、ゆっくりと歩き去っていく津田を、植草はまた虚ろに見送った。

# *9*

〔ニュースライブ〕が世紀の誤報について異例の謝罪を行った次の日、巻島は捜査の本格的な勝負に着手するべく、本田を呼び寄せて段取りを詰めた。

「いや、しかし面白いもんで、連中も今回ばかりは何も言ってきませんね」

本田の言う"連中"とは、捜査一課のうるさ型たちだ。

「植草課長の噂が流れて、彼らも肝を冷やしたみたいですよ。捜査官があんなふうに、実力行使に出てくるとは思ってなかったんでしょう。まあ、いい薬になりましたよ」

浮かれる話でもなく、巻島は聞き流した。

「掌紋のコピーは捜査員分、出来上がったか?」

「ええ。照合作業の講習も一応、昨日のうちに済ませま

した」

「一応」を強調して、本田がいたずらっぽく笑う。巻島は微苦笑で受けておいた。

「それから、ベージュの話ですけどね」本田は話を変えた。「これ、この前の一日署長をやったアイドルグループの……」そう言って、署内にもばらまかれた薬物撲滅キャンペーンのポストカードを巻島の前に置く。「この中の、この子の首に巻いてあるスカーフがほら、臙脂色じゃないですか。で、この一番右の子のスカーフはまあ、薄いピンクなんですけど、ショッキングピンクじゃないから、見ようによってはベージュと言えなくもない……ちょっと苦しいですけどね」

「いや」巻島は本田の観察眼に感心しながら、ポストカードを凝視してみた。「何人かに訊いてみたらどうだ?」

「一応、訊いてみたんですよ。『ベージュのスカーフの子は何ていう名前なんだ?』って言って若い連中にね。そしたら七人訊いて一人は『え、ベージュ?』って訊き返してきましたけど、あとの六人はこのピンクのスカーフの子の名前を答えたんですよ」

まじまじと見ているうちに、本田がピンクと言っているスカーフの色が立派なベージュに見えてきたので、巻

島は思わず唸っていた。

「これは宮前管外の市民にも配っていいものなのか？」

「もしあれでしたら、ここの広報から所属事務所に断りを入れてもらいましょうか？」

「そうしてくれ」巻島は頷いて答えた。

希望的過ぎるのは承知だが、もしかしたら、勘と偶然に頼るしかない最後の懸けに一分の根拠を宿らせることができるかもしれない……そんな気もした。

本田との打ち合わせが終わると、巻島は〔ニュースナイトアイズ〕の児玉に連絡を入れた。

〔ライブ〕のあれ、嵌められたっていう噂が出てますよ」

児玉は探り気味の口調でそんなことを言ってきた。

「そうなんですか……」巻島は素知らぬ顔で応えておいた。

〈一昨日と昨日だけはうちの完敗でしたよ。一昨日の速報で二十六、昨日の謝罪で二十八……〔ライブ〕が叩き出した数字です。まあ、彼らに取っちゃあ嬉しくも何ともないでしょうけどね。皮肉なもんです〉

巻島はその話を無言で受け止めてから、用件を切り出した。

「実は勝手なお願いで申し訳ないんですが、もう一度だけ、番組へ出演させて頂きたいと思ってるんです」

〈というと、何か新しい発表でも？〉

「ええ、一つはこのところマスコミのあちこちで上がっていた未確認情報について、捜査本部でも把握してるものがありますので、それを明らかにしたいと思ってます」

〈それは、具体的にはどんな……？〉

「〔バッドマン〕の手紙が見つかったということです」

〈ああ、その話はやはり本当だったんですか〉

「ええ、いろいろ重要な情報を含んでましたから、公表を控えてました」

〈それをすっぱ抜いた〔ニュースライブ〕が罠に嵌められ……という流れが見えたのか、児玉は軽い唸り声を上げた。

「それから、県内のある地域を対象にして、市民の協力が必要な捜査を大がかりに始めたいと思いますので、それについての呼びかけをさせて頂きたいんです」

〈それはいわゆる聞き込みとかではないんですか？〉

「掌紋です。手のひらの紋が部分的に手紙から採取されてるんです。ですから、一定の地域の住民に、掌紋採取

に応じてもらいたいと考えてるんです。　捜査への利用はこの事件のみに限定したものですので、その旨を説明して住民の理解を得たいと考えてます」

〈それは前例のある手法なんですか?〉

「あります。ただ、今回は大がかりですから、告知をしておきたいんです」

〈そうですか……で、それがヒットすれば〈バッドマン〉逮捕というわけですね……分かりました。こちらで検討してみますけど、巻島さんの頭ではいつくらいを?〉

「できれば、ぜひ今日にでも」

＊

本部長室に入ってきた巻島は、もはや期するものを隠そうともしない開き直りの空気をまとっていた。曾根はそれを感じ取り、やはりそうかと心中に呟いた。

「お前が植草をパージしたのか?」

曾根はデスクの向こうに立つ巻島を見た。

「課長のご意思で、捜査から離れて頂きました」巻島が真面目くさった顔で答える。

「ふむ……どうやら、噂はそこそこの線を行ってるようだな」

曾根はデスクの引き出しから煙草を取り出して口にくわえた。ギャツビーの火をつけ、ゆっくりと紫煙を吐く。

「やってくれるじゃねえか。まさかお前がそんなことをするとはな。俺は、引き立ててやってくれと頼まなかったか?」

「彼が私の部下だったなら、違う方法を取ったかもしれません」

「思い上がるんじゃねえ!」

曾根は巻島を睨め上げた。

独特な雰囲気を持ちながらも、根っこの部分では物事の順序立てに従順な男だと理解していた。客観的に見て、植草にもコントロールできる程度の収まりを持っていると。これも巻島という男の意外性というわけか。しかし、もはや愉快の一言で受け止められる度は越している。

「お前はいつからそんなに偉くなった?　全能のつもりか?」

「思い上がるな……課長からも同じことを言われまし

た」巻島は一瞬遠い目をしてから曾根を見た。「ですから、私も同じ言葉で応えたいと思います。つまり、この捜査は私の捜査であって、あなた方の捜査ではないということです」

「お前の捜査かどうかは俺が決めることだ」曾根はライターを握った手で巻島を指差した。「お前の捜査ではない。今日限りな」

巻島は小さく、しかしはっきりと首を振った。

「あなたが設定した期限にはまだ四日ある。それを破るつもりはありませんが、破らせるつもりもありません。私は最後の勝負を懸ける気でいるんですから、勝手に指揮権を奪うのはやめて頂きたい」

「馬鹿か!」曾根は嘲笑とともに一喝した。「そんな期限に意味なんぞない。俺が今日限りと言えば今日限りなんだ」

「人がせっかく守ろうとしている言を簡単に撤回してもらっては困りますね」心なしか、巻島の顔に険が浮かんだように見えた。「意味がないと言うのなら、私は解決まで居座りますよ」

「今日限りと言ったぞ」

「本部長……」

巻島は呼びかけておきながら、そのあとに言葉を矯めるような間を持ってきた。巻島の顔色が次第に冷えていくのが曾根にも分かった。

巻島はわずかに首を傾けてから、ようやく次の言葉を発した。

「偽の〔バッドマン〕の手紙を出したのはあなたでしょう?」

曾根は無言で巻島の眼を見た。その瞳に揺れは見当たらない。植草では荷が重かったかと、ようやく得心する思いがした。

「あなたこそ全能のつもりですか?」

曾根は巻島に視線を留めたまま、背もたれに身体を預けて、ゆっくりと足を組んだ。

「誰もやらなければ、いずれはお前がやっただろうに」

「仮定の話はしません」

「卑怯だな」

「人に疑惑をかぶせるのが卑怯ではないと?」

「ほう……自分に捏造疑惑が降りかかったのが、そんなに許せなかったか?」

「私はああいう場に出る以上、最低限のマナーを自分に課していたつもりです」

328

「つまらん考えだな。小心者の自己満足に過ぎん。あれで本物の〈バッドマン〉が誘い出された。その結果がすべてだろう」

「いったん舞台が始まれば、演出家の出る幕はないんです。けれど、あなたは舞台の袖からしゃしゃり出てしまった」

曾根はギャッビーのふたを開閉してもてあそびながら、少しだけ沈黙を挿んだ。

「で、それを公にしようというわけか？」落ち着き払って訊く。

「あなた次第です。別に私の名誉を回復したいわけじゃない。私の捜査を邪魔しないでほしい。それだけです」

「しかし、証拠はない」

曾根は眼を細めて、巻島に挑発的な視線を送った。

「なかなか完全犯罪というものは難しいものでしてね」巻島が無感情に言う。「掌紋の小さいのが一つ採れてるんです」

巻島が余裕を見せている訳が分かり、曾根は内心で舌打ちをした。

「俺が掌紋を出すと思うか？」

「無理でしょうね」巻島はあっさりと首を振り、そんな

ことは問題ではないと言いたげに続ける。「でも実は本部長、その掌紋が今度の捜査に使われるんですよ」

意味が分からず、曾根は眉をひそめた。

「〈バッドマン〉の居住圏がおおよそ特定できました。そこの住民に片っぱしから掌紋を提出してもらうローラー作戦をやるつもりです。掌紋の登録はしない。希望があればその場で照合作業を済ませるというものです。そのとき、捜査員たちに渡されている掌紋は、最初に〈バッドマン〉のものだと判定された一通から採れたものというわけです」

「何……⁉」

「残念ながら、いわゆる本物の〈バッドマン〉の手紙からは、照合に使える指掌紋は採れませんでした。しかし、一方で居住圏は特定できた。そこでどうするか……いろいろ考えた結果、一つだけ紋が採れたとはったりを発表して、ローラーをかけることにしたんです」

「馬鹿な。いくらローラーをかけたところで俺の紋と照合していたのでは、〈バッドマン〉は見つかりようがない」

「何だ、このでたらめな作戦は？　最後の最後になって、この舞台をド

への当てつけか？　五百人を動かして俺

タバタ喜劇にでも変えるつもりか？

曾根はそう思いかけて、待てよと考え直した。もしかしたら、〈バッドマン〉にまでたどり着けるかもしれない、そういう可能性があるにはあるのだと分かった。少なくとも不審者のリストを作り直すことはできる。それが数人、数十人単位まで絞り込めるものであったら、成果は大きい。

「なるほど……お前が〈バッドマン〉複数犯説を持ち出したのは、この策を見据えてのことだったわけだな」

巻島は涼しい顔をして曾根から視線を外した。

「テレビカメラを前にしてあからさまな嘘をつくにはどうも抵抗がありましてね。でも、指紋か掌紋は手紙から採れたことにしないといけない。ですから、最初の手紙が〈バッドマン〉の共犯者であるという可能性に触れておいたわけです。真相がどうであろうと、可能性への言及は嘘に当たらない。それが成り立てば、最初の手紙の掌紋を〈バッドマン〉の掌紋だと言っても、間違いではないという理屈です」

「植草をパージしたのも、結局はそのはったりをつかれたくなかったからか？」

「やるからには邪魔されたくなかったということです」

「どちらにしろ、ただの自己弁護だな。お前だけに通用する話だ。ニヒリストの面をしながら、まだまだ〈ヤングマン〉の青さが残ってるな」

「この仕事というのは、何も考えずに割り切ってやるには限界がありましてね。いろんな模索がありますよ」

「その歳になってまだ、そんなにきれいでいたいか？ 現実のお前はずいぶん薄汚れてるぞ」

「私はただ、最善の手で事件を解決したいだけです」

そう言う巻島の顔をじっと見てから、曾根は返した。

「俺はどんな手でもいいから事件を解決したいね」

「立場の違いでしょう」巻島は小さく肩をすくめた。

「叩き上げの自負か？」

「方向性に変わりはないということです」

「ふむ……」曾根は苦笑混じりに唸って、自分に頷いた。「まあいい。誰の掌紋だろうが勝手に使えばいい。まさに、どんな〝手〟でもいいということだ」

「そうおっしゃると思いました」巻島が、自分の表情を隠すように目を伏せて言った。

「嵌められて仕方なく言ってるわけじゃない」

そう言って曾根が失笑してみせると、巻島も失笑で返してきた。

その夜、巻島は久し振りに〔ニュースナイトアイズ〕のスタジオに足を踏み入れた。

スーツはいつものバーバリーではなく、重みのある黒のダブルを児玉に頼んで局から借りた。シャツもネクタイも渋い色で統一し、髪も整髪剤でとかして光沢を入れた。

顔合わせをした早津は、一瞬ぎょっとしたように巻島を見ていた。ただならぬ雰囲気を感じ取ったらしく、気さくな言葉を向けてくることもなかった。韮沢のほうは終始興味のなさそうな素振りをしていた。

番組が始まり、巻島の出演が早津の口から告知された。そして、数本のニュースののちに、巻島の出番となった。

「番組冒頭でお知らせしたように、本日は川崎の男児連続殺害事件に関しまして、巻島特別捜査官にお越し頂いています」

どうやら進行も早津が受け持つようだった。

「前回のご出演から少し日にちが空きましたが、今日お

＊

越しになられたのは、やはり〔バッドマン〕からの手紙が、ということですか？」

「ええ、実は一部でもすでに報道されていますが、新しい手紙が発見されておりまして、捜査本部ではこれが〔バッドマン〕本人のものであることを確認しています」

巻島の言葉とともに、早津がフリップを掲げた。ところどころインクのにじんだ文面が拡大コピーされている。

「発見されたということは、どういうことなんですか？」

「道に落ちていたということです。ちょうど十日ほど前に風の強い日があったんですが、おそらくそのときにかばんやポケットなどから落として、そのまま飛ばされたのではないかと見ています」

「落ちていた場所というのは、どのあたりなんでしょうか？」

「これについてはとりあえずのところ、横浜市の北部とだけ申し上げておきたいと思います」

「この文面を見ますと、相変わらず身勝手な主張がつらつらと並んでいますが？」

「まあそうなんですが、今回については我々、特に文面

「の検討はしておりません」

「というと?」

「ええ……今回この手紙に関して重要なことは、その発見場所でして、我々は〔バッドマン〕が発見場所周辺で生活をしている可能性が非常に高いと読んでいます」

「周辺というのは具体的に言って、どれくらいまで絞り込めるわけですか?」

「半径にして一キロ足らずです。その中で〔バッドマン〕が生活していると確信しています」

「一キロ足らずですか」早津が感嘆してみせる。「それは捜査の進展につながりますね」

「大きいです、これは」

「しかし、その後は〔バッドマン〕からの手紙が届いていませんよね?」

「おそらく、これを落としたことで捜査の手が近づくのを警戒しているんでしょう」

「また手紙の催促をなさるおつもりはないんですか?」

「もう必要ありません。我々は十分な手がかりを手に入れましたから、次の段階へ捜査を進めるだけです」

「具体的に何か、今後の予定を発表できることがあるともお聞きしていますが?」

「はい。このほかに、まだ公表していなかったんですが、大きな手がかりがあります。というのは、これまでに届いた〔バッドマン〕の手紙から一つの掌紋が採れているということです。掌紋は皆さんにはあまり馴染みがないかもしれませんが、手のひらの皮膚に付いている紋様のことで、指紋と同じように犯人を突き止める上で重要な証拠になり得るものです。犯人側にとっても、指紋の付着には注意しても、掌紋はうっかり付けてしまうことがあるわけです。今回も、文字を書くときに紙と接するこのあたりと見られる掌紋が部分的に採取できました。部分的とは言っても、捜査の手がかりとしては十分なものです」

巻島は自分の手のひらを示して説明したあと、早津が頷くのを待ってから話を続けた。

「それで、これらの手がかりをもとに、新たな捜査計画を立てています」

横浜市の青葉区と都筑区の一部を対象に、捜査員たちがそこに居住する男性の掌紋提供を要請して回ること、それはこの捜査限りの資料とするものであることを巻島は説明した。

「もちろんこれは強制できるものではなく、あくまで住

民の方々の任意によって協力して頂くものですが、大事な捜査ですので、ぜひご理解、ご賛同を頂きたいと思います。どうしても捜査資料とされることに抵抗があるという場合には、その場で捜査員が照合作業を済ませることもできますので、ご希望をお申し付け下さい」

「これはどの程度の年代を対象にするものなんですか？」

「一応、中学生以上で外に出歩くことができる程度の健康を有していらっしゃる方ならば対象になると考えています」

「中学生以上？　ということは中学生も含まれるということですね？」早津が眉を寄せて、確認するように訊く。

「そういうことです。〔バッドマン〕が未成年者ではないという証拠は挙がっていませんので」

「そうすると……ですね」コメンテーターの杉山が口を挿む。「たまたまその区域に生活しているというだけで、男子中学生、男子高校生までが捜査の対象にされるということになるわけですか？」

デリケートな年代の少年たちに相応しい捜査手法なのかと言いたいらしいが、巻島は取り合わなかった。

「少年少女であっても事件への関係性が否定できなければ、指掌紋の提供を要請することは、どんな捜査でもあり得ます。今回はその範囲が大きく、漠然としているだけのことです。それに、掌紋採取は短時間で簡単に済みますので、アリバイ等の聴取よりはるかに抵抗が少なく、協力してもらいやすい作業だと考えています」

「はい……」早津は戸惑いを残したような中途半端な相槌を打ったあと、探るような視線を巻島に送ってきた。

「かなり大がかりな捜査になるようですけど、成果は期待できるんでしょうか？」

「成果については、ほとんど確信に近い自信を持っています」巻島は心持ち声を張った。「この捜査は終局に入りました。おそらく我々は、一年にわたるこの捜査に間もなく終止符を打てるでしょう。言い換えれば、それだけの力を今度のローラー作戦に傾注するということです」

「なるほど……分かりました」

そう応えて、早津は進行の確認をするように手元へ視線を落とした。

「最後に一ついいですか？」巻島は早津の注意を引き戻した。「〔バッドマン〕に対してメッセージを送らせて下

「さい」

「あ、どうぞ」早津が気圧されたような口振りで促した。

巻島は一つ頷いてから、テーブルに肘をついて身を乗り出した。そして、赤ランプのついた正面カメラを睨め上げるように見た。

「〔バッドマン〕に告ぐ」

意識的に殺気を発散させた。

「お前は包囲された」

低い声でゆっくりと呼びかける。

「多少時間はかかったが、我々はようやくお前を追い詰めた。逃げようと思うな。失踪した人間は真っ先にマークする。今夜は震えて眠れ」

逮捕はもう時間の問題だ。

光を吸うカメラレンズに向かって、巻島は意識を没入させていく。レンズの奥に〔バッドマン〕の瞳が小さく揺れているのが見える気がした。

「手紙を落とした失態を悔やんでも遅い。余興は終わった。これは正義をまっとうする捜査であり、私はその担い手だ。お前は卑劣な凶悪犯であり、徹底的に裁かれるべき人間だ。それをわきまえなかったお前の甘さが致命的だったと言っておく。正義は必ずお前をねじ伏せる。

いつかは分からない。おそらく正義は突然、お前の目の前に現れるだろう。首を洗ってそのときを待っていろ。

以上だ」

異様なほどの静けさがそのあとに続いた。早津も表情を強張らせたまま、モニターに目を留めて動こうとしなかった。

渋い唸り声で沈黙を破ったのは韮沢だった。

「正義の……担い手ですか……」ゆっくりとした口調とともに、問いかけるような冷眼が巻島に向けられた。

嫌らしい言い方だと思いながら、巻島は表情を変えなかった。「その自負はあります」

韮沢は浮かない顔でもう一度唸った。

「私も正義を信条に、長年ジャーナリズムの仕事をしていますが、この公開捜査についてはそれに恥じない内容のものがお送りできているかどうか、今一つ自信が持てません。正義にはあまり似つかわしくないようなけれんが目について、どうも釈然としないものが残る気もします……なかなか難しい問題ですね……」

最後のほうは独り言のように言って、韮沢はCM入りを告げた。

巻島は、番組を借りた以上、この程度の苦言は黙って

受けておくべきだろうと思うことにした。

「どうも、貴重なお時間を頂きまして、ありがとうございました」

韮沢たちに一礼して席を立つ。

「あれだけ見得を切ったら、結果を出さないわけにはいきませんよ」韮沢が背中で言う。

「分かってます」巻島は応える。

韮沢はゆっくりと首を巡らせて巻島に横顔を向けた。

「もういい加減、さっさととっ捕まえなさいや」素の口調になって言う。

早津の顔が和らいだのも視界に入り、巻島は微苦笑して頷いた。そして彼らに背中を向け、これが最後になるかもしれないと思いながら、目映（まばゆ）い光に照らされたスタジオを出た。

翌朝八時半、巻島は幹部会議を招集し、ローラー作戦についての最終確認を行った。その内容については各幹部らが監督している現場捜査員に伝えられ、現場捜査員はその方針のもとに受け持ち地区の各戸を一つ一つ潰して回ることになる。

ほとんどの現場捜査員に昨日一日、休みを取らせてあった。その捜査員らにもう一度集中力を取り戻させ、活を与えた上で現場に送り出してほしいと、幹部たちには伝えた。本田の言う通り、参席者の中で露骨に捜査本部の敵意を見せる者はいなくなった。この作戦に捜査本部の命運が懸かっているのは肌で感じていることだろう。ならば騙されたと思ってやってみるしかないというのが、彼らの偽らざる気持ちかもしれない。

V類班がふるいにかけた情報の中から、対象地域の近くで、第一の事件が起こる少し前、「カブト虫は欲しくないか」と見知らぬ男に声をかけられて、危うくどこかへ連れていかれそうになったという男の子が存在していたことも判明した。そんなことも少なからぬ後押しとなり、捜査本部を挙げて新しい作戦に取り組もうという流れは固まった。

午前十時を前にして、二人一組、計二百余組の現場捜査員が鶴蒔橋南部の対象地域に向けて解き放たれた。戻りは午後十時以降。土日両日ですべての世帯を一気に潰す予定だ。中でも初日の今日は、鶴蒔橋の利用度が高いと思われる重点地域、約五千世帯が対象となっている。

「ご苦労さん」

専用別室に陣取った巻島は、状況報告に来た本田をねぎらい、一息つくようにして両手を頭の後ろに組んだ。

「あとは結果を待つだけですね」

本田の言う通り、やることはやったという思いだった。

「抗議の電話はあったか?」

「あります、あります」本田はあっけらかんと言った。

「昨日の夜から大盛況ですよ」

「どんなのだ?」

「まあ、言ってしまえば、巻島ごとき胡散くさいやつが厚かましくも正義面なんかするんじゃないって意見ですよ。ちゃんちゃらおかしいとか不愉快だとか、言いたいことを言ってるみたいですよ」本田はそう言って下唇を突き出し、おどけるようにむくれてみせた。「あとは、協力を求めるならもっと謙虚になれとか、誰が協力なんかしてやるかとか、そんな声も集まってるらしいですね」

本田は何かを包み隠すような性格ではないので、正直な報告が聞ける。巻島は口元に苦い笑みをにじませた。韮沢に嫌味を言われるまでもなく、自分が大上段に構えて正義の人間

を気取ることなどおこがましいのは承知している。

要は世間がどう感じようが、それは二の次の問題なのだった。津田が言っていたように、ある種、世間を敵に回すくらいのふてぶてしさを見せなければならなかった。その意味では、こういう反応が出てきていることからしても、昨夜のテレビ出演はまずまずの出来だったと言えるのではないか。

〔バッドマン〕は手紙を落としたことで、あっけなく闇に引っ込んだ。根が臆病な人間だ。巻島にはその確信がある。そういう人間に、昨夜は目一杯プレッシャーをかけてやった。

相手は大海の一尾。捕るのは難しい。仕掛けも何ら高級なものではない。それでも精一杯の態勢は整えた。首尾は上々だと信じたい。

二日で結果が出るかどうかは分からないが、今日だけを見ても長い一日となりそうだった。座して待つだけの身は決して楽しいものではない。

じわじわとした不安と焦燥に肌をひりつかせながら、巻島は組んだ両手をそっと机の上に落ち着けた。

336

＊

「こんちはぁ、警察のほうから来たんですけどぉ」

小川かつおは、大きなソテツの木が塀から覗いている稲垣家の門前に立つと、インターフォン越しに呼びかけた。

〈警察のほうって？〉女性の声が不審がるように聞き返してきた。

「てか警察ですよ、警察」

そう答えると住人は納得したのか、インターフォンの切れる音がした。

「警察のほうじゃ怪しいセールスですよ」

小川の横に突っ立っている清野という相棒が片頬を歪めて言った。瀬谷署の刑事課だ。五百人態勢ともなると、現場ている内勤の警察官だ。五百人態勢ともなると、現場の経験が乏しい人間をもかき集めてきている。年齢も小川より三つ下なので、とりあえず小川が捜査のお手本を見せる格好となっている。

少しして玄関のドアが開き、おばさんパーマをかけた五十代の女性が出てきた。

「お忙しいとこすいませんねぇ」小川は身分証を掲げて、へらへらと愛想笑いをしてみせた。「今日はちょっとこのへんを回らせてもらってるんで」

「はぁ……」女性は警戒するような眼つきで小川と清野を見ている。

「昨日の『ニュースナイトアイズ』は見てませんか？」

「いや……」彼女には唐突な話だったらしく、反応はつれなかった。「あんまりニュースは見ないんですけど」

結構、こういう人も多いのだ。

仕方なく、小川は訪問の趣旨を説明した。

「……で、ここのおうち、男の方はどなたがいらっしゃるんですかねぇ？」

所轄署から借りている巡回連絡カードと照らし合わせて訊いてみる。

「主人だけです。息子は結婚して外に出ていきましたから」

「ご主人はいらっしゃいますかねぇ？」

三年前に結婚した息子は練馬に住んでいて、今は盆と正月くらいしか帰ってこないという。対象から外してもよさそうだった。

「ご主人はいらっしゃいますかねぇ？」

玄関に入って待っていると言うので呼んでもらった。

いると、すぐに頭のてっぺんがはげたおじさんが出てきた。

「ああ、昨日巻島って人が言ってたやつでしょ。へえ、このあたりを回ってんだ。やっぱりなあ。誤報騒ぎのあったやつもこの近くだったから、もしかしたらとは思ってたんだよな」

稲垣は意外に喋りが軽かった。小さな会社の経営者なのだという。

「え、押すの？　押したら俺が〔バッドマン〕だってことを、ばれちゃうじゃん」

そんなことをおどけて言いつつも、簡単に掌紋の提供に応じてくれた。

「それ、ここで照合できるんでしょ？」稲垣は清野の差し出したウエットティッシュで手を拭きながら言った。

「巻島さんが言ってたじゃない」

「ああ、できますよ。そうしましょうか？」

「そうしてくんない？　そのまま持ってかれるのもあんまり気持ちよくないしさ、第一、俺が落ちぶれたとき、安心して泥棒になれないじゃない」

「ですよねえ」

小川は適当に相手をしながらルーペを取り出し、捜査

員に配布されている掌紋のコピーと今押してもらった掌紋とを見比べた。筋の切れ目やつなぎ目といった何カ所かの特徴点が一致するかどうかを確かめることになっている。とはいうものの、二時間程度の臨時講習を受けただけで目の慣れた鑑識課員のようにこなせるほど簡単な作業でもない。「ウォーリーをさがせ！」は得意な小川であるが、無数に刻まれた筋を見分ける難易度はもちろん、その比ではない。はっきり言って、真面目に見ていると目がおかしくなってくる。

それに、今一つ照合に身が入らない理由はほかにもある。どこから出た話か知らないが、この掌紋は〔バッドマン〕のものではないという噂が最初から広まっているのだ。このローラー作戦における最重要の報告対象は、協力を拒否した人物や何度訪れても不在だった人物、あるいは掌紋がひどい汗でにじむなど挙動に不審な点が見られる人物とするとの捜査方針が立っているだけに、あながちその噂も馬鹿にはできない話なのである。

二、三分唸りながら眺めたあと、とりあえず清野にも渡してみたが、彼もじっと見比べたのち、結局はかぶりを振った。

「どうもありがとうございました」

338

小川はお礼を言って、かばんから【マイヒメ】のポストカードを出した。

「これいりますか?」

後ろで見ていた稲垣夫人が手を振る。

「ああ、いらない、いらない。ごみになるだけだから」

「ですよねえ」

ポストカードは枚数が足りないので、節約して使うように言われている。小川はさっさとそれを仕舞った。

「そう言えば、前に泉公園あたりでちっちゃな子供が誰かに生卵を投げつけられたって話、聞いたことあったわね」

整理してみると、この周辺に関するそのような情報提供がいくつか集まっているらしい。

「あれも【バッドマン】の仕業だったのかしら?」

「かもしれませんねえ」

「まあ怖い」そう言って、稲垣夫人は大げさに顔を歪めた。

「しかし、おたくら、こうやって全部の家を回るの? 大変だねえ」稲垣が腕を組んで、同情的な口振りになった。

「ええ、実際、大変なんですよぉ」

「あんた、刑事ってタイプじゃないもんねえ」はっきり言われて、小川は頭をかいた。

「そうなんですよぉ。いつクビになるかハラハラしてるんですよねえ」

「クビになったらお父さんが雇ってあげるわよ」稲垣夫人が冗談混じりに言う。

「いやあ、駄目だね。あんたみたいなのは使えないよ。民間は民間で厳しいんだから。今の仕事にしがみついてるのが一番だよ」

「そうですよねえ」

「うん、頑張って」

妙な具合に励まされたところで、小川たちは再度礼を言って稲垣家を出た。

「まあ、あんなふうに打ち解けて話すのも、一つのやり方なんだよねえ」

取り繕って清野に言うと、清野からは冷たい視線が返ってきた。

「何か馬鹿にされてるように見えましたけど」

「いやいや……」小川は笑ってごまかし、稲垣家の隣にあるアパートに回った。一階から当たっていくと、左端と真ん中の二部

屋は留守だった。右端の部屋に向かう。

「こんちはぁ、警察でぇす」

呼びながらドアをノックする。巡回連絡カードで確認する限り、田坂なる人間が住んでいるはずだった。

何度かドアを叩くと、しかめっ面をした四十代の男がぽさぽさの髪をかきながら出てきた。

「何だよ？」

「寝てましたか？」

「夜勤明けなんだよ。寝入りばなだぞ」

「ああ、すいませんねえ。お時間取らせませんから、ちょっといいですか？」

小川が説明を始めたのも束の間、田坂は鬱陶しそうに唸り声を上げて、それをさえぎった。

「昨日、テレビでやってたやつだろ。事務所で見たよ」

「そうですか。で……」

「やだね。何でそんなのに協力しなきゃいけねえんだよ。指紋だか掌紋だか知らねえけど、真っ当に生きてる人間からそんなの採ろうとすんなよ。　胸くそ悪い」

「まあ、そうなんですけどねえ」

「だいたい、あの巻島ってすかしたやろうも気に食わねえんだよ。いかにも自信家でございって面しやがって、

どう見ても世の中なめてるだろ、あいつ」

「はあ……」

「はあじゃねえよ。見えるだろうよ」

「てか、それはそれとして、ここは一つご協力を……」

「ごめんだって言ってんだろ」田坂は眼を据えてすごんできた。「同じこと言わせんじゃねえよ。俺は車の運転だって無事故無違反なんだよ。どうしても欲しかったら、巻島が菓子折り持って取りに来いよ」

「ですよねえ」

小川は尻尾を巻いて引き退がった。こういう仕事をしてはいるが、気の荒い人間はどうも苦手なのだ。

ドアが閉まって、小川はほっと息をついた。とはいえ、言われっぱなしでは面白くないので、心証的には何もないのだが、多少の悪意を込めて不審者リストに田坂の名を記してやることにした。

「あの……」清野が情けないものを見るような眼つきをして言う。「次から俺がやりましょうか？」

「そうする？」

小川は顔を引きつらせて頷いた。

340

　この日、巻島は夕方近くまで誰とも口を利くことなく、じっとデスクを前にして座っていた。決済が必要な書類に目を通すこともせず、ただひたすら何かの報告が上がってくるのを待っていた。

　昼は園子に作ってもらった弁当を一人で黙々と食べ、部屋の外に出たのは小用のための一度きりだった。内勤の者が二度ほどお茶やコーヒーを運んできてくれたが、そのときも軽く頷いて労をねぎらっただけだった。本田も午前中の報告以来、意味もなく顔を見せに来ることはしなかった。

　巻島は自分で作ったこの部屋の静寂に、言いようのない重苦しさを感じていた。しかし、窓を開けて風を入れることもしなければ、じっとしていられない衝動に任せて部屋の外を歩き回ることもしなかった。願をかけるつもりでもないのだが、巻島は我慢の二字を胸に刻んで、苦痛とも言える時間を一秒残らず受け入れることにした。そうしていないと、何か大事なものが自分の手をすり抜けてしまうような気がするのだった。

　　　　　　　　　　＊

　部屋の中で動いているのは壁の掛け時計だけだ。普段は意識しない秒針の音がはっきりと耳に刻みつけられる。

　時刻は四時を回った。四時か……と心に呟き、まだだ今日という日は長いと思い直した。夜のほうがローラー作戦もはかどるだろう。そして、夜半になれば誰かが息を呑むような報告を持って帰ってくるかもしれない。

　そして、それからさらに数分が経ったときだった。デスクの片隅に置いてあった携帯電話が震えた。液晶には「自宅」と表示されている。

　自宅。

　巻島は今朝、淡々と弁当を用意していた園子の顔を思い浮かべ、少し怪訝に感じた。携帯電話にかけてくることとはいえ、夜にもならないうちから園子が電話をかけてくることは、最近では記憶になかった。六年前、いずみの病状が安定して以来はない。

「どうした?」

　携帯電話を取った巻島は、思わずそんな問いかけから口にしていた。

〈お父さん……今、大丈夫?〉園子の押し殺したような早口の声が届いた。

「ああ」巻島は答える。

〈今、いずみから電話があってね……〉園子はため息のようなものを挿んでから続けた。〈昼頃から公園で遊んでたはずの一平がいなくなっちゃったって言ってるんだけど〉

巻島は胃のあたりがぎゅっと重くなるのを感じた。

「いなくなったって、どういうことだ?」

そう言いながら、いずみが連絡してくるということは、よほどのことなのだろうとも思っていた。

〈うん……それが結構動揺してるみたいだから、とにかく行ってみようかと思って〉

「川野君は?」

〈また出張なのよ。大阪だから呼べば今日中に帰ってくるとは思うけど〉

「そうか……じゃあ、急いで行ってやってくれ。それから詳しい話を聞いて、捜し足りないと思ったら捜してやってくれ」

〈うん……それでね……〉

「何だ?」

〈昨日の夜、言わなかったんだけど……お父さんが帰ってくる前に変な電話があって〉

「電話? また無言か?」

〈うん……その……〉

「何だ?」

何かの関連性があるかもしれないと思って、園子は打ち明ける気になっているのだろう。巻島は先を促した。

〈『ドブネズミ』って……『明日を楽しみにしてろ』って……作ったような声で〉

胃の重みがさらに増し、鉛を呑んだような息苦しさが募った。

「そうか……分かった」

巻島は電話を切って、ため息をついた。

まだ何かが起きたと決まったわけではない。

けれど……。

自分の胸の内を丹念に探れば、やはり起きたかとの思いに行き当たる。

園子やいずみの周囲で何か不愉快なことがあったらしいと分かっていて、しかし、結局それについて何も対応せず、一過性のものだろうとやり過ごしていた自分の甘さを頭のどこかで冷静に自覚していた。

さらに言えば、自分や自分の家族もいずれはただで済まないだろうというような、自分がしてきたことの因果

を自虐的に受け止めようとしていた自覚もなくはなかった。

ただ、いずみの心痛を想像すると、巻島は胸が締めつけられる思いがした。

こんなときに……。

こんなときだからこそなのか……？

湿気を含んだような重い時間が過ぎていった。

三十分ほどが経って、巻島の携帯電話が着信を知らせた。

園子か。早いな。そう思い、液晶を見る。

非通知と出ている。

巻島は反射的に息を詰め、開いた携帯電話を耳に当てた。

〈巻島か……？〉

ボイスチェンジャーで人工的に低くなった声が巻島の耳に忍び込んできた。

「誰だ？」巻島はかすれた声で訊いた。

〈お前は正義の担い手か？〉

巻島の問いを無視して、相手は抑揚のない声を発する。

〈違うな……ただのドブネズミだろう〉

巻島が黙っていると、不気味な沈黙が出来上がった。

無音の向こうに、相手の生々しい存在感を感じる。

数秒後、沈黙を破って相手が言った。

〈孫を預かった……〉

何の感情も汲み取れない声だった。

〈今から新宿西口、小田急百貨店前に来い。お前一人で来ることが条件だ〉

「一平は……！」

無事か……そう訊く間もなく、電話は切れた。

巻島は携帯電話を握り締めたまま、詰めていた息を解き放って荒い深呼吸を繰り返した。条件は俺が来ることだけか……電話の声を頭で反芻しながら、講堂に詰めている本田を呼んだ。

「ちょっと出かける用事ができたから、留守を頼む」

顔を出した本田には、そうとだけ伝えた。

「どうしました？」不穏な空気を察したのか、本田が訊く。

巻島はただ首を振り、上着に袖を通した。今ここで誘拐事案の発生を告げるという一歩には踏み込めなかった。自分の問題であるとの意識がその選択を捨てさせていた。

携帯電話を上着の内ポケットに入れる。

新宿駅西口なら電車のほうがいいか。

「駅まで誰か頼む」

「あ、じゃあすぐに手配しますけど……かばんは？」

巻島はそれにも首を振り、部屋を出た。

宮前平駅までの車の中で、巻島は園子からの電話を受けた。

〈公園で遊んでるところを、男の人に無理やり連れていかれて、車に乗せられたらしいの。ほかの子供が見てたんですって〉

園子は心労の色を口調に忍ばせ、いずみから聞いたことを巻島に話した。

「分かった。でも、大丈夫だ」巻島は感情を出さないことで園子を勇気づけようとした。「どこに誰といるかは俺が知ってるから、いずみには心配するなと言ってくれ」

自分のせいで申し訳ないという思いは心の内だけにとどめておいた。

駅に着き、田園都市線の渋谷方面行き電車に乗り込んだ。電車での移動は久し振りだった。気にしている状況ではないのだが、周囲の視線が自分に集まるのを嫌でも

意識させられる。溝の口で乗り換えた急行電車ではさらに乗客の密度が増し、どうにも所在のない時間が続いた。

〈ワシ〉……。

そのシルエットを意識して、吊り革を持つ手がじわりと汗ばむ。

もちろん、巻島の中であの事件は終わっていない。有賀が死のうと〈ワシ〉は巻島の中で生き続けているし、健児少年は巻島の中で死に続けている。

そして、図らずも自分の存在があの事件を風化させないでいるのだとも気づかされる。巻島がテレビで姿をさらしたことにより、六年前の事件が世間の眼前に引き戻された。しかし、今また同じように、自分の存在に負の反応を示す何かが、ヴェールを脱いで六年の沈黙を破ろうとしている。

有賀の自殺も自分の存在が引き金だと思われる。

渋谷で山手線に乗り換え、新宿で降りる。人混みを縫って駅構内を抜けた。

六年前のあのときと同じ場所、小田急百貨店前にたどり着いた。

巻島の前には、足早に行き交う雑多な人々の姿があっ

た。その足音、話し声、車の音だけでなく、人波が動く光景そのものが目に訴える喧騒になっている。

時計は五時半を回っていた。

ここに誰が来る？　何がある？

巻島は棒立ちになってあたりを見渡す。

とたんに歩を緩めた若い男と目が合った。探るようなその眼つきに、巻島は心拍が速まった。

しかし、その男は巻島に目を留めたまま、立ち止まらずに行き過ぎていく。

違うのか？

視線を移すと、今度は背の高い二十代の女と目が合った。その近くにいる学生風のカップルもこちらを見ている。

巻島はようやくそれらが、電車の中と同じような、テレビで見た人間がそこにいるという好奇の目であることに気づいた。

巻島を見る目が右から左へ、左から右へと絶え間なく流れていく。

この雑踏の中に巻島一人、溶け込めていなかった。異物である自分を意識して、巻島は早くも人酔いに襲われた。

急に気圧が下がって鼓膜が張ったように、街頭の音が曖昧になった。足元に力が入らず、頭の中は熱にあたったように冴えない。

巻島は喘ぐように息をしていた。

毒が回ったドブネズミの悶死か……。

冷静になれ……そう自分に言い聞かせて、頭を振る。閉じたまぶたを指で押す。腰を折って膝に手をつき、ゆっくりと呼吸を整える。

捉えどころのない恐怖心が神経を這い上がってくる。時間が経つにつれ、そこに焦燥感も混ざり込んできた。

この雑踏のどこかにいるのではないのか？

俺は一人だ。早く出てこい。

何も起きない。

こうやっていたずらに俺を待たせてどうする気だ。俺が苦しむのを楽しんで、最後に一平をどうするつもりだ？

ふと、近くで老婦人が巻島の顔から足元までをじろじろ見ているのに気づいた。ハンドバッグを手にして、身なりがいい。すぐ隣まで近づいてきて、巻島を見上げる。

「巻島さん？」老婦人は笑みとともに声をかけてきた。

「巻島さんでしょ？」

一見して、知り合いではなかった。つまり、彼女もテレビを通して巻島を知っているということだ。

「お仕事中なのかしら？」

巻島は曖昧に頷き、顔を逸らすことでそれ以上の相手になることをやんわりと拒んだ。

「後ろに何かくっついてるけど、大丈夫？ 落ちそうよ」

彼女にそう言われ、巻島ははっとして首を回した。

上着の裾にくっついているものがひらりと見えた。紙だった。ガムテープで裾に留められている。

巻島は細かく折り畳まれていたそれを手に取って開いた。

『そのまま竹下通りのマクドナルド前に来い』

例の作為的な文字で書いてある。

巻島は反射的にあたりを見回した。

いつの間に？

しかし、当たり前のように不審な人影は見えない。

何者かを探していてもらちがあかないと分かり、巻島は背中を押されるようにして駅構内に引き返した。人の

流れを縫って山手線の原宿方面ホームに回る。騒々しく滑り込んできた電車が大勢の人々を吐き出すと、巻島は崩れた列をなしていた人々とともに、それへ乗り込んだ。そして原宿に向かう。

代々木。原宿。

降り立った原宿駅のホームから見える夕刻の竹下通りは、相も変わらぬ祭りのような人だかりを呑み込んでいた。

階段を降り、竹下口の改札を出て、駅前の道路を渡る。

マクドナルドの前で待って、それからどうなる？ また気がつくと、上着に紙が貼りつけられているのか？ そして今度は山下公園に来いとでも書かれているのか？

巻島は竹下通りに入りかけたところで、はっと立ち止まった。

腰のほうに手を回してみる。

紙がすでにくっついていた。

いつの間に？

巻島は駅前の雑踏を呆然と眺め、それから開いた紙に目を落とした。

『山下公園せかいの広場に来い』

やはり、そう書いてあった。

＊

「いやあ、大事件の捜査って憧れてましたけど、こんなに面白くないものだとは思いませんでしたよ」民家の塀にもたれた清野が煙草をふかしながら言う。「歩き回るばっかりで、しかも一般人に煙たがられて。つまんないんですねえ、刑事って」

すっかり嫌気が差したふうの清野は、露骨に顔をしかめて愚痴を吐き捨てた。

「まあ、正義感でやる仕事だからねえ」

小川がとりあえずそう応えると、清野はしかめた顔を小川に向けた。

「てか、小川さん、今日何やりました？　ずっと俺の後ろをくっついてるだけじゃないですか」

「いや、それは清野君がそうしたいってことだったから」

「他人のやる気に甘えないで下さいよ」

「そうだよね」

小川は乾いた笑いでごまかした。半日のうちに立場が

逆転してしまっている。

「このままじゃノルマ終わんないし、どうするんですか？」

「いやあ、どうしようか？」

小川が判断を預けるように言うと、清野の口からかすかな舌打ちが洩れた。これ見よがしのため息がそれに続いた。

「とにかく二人で回ってたら進みませんから、手分けしましょうよ。俺が新規を回りますから、小川さんは昼に留守だったところを潰して下さいよ」

「ああ、そうだね」小川は清野の要領を得た指示に感心した。「じゃあ、その前に一休みして何か食べる？」

一瞬、清野が睨みつけてきたので、小川は殴られるかと思って身構えた。しかし、怒るのも馬鹿馬鹿しいと思ったのか、清野は呆れ顔に切り替えて脱力したように息をついた。

「じゃあ、行きましょ」

仕方なさそうに同意した清野と連れ立って、コンビニに向かう。駅前まで戻るのは面倒くさいので、腹ごしらえも水分補給も小用も、近くにあるコンビニで済ませている。

七時を回り、閑静な住宅街には夕暮れが深まっていた。窓明かりの暖かい光がそこかしこで見られる。

昼間訪れたときには留守だったアパートの部屋からも明かりが洩れていた。

「小川さん、ああいうとこ、どうせ回んなきゃいけないんですから、ついでに当たっといたらどうですか?」

小川の視線を追って清野が言う。

「そうだねえ。じゃあ、一休みしたら」

「今行けばいいでしょ! いい加減切れますよ俺も!」

いきなり清野に真顔で一喝され、小川は首をすくめた。

「先に行ってますからね!」

冷たく言い放たれ、小川はしょんぼりと清野の背中を見送った。

そんな怒ることでもないのに……立ちっぱなしで成果の見えない仕事を一日続けて苛立っているのだろうが、面と向かってああいうふうに言われると、さすがの小川でも落ち込む。あんな年下の捜査の素人でも自分はダメ刑事に見えるらしい。

本当に刑事辞めようかなあと思い、それから、ああ、喉が渇いたなあと脈絡なく思った。

まあ、そんなことを考えていても仕方ないので、小川は気を取り直して、目の前のアパートに視線を向けた。

一階の一番右の部屋には午前中にべもなく協力を拒否した田坂という男が住んでいるアパートだった。そのときは左端と真ん中の部屋は留守だったが、今はドアの隣の曇りガラスから明かりが洩れている。

小川はまず、カタカタと料理をしているような音が聞こえる真ん中の部屋のドアをノックした。白沢という人間が住んでいるはずだった。

「はい……」

「警察なんですけどぉ……ちょっとよろしいですかぁ?」

解錠の音がして開いたドアは、それでもまだチェーンロックがかかっていた。そこから三十前後のすっぴんの女性が胡散くさそうに顔を覗かせた。

「あ……ここはお一人住まいですかぁ?」小川は身分証を提示して訊いた。

「そうですけど……」

「兄弟とかボーイフレンドとか男の人と同居してるってことは?」

「一人です」女性は不機嫌な声で答える。

348

ちらりとたたきに目を落としたところでも、男物の靴は見当たらなかった。

「そうですかぁ……あ、今日はカレーですか?」

「はあ……いけませんか?」

愛想のかけらもない返答に、小川は笑みを引きつらせた。

「いやいや、どうぞ遠慮なく」

小川は自分でも意味不明なことを言って、すごすごと退がった。簡単に終わってよかったと思った。

ノートに記録をつけてから左の部屋に移る。ここは三年前に作成された巡回連絡カードと郵便受けの名前が違っている。郵便受けが正しいなら、浦西という人間が住んでいる部屋だ。

「こんばんはぁ、警察の者なんですが……」

ノックをして言うと、一瞬誰もいないかのような沈黙を挟んでから、「はあ……」という間延びした声が聞こえた。そして、そのあとにドアを解錠する音が続いた。

開いたドアの向こうに立っていたのは、小川と同年代に見える三十代前半の男だった。襟口が伸びた青いTシャツを着て、下はケミカルウォッシュのジーンズを穿いている。痩せ気味で喉仏が目立つのと、ラクダのような

眼に長いまつげが特徴の男で、全体的にはいたって平凡な風貌をしていた。一見して強面ではなく、むしろ人がよさそうなタイプに見えたので、小川は一安心した。

「すいませんねえ、ちょっとこのへんを回らせてもらってるもので」

「はあ……」

「昨日の【ニュースナイトアイズ】は見てらっしゃいましたかねえ?」

「いやぁ、ニュース番組はあんまり見ないもんで」

苦笑いか愛想笑いか、浦西は軽く頬を緩めて答えた。

「そうですかぁ。でも川崎の事件と【バッドマン】のことはいろいろ話題になってますし、もちろんご存じですよねぇ?」

「ええ、まあ、聞きかじり程度でしたら」

小川は【バッドマン】の居住圏と見られるこのあたりを回って掌紋提供の協力要請をしている経緯をかいつまんで話した。

「で、ええと、こちらは浦西さんのお独り暮らしで?」

「まあ、そうです」

「ここにはいつ頃からお住まいで?」

「はあ、まあ、だいぶ経ちますね」

「一年とか、二年とか?」

「ええ、それくらいですね」

どっちなんだと思いながらも、小川は先に進んだ。

「浦西さんの下のお名前は?」

「景一ですけど……風景の景に一です」

年齢三十一歳、職業フリーターと、訊いたままをノートに記入して、小川は顔を上げた。

「で、あと、掌紋なんですけどね……」

そう切り出したとたん、浦西は申し訳なさそうに「ああ」と声を漏らした。

「え? 何か?」

きょとんとする小川の前に、浦西は右手を出してみせた。

その右手は添え木らしきものと一緒に包帯が巻かれていた。

「怪我してるんですよ。夜道でつまずいたときに、かばんを持ってた手を変なふうについたもんだから、手の甲にひびが入っちゃって」

「ああ、これは無理ですねえ」小川は怪我の痛みを分かち合うように顔をしかめた。「これじゃあ、何するにも

不自由でしょう」

「ええ、ご飯食べるのとか大変なんですよ」

「でしょうねえ」小川はしみじみと相槌を打った。

「すいません」浦西はぺこんと頭を下げて苦笑いを浮かべた。

「いえいえ」

「ほかは皆さん、協力されてるんですか?」浦西がラクダのような眼をしばたたかせて訊く。

「いやあ、結構難しいんですよ」小川は頭をかいた。

「関係ない人には、しょせん他人事ですからねえ。まあ、上の方針だから仕方なく回っているようなもんです」

浦西はふんふんと頷き、そのまま小川の出方を待つように何気ない視線を向けてきた。

「あ、じゃあ、お邪魔しましたあ。お大事に」

小川は頭を下げて、身体半分入れていたたたきから退がった。自分でドアを閉めようとして、しかし、その手を止めた。

「ああ、そうだ」

脇に抱えたかばんからポストカードを一枚取り出した。

「これ、よろしかったらどうぞ」

350

「ああ、すいませんね」

浦西が受け取ろうとするところを、小川は少しだけ手を引いて暗に制した。

「知ってます、『マイヒメ』？ 今、すんごい人気らしいですよ」

小川が頰を緩めて言うと、浦西も「ええ」とリラックスした笑みで応じた。

「この前、一日署長で見たんですけど、本当に可愛かったですよ」

「へえ」

「特にこのベージュのスカーフの子」小川は顎でポストカードを指した。「ええと、何て言ったっけなぁ、この子……」

すぐには反応してもらえず、小川は顔をしかめて粘ってみた。「ええと、ええと……」

やがて、浦西が仕方なさそうに助け舟を出してきた。

「ミュリン？」

「そうそう、ミュリン！」ミュリンが臙脂色のスカーフを巻いているのを確かめながら、小川は無理に相好を崩した。「生ミュリン」

「へえ」浦西は小川に合わせるように、羨ましそうな声を出した。

「いやぁ、可愛かったなぁ」小川はしみじみと独り言を言ってから、ようやくポストカードを浦西に渡した。

「じゃあ、どうも、失礼しました」

「はい」

小川は和やかにお辞儀を交わして、今度こそドアを閉めた。そのまま回れ右して道路に出る。

コンビニに向かって歩いていくと、向こうからは清野が缶ジュースを飲みながら戻ってくるところだった。

「公園に行ってますから」清野はコンビニの袋をひょいと上げて無愛想に言う。

「ちょっと、それちょうだい」

小川は清野の言葉には応えず、彼の缶ジュースに手を伸ばした。

「何すんですか!?」

「ちょ、ちょっと飲ませて」

「買ってくりゃいいでしょ！」

「の、の、喉カラカラだから」

小川はタコのように唇を尖らせ、強引に清野の缶ジュースに口をつけた。

「あ」抵抗していた清野が驚いた顔をして缶ジュースを

手離した。「小川さん、何震えてるんですか!?」

アパートを離れてからずっと笑っていた小川の膝は、今や直立しているのもままならないほどにがくがくと震えていた。

缶ジュースもしっかりとは摑めず、少し飲んだだけでむせ返ってしまった。小川はそれを足元に落とし、涙目になったまま空えずきを繰り返した。陸に上がった魚のように激しく口をパクパクさせて息を整えた。

「俺、こういうの当たるんだよぉ……本当よく当たるんだよぉ……」

小川はほとんどうわ言のように言っていた。

＊

関内から乗ったタクシーを降り、巻島は暮れなずむ山下公園の前に立った。空は海に向かって開けてはいるものの、すっかり昼の明るさを失っていた。巻島はいつもと変わらぬひっそりとした佇まいを見せる氷川丸を遠目に捉えてから、公園の右端に位置するせかいの広場に急いだ。

地下駐車場脇の螺旋階段を上がる。外灯に照らされた

ブリッジを渡り、緑葉樹が絡んだアーチをくぐる。

せかいの広場の中央に出た。

巻島は額に浮いた汗を手で拭いながら、周囲を見渡した。

離れたところにちらほらと人影が見える。

だが、いずれもカップルらしきシルエットで、それらしき男はいない。

俺のほうが早かったか……巻島はともすれば焦れそうになる気持ちを無理に抑えつけ、とにかく待とうと自分に言い聞かせた。

宵を招くのを渋っていた空が、次第に分刻みで闇を深めていくようになった。

その闇に包まれながら、巻島は石畳の上に立ち尽くした。

やがて……。

外灯の明かりが届かない石壁の陰から、一人の男が現れた。闇に溶けていたのが、不意に浮き上がって出てきたようにも見えた。

隣には子供がいる。男がその手を引いている。

「やはりあんたか」

巻島はゆっくりと、彼らの表情が見える距離まで近づ

いた。

一平は今にも泣きそうな顔をして巻島を見ていた。巻島は彼に一つ頷いてみせ、それから桜川夕起也に視線を戻した。夕起也の一方の手にナイフが握られているのを見てから、彼の凍ったような眼を見つめた。

「少しは六年前の俺の気持ちが分かったか?」

彼の表情に浮かぶ陰鬱な色は、宵闇のせいか、それとも六年の重い歳月のせいか。六年前の若さは、今の彼のどこにも見当たらなかった。

「自分たちが犠牲になった犯人を装って……そんなことをして健児君が喜ぶと思うのか?」巻島は光のない彼の眼に語りかけた。

「うるせえっ!　聞いたようなことを言うなっ!」

夕起也が顔を歪めて叫んだ。悲壮感をにじませたその表情は彼の痛憤の深さを物語っているように見え、巻島は対する言葉を失った。

「お前は正義か?」

夕起也は一転、表情を消し、据わった眼を巻島に向けた。

「正義の担い手……よくぬけぬけとそんなことが言えるな……」

夕起也は一平の手を離すと大股で巻島との間合いを詰め、その勢いのまま、足の裏で巻島の腹を蹴り飛ばした。巻島は最初の一歩を見て腹筋を固めていたものの、衝撃と痛みのほうが勝ち、思わず膝から地面にくずおれた。

「他人の死を仕事の延長でしか見てないやつが偉そうなこと言うんじゃねえよ!」

一平がむせぶように泣き始め、恐怖から逃れようと後ずさりする。

「一平……そこにいなさい」巻島は苦痛が波のように押し寄せる合間に、声を絞り出して言った。「大丈夫だから、そこに座ってなさい」

「いつまで格好つけてんだ!」

巻島の上から、夕起也の興奮した声が降りかかる。

「お前のそういう態度は本当に反吐が出るんだよ!　しれっと何でもない面しやがって。昔のことはきれいさっぱり忘れたような顔しやがって。それをテレビで何度も見せつけやがって!」

夕起也の足に肩口を踏まれ、巻島は地面に両手をつい

夕起也の足に異様な力がこもる。

「健児が殺されたのは自分のせいですって言えよ」

夕起也の鼻息は荒々しくも震えていた。

「地面に頭をこすりつけて、自分が全部悪かったって言えよ！」

夕起也の鼻息は荒々しくも震えていた。

「断る！」巻島は力の入るようになった腹から声を出した。

「何だと!?」

「謝るときは自分の意思で謝る。指図されて謝るつもりはない」

「謝れって言ってんだろ！」

勢いをつけた夕起也のかかとが巻島の首筋にめり込んだ。

引きつるような激痛を耐えて、巻島は無理に立ち上がった。膝に手をつきながらも、正面から夕起也を見た。

「約束する……あんたの家に行って、そこで改めて謝罪する。だから……今日はお互い、なかったことにしよう」途切れ途切れに声を絞り出した。

「今、謝れって言ってんだっ！」夕起也が顔をくしゃくしゃにさせて怒鳴った。

「嫌だっ！」巻島も叫び返した。

「このやろう……!?」

「力ずくで謝らせて、あんた納得できるのか!?」

「うるせえっ！」

夕起也が巻島の髪を摑んで、力任せに引っ張った。血走った眼と荒い息の洩れる鼻と憎悪に歪んだ口が巻島の間近に迫った。

夕起也のもう一方の手が振り抜かれ、巻島の脇腹をえぐった。夕起也のこぶしを受けながら、巻島はその続きが何回か繰り返されるのを覚悟した。しばらくは黙って打たれるのも仕方ないと思った。

しかし、その一撃だけで夕起也の荒い息遣いが遠のいた。巻島の髪からも彼の手が離れた。二、三歩ずさりした夕起也は、何かを発散し終えたような、いくぶん冷めた表情になっていた。

そして、夕起也のこぶしから鈍い光を放つ刃が突き出ているのに気づき、巻島は上着をはだけて痛みの治まらない脇腹に手を当てた。そこでようやく、その一撃がただの鉄拳でないことを知った。

急に背筋が寒々とし始め、気分が悪くなってきた。

「馬鹿なことを……」

巻島はぬらぬらとした脇腹を押さえたまま、不快な痛

みを持って余して腰を折った。

「馬鹿なことを……」

夕起也は肩で息をしながら棒立ちになっていた。表情は乏しく、意味不明の苦悶に似た声が、彼の半開きになった口から洩れていた。

巻島は立っているのがつらくなり、ふらふらと歩いて石壁にもたれた。ずるずると腰を落として地面に座り込んだ。

夕起也は前に一歩出ようとしてやめ、それから不安そうに周りを見回し、また呆然とした顔を巻島に向けた。

何の判断もできない様子だった。

「行け」巻島は悪寒に震えながら、押し殺した声を夕起也にぶつけた。「いいから行け！」

夕起也は耳を疑ったような顔で巻島を見つめていた。ふわふわとした足取りで一歩二歩と巻島から離れ、いったん背を向けてから、また巻島を窺うように振り返った。それを何度か繰り返し、見るからに戸惑いを引きずってアーチの向こうに消えていった。

遠目からこちらを気にしている素振りのカップルに気づき、巻島は感覚の乏しい足に力を入れて立ち上がった。目眩（めまい）と悪心（おしん）が押し寄せてきた。数歩歩いて、カップ

ルの視界から外れた石段に腰かけた。横になりたかったが、まだかろうじて身体は言うことを聞きそうだった。

一平が不安そうに近づいてきた。泣きはらした眼でじっと巻島を見ている。

「大丈夫だ」巻島はかろうじて笑みを作った。「大丈夫……もうすぐ家に帰れるから……怖かったか？」

一平はこくりと頷き、泣き顔になる。

「そうか……でも、もう泣かなくていいぞ」巻島は喘ぎたいのを我慢して、一平との会話に付き合った。

「注射よりちょっと……痛いかな」一平が訊く。

「いたいのぉ？」

「だれか呼んでくるう？」

「ありがとぉ……でもいいよ……おじいちゃん……電話持ってるから」

巻島は内ポケットから携帯電話を取り出した。脂汗が眼に染みる。それでなくても視界はいつもの秩序を保っていない。一生懸命目を凝らすが、それぞれのボタンの位置が把握できない。

巻島は大きく息をついて、携帯電話を閉じた。

目眩が止まらない。傷口付近のシャツがかなりぐっしょりしているのに気づき、巻島はひやりとした。

「一平……悪いけど……誰か呼んできてくれ」

巻島はそう頼んで、横に崩れた。視界が回るのを嫌って眼をつむったが、それでも目眩の感覚は消えない。まぶたの裏が回っている。

片手で脇腹を押さえ、片手で携帯電話を握り、足を投げ出して、巻島はただ自分の荒い息遣いを聞いていた。携帯電話が震えていた。いつから震えていたのかは分からなかった。思い出したようにそれに気づいて、巻島は緩慢に携帯電話を開け、大雑把に耳へ持っていった。

〈……もしもし、もしもし……〉

男の声が聞こえる。この声は誰だったかと霞む頭で考えながら、巻島は「ああ」と呻き声にも似た返事を洩らした。

〈捜査官、今、電話よろしいですか?〉

「ああ」

声質からするとどうやら本田らしい……だが、いつもの彼とはどこか違う気もする。

〈今、現場から報告が入りました。一人ヒットです。浦西景一、三十一歳、アパートに独り暮らしの男です。右手を怪我したと言って包帯を巻いていました。"ベージュ"にも引っかかりました〉

〈そう……か〉言葉と一緒にこぼれ出た吐息が安堵によるものか苦痛によるものかは、巻島自身、よく分からない。「じゃあな……任同かけてくれ……一課の腕こきをつけるように……中畑君に頼んで」

〈分かりました……〉

本田は巻島の喘ぎ混じりの声を訝るような、戸惑い気味の相槌を打った。

「それからな……山下公園に救急車を呼んでくれ」

〈どうしたんですか?〉本田が異常を確信したように訊く。

「刺された……」

〈え……捜査官……!?〉

「犯人は……三十代……やくざ風……面識なし……」

〈大丈夫ですか!?〉

「心配するな……じゃあ、頼む……」

喋ることもそのへんで限界だった。折り畳んだ携帯電話が巻島の手から滑り落ちた。

眼を開けてみると、外灯の光が朧月のようにぼんやりとして見えた。それがゆらゆらとどうしようもなく揺れている。

もう一度眼を閉じたら、二度と眼が開かないような気

356

がした。それでも仕方ないかという諦念の気持ちもどこかにあった。

やがて一平の顔が視界に入ってきた。

「おじいちゃん……」

一平は目の前にいるのに、呼ぶ声はひどく遠くから聞こえる。

一平の横に、女性が心配そうな顔をして現れた。

ほっそりとしたその姿、一平と並ぶその姿を見て、巻島はどうやらいずみらしいと思った。

何だ、いずみ、飛んできたのか……心配かけて悪かったな……巻島は笑いかけようとして、できなかった。

# *10*

巻島は夢とも現実とも判然としない世界をかなり長い間漂った。何人かの人間に囲まれて、ざわざわと上から喋りかけられたり、身体をあれこれ触られたりしているのを感じると、漠然としつつもこれは現実らしいと理解した。自分はまだ生きているのだなと思った。

そんな意識も及ばないところでは、巻島は孫を捜して駆け回ったりしていた。孫の名前は一平から途中で健児に変わったりしたが、巻島は別に不自然とは思わなかった。ときには一平の名を、ときには健児の名を呼びながら、どことも知れない建物の中を探し回っていた。ある部屋に足を踏み入れると、そこには電線のコードでグルグル巻きになった男がいて、それを解こうとする巻島にもコードが絡みついてきた。やがてグルグル巻きになった男は動きが緩慢になり、呼んでも応えなくなった。ど

うやら死んだらしいその男が何者なのかは分からないまま、巻島は何とも言えず寂しく思った。分からないまま、巻島は何とも言えず寂しく思った。

そのひどく重苦しい世界では、過去も未来も家族も仕事も、巻島にとってはないも同然だった。目の前の出来事をただ切り抜けるだけがすべてだった。孤独ではあったが、この世の中はしょせんそういうものだというある種のあきらめも一方ではあり、ずいぶん前からずっとそんな感情を抱いていた気もするのだった。

そんな世界を経て、また現実らしきものが近づいてきたのが分かった。ふと、誰かが一生懸命何かを問いかけているのに気づいた。巻島は意識のごく表面だけでその問いを受け、知らない男、知らない男、と口を動かしていた。

それからしばらくして、巻島は自分が何かに乗せられて、どこかからどこかへ運ばれていくのを意識した。その途中で……。

――捜査官……。

耳元で本田の声が聞こえた。〔バッドマン〕が捕まりまし

た。

時間はかかったが、本田の言っていることは理解でき
た。その言い方は巻島を励ましているようにも聞こえ
た。

しかし、何かの感慨が湧くほどの余裕はなかった。

遺族に……連絡してくれ……。

とりあえずそう口にしてはみたが、ちゃんとした声に
なったかどうかは自信がなかった。本田の返事が聞こえ
た気がしたので、巻島は勝手に納得した。

どこかで止まったかと思うと、しばらく周囲でガタガ
タと慌しい音が続いた。そして身体のあちこちをいじら
れたあと、不意にあたりが静かになった。お父さん、と
いずみが呼ぶ声がしたので、巻島は一回だけ頷いた。眼
を開けてもどこかを見るという集中力がなく、何人かの
顔があるのを意識しただけで、まぶたの重さに負けた。
そのまま気だるさに引きずられて、巻島は再び現実か
ら遠ざかっていった。

「巻島さぁん、ちょっと体温測りますねぇ」

耳元で声をかけられて、巻島は目が覚めた。

「あら」いかにもベテランといった感じの看護師が巻島

と目を合わせて、とぼけた声を出した。それから「ふ
ふ」と独り笑いをする。

横から園子が覗き込むように顔を出した。彼女も何や
ら安堵の混じったような笑みを浮かべていた。

そこは殺風景とも言える小さな個室だった。窓際に園
子のバッグが置かれている。巻島のかたわらには点滴の
スタンドがあり、ほとんどしぼみかけている薬液のパッ
クがかかっていた。それらをぼうっと眺めているうち
に、自分はどこかの病院のベッドに寝かされているのだ
という事実がはっきりと頭の中に入ってきた。

次いで、喉が渇き切っていることに気づいた。

「水をくれ……」

園子に水を飲ませてもらい、巻島は人心地をついた。

「七度六分ね」

看護師は巻島の脇から抜いた体温計を読み上げて、満
足そうに一つ頷いた。

身体がだるく、思うように動かないのは熱があるせい
か……巻島はそんなふうに思った。特に、胸から下は固
まってしまったように強張った感覚がある。もちろん脇
腹の傷を治療した影響もあるのだろう。包帯でグルグル
巻きにされているに違いない。

件の箇所に意識を移してみる。やはり強張った感じが
する。痛み止めが効いているのか、顔をしかめたくなる
ような激痛はないが、疼くような鈍痛がそのあたりに停
滞している。

看護師が出ていったあと、巻島は自分が意識を失った
あとのいきさつを園子に教えてもらった。

巻島が倒れてからほぼ一日が経過していた。昨日、巻
島は救急車でこの病院に運ばれ、輸血をしながらの、動
脈と腸の縫合手術を受けた。動脈は幸いなことに切断を
逃れていたものの、小さな傷がついていて、そこからか
なりの出血があったという。腸はざっくりと切れていた
らしいが、手術はとにかく無事に終わったということだ
った。夜通しうなされ続けた高熱も、今日の午前中には
八度台まで下がり、ひとまずの峠を越えたので、集中治
療室から一般病棟の個室に移された。

そんなふうだったから、今の体温が七度六分でも御の
字ということだったようだ。巻島は自分の生還を噛み締
めて、少しばかり感慨にふけった。

病室のスライドドアが開き、一平を連れたいずみが入
ってきた。

「お父さん……」

巻島と目を合わせて、いずみが声を詰まらせる。

「心配かけたな……ありがとう」

弱々しい声しか出ない自分に参りながら、巻島はいず
みと一平に微苦笑を向けた。

いずみは口をぎゅっと閉じて首を振り、それから安心
したような笑みを浮かべた。その笑顔で今度は一平を見
る。

「本田さんが夜にもまた来るって」園子がいつもの冷静
さを取り戻して言った。

「そうか」

本田から声をかけられたのは、集中治療室からここへ
移ってくるときだったか……あれが夢でないとするなら
だが。

昨晩は刑事部長や参事官のほか、津田や村瀬らも駆け
つけてきた……そんなことも、園子は業務連絡のように
淡々と教えてくれた。

「あ、そう言えば……」いずみがかすかに眉を寄せて言
う。「桜川さん……?」語尾を上げ、そういう人を知っ
ているかと問いかけるように巻島を見る。

巻島は桜川家の誰のどんな話か分からないまま、とり
あえず小さく頷いて先を促した。

360

「さっきから来ててね」いずみはドアのほうを一瞥する。「今でもまだ、ロビーのほうで待ってるかもしれない」

「女の人か？」

「うん」

巻島は昨日の山下公園で、傷を負った自分のもとに駆けつけてきた女性のことを思い出した。いずみがあの場所にいるはずはなかった。あれは桜川麻美だったのだと思う。

「呼んでくれ」巻島はそう頼んでから続けた。「お前たちはそのまま夕飯を食べてきなさい」

「じゃあ、そうするわね」

桜川の名前に何かの事情があるのを察したからこそだろう、園子の口調は何気ないものだった。

三人が連れ立って病室を出てからしばらくして、ドアにノックの音がした。

スライドドアが開いて、小柄な女性が姿を見せた。桜川麻美は最低限の化粧こそしているようだったが、髪はほつれ、顔色は青白く見えた。眼は伏せがちで、心の曇りがそこに浮き出していた。

麻美はドアを閉めると、弱々しい視線を巻島に留め、深々とお辞儀をした。

「あの……主人が大変なことをしてしまって……」

「いや……」巻島は声を出してさえぎった。

六年前、最後まで詫びの言葉を吐くことなく、ひたすら体裁を取り繕うのに汲々としていた男に、どんな理由があろうとそんなに簡単に謝ってほしくはなかった。自分への皮肉ではなく、ただ本当に、それでは心苦しさしか残らないと思った。

「私は……」小さな声を絞り出すようにして、麻美が続ける。「誰を恨んだって仕方がないって思ってます。何も戻ってはこないんですから。だから、本当は私が主人を止めるべきでしたけど……できませんでした。でも、それがまさか、こんなことになるなんて……」

巻島は首を振り、身体を起こそうとして緩慢にもがいた。まだ思うように力が入らない。無理に身体を捻ると、とたんに脇腹がきりりと痛んだ。

「あの、そのままで」麻美が慌てた声で言う。

巻島はあきらめて、ぐったりと身体の力を抜いた。天井を見たまま、大きく息をついた。

「夕起也さんのことは大丈夫ですから」

巻島はぽつりと言った。

捜査の動きも分からないだけに、具体的なことは何も

言えないのだが、巻島はとにかく、彼女の肩に載っているものを少しでも軽くしてやりたかった。

漫然と天井を見つめる巻島の視界の隅で、麻美はまた頭を下げた。

そのまま沈黙が流れた。

「あの……」麻美がか細い声を静寂に溶け込ませた。

「一平君に可哀想なことをしました」

その言葉が愛息を失った人の口から出てきたものであることを意識し、巻島は思わず胸が詰まった。

「もう少し大きくなったら、昨日のことは私のほうから話してやります。今はただ無事だったことで娘もほっとしてますし、それだけでいいと思います」

巻島がそう言うと、麻美はうつむいたまま、小さく頷いたように見えた。

再び沈黙が戻ってきた。

しかし、それは単なる空虚な間ではなかった……少なくとも巻島にとっては。

長い歳月の底に沈んでいたものが心の中をせり上がり、今にもあふれ出しそうだった。

「あの……お休みのところ失礼しました」

麻美は消え入るような声で言うと、丁寧に一礼した。

顔の前に流れた髪をかき上げ、うつむき加減にそっと部屋を出ていこうとする。

「麻美さん……」

巻島は呟くように彼女を呼び止めた。

麻美が静かに振り向く。

「麻美さん……」

巻島は一つため息をついてから続けた。

「大和市の鶴間に有賀吉成という男がいました。二十七歳で無職……母親と二人暮らしでした」

「彼は六年前の山下公園で我々が一時マークした男と年格好が似ていました。事件当時の明確なアリバイもない。知り合いの借金の連帯保証人になっていた彼の父親が取り立てに追われていて、あの事件後、間もなく自殺していることも分かりました。それから、彼自身もその家庭事情から大学を中退したばかりであったことや、以前には友人たちと山下公園の花火を見に行った経験があることも……捜査本部が彼を最後まで捜査線上に残した理由はそういうことでした。けれど、言ってしまえばそれだけだったということです。決め手の証拠は何もありません。捜査本部は、彼が何かをしでかすのを待ち続けることしかできませんでした。でも、彼は引きこもり状態で滅多に姿を見せることもなくて……そして、つい

最近になって、彼は自宅で首を吊って自ら命を絶ちまし
た。

巻島は天井に視線を向けたまま、やるせない思いを少
しばかりの沈黙に代えた。

「彼は生前、言っていたそうです……外に出ると、電線
が垂れ下がってきて、自分に絡みついてくる。電線にが
んじがらめにされてしまう。だから、怖くて外に出られ
ないと……」

巻島はそう伝えてから、湿った吐息をしんみりと添え
た。

「彼があの事件の犯人だったのかどうか、私には分かり
ません。でも麻美さん……あの事件の犯人が誰であろう
と、その人間はその後、本当に悲惨で悲惨で仕方がない
人生を送っているんだろうと思います……間違いなく、
そうなんだと思います」

麻美がふと、目元を手で押さえた。巻島はやはり、そ
れを直視することはできなかった。

巻島の喉もひくつき始めていた。抑えようとはしてみ
たものの、長い沈黙を作っただけに終わった。

「麻美さん」

勝手に歪もうとする顔を強張らせて巻島は呼びかけ

「もうすぐ、健児君の七回忌ですね……」

「はい……」麻美が小さな涙声で応えた。

「麻美さん……」

巻島は呼んで、歯を食いしばった。

喉の奥で嗚咽が砕け……。

その破片が言葉となって、巻島の口からこぼれる。

「申し訳……ありませんでしたっ」

天井がぶわりとにじみ、涙が目尻の堰を一気に切っ
た。

「私は……」

巻島はひくついた喉から、昂ぶったままの声を必死に
絞り出した。

「私は……かけがえのない宝物を奪い取ってしまいました」

巻島はきっと眼を見開いて、流れる涙に悔恨の思いを
乗せた。

「ごめんなさい……本当に、本当にごめんなさい」

とめどない嗚咽が喉を震わせ続ける。しかし、それで
も言わねばという思いだった。自分の懺悔が一掬の救済
となって彼女の耳に届くことを信じ……巻島は顔を歪め

「私も背負ってますから……ずっと……今までも……だから、お願いです。あなた方だけで背負い込まないで下さい……私も背負います……これからも……ずっと背負いますから……」

巻島はそれだけを精一杯言うと、あとはもう嗚咽に抗するのをやめ、ただ涙込み上げるままに泣いた。

麻美は顔を両手で覆い、やがて巻島の視界から消えた。

ドアが開き、閉まる音がした。

部屋には巻島のむせぶ声だけが残った。

「お父さん、本田さんがいらっしゃったわよ」

園子の声を巻島は背中で聞いた。涙の乾き切っていない眼は、漆黒の夜空を背景にして部屋の明かりを反射するだけとなった窓に向いていた。

本田の姿が窓ガラスに映る。園子たちが食事から戻ってきたときと同様、巻島は彼のほうにも顔を向けることはしなかった。

本田もわざわざ窓側に回り込んでくる真似はしなかっ

た。

「本日五時過ぎ、浦西の逮捕が済みました」

本田は静かな口調で報告した。

「そうか……ご苦労さん」巻島は呟くように応えた。

「三十一歳のフリーターです。その歳で、といっても、今じゃ珍しくはないんでしょうけどね。仕事は本当に転々としてたようです。神経質というか臆病というか、アパートの隣の住人なんかと会っても部屋に隠れてしまうような、やはりちょっと変わった感じの男だったみたいですね。今、ガサ入れが続いてますけど、投書に使ったと見られる便箋や封筒だけじゃなくて、犯行メモみたいなものも見つかってるようです。まあ、そんなのもぶさに記録するやつの気も知れませんけど……結局、それでやつは被害者なんかの特徴なんかも克明に憶えてたわけですよ」

巻島は小さく頷いた。

「……被害者の会には連絡してくれたか？」

「捜査官の指示通り、済ませてありますよ」本田は少し声を和らげて答えた。

「そうか……ありがとう」

「それで……」本田はやや言い淀むように間を空けた。

364

「曾根本部長と岩本部長による記者会見が今夜行われるそうです」

「そうか……」

「捜査官のコメントを求められるかもしれないから訊いてこいと言われてますが？」

「また、自分の口で言うよ」

「そうですね」

「…………」

本田は言下に相槌を打ったが、次の言葉を発するには時間がかかった。

巻島は複雑な哀感を押し静めてから、かろうじて「そうか……」とだけ返した。

「あと……桜川夕起也が先ほど加賀町署に自首してきたそうです」

「とりあえず、報告はそれだけですかね……」本田は吐息混じりに言った。

「ご苦労さん」

本田は何となく去りがたかったのか、しばらく何も言わずにじっとしていたが、やがて、「じゃあ……ゆっくりお休み下さい」と言い残して、静かに病室を出ていった。

入れ替わるように園子たちが入ってきた。巻島はみんなに背中を向け続ける根気もなくなり、仰向けに戻って眼を閉じた。

そのまぶたの裏に浮かび上がってきたのは、桜川夕起也が取調室の席に着かされている姿だった。

甘い取調べはない。現役警察官を刺したとなればなおさらか。

巻島はふと眼を開けた。

身体を起こす。

脇腹にびりりと電気が走ったが、構わなかった。

「何してんの、お父さん、駄目よ」

いずみが慌てて制する。

「いいんだ」

喘ぎと一緒に言葉を吐き出して、巻島はベッドから降り立った。

頭がふわふわとして身体に力が入らない。軽い目眩もある。しかし、巻島は点滴のスタンドを引っ張って、裸足のまま歩いた。

「ちょっと、どうする気なの？」

園子の声を無視してドアを開け、部屋を出る。

「本田！」

365

思うような声は出なかったが、巻島は通路の先に姿を消してしまった本田を呼びながら歩いた。

通路の角を曲がる。

「本田！」

本田はちょうどエレベーターホールの前に立っていた。巻島に気づき、何かというように引き返してくる。

巻島は点滴のスタンドで身体のバランスを取り、呼吸を整えた。

「彼には津田長を……津田長をつけてもらうようにしてくれ」

本田は呆気に取られたように巻島を見たあと、口元に笑みを覗かせて頷いた。

「分かりました。　帰りに加賀町署に寄っていきますよ」

「頼む……」

本田は一礼すると仕事へ向かう顔になり、エレベーターホールへと戻っていった。

それと入れ替わるようにして……。

通路の途中で本田とすれ違った女性が、巻島の目の前まで来て、不意に立ち止まった。

「あの……こんなところに押しかけてきて申し訳ありません」

見覚えがあった。

「ああ……」

川崎事件の被害者、桐生翔太少年の母親だった。女手一つで育てた、恐らくは生涯唯一だろう我が子を理不尽に奪い取られてしまった人……彼女のもとを津田と一緒に挨拶で訪れたときのことは、巻島も忘れられないでいた。

桐生真砂子は両手を前に重ねて深々とお辞儀した。

「犯人が捕まったという連絡を頂きまして……巻島さんが入院されたということもお聞きして、どうしようかと迷ったんですが、どうしても一言お礼を申し上げたかったものですから」

真砂子はそう言うと、潤んだ眼を微笑むように細めた。

「ありがとうございました。ご苦労様でした。翔太には早速報告させて頂きました。一周忌を前に、こんな報告ができるとは思いませんでした。巻島さんを始め、警察の方々のお力のおかげです。本当にありがとうございました」

「いえ……わざわざご丁寧に」

重ね重ね頭を下げる真砂子に対し、巻島もお辞儀を返

そうとしたが、脇腹の痛みに半ばでさえぎられた。

「大丈夫ですか？」真砂子がはっとした顔で訊く。

「あ、いや、大丈夫です」

「あの、じゃあ、ここで失礼します」

恐縮したように言う真砂子に、園子が「どうぞお茶でも」と声をかけた。

「いえ、本当に一言申し上げたかっただけなものですから」

真砂子は控えめな口調ながら、遠慮して引きそうになかった。

「じゃあ……また、改めてご報告に上がります」

巻島はそう結んで、真砂子と礼を交わした。

園子の肩を借りて、病室に戻る。いずみが点滴のスタンドを持ってくれ、一平がその後ろをひょこひょことついてくる。

巻島は病室の前で立ち止まり、後ろを振り返った。

真砂子はまだ通路の角に立ったまま、巻島を見ていた。

そして、また、深々とお辞儀をする。

その姿が胸に染み、巻島は小さく下げ返した頭をなかなか上げることができなかった。

（参考文献）

『警視庁捜査一課特殊班』

毛利文彦　角川書店

『指紋捜査官』

堀ノ内雅一　角川書店

『ニュースキャスター』

筑紫哲也　集英社

『報道フットワーク主義』

渡辺宜嗣　実業之日本社

『報道ディレクター』

長島一由　ＢＮＮ

『図解心臓病の治し方』

主婦の友社編　百村伸一監修　主婦の友社

『心臓病』

赤塚宣治　梧桐書店

『女性のための新医学事典』

矢野方夫　東京堂出版

『裸の刑事』

宝島社

『死体は語る　現場は語る』

上野正彦　大谷昭宏　アスコム

『極秘捜査』

麻生幾　文藝春秋

なお、取材に快くご協力くださいましたＴＢＳの池田裕行氏に心からお礼を申し上げます。

本書は『小説推理』二〇〇三年二月号〜二〇〇四年二月号に連載された同名作品に加筆、訂正したものです。